VERONICA JASON

# Stunden der Sehnsucht

ROMAN

Deutsche Erstveröffentlichung



WILHELM HEYNE VERLAG
MÜNCHEN

DER GROSSE LIEBESROMAN
Band 28/77
im Wilhelm Heyne Verlag, München

Titel der amerikanischen Originalausgabe
SO WILD A HEART
Deutsche Übersetzung von Daisy Remus


Printed in Germany 1984
Umschlaggestaltung: Atelier Ingrid Schütz, München
Gesamtherstellung: Ebner Ulm

ISBN 3-453-84077-1

# 1

In gewisser Weise tat er ihr schon Gewalt an, noch bevor er je Hand an sie legte.

Es geschah an einem heißen Sommertag, als sie gerade in tief gebückter Haltung auf dem Feld erntete, in der einen Hand ein Büschel reifen Weizens, in der anderen die Sichel. Hin und wieder warf sie einen Blick zu ihrem Halbbruder Claude hinüber, der ein paar Schritte weiter mit seiner eigenen Sichel arbeitete. Wie üblich sang er dabei eines seiner merkwürdigen Lieder, die immer eine schöne Melodie, aber nie einen klaren Text hatten. Auch sonst war es ein Tag wie jeder andere; die Hitze brannte auf sie nieder, und ihr Magen, der außer einer Portion Brot und Kartoffeln bei Sonnenaufgang nichts mehr bekommen hatte, kündigte mit einem leisen Knurren an, daß es bald Mittag war.

Plötzlich aber tauchte wie aus dem Nichts ein schwarzes Pferd mit Reiter auf. Es kam über die Steinmauer gesprungen, die das Feld umzäunte, und verdunkelte mit seinem mächtigen Körper die Sonne. Aber nicht nur das – mit diesem wuchtigen Satz machte es auch das bißchen Zukunft zunichte, das sich eine Familie wie die ihre erhoffen konnte.

Sie schrie entsetzt: »Claude, paß auf!« und warf sich zu Boden. Noch im Fallen erhaschte sie einen Blick auf den Reiter, einen dunkelhaarigen Mann mit Hakennase, dessen Stiefel und Reitkleidung fremdartig aussahen. Sie sah auch, wie er sich im Sattel nach vorne beugte und mit seinem Arm ausholte, als wolle er etwas aus dem Weg stoßen. Dann war er plötzlich verschwunden, und das Dröhnen der Pferdehufe verhallte am anderen Ende des Feldes. Erst fünf Monate zuvor hatte die Familie dieses Feld unter großen Mühen bebaut, in der Hoffnung, daß das Jahr 1788 ihnen endlich eine gute Ernte bringen würde. Alle hatten sich sehnlichst gewünscht, daß weder Hagel noch Dürre oder auch Jagdgesellschaften vom Schloß den Weizen verderben würden.

Das Mädchen blieb einen Moment reglos liegen und dachte: ›Ich hätte besser aufpassen sollen; schließlich war ich gewarnt.‹ Wenige Minuten zuvor war nämlich ein Hirsch aus dem Wald neben dem Feld gelaufen, in panischem Schrecken über die Mauer gesprungen und am anderen Ende des Feldes verschwunden. Sie hatte sich also darauf eingestellt, daß in Kürze ein oder zwei Jäger auf ihren Pferden folgen würden. Aber sie und Claude waren mindestens fünfzig Meter von der Stelle entfernt, an der der Hirsch über die Mauer gesprungen war, und sie war sicher, daß der Jäger denselben Weg nehmen würde.

Mit zitternden Knien erhob sie sich nun. »Claude?« rief sie zaghaft. Sie konnte ihn nicht sehen, aber in ein paar Meter Entfernung war der Weizen niedergedrückt, und so bahnte sie sich angstvoll einen Weg durch das hohe Getreide.

Er lag reglos auf dem Rücken, die Sichel noch in der Hand. Seine Augen, die fast so dunkel waren wie sein Haar, waren weit offen, und statt in die fröhlichen Augen eines Sechzehnjährigen starrte sie in stumpfe, glanzlose Augen. Sie ließ sich neben ihm auf die Knie fallen und rief verzweifelt: »Claude!« Als er nicht anwortete, legte sie voller Angst ihre Hand auf seine Brust. Sein Herzschlag war gleichmäßig, aber beängstigend schwach.

In der prallen Sonne durfte er nicht liegenbleiben, aber wie sollte sie ihn nur fortschaffen? Mit seinen sechzehn Jahren war er schon so groß wie sein Vater und zu schwer für sie, auch wenn sie über ein Jahr älter war als er. Es gab nur eine Möglichkeit – sie mußte die Eltern zu Hilfe holen.

Sie sprang auf und rannte los, die blauen Augen vor Entsetzen noch immer weit aufgerissen. Ihr feingeschnittenes Gesicht paßte irgendwie nicht zu ihrer bäuerlichen Kleidung und dem Kopftuch auf ihrem blonden Schopf, wenn man einmal von der Sonnenbräune absah, die sie von vierzehn Stunden Feldarbeit täglich bekommen hatte.

Sie hatte den Reiter erkannt. Es war der Fremde, den sie eine Woche zuvor in einer der Kutschen vom Château de Rhoulac durch das Nachbardorf St. Ididore hatte fahren sehen. Später hatte sie sich beim Dorfbäcker nach ihm erkundigt.

»Meinst du den Engländer?« hatte der sie gefragt. »Das ist ein gewisser Richard Lansing; er ist bei Monsieur le Duc zu Gast. Die Leute sagen, sein Vater sei irgendein Adliger. Ein Baronet, glaube ich.«

»Wie alt ist er?«

»Neunundzwanzig oder dreißig, schätze ich.«

Als der Bäcker nichts mehr hinzufügte, fragte Angelique errötend weiter: »Wißt Ihr sonst noch etwas über ihn?«

Daraufhin musterte der Bäcker sie mit seinen klugen Augen, bis Angelique noch tiefer errötete. Schließlich sagte er:

»Ich weiß nur, daß Leute deiner Herkunft sich nicht für Herren seines Standes interessieren sollten. Sonst ergeht es dir noch wie...«

Er sprach den Satz nicht zu Ende, aber Angelique wußte ohnehin, was ihm auf der Zunge lag. »... wie deiner Mutter, die einen Mann geheiratet hat, obwohl sie von einem anderen ein Kind unter dem Herzen trug.«

Als Angelique jetzt über die Felder rannte, wurde ihr klar, daß der Bäcker sie richtig eingeschätzt hatte. Sie hatte sich damals wirklich für den Engländer interessiert, der sich nun als ein Mann erwiesen hatte, der es fertigbrachte, einen wehrlosen Jungen über den Haufen zu reiten, ohne sich weiter um ihn zu kümmern.

Sie lief so schnell, daß ihr der Wind das Kopftuch herunterwehte und ihr helles, seidiges Haar freigab. Sie bückte sich aber nicht nach dem Tuch, sondern lief weiter. Ihre Sorge galt jetzt nicht nur ihrem Bruder, sondern auch seinem Vater und der Frau, die Claude und sie geboren hatte.

Marie Dubois stand an der Feuerstelle des Einzimmerhauses, das sie mit ihrem Mann Simon und ihren beiden Kindern bewohnte, und rührte in dem Kessel, der dort über dem Feuer hing. Nebenan im Schuppen, der nur durch eine behelfsmäßige Holzwand vom Haus abgetrennt war, konnte sie Simon arbeiten hören. Er schärfte gerade die Sense, mit der er den ganzen Morgen lang die Wiese von Monsieur le Duc de Rhoulac gemäht hatte. Bislang hatte Marie das Geräusch des Schleifsteins nie als störend empfunden; es gehörte zu ihrem Leben wie die Fliegen, die überall im Haus herumschwirrten. Heute aber deprimierte sie der Lärm aus dem Schuppen. Simon hatte die Schloßwiese mähen müssen, um Monsieur die Miete für das letzte Quartal bezahlen zu können, und so war das scharrende Geräusch eine unangenehme Erinnerung an die Tatsache, daß die Familie Dubois nun Grund bewirtschaften mußte, der ihr früher einmal gehört hatte. Marie zwang sich dazu, nicht weiter trüben Gedanken nachzuhängen, und rührte weiter in ihrem Kessel. Sie war zwar erst vierunddreißig, aber ihre kräftige, gedrungene Statur ließ sie wie fünfzig erscheinen.

›Hoffentlich braucht Monsieur le Duc Simon nicht mehr lange zum Mähen‹, dachte Marie. Simons Abwesenheit bedeutete für sie, daß sie alleine mit den Kindern die ganze Ernte einbringen mußte.

Trotzdem ging es der Familie noch besser als vielen anderen. Claude war eine große Hilfe. Er hatte zwar den Verstand eines Kindes, aber er war kräftig wie ein Mann, und auch die zartgebaute Angelique gab mit ihren flinken Händen und ihrem beweglichen Körper eine gute Bäuerin ab.

Angelique. Wie immer, wenn sie an das Mädchen dachte, verspürte Marie ein leises Gefühl der Unruhe. Sie liebte ihr Tochter zwar, hatte gleichzeitig aber auch eine gewisse Ehrfurcht vor ihr. Das lag nicht allein an Angeliques Schönheit, nein, es war die Art, wie sie sich bewegte und wie sie sprach. Alles an ihr zeigte deutlich, daß in ihrem Kopf andere Dinge vorgingen als in Maries einfachem Verstand.

Marie dachte normalerweise nur selten an die Vergangenheit zurück, ihr Leben wurde von den Alltagssorgen wie Hunger und Schulden bestimmt. Vielleicht lag es an der Hitze des Septembertages, daß sie plötzlich an den Septembertag vor achtzehn Jahren denken mußte, an dem Angelique gezeugt worden war.

Damals war Marie bereits mit Simon verlobt gewesen; das Aufgebot war jedoch noch nicht bestellt. Maries Eltern, Jean und Lisette Leblanc, waren sehr zufrieden mit dieser Verbindung. Sie waren kleine Bauern mit ein paar Hektar Land, und sie freuten sich darüber, daß auch Simon und seine verwitwete Mutter etwas Land besaßen. Marie mochte Simon, und ihre zärtlichen Rangeleien im Heu bereiteten ihr viel Freude. Trotzdem erlaubten sie es Simon nicht, sie ganz zu besitzen; damit sollte er bis nach der Hochzeit warten, die für den kommenden Mai festgesetzt worden war.

An einem besonders heißen Tag im September ging Marie in den Eichenwald, der an das Landstück ihrer Eltern angrenzte, um dort Feuerholz zu sammeln. Der Wald gehörte zum

Schloß, und es war den Bauern strengstens verboten, dort Holz zu schlagen oder auch nur einen Baum zu beschädigen. Nur wer Monsieur le Duc Steuern oder Miete zahlte, durfte in seinem Wald Feuerholz sammeln. Marie hatte gerade ein paar Holzstücke in ihren Beutel gepackt und sich wieder aufgerichtet, als er plötzlich auf einem edlen Grauschimmel auf die kleine Lichtung geritten kam, auf der sie stand. Zuerst war sie von seiner eleganten Erscheinung wie gebannt; sein schönes blondes Haar und sein edel geschnittenes Gesicht faszinierten sie.

Dann kam der Reiter lächelnd neben ihr zum Stehen, und ihre Ehrfurcht wich einem Gefühl der Angst und der Aufregung. Sie hatte schon oft gehört, daß junge Bauernmädchen von Leuten seines Schlages im Wald überrascht und dann vergewaltigt worden waren.

»Guten Tag«, meinte der Reiter plötzlich freundlich.

Sie knickste unbeholfen und erwiderte schüchtern: »Guten Tag, Monsieur.«

»Wie heißt du?«

»Marie Leblanc, Monsieur.«

»Weißt du, wer ich bin?«

»Natürlich. Ihr seid Monsieur Philippe de Rhoulac, der Sohn von Monsieur le Duc.«

»Stimmt. Sind deine Eltern Pächter meines Vaters?«

»Nein, wir sind Grundbesitzer, Monsieur.« Irgendwie vermittelte er ihr ein Gefühl der Genugtuung, daß ihre Eltern keine Pächter waren, wenn auch die Steuern und Gebühren, die sie an Monsieur le Duc abführen mußten, fast einer Pacht gleichkamen. Der Reiter erwiderte darauf nichts, sondern ließ lächelnd seinen Blick über ihr hübsches Gesicht und ihren wohlgeformten jungen Körper wandern. Ihr Herz begann wild zu klopfen.

Schließlich sagte er: »Vielleicht sehen wir uns mal wieder«, und ritt durch die Bäume davon.

Marie blieb völlig verwirrt zurück, ergriffen von einem Gefühl, für das sie keinen Namen hatte.

Am Abend saß sie zusammen mit ihren Eltern und ihren drei Brüdern um einen groben Tisch bei einem einfachen Essen, als ihr Vater plötzlich zu ihr sagte:

»Marie, du hilfst morgen am besten auf dem Feld mit.«

»Nein, bitte nicht, Papa!« bettelte sie. Sie war sicher, daß Philippe de Rhoulac am nächsten Tag wieder in den Wald reiten würde.

Lisette Leblanc, die ihren Mann um einige Zentimeter an Körpergröße überragte, wies ihre Tochter scharf zurecht.

»Du tust, was dein Vater zu dir sagt!«

»Aber Mama! Da werde ich wieder völlig von den Mücken zerstochen!«

Gott sei Dank wußte die ganze Familie, daß Marie zu der bedauernswerten Sorte Menschen gehörte, die auf Insekten eine magische Anziehungskraft auswirkten.

»Nun gut, Kind«, sagte ihr Vater. »Wir werden wohl auch ohne dich zurechtkommen.«

»Du verwöhnst das Kind!« meinte ihre Mutter vorwurfsvoll.

»Aber Frau!« wehrte sich der Vater. »Du willst doch wohl nicht, daß Simon das Interesse an ihr verliert? Ich glaube kaum, daß er mit ihr im Heu schäkern will, wenn sie voller Mückenstiche ist.«

Ihre Brüder grinsten, und Marie senkte verlegen den Kopf, wie man es von ihr erwartete.

Am nächsten Tag ging sie wieder in den Wald, und fast zur selben Zeit wie am Vortag waren in der Ferne Pferdehufe zu hören. Marie blickte auf und beobachtete mit klopfendem Herzen, wie Philippe de Rhoulac auf sie zugeritten kam.

Er brachte sein Pferd direkt neben ihr zum Stehen und meinte: »So trifft man sich wieder.«

Dieses Mal machte sie keinen Knicks vor ihm, sondern sagte nur: »Ja, Monsieur.«

Wie am Vortag ließ er lächelnd seinen Blick über ihr Gesicht und ihren Körper wandern. Dann fragte er:

»Bist du verheiratet?«

»Nein.«

»Verlobt?«

Sie zögerte; dann meinte sie : »Das Aufgebot ist noch nicht bestellt.«

»Bist du Jungfrau?«

»Ja.«

Damit beendete er seine Befragung, meinte lächelnd: »Guten Tag dann«, und ritt davon.

Sie sah ihm voller Empörung nach. Warum hatte er sie einfach stehenlassen? Weil sie gesagt hatte, daß sie verlobt war? Das konnte doch nicht sein; was bedeutete einem Mann seines Standes schon die Verlobung eines Bauernmädchens. Hatte er das Interesse an ihr verloren, weil sie noch Jungfrau war? Das schien ihr noch unwahrscheinlicher, denn ihre Jungfräulichkeit hätte sie ihm nur attraktiver machen sollten.

Als sie ihn am nächsten Tag auf derselben Lichtung wiedertraf, sah er sie fast eine Minute lang schweigend an. Dann fragte er unvermittelt: »Gibst du mir einen Kuß?«

Sie war so überrascht, daß sie nur stumm nicken konnte. Darauf lehnte er sich aus seinem Sattel zu ihr hinunter, packte sie unter den Armen und hob sie ein Stück zu sich hinauf. Seine warmen Lippen jagten prickelnde Schauer durch ihren Körper, aber sie konnte dieses Gefühl nicht lange auskosten, denn er setzte sie bald wieder ab, rief ihr einen Abschiedsgruß zu und ritt davon.

Als er am nächsten Tag auf die Lichtung geritten kam, erwartete sie ihn mit einer Begierde, die einem Funken glich, der schon durch die geringste Berührung zu einem Feuer auflodern konnte. Offensichtlich war er sich dieser Tatsache auch bewußt, denn er musterte sie diesmal mit einem wissenden Lächeln. Dann stieg er ab und band sein Pferd an einem Baum fest. Schließlich nahm er Marie an der Hand und führte sie zu einer moosbewachsenen Stelle unter einer großen Eiche.

Anscheinend hatten Maries Spielereien mit Simon dazu geführt, daß sie keine richtige Jungfrau mehr war, denn sie fühlte nur einen kurzen Schmerz, als er in sie eindrang. Wenig später rissen sie seine Stöße in einen Strudel der Begierde, der sie ihre Beine um seine Hüften schlingen ließ, damit er noch tiefer in sie eindringen konnte. Schließlich erreichte ihre Lust ein fast unerträgliches Ausmaß, und sie schrie auf. Dann kam sie mit einem genußvollen Schauer zum Höhepunkt.

Danach war sie so ermattet, daß sie nicht einmal ihre Kleider in Ordnung brachte, als er von ihrem Körper neben sie gerollt war. Schließlich tat er es, und sie öffnete die Augen.

»Warum«, fragte sie zögernd, »warum hast du damit bis heute gewartet?«

Er grinste. »Ich halte nichts von Vergewaltigungen; mir ist

ein williges Mädchen lieber«, antwortete er. Dann fügte er hinzu: »Aber jetzt muß ich gehen. Wirst du morgen wieder hier sein?«

»Ja«, beteuerte Marie, »ja, natürlich!«

Und so trafen sie sich noch ein halbes Dutzend Mal auf der kleinen Lichtung im Wald. Sie erwartete ihn immer sehnsuchtsvoll, und wenn sie ihm dann beim Abschied traurig nachblickte, freute sie sich schon auf das nächste Treffen. Dennoch war sie sich völlig darüber im klaren, daß sie sich als Bauernmädchen kaum Hoffnung machen konnte, ihn lange zu halten. Das war einer der Gründe, warum sie ihn so begehrte; sie wußte, daß sie nach dieser Affäre den Rest ihres armseligen Lebens mit Simon verbringen würde, mit ihm auf dem Feld arbeiten und seine Kinder zur Welt bringen mußte, bis sie so verbraucht aussehen würde wie ihre Mutter jetzt.

An einem heißen Sommertag schließlich lagen sie das letzte Mal zusammen unter der großen Eiche.

»Morgen gehe ich fort«, meinte er unvermittelt; seine Stimme klang dabei so abwesend, als hätte er sie in Gedanken schon verlassen.

»Wohin?« fragte sie mit tonloser Stimme.

»Nach Lyon. Da ist mein Regiment. Später muß ich vielleicht weiter nach Holland; wir haben möglicherweise bald Krieg mit den Holländern.«

Sie hatte keine Ahnung, wo Lyon oder Holland lagen, aber sie wußte, daß die de Rhoulacs zum Waffenadel gehörten und als Gegenleistung für ihre Ländereien und Titel König Louis mit der Waffe dienen mußten.

Zum Abschied überreichte er ihr einen kleinen Lederbeutel.

»Das ist mein Hochzeitsgeschenk für dich«, sagte er dabei.

»Wie lange wirst du fortbleiben?« fragte sie.

Die Frage schien ihn zu überraschen. »Mindestens ein Jahr. Selbst wenn es keinen Krieg gibt, muß ich meinen Militärdienst ableisten.«

Dann küßte er sie noch einmal und ritt davon.

Als sie später den Lederbeutel öffnete, rollten ihr drei Goldmünzen entgegen. Das war genug, um für sich und Simon einen neuen Ackergaul und vielleicht einen Ochsen zu kaufen. Marie war ein praktisch denkendes Mädchen, als daß sie das Geld verschmäht hatte, aber es half ihr auch nicht über ihren Kummer hinweg. Ihr war klar, daß sie ihn wahrscheinlich nicht wiedersehen würde, und wenn, dann erst nach einem Jahr. Bis dahin war sie sicher längst Simons Frau, und wahrscheinlich trug sie dann schon sein erstes Kind unter dem Herzen.

## 2

Marie hatte sich ausgemalt, daß sie im darauffolgenden Jahr sicher von Simon schwanger werden würde. Aber ihr erstes Kind sollte schon viel früher zur Welt kommen – und es war nicht Simons.

Etwa zwei Monate nachdem sie von Philippe de Rhoulac Abschied genommen hatte, wurde ihr klar, daß sie schwanger sein mußte. Diese Erkenntnis beunruhigte sie nicht sonderlich; sie war zuversichtlich, daß Simon ihr keinen Vorwurf machen würde, wenn sie ihm die Neuigkeit geschickt beibrachte. Schließlich war sie nicht das erste Bauernmädchen, das von einem Adligen geschwängert worden war. Und selbst wenn Simon sich aufregen sollte, was konnte er schon tun? Philippe de Rhoulac verklagen? Wohl kaum; der Richter hatte seine Ernennung nämlich von Monsieur le Duc, Philippes Vater.

Nein, Simon würde sie trotzdem heiraten, weil sie eine gute Partie war. Außerdem wollte er sie gerne in sein Bett bekommen. Die Hochzeit mußte jetzt eben einfach ein wenig früher stattfinden.

An einem kühlen Novembertag ging Marie zu dem Haus, das Simon mit seiner Mutter teilte, um ihn zu einem Spaziergang abzuholen. Als sie an einem Bach Rast machten, beichtete sie ihm, daß sie von Philippe de Rhoulac schwanger war.

Simon wurde kreidebleich vor ohnmächtiger Wut.

»Hat er dich vergewaltigt?«

»Ja.« Selbst wenn sie vorgehabt hätte, ihm die Wahrheit zu sagen, hätte sie sein furchterregender Gesichtsausdruck nun davon abgehalten.

Lange Zeit starrte Simon schweigend auf den Bach. Dann

sagte er unvermittelt: »Wir müssen den Pfarrer bitten, das Aufgebot nächsten Samstag zu verlesen. Wissen deine Eltern und deine Brüder das von de Rhoulac?«

»Nein, sie wissen nicht einmal, daß ich schwanger bin.«

»Dann sag ihnen nichts von de Rhoulac! Niemals! Erzähl keinem davon, laß sie glauben, daß es mein Kind ist. Ich will nicht, daß jemand erfährt, wie man mir schon vor meiner Hochzeit Hörner aufgesetzt hat!«

»Gut, Simon. Niemand wird erfahren, daß das Kind nicht von dir ist.« Sein Stolz und sein Zorn hatten sie überrascht, gleichzeitig erfüllte sie seine Reaktion jedoch auch mit einem Gefühl des Respekts vor ihm.

Als das Aufgebot schließlich an drei aufeinanderfolgenden Samstagen verlesen worden war, sah man Marie ihren Zustand bereits an, aber niemand störte sich besonders daran. Was machte es schon, wenn zwei liebeshungrige junge Leute nicht bis zur Hochzeit hatten warten können?

Die Trauung wurde schließlich an einem kalten Dezembertag vollzogen. Trotz der Kälte marschierten die Hochzeitsgäste traditionsgemäß mit einer Musikkapelle zum Haus der Braut, wo das Hochzeitsessen stattfinden sollte. Auf dem Weg dorthin begegnete ihnen eine Kutsche, in der Philippes Schwester, Therese, saß. Es war üblich, daß auch ein Adliger einem Hochzeitszug und der Braut einen Gruß entbot, aber Therese ließ sich nicht einmal zu einem Lächeln herab.

Marie sollte erst knapp zwei Wochen später den Grund für dieses merkwürdige Verhalten erfahren. Philippe war tot; er war bei einem Manöver unter seinem eigenen Pferd begraben und zu Tode gequetscht worden. Die Nachricht versetzte Marie nur einen kurzen Schmerz. Sie war zu sehr mit ihrem neuen Leben an Simons Seite beschäftigt. Dazu gehörte auch das Erlernen der Haushaltsführung unter den gestrengen Augen ihrer mürrischen Schwiegermutter, die nicht im Traume daran dachte, dem Mädchen, das ihr einziger Sohn geheiratet hatte, irgendwelche Rechte zu überlassen. Und so schrubbte Marie Töpfe und machte Betten, während Madame Dubois im Sessel saß und strickte. Im Frühling half Marie auch noch beim Pflügen auf dem Acker, obwohl ihr Bauch zu diesem Zeitpunkt schon sehr gewölbt und hinderlich war.

Marie hatte Philippe mittlerweile schon fast vergessen, und

auch das ungeborene Kind betrachtete sie inzwischen als Simons. Daher war sie auch sehr überrascht, als ihre Tochter an einem kühlen Juniabend schließlich zur Welt kam. Im Gegensatz zu anderen neugeborenen Babys war dieses Kind weder rotgesichtig noch kahlköpfig, sondern hatte einen leuchtendblonden Haarflaum auf dem rotwangigen Köpfchen.

Als Simon das Kind sah, trat zunächst ein Ausdruck der Verblüffung und der Ehrfurcht auf sein Gesicht, der für kurze Zeit einem Gefühl des Zorns wich. Er berührte vorsichtig die winzige Hand des Kindes und lächelte, als sie nach seinem Zeigefinger griff.

Erleichterung durchströmte Marie, und sie fragte leise: »Wie sollen wir sie nennen?«

»Ich habe noch nicht darüber nachgedacht«, antwortete Simon. Nach langem Zögern meinte Marie zaghaft: »Ich hatte an ›Angelique‹ gedacht.«

Simon nickte zustimmend. Offenbar war auch er der Ansicht, daß man diesem feenhaften Geschöpf nicht einen der Namen geben konnte, wie sie Bauernmädchen normalerweise trugen.

Obgleich Simon dem Kind weiterhin mit einer gewissen Ehrfurcht begegnete, zeigte er offen, daß er es gern hatte. Trotzdem war Marie froh, als sie im darauffolgenden November feststellte, daß sie wieder schwanger war. Jetzt würde Simon endlich ein eigenes Kind haben, und mit Gottes Hilfe würde es ein Junge werden.

Es wurde tatsächlich ein Junge, ein gesundes, kräftiges Kind, das sie Claude tauften. Er war ein bemerkenswert stilles Kind, das nur selten weinte oder Schwierigkeiten machte. Claude hatte dieselben dunklen Haare und Augen wie sein Vater, und er erweckte selbst als Kleinkind schon die Hoffnung, einmal so groß und kräftig zu werden wie Simon.

Simon war Angelique zwar weiterhin ein guter Vater, aber es war ganz offensichtlich, daß er Claude abgöttisch liebte. Als Angelique vier und Claude noch nicht ganz drei Jahre alt war, starb Simons Mutter. Marie redete sich gar nicht erst ein, über ihren Tod besonders betroffen zu sein, aber sie respektierte die Trauer ihres Mannes.

Im Laufe des Jahres zeigte sich, daß der Tod seiner Mutter

nicht Simons einzige Sorge bleiben sollte. Irgend etwas stimmte nicht mit Claude. Angelique hatte schon sprechen können, bevor sie ein Jahr alt war; Claude dagegen konnte selbst mit fünf kaum einen vernünftigen Satz bilden.

Eines Nachts, als Simon und Marie neben dem Kamin im Bett lagen, sagte Simon: »Es ist nicht so schlimm, wenn er ein wenig langsam ist. Was ein Bauer braucht, ist ein starkes Kreuz, und das wird er haben.«

»Ja, das stimmt«, pflichtete Marie ihm bei. »Außerdem werden wir sicher noch mehr Söhne haben.«

Diese Hoffnung aber sollte sich nicht erfüllen. Jahr um Jahr verging, aber es blieb bei zwei Kindern, dem schönen Mädchen mit den intelligenten Augen und dem Jungen, der schon mit zehn Jahren die Arbeit eines erwachsenen Mannes tun konnte.

Eines Abends kam Angelique zu Marie und sagte unvermittelt: »Mama, Papa ist nicht mein richtiger Vater, nicht?«

Marie hatte diese Frage schon seit einiger Zeit erwartet; ihr war klar, daß die Leute redeten, weil zwei so dunkelhaarige, stämmige Menschen wie Simon und sie ein engelhaftes, blondes Geschöpf zur Tochter hatten. Ihre eigene Familie hatte sie oder Simon jedoch nie darauf angesprochen. Vielleicht ahnten sie, zu welch beängstigender Wut der nach außen hin so gutmütig wirkende Simon fähig war.

»Warum fragst du mich so etwas?« fragte Marie ihre Tochter.

»Weil ich nicht aussehe wie du und Papa und Claude. Und weil die Mädchen im Dorf so etwas gesagt haben.«

»Was haben sie gesagt?«

»Daß jemand anderer mein Papa sein muß.«

»Haben sie – einen Namen gesagt?«

»Nein.«

Marie war nicht überrascht darüber, daß man nichts von Philippe gesagt hatte. Er hatte die Gegend viele Monate vor Angeliques Geburt verlassen; jetzt, mehr als ein Dutzend Jahre später, erinnerten sich nur wenige Leute im Dorf überhaupt noch daran, daß Monsieur le Duc einmal einen Sohn gehabt hatte.

»Warum gibst du etwas auf das, was ein paar dumme Dorfmädchen schwatzen«, meinte Marie schwach.

»Bitte, Mama.« Angeliques klare intelligente Augen, die Marie oft verlegen machten, ruhten unnachgiebig auf ihr. »Ich werde dir keine Vorwürfe machen. Ich habe dich doch lieb.«

»Angelique, ich habe Simon versprochen – ich habe deinem Vater versprochen ...« Ihre Stimme erstarb.

»Daß du es nie jemandem sagen würdest? Aber ich bin doch nicht irgend jemand. Bin ich denn nicht die einzige, die es außer dir und Papa wissen sollte?« Sie hielt einen Moment inne und fügte dann hinzu: »War es jemand, den wir heute noch kennen?«

»Nein, er ist tot. Er war ein feiner Herr. Aber mehr frag mich bitte nicht und sage deinem Vater auf keinen Fall, daß du es weißt!«

»Nein, das tue ich nicht.« Sie umarmte ihre Mutter so herzlich, daß es Marie fast peinlich war. »Ich habe dich und Papa sehr lieb. Und wenn – und wenn dieser andere Mann ein feiner Herr war, dann möchte ich seinen Namen gar nicht wissen. Ich mag keine feinen Herren.«

»Aber ...«

»Nein! Ich mag nicht, wie Papa und Claude sich immer vor den feinen Herren verbeugen und den Hut ziehen müssen. Die meisten haben nicht einmal einen Blick für sie übrig.«

›Warum stößt sich meine seltsame Tochter ausgerechnet daran?‹ fragte Marie sich verwundert. Bauersleute klagten für gewöhnlich nur über hohe Steuern und Abgaben, das Verbeugen vor den Reichen war für sie eine Selbstverständlichkeit, genauso wie es für die Reichen eine Gewohnheit war, die Bauern keines Blickes zu würdigen.

Plötzlich hörten sie vor der Tür Simon und Claude, und sie brachen das Gespräch schnell ab.

Nun, an einem heißen Nachmittag mehr als fünf Jahre später, dachte Marie über ihr Leben nach, während sie darauf wartete, daß ihr Mann vom Schleifstein und ihre Kinder von der Feldarbeit zum Essen kämen.

Sie und Simon waren nicht die einzigen Bauern, die nicht in der Lage gewesen waren, ihre Steuern zu zahlen und deshalb ihr Land an das Château de Rhoulac verloren hatten. Auch ihre Eltern hatten vor einiger Zeit ihr Land abgeben müssen und waren bald darauf kurz nacheinander gramgebeugt gestorben. Nun bewirtschaftete Maries einziger Bruder mit seiner Frau den Hof; ihre beiden anderen Brüder hatten Mädchen aus anderen Gegenden geheiratet und halfen bei den Schwiegereltern mit.

Das größte Problem für die Bauern waren die hohen Preise und Abgaben; dazu kamen drei schlechte Ernten nacheinander und eine Reihe von Epidemien, die einen großen Teil des Viehs dahingerafft hatten. Es hieß, für die hohen Preise und Steuern seien die teuren Kriege verantwortlich, die König Louis schon jahrelang führte. Andere Stimmen meinten jedoch, daß sie auf die extravagante Lebensweise der Königin Marie Antoinette zurückzuführen seien. Was auch immer der Grund dafür, der Adel rang den Bauern die letzten Groschen ab.

Marie hatte jedoch gehört, daß es in anderen Gegenden noch viel schlimmer sein sollte. Es kursierten Geschichten von heimatlosen, abgemagerten Menschen, die vor Hunger sogar Gras aßen. Verzweifelte Bauern sollten vereinzelt Schlösser angezündet und deren Bewohner erschlagen haben. Natürlich waren die Beteiligten strengstens bestraft worden; die meisten Aufständischen hatte man gehängt. Die Anführer hatte man erst gehängt und dann gevierteilt.

Die Leute erzählten, daß man auch das Schloß des Marquis de Belleau, dem Schwiegersohn von Monsieur le Duc, angezündet hatte. Den Marquis selber hatte man angeblich mit einer Axt erschlagen, seine Frau war entkommen. Sie war inzwischen zu ihrem Vater zurückgekehrt, der in den letzten Jahren sein Schloß kaum noch verlassen hatte. Außer dem alten Mann und seinen Dienstboten lebte nur noch Monsieur le Ducs Onkel, ein Mann von fast achtzig, im Schloß.

Wenige Tage zuvor hatte Marie Madame la Marquise zufällig in ihrer Kutsche vorbeifahren sehen. Sie schien wirklich viel durchgemacht zu haben, denn sie war kaum noch als die schöne Dame zu erkennen, die achtzehn Jahre zuvor an Maries Hochzeitszug vorbeigefahren war.

›Selbst die Großen dieser Welt müssen leiden‹, dachte Marie nicht ohne eine gewisse Genugtuung. Auch wenn sie nicht viel Fantasie hatte, so spürte sie doch irgendwie, daß sich über Frankreich etwas Schreckliches zusammenbraute.

Vorläufig aber ging es Simon und ihr noch relativ gut, und auch Angelique und Claude waren kräftig und gesund. Als sie an ihren sanftmütigen Sohn dachte, legte sich ein Ausdruck von Weichheit über ihr Gesicht. Claude würde sie und Simon immer mehr lieben als jede Frau, und er würde sie auch nie verlassen, um irgendwo anders ein besseres Leben zu führen, wie es viele junge Leute aus dem Dorf getan hatten. Er würde immer ihr kleiner Sohn bleiben.

Was Angelique anbelangte, so konnte kaum daran gezweifelt werden, daß sie bald einen Ehemann finden würde. Bislang hatten sich allerdings bemerkenswert wenig junge Männer um sie bemüht. Ihre Verehrer schienen ihr regelrecht mit Ehrfurcht zu begegnen, nicht nur wegen ihrer Schönheit, sondern auch wegen ihrer temperamentvollen Art.

Bisher hatten nur zwei junge Männer Interesse an ihr bekundet. Zwei Wochen zuvor hatte der wohlhabende Marcel Monet bei Simon um Angeliques Hand angehalten, aber sie hatte es abgelehnt, den Fünfundzwanzigjährigen zu heiraten, der es fertigbrachte, gleichzeitig tolpatschig und verschlagen zu wirken.

Angeliques zweiter Verehrer hatte ihr zwar keinen offiziellen Heiratsantrag gemacht, aber man konnte ihm seine Gefühle von den Augen ablesen, wann immer Angelique in seiner Nähe war. Es war Jacques Latour, ein entfernter Verwandter von Simon. Er war einundzwanzig, und die Leute im Dorf hielten ihn für einen abtrünnigen Priester, obgleich er das Kloster noch vor der Priesterweihe verlassen hatte. Daß er das Kloster verlassen hatte, fand Marie gar nicht so verwerflich, aber sie machte sich ernsthaft Sorgen darüber, was er über die Kirche sagte. Und nicht nur über die Kirche, auch über die Reichen und Mächtigen verbreitete er Dinge, die ihn sicher in Schwierigkeiten bringen konnten...

In diesem Augenblick wurde sie durch das Herannahen eiliger Schritte in ihren Gedanken unterbrochen. Sie wandte sich um, gerade als Angelique durch die Tür gestürzt kam.

»O Mama! Es ist etwas passiert!«

Marie eilte zu Angelique, packte sie an den Schultern und fragte: »Wo ist Claude?«

»Er...«

Wieder nahten Schritte. Auch Simon hatte das Mädchen gehört und kam aus dem Schuppen gelaufen. Angelique befreite sich aus dem Griff ihrer Mutter und fuhr herum.

»O Papa, Claude ist etwas zugestoßen!«

# 3

Sie liefen über die Felder, so schnell es ging, aber als sie bei Claude ankamen, sahen sie gleich, daß sie zu spät gekommen waren. Marie und Angelique wußten schon, daß er tot war, bevor Simon sich auf die Knie fallen ließ und sein Ohr an die Brust des Jungen preßte. Das kantige Gesicht mit dem unmerklichen schwarzen Bartflaum, das immer wie das unbesorgt glückliche Antlitz eines Kindes gewirkt hatte, war nun eine seelenlose, erstarrte Maske.

Simon nahm seinen Sohn in die Arme und wiegte ihn fast eine Minute lang schweigend hin und her. Erst da sah Angelique das Blut an Claudes Hinterkopf und auch den blutbeschmierten Stein, auf den er aufgeschlagen war.

Simon hob sein vor Gram fast entstellt wirkendes Gesicht und wandte sich an Angelique. »Wie ist das passiert?«

Sie erzählte ihm von dem Hirsch, der über die Mauer gesprungen war, und von dem schwarzen Pferd mit seinem Reiter, die ihn verfolgt hatten.

»Wer war es?« fragte Simon mit belegter Stimme.

»Der Engländer, der im Schloß wohnt.« Bei dem Gedanken daran, wie sie den Bäcker über Richard Lansing ausgefragt hatte, errötete sie unmerklich. »Papa, sollen wir Claude nicht lieber nach Hause bringen?« fragte sie schnell.

Als sie Claude schließlich nach Hause getragen und in sein Bett gelegt hatten, meinte Angelique: »Soll ich den Priester holen gehen?«

Natürlich konnte es für Claude keine letzte Absolution mehr geben, aber, so dachte Angelique, was sollte Claude schon für Sünden begangen haben, daß man ihm den Zugang zum Himmel verschließen würde? Trotzdem hielt sie es für schicklich, wenn der Priester ein Kreuz über ihm schlug und ein Gebet für ihn sprach.

Marie schwieg, aber Simon sagte mit erstickter Stimme: »Ja, geh ihn holen.«

Als Angelique bei der Kirche im Dorf ankam, öffnete sich gerade die eine Hälfte des Portals, und der Priester trat heraus. Obgleich er ein alter Mann war, dessen mächtiger Bauch sich kugelgleich über die Kordel wölbte, die seine Kutte umgürtete, war er der ›Neue‹, denn er stand der Gemeinde erst knapp sechs Monate als Priester vor. Angelique mochte ihn lieber als den ›alten‹ Priester, einen gichtleidenden Vierzigjährigen, der sich hauptsächlich damit beschäftigt hatte, seine Schäflein mit dem Fegefeuer zu bedrohen, wenn sie es gewagt hatten, in Monsieur le Ducs Wald zu wildern, sich gegen Höhergestellte zu erheben oder sich in irgendeiner Weise mit ihrem von Gott erwähltem Leben unzufrieden zu zeigen.

Der beleibte Priester blieb stehen, als er Angelique entdeckte.

»Willst du zu mir, mein Kind?«

»Ja, Vater. Mein Bruder ist tot.«

»Der junge Claude?« fragte der Priester erstaunt. »Wie ist denn das passiert?«

Als Angelique es ihm erzählte, fragte er: »Und du sagst, das Pferd wurde von dem englischen Herrn geritten, der zur Zeit auf dem Schloß wohnt? Den habe ich doch erst vor knapp fünfzehn Minuten zusammen mit Monsieur le Duc und seiner Tochter in einer Kutsche vorbeifahren sehen. Sie waren auf dem Weg nach Versailles; Monsieur Lansing wird dort noch ein paar Wochen zusammen mit ihnen verbringen und dann nach England zurückkehren.« Er hielt einen Moment lang inne und fügte dann hinzu: »Der arme Claude. Wie schrecklich, daß ein solcher Unglücksfall ausgerechnet einen solch herzensguten Jungen wie ihn treffen muß. Aber wir müssen uns damit abfinden, daß es Gottes Wille war, mein Kind.«

›Ein Unglücksfall‹, dachte Angelique bitter. So würde man es wohl vor einem Gericht von Monsieur le Duc de Rhoulac bezeichnen, wenn es überhaupt jemand wagte, ein Gericht anzurufen. Und natürlich gehörte es sich für den Pfarrer ebenfalls, daß er von einem ›Unfall‹ sprach.

»Können Sie kommen und Claude den letzten Segen erteilen, Vater?« fragte Angelique.

»Natürlich, mein Kind, aber zuerst muß ich noch zum Dorfverwalter«, antwortete der Priester. Dann fügte er sanft hinzu: »Aber es hat ja keine Eile.«

Nein, es hatte wirklich keine Eile. »Danke, Vater«, sagte Angelique und wandte sich ab.

Offensichtlich hatte der Priester doch Wichtiges beim Verwalter zu tun, denn Angelique war noch kaum ein paar hundert Meter gegangen, als sie plötzlich Pferdegetrappel hinter sich hörte. Als sie sich umdrehte, ritt der Priester mit feierlicher Miene an ihr vorbei.

In diesem Augenblick wurde Angelique bewußt, wie müde sie inzwischen war, und sie verlangsamte ihr Tempo. Es hatte ohnehin nicht viel Sinn, sich zu beeilen, denn bis sie das Haus erreichen würde, war der Priester bestimmt schon wieder auf dem Rückweg.

Als sie an eine kleine Brücke kam, verließ sie die Straße und setzte sich ans Ufer, um ihre Füße im Wasser zu kühlen. Die Trauer um Claude hatte mittlerweile fast wie ein körperlicher Schmerz Besitz von ihr ergriffen. Sie wünschte plötzlich, ihr stiller Verehrer Jacques wäre bei ihr, Jacques mit seinem warmen Lächeln, seinen blauen Augen und seinem dunklen Schopf. Er hätte sie in diesem Augenblick trösten können, und seine Anwesenheit wäre auch ihren Eltern ein Trost gewesen, denn sie mochten ihn trotz seiner rebellischen Reden.

Ihr fielen plötzlich Dinge ein, die er einmal gesagt hatte, als er bei den Dubois' zum Essen eingeladen gewesen war.

»Ich habe das Kloster verlassen, weil die französische Kirche kein Freund der Armen und Hilflosen ist, wie Christus es war. Unsere Priester sind doch nur noch die Speichellecker der Reichen und Mächtigen.« Später war er dann auf die Politik zu sprechen gekommen. »Die französischen Steuergesetze sind eine himmelschreiende Ungerechtigkeit. Die Reichen, die es sich leisten könnten, zahlen überhaupt keine Steuern. Die Bauern aber werden besteuert, und zwar so hoch, daß sie sich nur noch von Kartoffeln und Zwiebeln ernähren können, und manchmal reicht es nicht einmal mehr dafür.«

Im Augenblick war Jacques verreist, um seinen Cousin in Paris zu besuchen. Wie schon so oft, fragte sich Angelique, was es mit diesem unbekannten Cousin, einem Steinmetz, eigentlich auf sich hatte. Er hatte Jacques noch nie einen Gegenbesuch abgestattet. Vielleicht existierte er ja auch gar nicht, vielleicht hatten Jacques häufige Fahrten nach Paris einen ganz anderen Grund. Angelique hatte öfters Gerüchte aufgeschnappt, in denen von geheimen Treffen überall in Frankreich die Rede war. Dort beratschlagte man angeblich ›Pläne‹. Angelique hatte das dumpfe Gefühl, daß es sich bei diesen Plänen um Vorhaben handelte, die leicht am Galgen enden konnten. Diesen Gedanken verdrängte sie jedoch entschieden. Sie mochte Jacques sehr gerne, allerdings war sie sich nicht sicher, ob ihre Zuneigung zu ihm so groß war, daß sie ihn geheiratet hätte.

Er hatte ihr zwar nie einen Heiratsantrag gemacht, aber sie war davon überzeugt, daß er sehr angetan von ihr war. Ihre Mutter teilte diese Überzeugung, ja, sie war sogar der Meinung, daß Jacques nur Angelique wegen in St.-Isidore blieb. ›Mit seiner Bildung‹, hatte Marie gesagt, ›könnte er leicht bei einer reichen Familie als Erzieher arbeiten, und bei seinem Aussehen hätte er die Möglichkeit, vielleicht einmal eine wohlhabende Frau zu heiraten. Statt dessen bleibt er hier und arbeitet für ein paar Franc im Monat beim Verwalter. Dieser Jacques ist schon ein komischer Kauz.‹

Ja, dachte Angelique im stillen, er ist ein seltsamer Mensch, und einen stillen Rebellen wie ihn zu lieben, konnte einem Mädchen viel Kummer bereiten. Trotzdem wünschte Angelique innig, er hätte in diesem Augenblick bei ihr sein können, um ihren Schmerz zu teilen...

Plötzlich wurde Angelique von Pferdegetrappel in ihren Gedanken unterbrochen. Sie stand auf, zog ihre Holzpantinen an und ging hinauf zur Straße. Dort traf sie auf den Priester. »Ich habe deiner Mutter gesagt, daß die Beerdigung am nächsten Mittwoch stattfinden kann«, rief er ihr zu.

»In welcher Verfassung war sie?«

»Sie war sehr ruhig.« Er runzelte die Stirn, als sei eine solche Reaktion an sich schon etwas Beunruhigendes.

»Und mein Vater?«

»Der war nicht da.«

»Nicht da!«

»Deine Mutter wußte auch nicht, wo er hingegangen ist. Es wird das beste sein, wenn du jetzt zu ihr gehst, mein Kind.« Er bekreuzigte sich und ritt davon.

In einer Mischung von Angst und Trauer eilte Angelique nach Hause, wo sie ihre Mutter unverändert auf einem Stuhl neben Claudes Bett sitzend vorfand.

»Mama?«

Marie blickte nicht auf, sondern wedelte nur stumm mit ihrem Kopftuch eine Fliege fort, die sich auf Claudes Gesicht gesetzt hatte.

»Wo ist Papa hingegangen?«

»Ich weiß nicht«, antwortete Marie mit tonloser Stimme. »Er ist einfach fortgegangen.«

›Vielleicht ist er in den Wald gegangen, um dort allein mit seinem Kummer fertig zu werden‹, dachte Angelique. ›Sicher will er ungestört sein.‹

Dann aber fiel ihr Blick auf den Tisch, den ihre Mutter mittags gedeckt hatte, und sie erstarrte. Ihre Mutter stellte immer ein Brett mit einem Brotlaib und einem großen Messer in die Mitte des Tisches. Nun aber war das Messer verschwunden. »Mama! Wo ist das Messer?«

Marie blickte noch immer nicht auf. »Es liegt auf dem Tisch.«

Angelique wurde klar, daß es keinen Sinn hatte, mit ihrer Mutter zu reden. Aber wohin war Simon nur gegangen, und was hatte er mit dem Messer vor? Wollte er sich etwa umbringen? Das sicher nicht. War er etwa auf dem Weg zum Schloß?

Bei diesem Gedanken schlug Angelique das Herz bis zum Hals. Dann aber fiel ihr mit grenzenloser Erleichterung ein, daß Simon den englischen Herrn ja gar nicht töten konnte und somit sein eigenes Todesurteil fällen würde. Richard Lansing war ja mit Monsieur le Duc und dessen Tochter nach Versailles gefahren.

Simon würde nicht einmal bis ins Schloß vordringen können, weil das Tor von Soldaten bewacht wurde. Der König hatte wegen der überall im Lande aufkeimenden Bauernrevolten sämtlichen Schlössern militärischen Schutz zugestanden. Die Soldaten würden den gramgebeugten Simon sicher abweisen, und er würde nach Hause kommen.

Angelique beschloß, ihm nicht nachzulaufen. Sie hielt es für das beste, zu Hause mit ihrer Mutter auf ihn zu warten, und so nahm sie sich einen Stuhl und setzte sich neben die stumm am Totenbett wachende Marie.

## 4

Der ältere der beiden Wachsoldaten vor dem Schloßtor sagte: »Monsieur Lansing ist nicht da.«

Simon, dessen Herz nicht nur vor Wut bebte, sondern auch

noch von dem Marsch über den steilen Schloßpfad wild pochte, stieß hervor: »Ich muß ihn sehen!«

»Bist du taub, Opa?« schaltete sich der zweite Wachsoldat ein, der mit seinen neunzehn Jahren fast zwanzig Jahre jünger war als Simon. »Der englische Herr ist fort. Außerdem – was sollte einer wie du schon mit ihm zu bereden haben?«

»Ich habe eine wichtige Botschaft für ihn. Und ich glaube euch nicht, daß er fort ist.«

Das Wachestehen war so langweilig, daß der junge Wachsoldat förmlich nach einer Gelegenheit lechzte, sich etwas Abwechslung zu verschaffen. Er packte seine Muskete beim Lauf und gab vor, damit auf Simon zu zielen.

»Willst du mich etwa einen Lügner nennen, Alter?«

»Er ist hier«, entgegnete Simon mit belegter Stimme. »Er war heute morgen hier, und das ist er auch jetzt noch. Und ich habe eine Botschaft für ihn.«

»Und wir haben eine für dich. Mach, daß du den Hügel hinunterkommst, bevor ich dir die Muskete in den Hintern ramme!«

»Mach dich nicht über ihn lustig«, mahnte der andere Wachsoldat. Dann wandte er sich an Simon.

»Monsieur Lansing ist zusammen mit Monsieur le Duc und seiner Tochter nach Versailles gefahren. Komm herein auf den Schloßhof, dann kannst du dich mit eigenen Augen davon überzeugen, daß die große Reisekutsche nicht mehr da ist.«

Sie öffneten das große Tor, und Simon folgte ihnen auf den gepflasterten Schloßhof. Die große Kutsche war tatsächlich nicht da, aber das war für Simon kein Beweis dafür, daß der Engländer wirklich weg war.

Er warf einen verstohlenen Blick hinüber zum Schloßeingang. Es war ein heißer Tag, und man hatte die Tür deshalb nicht ganz geschlossen...

Simon fuhr blitzschnell herum und spurtete quer über den Hof. Bis die Soldaten sich von ihrer Überraschung erholt hatten und die Verfolgung aufnehmen konnten, war er schon halb die Stufen zum Eingang hinauf. In der Empfangshalle lief er unbeirrt an einer livrierten Gestalt vorbei, die ihn aufhalten wollte, und stürzte die Haupttreppe hinauf. Oben angekommen, wandte er sich nach links auf einen Korridor, der mit dicken roten Teppichen ausgelegt war. Simon war sicher, hier den Mann finden zu können, der seinen Sohn auf dem Gewissen hatte, und er suchte fieberhaft nach einer offenen Tür, hinter der er den hochgewachsenen Mann finden würde.

Plötzlich kam ihm ein Mann entgegen, der gerade aus einem der Zimmer getraten war. Mit seinem gezierten Gang, der weißen Perücke und den Satinkleidern konnte er kein Bediensteter sein; es konnte sich also Simons Meinung nach nur um den Engländer oder um Monsieur le Duc handeln. Plötzlich war es Simon völlig gleichgültig, wer der Mann war. Er war fest davon überzeugt, daß für beide Männer der Tod seines Sohnes nicht mehr Bedeutung hatte als vielleicht eine kleine Unpäßlichkeit eines ihrer Jagdhunde. Er zückte sein Messer.

Der Comte de Gascard, Onkel des Duc de Rhoulac, sah den Rasenden mit erhobenem Messer auf sich zukommen. Er riß seinen satinumhüllten Arm hoch, um sein faltiges Gesicht und seine Brust zu schützen. Das Messer durchdrang seinen Ärmel und ritzte die Haut auf seinem Unterarm, ehe die Soldaten den tobenden Angreifer überwältigen und niederschlagen konnten.

Obgleich der Oktober inzwischen dem November gewichen war, war es in dem finsteren Gerichtsgebäude am zweiten und letzten Tag der Verhandlung gegen Simon unangenehm warm. Der Verhandlungsraum war bis auf den letzten Platz gefüllt. Mit Ausnahme von Jacques Latour war die gesamte Dorfbevölkerung abwesend. Zu Angeliques großer Enttäuschung hatte er an den Verwalter einen Brief geschickt, in dem er von dringenden Familienangelegenheiten sprach, die ihn und seinen Cousin nach Marseilles riefen.

Angelique saß während der Verhandlung zwischen ihrem Onkel Georges, Maries Bruder, und dessen Frau. Marie selbst war beiden Verhandlungstagen ferngeblieben, und als Angelique sie zögernd gefragt hatte, ob sie nicht doch kommen wollte, hatte sie nur mit tonloser Stimme geantwortet: »Wozu denn? Ich weiß auch so, was sie mit ihm machen werden.«

Der Duc de Rhoulac hatte es nicht für nötig befunden, zur Verhandlung aus Versailles anzureisen. Was Richard Lansing anbelangte, so war Angelique sicher, daß er längst wieder in England war. Vielleicht wußte er nicht einmal, daß er mit einer einzigen unbedachten Armbewegung das Leben eines unschuldigen Jungen ausgelöscht hatte. Und wenn er es wußte, so hielt er es wohl für bedauerlich, aber nicht für wichtig genug, um deswegen extra nach Frankreich zu reisen.

Das französische Gesetz sah vor, daß mittellosen Gefangenen vom Gericht ein Verteidiger gestellt werden mußte. In Simons Fall war es ein schwindsüchtig aussehender junger Mann mit schlechtsitzender Perücke, den man aus Paris beordert hatte. Er rief als einzige Zeugin Angelique in den Zeugenstand und ließ sie noch einmal erzählen, wie der Engländer Claude so grob aus dem Weg geschubst hatte, daß er zu Boden gestürzt war. Der Staatsanwalt, ein mittelalterlicher Mann, dessen mürrischer Gesichtsausdruck ihn wie eine Bulldogge aussehen ließ, benannte die zwei Wachsoldaten sowie mehrere Bedienstete als Zeugen. Der Comte de Gascard, den der Staatsanwalt als einen ›vom Schock Gezeichneten‹ schilderte, erschien nicht persönlich, und so verlas der Staatsanwalt vor dem betagten Richter lediglich eine Erklärung des ebenso betagten Grafen.

An diesem letzten Verhandlungstag nun hielten die beiden Anwälte die Schlußplädoyers. Der Staatsanwalt hatte energisch ›strengste Bestrafung‹ gefordert, während der Verteidiger in sorgfältig gewählten Worten und in unterwürfigem Ton um Gnade für seinen Mandanten bat, der ›dieses schreckliche Verbrechen gegen einen ehrwürdigen Edelmann‹ wohl in geistiger Umnachtung begangen hätte.

Es waren etwa knapp zehn Minuten vergangen, seit der Richter sich zur Beratung zurückgezogen hatte. Plötzlich öffnete sich die Tür neben der Richterbank, und der Richter kehrte zurück. Nach Aufforderung durch den Gerichtsdiener erhoben sich alle Anwesenden von ihren Plätzen. Auch der Gefangene, der während der gesamten Verhandlung nur stumm auf den Boden geblickt hatte, stand auf, den Blick noch immer gesenkt.

»Der Angeklagte sehe mich an«, sagte der Richter. Als Simon den Kopf gehoben hatte, fuhr er fort: »Simon Dubois, am Morgen des zwölften Oktober werdet Ihr zum Galgen geführt und am Halse aufgehängt, bis der Tod eintritt. Zur Abschreckung wird die Hinrichtung auf dem Dorfplatz vorgenommen.«

Angelique atmete erleichtert auf. Simon würde also einen schnellen Tod bekommen und nicht, wie sie es befürchtet hatte, gefoltert und gevierteilt werden.

Der zwölfte Oktober war der erste wirklich kalte Tag des Jahres. Angelique stand inmitten einer schweigenden Menge und sah mit an, wie Simon zum Galgen geführt wurde. Es hatte sie ihre ganze Kraft und Überwindung gekostet, zusammen mit ihrem Onkel Georges und seiner Frau zum Dorfplatz zu kommen, aber sie hatte irgendwie das Gefühl, es Simon schuldig zu sein. Sie wollte ihn in den letzten Minuten seines Lebens nicht allein lassen, er sollte irgendwo in der Menge jemanden sehen können, der ihn liebte.

Aber Simon blickte überhaupt nicht auf, sondern ließ mit gesenktem Kopf die Segnungen des Priesters über sich ergehen, die er ohnehin nicht wahrnahm. Dann wurde ihm die Schlinge um den Hals gelegt und eine schwarze Kappe über den Kopf gezogen.

In diesem Moment sank Angelique in eine erlösende Ohnmacht. Als sie wieder zu sich kam, lag sie auf dem Ochsenkarren ihres Onkels, den Kopf im Schoß ihrer Tante.

»Ist es vorbei?« fragte sie mit tonloser Stimme.

»Ja«, antwortete ihre Tante. »Wahrscheinlich haben sie ihn inzwischen schon heruntergeholt.«

Angelique setzte sich auf.

»Was werden du und deine Mutter jetzt tun?« fragte ihr Onkel vom Kutschbock her.

»Ich weiß nicht.«

»Eines steht fest; ihr beiden Frauen allein könnt den Bauernhof nicht bewirtschaften. Ihr könntet nicht einmal euch beide davon ernähren, geschweige denn die Abgaben ans Schloß bezahlen. Deine Mutter könnte ja bei uns wohnen; schließlich ist sie meine Schwester, und außerdem kann sie ja sonst nirgendwo hin. Aber euch beide können wir nicht aufnehmen, unser Haus wird ohnehin schon zu klein.« Onkel Georges hatte sieben Kinder, die alle unter vierzehn waren.

»Es wird das beste sein, wenn du dich verheiratest«, sagte die Tante.

»Wie wäre es denn mit Marcel Monet?« schlug ihr Onkel vor.

»Niemals!« stieß Angelique hervor. Sie erinnerte sich mit

Schaudern daran, wie Marcel sie wenige Wochen zuvor auf dem Feld überrascht und belästigt hatte. Zunächst hatte sie sich verzweifelt gewehrt, bis ihr klargeworden war, daß ihn ihr Widerstand noch mehr reizte. Also hatte sie untätig abgewartet, bis er sie küssen wollte, und hatte ihm dann mitten ins Gesicht gespuckt. Seit diesem Tag hatte er sie keines Blickes mehr gewürdigt.

»Jetzt hör mir mal zu, Mädchen«, meinte ihre Tante strafend, »Marcel ist vielleicht nicht so gebildet wie Jacques Latour, und eine Schönheit ist er auch nicht gerade, aber dafür gehört seiner Familie der größte Bauernhof im ganzen Bezirk.«

»Außerdem wird sich Jacques mit seinen ketzerischen Reden wahrscheinlich um seinen Kopf bringen, noch ehe er so alt wie Simon ist«, warf ihr Onkel ein. »Angel dir lieber Marcel, solange du Gelegenheit dazu hast.«

»Lieber verhungere ich!«

»Das glaube ich kaum«, sagte ihre Tante mit einem freudlosen Lachen. »Du wirst dich wundern, was man alles tut, wenn man Hunger hast!«

Wenige Minuten später setzten Onkel Georges und die Tante Angelique zu Hause ab und fuhren weiter.

Marie war vor dem Haus damit beschäftigt, vertrocknetes Unkraut mit einer Sichel abzumähen.

»Mama!« rief Angelique. »Was machst du da?«

Marie blickte auf. »Mäh du den Weizen fertig«, sagte sie. »Ich geh lieber das Essen machen; Claude und sein Vater werden gleich zurück sein.«

Angelique zog es das Herz zusammen, und sie legte den Arm um ihre Mutter.

»Komm mit ins Haus, Mutter. Es ist noch zu früh, um die Kartoffeln aufzusetzen. Warum setzt du dich nicht hin und ruhst dich ein wenig aus?«

Marie machte einen verwirrten Eindruck und schien zunächst etwas sagen zu wollen, dann aber nahm sie stumm auf einem Stuhl neben dem Kamin Platz und legte die Hände in den Schoß. Angelique setzte sich unterdessen draußen auf eine Bank, die Simon einmal gezimmert hatte, und dachte nach. Ob Onkel Georges ihre Mutter wohl auch aufnehmen würde, wenn sie etwas wirr im Kopf war? Wahrscheinlich schon, schließlich war sie ja seine Schwester.

›Aber was soll ich tun?‹ dachte Angelique. Dann plötzlich kam ihr ein Gedanke, der schon bald feste Formen in ihrem Kopf annahm. Sie würde nach Paris gehen und sich dort Arbeit suchen!

Drei Tage später war Angelique bereits auf dem Weg. Um ihren Kopf und die Schultern hatte sie für den langen Marsch ein dunkelrotes Tuch geschlungen, das ihre Mutter viele Jahre zuvor selbst gewebt hatte. Über der Schulter trug sie eine Tasche aus grobem Sackleinen. Darin waren neben ein paar Lebensmitteln auch ein Rock und eine Bluse, die einzigen Kleidungsstücke, die sie außer dem, was sie auf dem Leibe trug, besaß. Sie hatte auch etwas Geld – fünf Franc und ein paar Centimes, ein Teil des Geldes, das der Verkauf des Duboisschen Hausstandes erbracht hatte. Den Rest hatte sie ihrem Onkel für den Unterhalt ihrer Mutter gegeben.

Bei dem Gedanken an sie spürte Angelique einen Stich im Herz. Als Onkel Georges sie abgeholt hatte, hatte Marie sich heftig gewehrt und immer wieder gerufen, sie könne das Haus nicht verlassen, weil ihr Mann und ihr Sohn jeden Augenblick von der Feldarbeit zurückkehren würden. Erst als sie beim Haus ihres Bruders ankam, beruhigte sie sich und tat von diesem Moment an stumm, was man ihr sagte.

Plötzlich hörte Angelique hinter sich Pferdehufe und das Knarzen von Holzrädern. Als sie sich umdrehte, sah sie ein Gespann von vier Pferden auf sich zukommen, die einen großen Holzkarren voller Fässer zogen. Ein Funke Hoffnung keimte in ihr auf. Eine so große Ladung Wein konnte nur für einen gutbesuchten Ort bestimmt sein, vielleicht sogar für Paris. Wenn jetzt der Fahrer noch anhielt ...

Er tat es. Er war ein rotgesichtiger Mann von etwa vierzig Jahren, der sie von seinem Kutschbock aus von oben bis unten musterte, ehe er fragte:

»Wohin möchtest du denn, Mädchen?«

»Nach Paris.«

»Da haben wir den gleichen Weg. Steig auf.«

Aber sie rührte sich nicht, sondern sagte: »Ich kann zwei Franc für die Fahrt bezahlen.«

Der Mann grinste und entblößte dabei eine große Zahnlük-ke. »Ich möchte kein Geld von dir. Ein paar Kilometer weiter ist ein Heuschober. Da können wir hineingehen und uns über die Fahrtkosten einig werden.«

Angelique hob entschlossen das Kinn; dabei rutschte ihr das Tuch vom Kopf und gab ihren leuchtenden Haarschopf frei. »Ich werde Euch zwei Franc bezahlen. Außerdem könnt Ihr mir einen Kuß geben. Aber das ist alles.«

Der Mann starrte sie völlig entgeistert an. Dann hielt er ihr die Hand entgegen und sagte in völlig verändertem Ton: »Kommt, laßt Euch helfen.«

Mit seiner Hilfe kletterte sie neben ihn auf den Kutschbock. Als er die Zügel aufnahm, fragte sie mit fester Stimme:

»Möchtet Ihr das Geld und den Kuß, bevor wir losfahren?«

Sein ohnehin rotes Gesicht nahm einen noch tieferen Farbton an.

»Das war doch nur ein Scherz, Mademoiselle. Ihr braucht mir nichts zu bezahlen – oder zu geben.«

Angelique war fest davon überzeugt, daß er nicht gescherzt hatte, als er von dem Heuschober gesprochen hatte, aber sie erwiderte nur: »Danke sehr.«

Der große Karren setzte sich in Bewegung, gezogen von vier mächtigen Grauschimmeln. Auch Angelique fühlte plötzlich eine unbändige Kraft in sich. Wenige Augenblicke zuvor war sie noch mit dem Gedanken an einen Marsch von drei oder vier Tagen die staubigen Straßen entlang gegangen, und nun wurde sie plötzlich umsonst direkt bis zu ihrem Reiseziel gebracht; und das nur, weil sie mit ihrem Auftreten Eindruck gemacht hatte.

Angelique wußte natürlich schon seit mehreren Jahren, daß die Männer sie attraktiv fanden. Bis zu diesem Tag war ihr jedoch nie bewußt gewesen, wie sie sich diese Tatsache zunutze machen konnte. Sie nahm sich vor, ihre Schönheit von nun an voll einzusetzen – und auch die Tatsache, daß sie noch Jungfrau war, denn auch Jungfräulichkeit war ein nicht zu unterschätzender Wert. Ihre Unschuld würde sie keinem einfachen Pferdekutscher oder gar einem Bauerntölpel wie Marcel überlassen, nein, sie würde sich nur einem Mann hingeben, der sie dafür reich entlohnen konnte.

›Und wenn ich erst einmal reich und einflußreich bin‹, dachte Angelique, ›dann werde ich vielleicht auch den Engländer finden.‹ Sie wollte den Mann unbedingt aufspüren, der mit einer einzigen, rücksichtslosen Handbewegung fast eine ganze Familie vernichtet hatte. Er sollte für alles büßen, was er getan hatte. Büßen dafür, daß Claude umgekommen war, daß man Simon hingerichtet hatte und daß ihre Mutter jetzt stumpf und teilnahmslos in einem fremden Haus leben mußte.

## 5

Der Kutscher lenkte sein Pferdegespann geschickt durch die enge Straße und murmelte:

»Es wird das beste sein, wenn ich dem Wirt erzähle, du wärst meine Kusine.«

Aber Angelique hörte ihm gar nicht zu. Der Anblick von Paris nahm sie völlig gefangen; die Stadt erschien ihr aufregend und beängstigend zugleich.

»Ja«, wiederholte der Mann neben ihr, »das wird das beste sein.«

»Wie bitte?« fragte Angelique lächelnd. In den drei Tagen, die sie schon zusammen nach Paris unterwegs waren, war der Kutscher ihr ein lieber Freund geworden. Er hieß Jules Rambier, war verwitwet und hatte zwei erwachsene Kinder.

Angelique hatte ihm von sich selbst nur erzählt, daß ihr Vater tot und ihre Mutter krank sei, und daß sie hoffe, in Paris eine Anstellung zu finden.

»Ich rede von Etienne Ponselles«, sagte Jules nun geduldig, »du weißt doch, dem Wirt vom Gasthaus Ponselle, von dem ich dir erzählt habe.«

Jules Erzählung nach handelte es sich bei dem Gasthaus Ponselle um eines der besseren Häuser in der Gegend von Paris, und es bestand die Möglichkeit, daß Angelique dort eine Stelle finden würde.

»Das Problem ist nur, daß Etienne die Angewohnheit hat, mit seinen Kellnerinnen ins Bett zu gehen. Eigentlich kann man es ihm ja kaum verdenken, nachdem seine Frau schon seit über zehn Jahren invalide ist. Aber wenn ich ihm sage, daß du eine Verwandte von mir bist, wird er dich sicher in Ruhe lassen.«

»Mach dir keine Sorgen um mich, Jules«, beruhigte Angelique ihn, »ich kann schon auf mich aufpassen. Und vielen Dank für alles. Es war wirklich ein Glücksfall, daß ich dich getroffen habe.«

Jules errötete und murmelte verlegen etwas in seinen Bart. Wenige Minuten später bogen sie in eine schmale Straße ein, die den Namen ›Rue des Bains‹ trug. Plötzlich nahm Jules beide Zügel in eine Hand und holte mit der anderen einen riesigen Knüppel hervor, den er sich auf den Schoß legte. Einen Moment später wurde Angelique schlagartig klar, warum er das getan hatte. Die Straße führte direkt durch eine Slumgegend. Ringsum wurden sie gierig von Menschen angestarrt, deren Gesichter vom Hunger ausgemergelt waren.

»Wenn ich hier durchfahre, lege ich mir immer einen großen Knüppel gut sichtbar bereit«, sagte Jules. »Wenn ich allerdings statt Wein Lebensmittel auf dem Karren hätte, würde ich um keinen Preis der Welt durch diese Straße fahren, auch wenn es eine gute Abkürzung für mich ist.«

»Warum nicht?«

»Weil mich die Leute dann mit Sicherheit überfallen würden – Knüppel hin oder her. Aber Wein ist hier so billig, daß sie eine ganze Wagenladung nicht reizt. Vielleicht werden die Reichen und Mächtigen in Frankreich immer dafür sorgen, daß es in Frankreich billigen Wein gibt. Solange sich die Leute hier für ein paar Centimes betrinken können, werden sie wohl keine großen Schwierigkeiten machen.«

Das Pferdegespann durchquerte noch mehrere ärmliche, lärmerfüllte Straßen, bevor es schließlich in eine andere, fast ländlich wirkende Gegend kam.

»Dieses Stadtviertel heißt Montmartre«, erklärte Jules. »Die gute Luft hier oben ist einer der Gründe dafür, daß Etiennes Gasthaus so gut geht. Übrigens sind wir gleich da; das da vorne ist Ponselles Haus.«

In ein paar hundert Metern Entfernung erhoben sich hinter einer Mauer das obere Stockwerk und das spitze Dach eines weißen Rauhputzgebäudes. Sekunden später durchquerten sie ein hölzerndes Eingangstor und fuhren auf einen gepflasterten Hof. Beeindruckt betrachtete Angelique das Gasthaus, während Jules die Pferde ausspannte. Natürlich war das Haus nicht mit dem Schloß der de Rhoulac zu vergleichen, aber es war trotzdem ein prächtiges, vierstöckiges Gebäude mit Seitenflügeln, die zwei Etagen hatten.

»Die Küche ist im linken Flügel«, meinte Jules erklärend, »darüber schlafen die weiblichen Dienstboten. Die Männer sind im anderen Flügel untergebracht, direkt über dem Stall.«

Jules reichte Angelique ihre Tasche; im selben Moment öffnete sich die Tür des Gasthofes, und ein Mann kam auf sie zu. »Hallo, alter Freund«, rief Jules. »Wie du siehst, liefere ich pünktlich.«

Das Mann beachtete ihn gar nicht, sondern starrte Angelique an.

»Außerdem«, fuhr Jules fort, »habe ich meine Kusine mitgebracht, Angelique Dubois. Angelique, das ist Etienne Ponselles.«

Sie machte einen Knicks. Nach dem, was Jules ihr über den Gastwirt erzählt hatte, war sie überrascht, keinen Lüstling wie Marcel vor sich zu haben, sondern einen mittelalterlichen Mann mit sanften braunen Augen, die Angelique an die eines Hundes erinnerten.

»Angeliques Vater ist tot«, sagte Jules, »und ihre Mutter ist krank. Sie will in Paris nach Arbeit suchen. Hast du bei meinem letzten Besuch nicht davon gesprochen, daß du noch ein Mädchen einstellen willst?«

Die Augen des Gastwirts waren noch immer wie gebannt auf Angeliques Gesicht gerichtet.

»Wie?« fragte er plötzlich zerstreut und riß sich vom Anblick des Mädchens los. »Ja, ja, das habe ich gesagt. Wenn deine Kusine hier arbeiten möchte...«

»Mir wäre es am liebsten, wenn sie hier bliebe«, sagte Jules mit Nachdruck, »ich möchte nicht, daß ein Mädchen aus meiner Familie in irgendeinem obskuren Gasthaus in Paris arbeitet. Bei dir wäre sie sicher gut aufgehoben.«

In Ponselles Augen trat ein schuldbewußter Ausdruck, der ihn fast wie einen Hund aussehen ließ, den man gerade zurechtgewiesen hatte.

»Natürlich, Jules«, beteuerte er, »ein Mitglied deiner Familie ist bei mir in besten Händen.« Dann wandte er sich an Angelique und sagte:

»Ich zahle dir einen Franc pro Woche bei freier Kost und

Logis. Außerdem geben viele meiner Kunden großzügige Trinkgelder. Ist das ...«

»Das ist völlig ausreichend, Monsieur.«

»Jules, warum holst du dir nicht ein paar Stallburschen, die dir beim Entladen helfen?« schlug Ponselles vor. »Ich bringe Angelique in der Zwischenzeit in die Küche und mache sie mit dem Koch und den anderen Mädchen bekannt.«

Auf dem Weg über den Hof machte der Wirt Angelique mit ihren Pflichten vertraut.

»Morgens hilfst du den anderen Mädchen, das Frühstück zu servieren, die Betten zu machen und die Zimmer aufzuräumen. Das Mittagessen wird um zwei Uhr, das Abendessen um sieben aufgetragen. Nach dem Abendessen ist der Ausschank bis zehn Uhr geöffnet. Du brauchst aber am Abend nicht zu arbeiten, wenn du nicht möchtest. Allerdings sind unsere Gäste abends freigiebiger mit dem Trinkgeld ...«

»Ich werde auch abends arbeiten.« Ein paar Centimes extra würden bedeuten, daß sie bestimmt bald ihre Holzpantoffeln gegen ein Paar Stoffschuhe vertauschen konnte. Vielleicht konnte sie sogar soviel Geld zusammensparen, daß es für schöne Kleider und einen Hut reichte, wie man sie in Paris trug. Mit einer solchen Ausstattung würde es ihr bestimmt gelingen, einen reichen Mann für sich zu gewinnen, der sie für immer aus diesem Leben in Armut und Unsicherheit erlösen würde. Möglicherweise würde sie dann auch in der Lage sein, mit den de Rhoulacs dieser Welt fertig zu werden – und mit den Richard Lansings.

Als Ponselle und Angelique in die Küche kamen, musterte sie der beleibte Koch mit einem so furchterregend finsteren Blick, daß Angelique angst und bange wurde. Sie sollte erst ein paar Tage später dahinterkommen, daß er mit solcher Regelmäßigkeit schlecht gelaunt war, daß niemand mehr Notiz davon nahm.

»Charles«, sagte Ponselle, »das ist Angelique, unser neues Dienstmädchen.« Dann wandte er sich zu zwei Mädchen, die im Hintergrund standen, und stellte sie als Hortense und Claudette vor. Die hochgewachsene Hortense lächelte breit und entblößte dabei ein mächtiges Gebiß. Die hübsche Claudette, die offenbar in Angelique eine Rivalin sah, die sie nicht nur um die Gunst ihres Arbeitgebers bringen konnte, sondern auch um die Trinkgelder der Gäste, verzog lediglich den Mund zu einem unfreundlichen Lächeln.

Als Ponselle gegangen war, um Jules zu helfen, wandte Angelique sich schüchtern an den Koch.

»Wenn ich jetzt meine Sachen in mein Quartier bringen dürfte...«

»Später!« polterte Charles. »Jetzt stell deine Tasche unter den Tisch und schäl die Kartoffeln da drüben.«

Sie setzte sich gegenüber von Hortense und Claudette, die Gemüse putzten, an den langen Küchentisch.

»Woher kommst du?« fragte Hortense.

»Von einem Bauernhof in der Nähe von St.-Isidore. Das gehört zum Gebiet der de Rhoulacs.«

»Ich komme auch von einem Bauernhof; allerdings liegt er nur ein paar Kilometer hinter der Stadtmauer. Aber Claudette ist eine waschechte Pariserin.«

Claudette zeigte wieder ihr merkwürdiges Lächeln und sagte dann zu Angelique:

»Nachher zeigen wir dir, wo du schläfst. Die erste Nacht verbringst du allerdings woanders.«

»Wie meinst du das?« fragte Angelique kühl, obgleich sie es sehr wohl wußte.

»Du wirst in Etienne Ponselles Bett schlafen.«

»Das ist so sicher wie das Amen in der Kirche«, meinte Hortense fröhlich. »Manchmal schläft er sogar mit einem häßlichen Besen wie mir, nur um Abwechslung von Claudette zu haben.«

»Ich glaube kaum, daß er mit mir schlafen wird«, sagte Angelique, die sich um einen gleichmütigen Tonfall bemühte. Sie wußte, daß sie versuchen mußte, es sich mit den beiden Mädchen nicht zu verderben, wenn sie hierbleiben wollte. »Wißt ihr, Jules Rambier, der Weinlieferant, ist mein Cousin; das hat er Monsieur Ponselle auch gesagt.«

»Wahrscheinlich hat er ihm auch gesagt, daß er die Finger von dir lassen soll«, sagte Claudette. In ihrer Stimme schwang eine Mischung von Gefühlen mit. Einerseits war sie erleichtert darüber, daß Angelique wenigstens in dieser Hinsicht keine Konkurrenz für sie sein würde, andererseits ärgerte es sie, daß der Neuankömmling Sonderrechte eingeräumt bekam.

Kurze Zeit später kam Etienne Ponselle in die Küche zurück. In der Hand hielt er ein paar flache Lederpantoletten.

»Dein Cousin hatte es ziemlich eilig und hat sich wieder auf den Weg gemacht«, sagte er. »Ich soll dir einen schönen Gruß ausrichten und dir sagen, daß er in ungefähr einem Monat wieder vorbeikommt.«

»Vielen Dank, Monsieur.«

Er hielt ihr die Lederpantoletten hin. »Hier, zieh die an, es sind die Pantoffeln von meiner Frau. Die sind bequemer als deine Holzpantinen und machen nicht soviel Lärm.«

»Danke sehr, Monsieur. Und bitte danken Sie auch Ihrer Frau von mir.«

Er lächelte schwach, aber das ließ sein Gesicht eher noch trauriger aussehen.

»Das werde ich. Allerdings braucht sie sie nicht mehr.«

Als Ponselle gegangen war, fragte Angelique leise:

»Wie hat Monsieur Ponselle das gemeint? Warum braucht seine Frau die Pantoletten nicht mehr?«

»Weil sie von der Hüfte abwärts gelähmt ist«, antwortete Hortense. »Das ist vor zwölf Jahren passiert, als die beiden gerade zwei Monate verheiratet waren. Sie ist aus einer umstürzenden Kutsche gefallen und hat sich den Rücken verletzt.«

›Arme Frau‹, dachte Angelique im stillen, ›und armer Ponselle. Wie grausam, sein Leben lang an einen Krüppel gebunden zu sein und keine Kinder haben zu können. Kein Wunder, daß er mit den Dienstmädchen ins Bett geht.‹ Laut sagte sie jedoch nur:

»Die Kartoffeln hier sind doch sicher nicht mehr für das Mittagessen bestimmt, oder?«

»Nein, die gibt es abends, mit kaltem Braten. Heute mittag gibt es Schweinebraten, gegrillte Hühner und Zwiebelgemüse.«

Der Duft des Schweinebratens erinnerte Angelique daran, daß sie seit dem frühen Morgen nichts mehr gegessen hatte, und so fragte sie: »Wann essen wir denn?«

»Wenn wir mit dem Servieren fertig sind«, antwortete Hortense. Sie hatte zwar leise gesprochen, aber trotzdem mußte der Koch sie gehört haben, denn er fuhr sie an:

»Und damit fängst du am besten gleich an! Bring die Teller da drüben runter!«

Der Rest des Tages verging wie im Flug. Angelique stellte schon bald fest, daß sämtliche Gäste im Schankraum, der gleichzeitig Speisesaal war, männlich waren. Zum Teil handelte es sich um Reisende, die im Gasthaus wohnten. Die übrigen Gäste waren Pariser Händler, die zu einem frühen Abendschoppen aus der Stadt gekommen waren.

In einem Nebenraum des Gasthofes saßen Ehepaare und Familien. Eine Gruppe erregte Angeliques besondere Aufmerksamkeit. Es handelte sich um außerordentlich gut gekleidete Leute, denen aber das für den Adel typische, arrogante Gebaren fehlte. Angelique schloß daraus, daß es wohlhabende Kaufleute sein mußten. Als Angelique eine reich beladene Platte mit Braten vor einer der Damen absetzte, dachte sie im stillen:

›Warum soll ich nicht all das haben, was sie hat? Gut, sie ist vielleicht von besserer Herkunft, aber das muß nicht heißen, daß ich es nicht genausoweit bringen kann wie sie.‹

Im Laufe des Tages stellte sie fest, daß die meisten Gäste Ponselles sich zu benehmen wußten, auch wenn die Männer, die nach dem Abendessen in den Schankraum kamen, sie mit begehrlichen Blicken musterten und ›Kleines‹ oder ›schönes Kind‹ nannten. Keiner unternahm jedoch auch nur den Versuch, ihr zu nahe zu kommen.

Kurz vor elf Uhr kletterte sie schließlich die steile Leiter hinauf, die von der Küche aus zu einer großen Falltür und dem Schlafraum führte. Hortense hatte ihr bereits am Nachmittag gezeigt, wo sie ihre Sachen unterbringen konnte und wo ihre Schlafstelle war. Sie hatte die Wahl zwischen einer Matratze neben der Falltür oder einer unter dem Fenster gehabt und sich für den Fensterplatz entschieden, weil sie es sich schön vorstellte, mit dem Sternenhimmel über sich einzuschlafen. An diesem Abend war sie jedoch zu müde, um noch lange aus dem Fenster zu sehen. Sie hatte sich kaum hingelegt, als sie schon der Schlaf übermannte.

# 6

Drei Monate später sah sie Richard Lansing wieder. Bis zu diesem Zeitpunkt hatte sie sich trotz ihrer sechzehnstündigen Arbeitstage bei nur einem freien Tag pro Woche sehr wohl bei Etienne Ponselle gefühlt. Schließlich war sie seit frühester Jugend an harte Arbeit gewöhnt. Neu für sie waren lediglich die üppigen Mahlzeiten, die sie zusammen mit Charles, Hortense, Claudette und zwei Küchenburschen einnahm.

Als sie knapp zwei Wochen im Gasthof arbeitete, lernte sie durch einen Zufall auch Madame Ponselle kennen. Normalerweise wurden ihr alle Mahlzeiten von Eduard, einem der beiden Küchenjungen, in ihr Zimmer hinaufgebracht. An diesem Tag jedoch klagte er über ›höllische Bauchschmerzen‹, und so trug man Angelique auf, das Tablett hinaufzubringen.

Als sie ins Zimmer trat, sah sie eine dunkelhaarige Frau an einem Tisch sitzen, vor sich ein aufgeschlagenes Buch. Später erfuhr Angelique, daß Ponselle extra einen Stuhl mit Rädern versehen hatte, damit seine Frau sich in ihrem Zimmer ohne Hilfe bewegen konnte.

»Guten Tag, Madame«, sagte Angelique, »ich bringe Euer Mittagessen.«

»Danke sehr«, entgegnete die Frau lächelnd.

Als Angelique zu ihr ging, bemerkte sie, daß die Frau ihres Arbeitgebers ganz anders aussah, als sie es sich vorgestellt hatte. Zwar war sie blaß und zart, wie man es bei einer Schwerbehinderten erwartete, aber ihr attraktives Gesicht mit den dunkelgrauen Augen sah verblüffend jung aus, kaum älter als vierundzwanzig. Es schien fast, als hätte die zwangsweise Untätigkeit ihre Schönheit konserviert.

»Stell das Tablett bitte dort auf den Tisch.«

Als Angelique das Tablett abstellte, fiel ihr Blick auf das Buch, das auf dem Tisch lag. Was es wohl für eines war? Eine Liebesgeschichte? Ein Geschichtsbuch oder ein Gedichtband? Nein, ein Gedichtband konnte es nicht sein. Jacques hatte ihr einmal aus einem Gedichtband vorgelesen; die Zeilen darin waren wesentlich kürzer gewesen.

Es war nicht das einzige Buch in Madame Ponselles Zimmer; unter dem Fenster war ein kleines Regal, dessen drei Fächer voller Bücher waren.

»Du mußt Angelique sein, das neue Mädchen«, sagte Madame Ponselle.

Man konnte aus ihrem trockenen, jedoch keinesfalls anklagenden Lächeln ersehen, an was sie dabei dachte. Angelique hätte am liebsten gerufen: ›Ihr täuscht Euch! Ich habe nicht mit Eurem Mann geschlafen!‹ aber statt dessen stieß sie nur hervor:

»Wie ich Euch beneide, Madame!«

»Beneiden!«

»Ja, weil Ihr lesen könnt.« Jacques hatte einmal zu ihr gesagt, daß einem Analphabeten nur eine Welt offenstand, einem Gebildeten jedoch der Zugang zu unendlich vielen Welten möglich war.

»Irgendwann werde ich auch lesen lernen«, meinte Angelique, »wenn ich einmal Zeit dazu habe.«

Madame Ponselle sah sie nachdenklich an und lächelte dann.

»Das Gefühl habe ich auch, meine Liebe.«

»Kann ich sonst noch etwas für Euch tun, Madame?«

»Nein, vielen Dank, Angelique.«

In den folgenden paar Wochen fiel es noch dreimal Angelique zu, Madame Ponselle das Essen hinaufzubringen. Beim dritten Mal meinte die behinderte Frau verlegen:

»Ich möchte dich gerne etwas fragen; es geht um meinen Mann. Ich weiß, daß er mit den Dienstboten ins Bett geht. Ich kann es ihm nicht verdenken, und ich bin auch den Mädchen nicht böse. Claudette und Hortense haben bestimmt schon – wie soll ich mich ausdrücken – Erfahrungen in dieser Hinsicht gesammelt, bevor sie zu uns gekommen sind. Aber bei dir habe ich das Gefühl, daß du noch unerfahren bist. Habe ich recht?«

»Ja, Madame.«

Madame Ponselles dunkle Augen hefteten sich auf Angeliques Gesicht. »Ist er dir gegenüber zudringlich geworden?« fragte sie.

»Nein, Madame. Wißt Ihr, Jules Rambier, der Weinhändler, der mich hierhergebracht hat, hat Monsieur Ponselle gesagt, daß ich eine Verwandte bin.«

»Und stimmt das?«

Als Angelique zögerte, fügte Madame Ponselle lächelnd

hinzu: »Nun, das ist ja nicht so wichtig. Aber ich möchte dich warnen – wenn dich mein Mann bis jetzt nicht bedrängt hat, so heißt das nicht, daß du auf ewig vor ihm sicher bist.«

»Ich weiß, Madame.« Angelique hatte schon vor einiger Zeit bemerkt, daß sich im Blick von Etienne Ponselles traurigen Hundeaugen eine immer größer werdende Begierde abzeichnete.

»Aber er wird keine Gelegenheit dazu bekommen. Ich habe andere Pläne.«

Wieder lächelte Madame Ponselle. »Das kann ich mir vorstellen. Ich glaube sogar, daß du deine Pläne in die Tat umsetzen wirst.«

»Madame?«

»Ja, Angelique?«

»Würdet Ihr für mich einen Brief an meine Mutter schreiben? Ihr müßtet ihn allerdings an den Dorfpfarrer adressieren, weil meine Mutter weder lesen noch schreiben kann.«

»Das tue ich gerne. Bring mir gleich Papier und etwas zum Schreiben.«

Wenige Minuten später tauchte Madame Ponselle einen Federhalter in ein Glas blauer Tinte und fragte:

»Was möchtest du denn deiner Mutter schreiben?«

»Daß es mir gutgeht und daß ich eine gute Stellung habe. Daß ich sie liebhabe und hoffe, sie bald wiederzusehen.«

»Gut. Ich werde den Brief gleich schreiben, und mein Mann kann ihn dann morgen zusammen mit seiner Post aufgeben.«

Wenige Tage später konnte Etienne Ponselle der Versuchung nicht länger widerstehen.

Es war Angeliques freier Abend, und sie nutzte ihn dazu, auf dem Hof die kühle Dezemberluft und den Blick auf den sternfunkelnden Himmel zu genießen.

Plötzlich hörte sie hinter sich Schritte. Als sie herumfuhr, entdeckte sie in der Dunkelheit die unverkennbaren Umrisse von Ponselles hochgewachsener Gestalt. Mit einem undeutlichen Murmeln streckte er die Hand nach ihr aus und versuchte sie an sich zu ziehen. Aber sie sträubte sich heftig und preßte abwehrend die Hände gegen seinen Brustkorb.

»Bitte, Angelique, bitte!«

»Monsieur! Bitte laßt das!«

Ponselle bedrängte sie noch eine Weile, bevor er endlich von ihr abließ und den Kopf senkte.

»Es tut mir leid, Angelique. Es ist einfach über mich gekommen.«

»Schon gut, Monsieur. Möchtet Ihr, daß ich mir eine andere Stelle suche?«

Ponselle zögerte; es schien fast, als hoffte er, sie würde sich – und damit auch die Versuchung – augenblicklich aus seiner Nähe entfernen. Dann sagte er stockend:

»Nein. Du kannst ja nichts dafür, daß ich dich begehre. Außerdem bist du gut fürs Geschäft, Angelique. Ich habe viel mehr Gäste als früher, besonders am Abend. Du wirst doch meinem alten Freund Jules nichts von heute abend erzählen, oder?«

»Natürlich nicht.« Angelique hatte eigentlich erwartet, daß Ponselle nun fortgehen würde, aber er blieb stehen und sah sie unverwandt schweigend an. Dann sagte er in die Stille hinein plötzlich:

»Ich habe einen Neffen, der wäre eine gute Partie für dich. Ich werde ihm morgen eine Nachricht schicken, damit er mit seinen Eltern herkommt. Ich bin sicher, daß sie alle mit der Verbindung einverstanden sein werden, wenn sie dich erst einmal gesehen haben.«

»Vielen Dank, Monsieur, aber bitte laßt Euren Neffen nicht kommen. Eine Heirat mit ihm wäre unmöglich.«

»Unmöglich! Warum?«

»Weil ich ihn nicht heiraten möchte.«

»Du möchtest nicht? Angelique!« Er klang nicht empört oder verletzt, sondern einfach fassungslos.

»Was glaubst du, wie viele Schankmädchen die Gelegenheit bekommen, einen Mann aus der Petite Bourgeoisie zu heiraten? Was erwartest du dir denn noch, Mädchen?«

Nach einem Augenblick des Nachdenkens antwortete Angelique: »Ich erwarte mir viel. Ich möchte reich werden und so mächtig, daß sich niemand mehr gegen mich oder meine Mutter oder einer meiner Verwandten erheben kann.«

»Kind, Kind! Wie stellst du dir denn das vor?«

»Ich will es mit Hilfe eines Mannes schaffen. Wenn möglich, durch eine Heirat. Wenn es für eine Frau möglich wäre, ihr Glück allein zu machen, so würde ich es tun. Aber unglücklicherweise können Frauen nur durch einen Mann etwas erreichen oder bekommen.«

»Es wird das beste sein«, meinte Ponselle mit nüchterner, betrübter Stimme, »wenn du dir einen ehrlichen, fleißigen Mann suchst, ob es nun mein Neffe ist oder nicht. Wenn du deine Ziele so hoch steckst, übernimmst du dich vielleicht, und dann führt dich dein Weg nicht zu Luxus und Macht, sondern direkt in die Gosse. Denk einmal darüber nach, Angelique.«

Er wandte sich ab, und Angelique, der seine Worte noch im Ohr klangen, sah ihm nach. Die Gosse. Sie dachte mit Schaudern an das Armenviertel, durch das sie bei ihrer Ankunft gefahren war. Jetzt war es nicht nur die kalte Dezemberluft, die sie frösteln ließ, es war auch eine Art dunkler Vorahnung. Sie zitterte und zog sich ihr Schultertuch fester. Dann aber kehrten ihre Entschlossenheit und ihr Mut zurück, und sie marschierte mit hocherhobenem Kopf zurück ins Gasthaus.

Zwei Tage später richtete ihr einer der Küchenjungen von Madame Ponselle aus, daß ein Brief für sie angekommen war. Mit klopfendem Herzen eilte Angelique hinauf in das Zimmer der behinderten Frau.

»Leider ist es nur ein kurzer Brief«, meinte Madame Ponselle. Dann las sie vor:

*Mein liebes Kind,*

*es freut mich, daß Du Arbeit hast. Ich habe Deiner Mutter Deinen Brief vorgelesen, aber ich bin mir nicht sicher, ob sie den Inhalt verstanden hat. Sie hat überhaupt nicht reagiert. Ich fürchte, sie hat sich noch immer nicht mit Gottes Wille abgefunden und ist in Schwermut und Schweigen versunken. Ich werde Dir schreiben, sobald sich ihr Zustand ändert. Möge Gott Dir dabei helfen, den Versuchungen zu widerstehen, denen Du jetzt ausgesetzt sein mußt.*

*Dein in Christus,*
*Vater Jean-Paul Belleau.*

Madame Ponselle faltete den Brief zusammen und reichte ihn Angelique; in ihrem Blick lagen dabei unzählige stumme Fragen.

»Danke, Madame«, sagte Angelique und schob sich den Brief in den Ausschnitt.

In Schwermut und Schweigen versunken – Angelique konnte sich vorstellen, wie ihre Mutter mit ausdruckslosem Gesicht im Haus ihres Bruders saß und Tag für Tag um ihren sanftmütigen Sohn und um den Mann trauerte, mit dem sie über die Hälfte ihres Lebens verheiratet gewesen war. Plötzlich spürte Angelique, wie ein Gefühl unbändigen Hasses in ihr aufstieg.

»Meine Liebe«, sagte Madame Ponselle in diesem Augenblick, »es liegt mir fern, mich in dein Leben einzumischen, aber ich habe das Gefühl, daß du trotz deiner jungen Jahre schon Schweres durchgemacht hast. Wenn es dich erleichtern würde, mit jemandem darüber zu reden...«

»Vielen Dank, Madame. Es ist – jemand hat meine Familie ins Unglück gestürzt. Irgendwann kann ich vielleicht darüber sprechen, aber im Moment...« Sie verstummte.

»Im Moment tut es dir noch zu weh.«

Angelique nickte. Dann bedankte sie sich noch einmal bei Madame Ponselle und eilte in die Küche, um bei den Vorbereitungen für das Abendessen zu helfen.

Auch wenn der Brief des Pfarrers enttäuschend gewesen war, so stellte er für Angelique doch eine Art Verbindungsglied zu ihrer Mutter dar, und sie bewahrte ihn sorgfältig auf. Nachts legte sie ihn unter ihre Matratze, tagsüber trug sie ihn im Ausschnitt, und sein leises Rascheln bei jeder Bewegung klang in ihren Ohren wie ein Laut des Trostes.

Sie trug den Brief auch an dem kalten Januarabend bei sich, als sie im Schankraum plötzlich Richard Lansing entdeckte. Schmerz und Trauer strömten bei seinem Anblick so heftig auf sie ein, daß sie nur mühsam das Tablett voller Weingläser halten konnte, das sie gerade hereingetragen hatte.

Er saß zusammen mit zwei älteren Herren, die sie vom Sehen kannte, neben dem Kamin. Es waren zwei Kaufleute; der eine handelte mit Spitzen, der andere mit Zinnwaren. Beide hatten schon des öfteren in Ponselles Herberge übernachtet.

Als Angelique sich dem Tisch näherte, sah sie, daß neben Richard Lansing zwei prall gefüllte Satteltaschen auf dem Boden standen.

»Hallo, Angelique!« rief der eine der beiden Händler ihr lächelnd entgegen. Lansing, der ebenfalls lächelte, starrte sie ungeniert bewundernd an. Einen Augenblick lang sah sie ihm wie hypnotisiert direkt ins Gesicht, dessen streng geschnittene Züge durch weiche, volle Lippen gemildert wurden. Schließlich überwand sie sich dazu, auch ihm ein Lächeln zukommen zu lassen.

Lansings Gesichtsausdruck war keine Spur eines Wiedererkennens anzusehen, aber wahrscheinlich hatte er sie tatsächlich nie richtig wahrgenommen. Als er damals mit seinem Pferd über die Mauer gesprungen war, hatte seine ganze Aufmerksamkeit dem fliehenden Hirsch gegolten. Das Mädchen, das sich erschreckt zur Seite geworfen hatte, und den Jungen, den er so grob aus dem Weg gestoßen hatte, hatte er sicher nur flüchtig gesehen.

Während Angelique an den Tischen ringsum bediente, bekam sie des öfteren Gesprächsfetzen der Unterhaltung zwischen Richard Lansing und den beiden Kaufleuten mit. Lansing war offenbar zehn Tage zuvor nach Paris gekommen, um einen Teil der Ländereien seines Vaters in der Gegend um Paris zu verkaufen. Nun, da der Verkauf abgeschlossen war, wollte er am folgenden Morgen nach Calais aufbrechen, um von dort nach Hause, nach England, zu reisen.

Im Laufe des Abends erzählte Lansing auch von einer Reise, die ihn in die kurz zuvor gegründeten Vereinigten Staaten Amerikas geführt hatte, und er schwärmte:

»Den Gedanken, daß jeder – ganz gleich welcher Herkunft – die Gelegenheit haben soll, es auf der Welt zu etwas zu bringen, finde ich einfach bewundernswert. Das sollte bei allen amerikanischen Bürgern neue Energien freisetzen.«

»Du Heuchler!« dachte Angelique bitter. »Wo waren denn deine edelmütigen Gefühle, als du nur zum Spaß mit deinem Pferd das Feld zertrampelt hast, das meine Familie so mühselig bebaut hatte? Wo war dein Sinn für Gleichheit und Gerechtigkeit, als du meinen Bruder in den Tod gestoßen hast und dann fortgeritten bist, ohne dich noch einmal umzusehen?«

Als Angelique kurze Zeit später wieder in den Schankraum kam, bemerkte sie, daß die beiden Händler nicht mehr am Tisch saßen; sie hatten sich offenbar auf ihre Zimmer zurückgezogen. Angelique würdigte Lansing keines Blickes, als sie an seinem Tisch vorbeikam, aber sie spürte seinen Blick im Rücken. Auf ihrem Rückweg zur Küche sprach er sie dann an.

»Mademoiselle...«

Klopfenden Herzens blieb sie stehen. »Ja, Monsieur?«

»Trinkt Ihr ein Glas Wein mit mir?«

»Das ist nicht erlaubt, Monsieur.«

Das stimmte sogar. Nachdem drei Jahre zuvor eine Schlägerei ausgebrochen war, als sich ein Serviermädchen an einen der Tische gesetzt hatte, verbot Ponselle seinen Angestellten, sich von den Gästen einladen zu lassen. Er hatte allerdings nichts dagegen, wenn die Mädchen die Männer nachts auf ihren Zimmern besuchten.

»Wolltet Ihr mir etwas sagen, Monsieur?« fragte Angelique, deren Puls vor unterdrücktem Haß noch immer raste.

»Ja, und ich glaube, Ihr wißt schon, was«, entgegnete Richard Lansing, dessen Französisch zwar flüssig, aber von einem starken englischen Akzent unterlegt war. »Und nachdem Ihr es mir verwehrt, Euch erst einmal zu einem Glas Wein einzuladen, komme ich gleich zur Sache. Stattet Ihr mir heute nacht einen Besuch auf meinem Zimmer ab? Ich würde mich sehr erkenntlich zeigen.«

Einen Augenblick lang kostete es Angelique ihre ganze Selbstbeherrschung, ihm nicht das vollgeladene Tablett ins Gesicht zu werfen. Dann kam ihr plötzlich ein Gedanke, der zugleich erschreckend und verlockend war. In seinem Zimmer würde der Mann, der ihre Familie zerstört hatte, allein und arglos sein. Vielleicht wollte ihr hier die Schicksalsgöttin Gelegenheit dazu geben, Gerechtigkeit zu üben. Gerechtigkeit, die man Leuten wie Simon, Claude und Marie normalerweise verwehrte.

Man würde ihr sicher auch nichts nachweisen können, wenn sie die Chance nutzte, denn es war allgemein bekannt, daß sie männliche Gäste grundsätzlich nicht auf ihren Zimmern besuchte.

»Ihr antwortet nicht?« fragte Lansing lächelnd. »Hat Ponselle seinen Schankmädchen vielleicht neue Benimmregeln auferlegt? Das könnte ich schon mit ihm regeln. Ich war schon häufig Gast in seinem Haus, genau wie mein Vater es vor mir war.«

»Oh, bitte, Monsieur.« Ponselle durfte auf keinen Fall mitbekommen, daß sie mit dem Gedanken spielte, zu dem Engländer aufs Zimmer zu gehen, denn sonst konnte sie den Folgen ihres geplanten Handelns sicher nicht entgehen.

»Ihr dürft Monsieur Ponselle gegenüber nichts davon erwähnen«, sagte Angelique. »Er würde – ich meine, er ist sehr eifersüchtig.«

»Ach, so steht es zwischen Euch? Eigentlich hätte ich mir das denken können, als ich Euch gesehen habe. Wer könnte es ihm verdenken? Aber könntet Ihr es trotzdem möglich machen, heute nacht auf mein Zimmer zu kommen?«

Angelique, der die Aufregung fast die Kehle zuschnürte, nickte stumm.

»Wißt Ihr, wo mein Zimmer ist? Es ist der Raum über dem Hof, der mit dem Mahagonischrank.«

Angelique nickte. Das Zimmer, das Lansing beschrieben hatte, war das beste Zimmer der Herberge.

Lansing sah sich im Schrankraum um, der sich mittlerweile geleert hatte. »Könnt Ihr in etwa zwanzig Minuten kommen?«

Als Angelique nickte, fügte er hinzu: »Dann bis später, Mademoiselle.« Dann ging er auf sein Zimmer.

Angelique räumte die Tische im Schankraum ab und ging dann in die Küche, wo Hortense und Claudette den Abwasch erledigten. In einem unbeobachteten Moment stiebitzte Angelique eines der Küchenmesser vom Tisch und schob es tief in ihre Schürzentasche.

Dann bat sie Hortense und Claudette, sie für diesen Abend bei der Küchenarbeit zu entschuldigen, weil sie schreckliche Kopfschmerzen habe. Wenige Minuten später stand sie vor der Tür zu Richard Lansings Zimmer. Sollte sie es wirklich wagen und dort hineingehen, um dem Engländer bei der erstbesten Gelegenheit das Messer in den Rücken zu stoßen? Und wenn – was sollte sie hinterher tun? Sie hoffte, wieder auf ihrem Zimmer zu sein, bevor Hortense und Claudette aus der Küche heraufkamen. Dann wollte sie abwarten, bis die beiden eingeschlafen waren, um das Messer heimlich wieder in die Küche zu bringen.

Plötzlich kam ihr ein ekelerregender Gedanke – was sollte sie tun, wenn sie nach der Tat blutbesudelt war? Sollte sie versuchen, ihre Kleider zu verstecken? Nein, das hatte keinen

Sinn. Sicher würde die Polizei das ganze Haus durchsuchen, wenn die Leiche erst einmal entdeckt worden war. In diesem Fall blieb ihr nur eine Möglichkeit – sie mußte schnell ihr Bündel mit ihren anderen Kleidern und ihrem Ersparten holen und in die Stadt fliehen.

Während Angelique noch fieberhaft nachdachte, drang plötzlich ein leises Rascheln an ihr Ohr. Der Brief des Pfarrers – den würde sie wohl oder übel vernichten müssen. Wenn man dieses Schreiben bei ihr fand, würde man womöglich den Pfarrer über sie ausfragen und so das Motiv für die Tat entdecken.

Angelique zog den Brief hervor und hielt ihn über eine Kerzenflamme, bis er zu Asche zerfiel.

## 7

Wenige Minuten später klopfte Angelique an Richard Lansings Tür. Der Engländer öffnete sofort. Er hatte inzwischen seinen grünen Rock ausgezogen und trug nur noch sein Rüschenhemd und seine braunen Hosen.

»Ihr seid pünktlich«, sagte er. »Kommt herein.«

Angelique, deren Beine sich plötzlich bleiern anfühlten, trat ein. Wie es sich für das beste Zimmer des Hauses gehörte, war der Raum mit einem halben Dutzend Kerzen in einem Leuchter neben dem Himmelbett großzügig beleuchtet.

»Trinken wir jetzt unser Glas Wein zusammen?« fragte Richard Lansing lächelnd.

Ob ihr der Wein wohl Mut machen würde? Oder würde er ihren Verstand trüben, den sie gerade jetzt so nötig brauchte?

»Wenn Ihr darauf besteht, Monsieur«, sagte Angelique schließlich. »Ich möchte allerdings lieber keinen.«

»Ich bestehe nicht darauf. Für heute abend habe ich mehr als genug Wein getrunken – allerdings bestimmt nicht zuviel für das, was wir jetzt vorhaben.« Mit diesen Worten zog er Angelique an sich. Er preßte seine warmen Lippen auf ihren Mund, während sie wie erstarrt dastand.

Schließlich hob er den Kopf und sah sie verwundert an.

»Was habt Ihr denn, meine Liebe? Ihr steht ja da wie eine

geschnitzte Heiligenfigur. Findet Ihr mich so abstoßend? Den meisten Frauen geht es anders.«

Abstoßend. Ein Kuß von dem Mann, der ihre geliebte Familie zerstört hatte, und er fragte sie tatsächlich, ob ihr das nicht gefiele.

»Natürlich nicht, Monsieur«, sagte Angelique mit trockener Kehle.

»Vielleicht fällt es Euch ohne lästige Kleidung leichter, Euch zu entspannen. Laßt Euch beim Ausziehen helfen.«

»Nein!« stieß Angelique erschreckt hervor; sie befürchtete, er könnte dabei das Messer entdecken.

»Meine Liebe«, sagte der Engländer beschwichtigend, »ich bin ja ein geduldiger Mensch. Aber ist das nicht ein wenig zu viel verlangt? Ihr habt Euch doch sicher schon vor mehreren Männern, zumindest vor Ponselle, ausgezogen. Und wenn nicht – wie gesagt, ich würde mich sehr erkenntlich zeigen. Aber ich möchte die Katze nicht im Sack kaufen.«

Dann fügte er in bestimmterem Ton hinzu: »Also werden die Sachen ausgezogen, Mademoiselle. Ob Ihr es selbst tut, oder ob ich es tue, überlasse ich Eurer Entscheidung.«

»Ich – ich werde es selbst tun«, stammelte Angelique, und ihre Hand löste zitternd den Verschluß ihres geschnürten Wams. Sie wandte sich etwas von ihm ab und zog sich dann ihre Bluse über den Kopf. Danach stieg sie aus ihrem Rock und legte ihn mit den anderen Sachen zusammengelegt über einen Stuhl neben dem Bett. Zuletzt trennte sie sich auch von ihren Unterkleidern; denn senkte sie den Blick und wandte sich zögernd zu ihm um. Eine Zeitlang war es ganz still im Zimmer. Dann sagte er mit sanfter Stimme: »Ich wußte, daß du schön bist, aber mit solchem Liebreiz hatte ich nicht gerechnet.« Er streichelte sanft ihre Wange. »Ponselle ist ein anständiger Kerl, aber du bist zu gut für ihn. Vielleicht sollte ich dich entführen, wenn ich morgen früh nach Calais aufbreche.«

Dann wandte er sich ab und setzte sich auf das Bett, um sein Hemd auszuziehen. Angelique starrte wie hypnotisiert auf seinen muskulösen Oberkörper. Dann bückte er sich, um seine Stiefel auszuziehen.

In diesem Augenblick fiel Angeliques Blick auf den Stuhl mit ihren Kleidungsstücken, und sie erstarrte. Der hölzerne

Schaft des Messers ragte deutlich sichtbar aus der Schürzentasche. Plötzlich fiel Angeliques Besessenheit von ihr ab, und ihr wurde klar, daß sie niemals dazu imstande sein würde, das Messer gegen einen Mitmenschen zu erheben, auch wenn Richard Lansing es verdiente. Ihr war auf einmal völlig unerklärlich, wie sie jemals einen solchen Plan hatte fassen können.

Er durfte das Messer auf keinen Fall sehen!

Sie ging hinüber zu dem Stuhl, zog das Messer heraus und überlegte, wo sie es verbergen sollte.

»Was willst du mit dem Messer?« fragte er plötzlich scharf. Angeliques Herzschlag setzte einen Moment lang aus. Sie fuhr herum, die Waffe noch in der Hand.

Richard Lansing sah sie in einer Mischung aus Zorn und ungläubigem Entsetzen an, während er entschlossen auf sie zuging. Das Messer war ihr schon aus der Hand gefallen, bevor er sie erreicht hatte und an der Schulter packte.

»Was hattest du mit dem Messer vor?« fragte er sie grob. »Antworte!«

Angelique wußte, daß es keinen Sinn hatte, ihm vorzuschwindeln, sie hätte das Messer nur zufällig in der Schürze gehabt. Sie überlegte verzweifelt, was sie ihm erzählen könnte, um einer Anklage des versuchten Mordes zu entgehen. Da fiel ihr Blick auf die beiden Satteltaschen, die neben dem Bett standen, und sie sagte leise:

»Ich wollte damit später eure Satteltaschen aufschneiden, um nachzusehen, ob Geld darin ist...«

»Du wußtest doch sehr wohl, daß Geld darin ist; du hast doch genau gehört, wie ich meinen Freunden erzählt habe, daß ich einige Ländereien meines Vaters verkauft habe!« stieß er hervor. Dann fuhr er wütend fort:

»Eine Diebin! Eine gemeine, kleine Diebin? Und ich habe dich für das schönste, süßeste...« Er brach ab und lachte auf. »Nun, wenn du auch eine diebische Hure bist, so bist du doch das appetitlichste Weibsbild, das mir je untergekommen ist.« Mit diesen Worten küßte er sie unsanft und befingerte ihre Brüste. Dann packte er sie am Arm und herrschte sie an: »Leg dich hin.«

Sie gehorchte widerstandslos, um ihn nicht noch zorniger zu machen, und schloß die Augen, während er seine übrigen

Sachen auszog. Wenig später spürte sie die Last seines nackten Körpers auf dem ihren. Er packte sie mit einer Hand an den Haaren, um ihren Kopf ruhig zu halten, und gab ihr einen weiteren rauhen Kuß. Dann wanderte sein Mund hinunter auf ihre Brust, und seine Lippen umschlossen ihre Brustwarze. In diesem Augenblick wurde ihre Angst für den Bruchteil einer Sekunde von einem anderen, ihr völlig unbekannten Gefühl verdrängt. Dann aber zwang er gewaltsam ihre Beine auseinander. Wenig später verspürte sie einen so heftigen Schmerz, daß sie entsetzt die Augen aufriß und aufschrie. Er hielt einen Moment inne, und auf seinem Gesicht zeichneten sich nicht nur Wildheit und Lust ab, sondern auch Überraschung. Dann drang er tiefer in sie ein, und Angelique schloß die Augen und stöhnte. Nach einer Weile waren seine Bewegungen nicht mehr ganz so schmerzhaft für sie, und schließlich war es vorbei.

Sie hielt die Augen geschlossen, als er endlich von ihr abließ. Sie hörte, wie er aufstand, um etwas aus dem Kleiderschrank zu holen. Dann sagte er plötzlich:

»Du bist also nicht nur eine Diebin, sondern auch eine Lügnerin. Du hast mir erzählt, du wärst Ponselles Geliebte, dabei warst du noch Jungfrau.«

Sie schlug die Augen auf und sah ihn teilnahmslos an, während er sich einen grünen Samtschlafrock anzog.

»Zieh dich an!« herrschte er sie an. »Und dann raus mit dir!« Angelique stand auf; als sie zu dem Stuhl mit ihren Sachen hinüberging, spürte sie, wie ihr auf den Innenseiten ihrer Oberschenkel ein warmes Rinnsal Blut hinunterlief. Sie war zu verstört, um sich weiter darum zu kümmern, und zog schnell ihre Sachen an. Das Messer lag noch da, wo sie es fallengelassen hatte.

Plötzlich fragte Richard Lansing von der anderen Seite des Zimmers her: »Wie kommt es, daß du noch Jungfrau warst? Bist du eine von denen, die lieber Mädchen mögen?«

Angelique schüttelte den Kopf. Ihr fiel auf, daß sich an seinem Verhalten etwas geändert hatte. Es schien fast, als versuchte er mühsam, seinen Zorn und seine Verachtung am Leben zu erhalten.

»Du mußt verrückt gewesen sein«, fuhr er fort. »Wie wolltest du eigentlich mit deiner Beute entkommen? Du hattest doch wohl nicht ernsthaft vor, mit einer Last von zweihundert Goldstücken die Flucht durch Paris zu wagen? Eine so auffallende Erscheinung wie dich hätte man doch schon am ersten Tag aufgegriffen.«

Angelique blieb stumm und hielt den Kopf gesenkt.

»Ich werde dich nicht der Polizei übergeben, obwohl ich es eigentlich tun sollte. Ponselle ist ein guter Kerl, und ich möchte nichts tun, was seinem Ruf schaden könnte. Aber ich werde ihm die Wahrheit über dich erzählen.«

Wieder hatte Angelique das Gefühl, daß er seine Wut als eine Art Schutzwall benutzte, um dahinter ein Gefühl zu verbergen, das er sich nicht eingestehen wollte – Mitleid vielleicht, oder sogar Schuldbewußtsein. »Es wäre nicht recht, ihn weiterhin eine Diebin beherbergen zu lassen, die sich unter seinen Gästen vielleicht noch mehr Opfer sucht.«

›Ich werde also meine Stelle verlieren‹, schoß es Angelique durch den Kopf. Stumm wandte sie sich zur Tür, um zu gehen.

»Warte!« rief der Engländer.

Sie blieb stehen und drehte sich zu ihm um. Er holte ein Taschentuch aus der Kommode, warf ein paar Münzen hinein und verknotete das Tuch.

»Da sind fünfzehn Franc«, sagte er, während er ihr das Tuch hinhielt.

Einen Augenblick lang spielte sie mit dem Gedanken, das Geld aus seiner Hand zu nehmen, um es ihm dann voller Verachtung ins Gesicht zu werfen. Aber sie wagte es nicht, ihn aufs neue in Rage zu bringen. Außerdem waren fünfzehn Franc eine Menge Geld, und sie würde Geld brauchen, wenn sie jetzt ihre Arbeit verlor. In diesem Winter mußten die Arbeitslosen in Paris Hunger leiden, ja selbst die, die Arbeit hatten, bekamen oft nicht genug zu essen.

Angelique nahm daher das Geld und schob es in ihre Schürzentasche. ›Ob er wohl erwartet, daß ich mich dafür bedanke?‹ dachte sie. ›Rechnet er am Ende damit, daß ich ihn anflehe, mich nicht zu verraten?‹ Ihr war klar, daß sie sich weder zu dem einen noch zum anderen überwinden konnte, und so verließ sie das Zimmer, ohne ihm noch einmal ins Gesicht zu sehen.

Während sie über die langen Gänge zurück zu ihrem Zimmer ging, spürte sie wieder das Blut zwischen ihren

Schenkeln. ›Jetzt habe ich alles verspielt‹, dachte sie bitter. Sie hatte nicht nur ihre Unschuld verloren, die sie gegen Reichtum, Sicherheit und vielleicht die Gelegenheit zur Rache an Richard Lansing einzutauschen gehofft hatte, sondern auch ihre Arbeitsstelle eingebüßt, die ihr in einem Land, in dem Millionen völlig verarmt waren, ein Dach über dem Kopf und ausreichend zu essen garantiert hatte.

## 8

Als Angelique ihr Zimmer betrat, richtete sich Hortense von ihrer Schlafstelle auf und rief leise: »Angelique?«

»Ja.«

»Ich war sicher, daß es nicht Claudette ist. Sie schläft bei Ponselle. Aber wo zum Teufel kommst du jetzt her?«

Als Angelique keine Antwort gab, fuhr Hortense fort: »Du gehst doch sonst nachts nie fort. Es ist etwas nicht in Ordnung, stimmt's?«

Verschwommen nahm Angelique wahr, wie Hortense aufstand und eine Kerze anzündete.

»Also, Mädchen, was ist los?«

»Einer der Gäste hat mich gebeten, auf sein Zimmer zu kommen«, sagte Angelique tonlos. »Ich habe es getan.«

»Und?« fragte Hortense mit sorgenvollem Gesicht. »Er hat dich doch nicht geschlagen, oder?«

»Nein. Er hat mich vergewaltigt.«

»Dich vergewaltigt!« Hortense blieb vor Staunen der Mund offenstehen. »Wie kommst du denn auf so etwas? Was glaubst du denn, was ein Mann von dir will, wenn er dich mitten in der Nacht auf sein Zimmer kommen läßt? Sich mit dir über das Wetter unterhalten?«

Angelique schwieg, und Hortenses Gesicht nahm plötzlich weichere Züge an. »Sag, hast du heute abend vielleicht deine Unschuld verloren?«

Mit stumpfem Blick nickte Angelique.

»Nun, das ist doch nicht so schlimm. Irgendwann mußte es doch sein, du willst ja nicht als alte Jungfer sterben. Hat es sehr weh getan?«

Angelique nickte.
»Blutest du noch?«
»Ich weiß nicht genau.«
»Selbst wenn, das hört bald auf. Du wirst dich sicher besser fühlen, wenn du dich erst einmal ausgezogen und gewaschen hast.«
Angelique ging zum Waschtisch hinüber und spülte mit einem nassen Schwamm das Blut von ihren Schenkeln ab. Dann zog sie ein frisches Nachthemd an und legte sich hin.
Hortense löschte die Kerze und fragte dann:
»Wieviel hat er dir dafür gegeben?«
»Fünfzehn Franc.«
»Fünfzehn Franc! Das ist ja ein Vermögen, auch wenn er der erste bei dir war.« Sie kicherte. »Der Junge, der mir die Unschuld genommen hat, hat mir gar nichts dafür gegeben. Nur ein Kind hat er mir gemacht.«
»Du hast ein Kind?«
»Ja, einen vierjährigen Jungen; er lebt bei seiner Großmutter. Wer war der Gast, bei dem du heute abend warst?«
»Richard Lansing.«
»Der Engländer, der schon öfter hier war?« Hortense stöhnte auf. »Und da wehrst du dich? Liebes Kind, ich würde sogar fünfzehn Franc dafür zahlen, eine Stunde mit ihm verbringen zu dürfen. Da stimmt doch irgend etwas nicht! Warum bist du zu ihm aufs Zimmer gegangen?«
»Bitte, Hortense«, flehte Angelique, »ich möchte jetzt nicht darüber reden.«
»Schon gut«, meinte Hortense sanft. »Aber mach dir nicht so viele Sorgen. Solange du ein Dach über dem Kopf und was zu essen hast, kannst du dich glücklich schätzen.«
Als Angelique nach drei oder vier Stunden unruhigen Schlafes hochschreckte, graute bereits der Morgen, und dem Lärm, der von unten aus der Küche hochdrang, konnte sie entnehmen, daß die Vorbereitungen für das Frühstück bereits im Gange waren. Sie zog sich in Windeseile an und stieg die Leiter zur Küche hinunter. Dort sah sie sich dem aufgebrachten Koch Charles gegenüber, dessen Schnurrbart vor Wut zitterte.
»Was glaubst du denn, wer du bist?« wetterte er. »Eine feine Dame, die den halben Tag lang im Bett liegen kann?«

Angelique atmete auf. Er war also nur wütend auf sie, weil sie verschlafen hatte. Allerdings mußte das nicht heißen, daß Lansing seine Drohung, sie zu verraten, nicht wahrgemacht hatte. Vielleicht hatte Ponselle die Nachricht vorläufig nur für sich behalten.

Ein paar Minuten später faßte sie sich ein Herz, nahm ein Frühstückstablett auf und ging in den Schankraum. Während sie servierte, sah sie sich nervös um und bemerkte, daß Ponselle sie beobachtete. An sich war das nichts Ungewöhnliches, aber ihr schien, als hätte sich etwas am Ausdruck seiner Augen geändert. Sie war sich dessen jedoch nicht sicher, und so eilte sie schließlich zurück in die Küche.

Sie sah Ponselle erst am Nachmittag wieder, als er im leeren Schankraum die Dochte der Lampen stutzte. Inzwischen war ihr die Ungewißheit unerträglich geworden, und so sprach sie ihn an. »Monsieur Ponselle?«

»Ja, Angelique?«

»Bevor Monsieur Lansing heute morgen gefahren ist, hat er da noch etwas über mich gesagt?«

Jetzt war sie sicher, daß er sie an diesem Tag anders als sonst ansah. Sie war sehr erleichtert, als ihr klar wurde, daß in seinem Blick ein Gefühl der Eifersucht lag.

»Ich habe Monsieur nicht gesehen, bevor er abgefahren ist«, sagte Ponselle. »Heute ist doch Mittwoch, Markttag.«

Angelique fiel ein Stein vom Herzen. Dann aber kam ihr der Gedanke, daß Richard Lansing Ponselle vielleicht von England aus schreiben würde.

Mit unverhohlener Eifersucht in der Stimme fragte Ponselle nun: »Wie kommst du darauf, daß er etwas über dich gesagt haben könnte?«

»Ich – ich habe befürchtet, daß er sich vielleicht über mich beschwert haben könnte, Monsieur. Ich habe ihm gestern abend etwas Wein über den Rock geschüttet, und obwohl ich mir alle Mühe gegeben habe, den Fleck abzuwischen, schien er sehr böse. Ich hatte Angst, daß er vielleicht meine Entlassung verlangt haben könnte.«

Die Eifersucht wich aus Ponselles Augen, und er lachte. »Kind, so wütend war er sicher nicht. Monsieur Lansing ist ein anständiger Gentleman, auch wenn er Engländer ist. Ich bin sicher, daß er niemals ein Schankmädchen um seine Stelle bringen würde, nur weil sie etwas Wein verschüttet hat. Mach dir deswegen keine Sorgen.«

»Gut, Monsieur«, sagte Angelique und kehrte zurück in die Küche.

Die Tage vergingen, und bald wurden Wochen und Monate daraus, aber ein Brief von Richard Lansing blieb aus. Warum hatte der Engländer sich die Gelegenheit entgehen lassen, sie zu denunzieren? Hatte sie sich tatsächlich nicht getäuscht, als sie an jenem Abend einen Funken Mitleid, ja sogar Reue in seinem Benehmen gespürt zu haben glaubte? Oder war er zu Hause einfach zu beschäftigt, um sich die Zeit zum Schreiben zu nehmen? Mit der Zeit verdrängte sie den Gedanken, daß der Engländer sie um ihren Broterwerb bringen könnte.

Es war ein harter Winter für die Armen. Auch Angelique bekam das zu spüren, obgleich sie reichlich zu essen bekam und am Ende ihres Sechzehnstundentages einen warmen Schlafplatz hatte. Die wohlhabenden Kaufleute, die bei Ponselle abstiegen, zeigten sich alle erbost und beunruhigt über die Lage in Frankreich, und so mancher konnte sich ein Essen bei Ponselle gar nicht mehr leisten. Man war allgemein darüber empört, daß die Adligen nicht im Traum daran dachten, Steuern zu bezahlen, obgleich das Land schwer an Kriegsschulden zu tragen hatte. Und der König, der arme, schwache Louis XVI., unternahm nichts dagegen, weil er nur auf den Rat seiner schönen, aber wenig intelligenten Frau hörte. Es war unter Ponselles Gästen oft die Rede davon, daß sich das Volk das nicht länger gefallen lassen würde.

Auch wenn Angelique an ihren freien Tagen in die Stadt ging, spürte sie, daß eine rebellische Stimmung in der Luft lag. Es herrschte überall Armut, und sie wurde auf ihren Spaziergängen oft angebettelt. Sie kaufte immer eine Kleinigkeit, wenn sie in die Stadt kam, aber von ihrem Traum, ein schönes Kleid kaufen zu können, war sie noch weit entfernt. Ein solches Kleid kostete vierzig Francs, fast einen ganzen Jahreslohn. Schließlich stellte Angelique ihre Ausflüge nach Paris ganz ein und ging statt dessen spazieren oder setzte sich mit einer Näharbeit in Madame Ponselles Zimmer, um sich von ihr vorlesen zu lassen. Bei einer dieser Gelegenheiten bat sie Madame auch, noch einen Brief an den

Pfarrer von St.-Isidore zu schreiben. Sie machte sich Sorgen um ihre Angehörigen, weil sie von verschiedenen Gästen gehört hatte, daß es auf dem Lande zu Überfällen auf die Landbevölkerung durch verarmte, obdachlose Horden gekommen sei.

Bereits zwei Wochen später erhielt sie ein Antwortschreiben des Pfarrers. Das gesamte Gebiet von Monsieur le Duc de Rhoulac war bislang durch Gottes Hilfe von Überfällen von Räuberbanden verschont geblieben. Der Zustand von Angeliques Mutter war nach wie vor unverändert.

Als der Sommer kam, verschärfte sich die Lage in Frankreich immer mehr, und die Diskussionen in Ponselles Schankstube wurden hitziger und militanter. Der König, so hieß es, hatte mal wieder auf seine Frau gehört. Zu einem Zeitpunkt, da ganz Paris befürchtete, von aufständischen Landbewohnern überfallen zu werden, hatte sich König Louis von Marie Antoinette dazu überreden lassen, seine Truppen aus Paris abzuziehen, um sie zur Bewachung seines eigenen Palastes in Versailles einzusetzen. Am Abend des dreizehnten Juli hatte Angelique das Gefühl, daß die Stimmung unter den Gästen besonders aufgewühlt war. Ihr Eindruck wurde schon bald bestätigt, als sie zufällig das Gespräch zwischen zwei Stammgästen mit anhörte, einem Bankier und einem Fabrikanten.

»Wir werden es seiner Majestät schon zeigen!« wetterte der Bankier. »Wenn er Paris nicht beschützt, dann wird es die Nationalgarde tun, die Lafayette gerade gegründet hat!«

»Angeblich sollen sie ganze neue Uniformen tragen«, meinte der Fabrikant, »in Rot, Blau und Weiß.«

»Das stimmt. Rot und Blau stehen für das Bürgertum, und das Bourbonenweiß haben sie dazugenommen, um zu zeigen, daß wir weiterhin dem König treu bleiben, auch wenn er diese ausländische Hure geheiratet hat.«

»Und Ihr sagt, sie haben schon überall in der Stadt die Waffen gesammelt?« fragte der Fabrikant.

Der Bankier nickte. »Morgen wollen das Bürgerkomitee und ein paar der Wachsoldaten sich die Waffen aus der Bastille holen.« Bei diesen Worten beschleunigte sich Angeliques Herzschlag; sie war auf ihren Spaziergängen oft an dem düsteren Gefängnisbau vorbeigekommen. Sie nahm sich vor, am nächsten Tag ihren freien Nachmittag für einen Ausflug zum Place de la Bastille zu nutzen; vielleicht konnte sie dort einen Blick auf die Nationalgardisten in ihren neuen Uniformen erhaschen.

Als sie am nächsten Tag am Gefängnis ankam, hatte sich dort bereits eine große Menschenmenge angesammelt. Angelique stellte mit leichtem Unbehagen fest, daß man inzwischen Kanonen in die Schießscharten der Gefängnismauer geschoben hatte; der Direktor war offenbar auf das Schlimmste gefaßt. Vorerst gab es jedoch keinerlei Anzeichen für drohende Unruhen. Zwar stand vor dem Gefängnistor eine Gruppe heftig gestikulierender Wachsoldaten und Zivilisten, aber die übrigen Soldaten auf dem Platz standen zwanglos herum oder flirteten mit kichernden Mädchen.

Plötzlich aber bemerkte Angelique neben dem allgemeinen Gerede und Gelächter andere Geräusche. Es war dumpfes Fußgetrappel, vermischt mit dem Poltern von Holzkarren und dem Gemurmel unzähliger Menschen, das bald zu einem drohenden Getöse anschwoll. Als Angelique erschreckt herumfuhr und die Straße hinunterblickte, die auf den Place de la Bastille mündete, erstarrte sie förmlich. Eine unüberschaubare Masse von wütenden, schreienden Männern und Frauen wälzte sich durch die Straße auf den Platz zu. Es waren keine Kaufleute oder Anwälte, keine Verfechter der gemäßigten Revolution, von der Ponselles Gäste gesprochen hatten. Es waren ausgehungerte Menschen mit vom Haß entstellten Gesichtern.

Wenige Augenblicke später befand sich Angelique inmitten der Menschenmenge und wurde von ihr in Richtung der Bastille mitgerissen. Auch Soldaten in der neuen dreifarbigen Uniform waren dabei; sie zogen Holzkarren mit Geschützen darauf. Plötzlich waren Musketenschüsse und das Donnern einer Kanone zu hören. Angelique schrie entsetzt auf, auch wenn sie wußte, daß ihr Schrei in diesem furchtbaren Meer von Schreien, Schüssen und inzwischen auch dem Krachen eines Feuers untergehen mußte. Die Menge mußte inzwischen das Gefängnistor eingedrückt und eines der hölzernen Gebäude im Hof in Brand gesteckt haben...

»Angelique!«

Angelique war sicher, daß ihr Verstand ihr einen Streich gespielt hatte, als sie ihren Namen hörte. Trotzdem wandte sie sich um, wobei sie verzweifelt versuchte, sich nicht von der vorwärtsdrängenden Menschenmenge umreißen zu lassen. Ihr Herz machte vor Freude fast einen Sprung, als sie ein paar Schritte hinter sich ein bekanntes Gesicht entdeckte. Es war Jacques, Jacques Latour.

Er kämpfte sich mühsam zu ihr durch, packte sie am Arm und bahnte sich dann einen Weg durch die Menge.

»Halt dich an mir fest!« rief er ihr dabei zu. »Gleich sind wir draußen.«

Es dauerte jedoch fast zehn Minuten, bis sie sich aus der Menge gelöst und sich in eine weniger bevölkerte Seitenstraße gerettet hatten. Aber auch hier kamen ihnen zahlreiche Männer und Frauen entgegen, die, mit Knüppeln bewaffnet, in Richtung Bastille eilten. Schließlich entdeckte Jacques ein unverschlossenes Hoftor; er zog Angelique hinter sich her auf den Hof und verriegelte das Tor hinter ihnen.

»Setz dich da drüben hin und ruh dich erst einmal aus«, sagte er dann.

Angelique ließ sich erschöpft auf einem kleinen Mauervorsprung nieder, während Jacques zu erlauschen versuchte, was sich nun auf dem Place de la Bastille tat.

Als Angelique wieder etwas zu Atem gekommen war, sah sie sich Jacques genauer an. Er schien sich kaum verändert zu haben; er war noch immer der gutherzige Jacques, der einmal Priester hatte werden wollen, um für die Armen und Hilflosen zu kämpfen, bis er schließlich entdeckt hatte, daß die Kirche unter Louis XVI. nicht die Schwachen schützte, sondern die Mächtigen. Jacques lauschte noch eine ganze Weile auf den Lärm, der vom Gefängnis zu ihnen herüberdrang. Dann sagte er: »Ich glaube, jetzt hat sich alles soweit beruhigt, daß wir unbesorgt gehen können.«

Aber er sollte sich irren. Sie hatten den Hof kaum verlassen, als ein Teil der Horden vom Place de la Bastille wieder zurückkam. Allen voran lief ein Mann mit einem langen Spieß, auf dessen Spitze etwas steckte. Als er näher kam, entdeckte Angelique zu ihrem maßlosen Entsetzen, daß es sich um einen menschlichen Kopf handelte, einen Kopf mit langen, grauen Haaren und herausgequollener Zunge. Die Augen waren weit offen und spiegelten noch die Schrecken der Todesstunde wider.

»O mein Gott!« schrie Angelique entsetzt auf. Jacques zog sie rasch wieder in den Hofeingang und legte seine Hand über ihre Augen. »Sieh nicht hin!«

Angelique verbarg ihr Gesicht an Jacques' Schulter und fragte stockend: »Wer – wer war das?«

»Der Direktor der Bastille. Der Mob muß das ganze Gefängnis in seine Hand gebracht haben. Gott weiß, wie viele Tote es dabei gegeben hat.« Nach einer Weile fügte er hinzu: »Komm, wir müssen weiter.«

Jacques mied die Straßen, die bereits von Plünderern heimgesucht worden waren oder wo sich neue Horden zusammenrotteten, um zur Bastille zu marschieren, und führte Angelique auf einem Zickzackkurs bis zur Seine. Dort überquerten sie eine Brücke und liefen durch schmale Straßen zu einer heruntergekommenen Siedlung, deren Häuser aussahen, als stünden sie schon über zweihundert Jahre an ihrem Platz.

Schließlich führte Jacques sie durch einen düsteren Torweg, durch den sie zu einer verfallenen Treppe gelangten. Schnaufend stiegen sie hinauf bis in den vierten Stock eines Hauses, in dem es durchdringend nach billigem Wein und Essen roch. Oben angekommen, zog Jacques einen Schlüssel aus der Tasche und schloß eine Tür auf.

Als Angelique über die Schwelle trat, war sie überrascht über den sauberen, ordentlichen Raum, den sie vor sich hatte.

»Ich muß zurück zur Bastille«, sagte Jacques. »Warte hier auf mich. Am besten schließt du die Tür hinter mir ab.«

»Warte! Wo bin ich hier überhaupt?« fragte Angelique.

»Das ist mein Zuhause.« Damit reichte er ihr den Schlüssel und ging nach draußen.

Als er fort war, sah Angelique sich um. Jacques' Zuhause bestand aus einem großen Raum mit einer Feuerstelle, einem Bett, ein paar Schränken und Truhen sowie einem Tisch mit zwei Stühlen. Außerdem war in einer Ecke ein Waschtisch, und an der Wand hing ein Bücherbord.

Vom großen Fenster des Raumes aus konnte man über die Seine hinweg bis zur Bastille sehen, über der nun eine große Rauchwolke hing. Trotzdem fühlte Angelique sich nun weit weg von den blutigen Ereignissen, die sich dort abspielten. Sie hatte in diesem großen, einfach möblierten Zimmer ein Gefühl der Ruhe und Abgeschiedenheit, wie sie es in den ganzen achtzehn Jahren ihres jungen Lebens nie verspürt hatte.

## 9

Es war schon fast Abend, als Angelique Jacques vor der Tür ihren Namen rufen hörte. Sie schloß ihm schnell auf, und als er eintrat, sah er zwar müde aus, wirkte aber trotzdem sehr aufgekratzt. Unter dem Arm trug er ein kleines, in Papier eingeschlagenes Paket, das er in einen der Schränke legte; es waren Würstchen für das Abendessen.

Als sie sich beide hingesetzt hatten, erzählte Jacques, daß die Bastille inzwischen vollständig gestürmt worden sei und sich sämtliche Wachmänner ergeben hatten.

»Im Hôtel de Ville hat es am Nachmittag auch Unruhen gegeben.« Angelique wußte, daß das Hôtel de Ville das Rathaus von Paris war.

»Die Menge hat sich den Bürgermeister geholt und ihn getötet. Dann ist eine neue Bürgerversammlung gegründet worden. Ich gehöre auch dazu; ich bin das einzige Mitglied, das aus einer Bauernfamilie stammt, die anderen sind alle Kaufleute oder Anwälte. Wahrscheinlich haben sie mich wegen meiner Zeitung genommen.«

»Was für eine Zeitung?«

»Es ist eine Wochenzeitschrift. Ich drucke sie auf einer Presse, die einem Kohlenhändler gehört.«

»Du hast mit der – der Revolte heute eine ganze Menge zu tun, nicht wahr?« fragte Angelique langsam.

»Das war nicht nur eine Revolte«, entgegnete Jacques ruhig. »Was du heute erlebt hast, war der Beginn einer Revolution, und ich gehöre zu denen, die über eine Revolution gesprochen und geschrieben haben, auch wenn ich nicht wußte, wie sie aussehen würde. Ich wußte nur, daß sich in Frankreich etwas ändern muß, daß wir Reformen der Steuergesetze, der Kirchen und des Herrschaftssystems brauchen. Mir war klar, daß wir solche Reformen nur dann erreichen konnten, wenn wir dem Adel und unserem schwächlichen König endlich zeigen, daß wir uns nicht länger hinhalten lassen.«

»Aber Jacques! Was heute passiert ist, war doch einfach schrecklich. Dieser Mann mit dem Spieß...«

»Ich weiß, das war grausam. Aber es war nur eine Entladung der Wut, die sich im Volk durch die jahrelange Ausbeutung aufgestaut hat. Ich hoffe, daß der heutige Tag die ganze Wut des Volkes freigesetzt hat«, entgegnete Jacques.

Nach einer Weile fuhr er besorgt fort: »Aber vielleicht war das noch nicht alles, vielleicht waren die heutigen Ereignisse nur ein Vorgeschmack auf das, was uns noch bevorsteht. Aber laß uns jetzt nicht länger darüber reden. Erzähl mir lieber von dir. Wie kommst du eigentlich nach Paris?«

»Ich arbeite hier, oder vielmehr draußen am Montmartre. Ich habe seit Oktober eine Stelle als Schankmädchen in einer Taverne.«

Jacques sah sie entgeistert an. »Soll das heißen, Simon und Marie haben dich in deinem Alter allein nach Paris gehen lassen?«

Angelique schwieg einen Moment. Dann fragte sie gepreßt: »Du hast also noch nicht gehört, was passiert ist?«

»Nein, ich habe keine Ahnung.«

Angelique erzählte ihm von Claudes und Simons Tod und von Maries jetzigem Zustand.

»Im Haus meines Onkels war kein Platz für mich«, schloß sie, »und so bin ich nach Paris gegangen und habe in Ponselles Taverne eine Stelle gefunden.«

»Meine arme Angelique«, sagte Jacques leise. »Eine solche Taverne ist doch nicht der richtige Ort für dich, schon gar nicht zum jetzigen Zeitpunkt. Gott weiß, was noch alles geschehen wird. Du brauchst jemanden, der auf dich aufpaßt. Bleib hier, Angelique.«

»Hier!?«

»Ja, ich kann uns beide ernähren«, sagte Jacques. Dann fuhr er fort:

»Wenn du heiraten möchtest, dann werden wir heiraten. Du darfst nicht glauben, daß ich dich nicht liebe, weil ich dir jetzt einen so halbherzigen Antrag mache. Ich liebe dich schon über zwei Jahre, aber ich lebe ein gefährliches Leben. Ich bezweifle zwar, daß der König seine Truppen nach Paris schicken wird, um die Bürger dafür zu bestrafen, daß sie die Bastille gestürmt haben, aber es kann durchaus sein, daß er in nächster Zukunft Soldaten schickt. In dem Fall wäre ich einer der ersten, die verhaftet werden würden. Als meine Frau würden sie wahrscheinlich auch dich festnehmen. Aber ich muß dich beschützen. Wenn du also hier leben willst...«

»Das würde ich gerne tun«, sagte sie leise. »Aber was das Heiraten anbelangt, so gibt es einen Grund, der dich wahrscheinlich davon abhalten wird.«

»Das kann ich mir nicht vorstellen! Oder gibt es da einen anderen Mann? Liebst du ihn?«

»Ihn lieben? Nein, wahrhaftig nicht!« stieß Angelique hervor. »Es ist der Engländer, von dem ich dir erzählt habe.«

Zögernd berichtete Angelique Jacques von der Nacht in Ponselles Taverne.

Jacques hörte ihr aufmerksam zu; seine Hände lagen dabei mit gekrümmten Fingern auf dem Tisch. Angelique glaubte zu wissen, was er gerade dachte. Er stellte sich offenbar vor, er hätte den Hals des Engländers zwischen den Fingern...

»Vielleicht läuft mir dieser Kerl eines Tages über den Weg«, sagte Jacques schließlich gepreßt. Dann drehte er seine Handflächen nach unten und legte die Hände entspannt auf den Tisch. »Aber was wird mit uns, Angelique? Bleibst du bei mir?«

»Heißt das, daß die Sache mit dem Engländer dir nichts ausmacht?«

»Natürlich macht es mir nichts aus! Was dir passiert ist, ist zwar schrecklich, aber ich liebe dich deshalb nicht weniger, und es ändert nichts an meiner Absicht, dich zu heiraten, sobald die Zeiten für dich sicherer sind. Nun, Angelique?«

»Natürlich bleibe ich bei dir!«

Seine Augen spiegelten unbändige Freude über ihren Entschluß wider, aber er sagte nur: »Ich zünde lieber eine Kerze an; es wird langsam dunkel hier drinnen.«

Er ging zu dem Bücherbord an der Wand, um einen Kerzenleuchter zu holen.

»Hast du all diese Bücher gelesen?« fragte Angelique.

»Ja, mehrmals sogar.«

»Es muß wunderbar sein, lesen zu können.«

Sein Gesicht wirkte im Schein der Kerze gleichzeitig liebevoll besorgt und amüsiert.

»Du wirst es auch bald können; ich werde es dir beibringen.« Plötzlich änderte sich Jacques Gesichtsausdruck, und er nahm Angeliques Gesicht zwischen die Hände. Er küßte sie sanft und zog sie dann an sich. »Angelique?«

»Ja, Jacques.«

Er führte sie hinüber zum Bett und entkleidete sie. Dann zog er auch seine Kleider aus, und sie legten sich hin. Jacques umwarb Angelique zärtlich, küßte sanft ihre Augen, ihre Lippen und zuletzt ihre Brüste, während er mit der Hand behutsam über ihren schlanken Leib hinunter zu dem Dreieck blonden Flaums wanderten.

Als er in sie eindrang, verspürte sie nur einen leichten Schmerz, der ihr aber trotzdem die Qualen ins Gedächtnis rief, die sie auf dem Bett des Engländers erlitten hatte. Nach einer Weile hörte der Schmerz jedoch plötzlich auf. Allerdings empfand sie nichts von dem wilden Vergnügen, von dem Hortense und Claudette oft nachts erzählt hatten. Sie war nur voller Zärtlichkeit für Jacques und hoffte, daß sie ihn glücklich machte. Wenige Minuten später fragte er sie leise:

»War es schön für dich, mein Liebling?«

»Ja«, flüsterte sie zögernd.

»Aber nicht sehr, nicht wahr?« sagte er traurig. Dann aber lachte er leise auf. »Aber ich werde dich die Freuden der Liebe lehren; der Liebe und des Lesens. Jetzt habe ich aber erst mal Hunger. Ich werde gleich ein Feuer machen, und dann essen wir Wurst und Käse und trinken ein Glas Wein.«

Ein paar Stunden später lag sie neben dem schlafenden Jacques und dachte nach. War es wirklich Liebe, was sie für ihn empfand? Sollte sie ihren Traum von Macht und Reichtum aufgeben und Jacques so bald wie möglich heiraten? Ja, das war vielleicht das Beste.

## 10

Am nächsten Morgen begleitete Jacques Angelique zu Ponselles Herberge. Ganz Paris schien an diesem Tag den Sturm auf die Bastille zu feiern, doch es entging Angelique nicht, daß trotz der bejubelten Revolution viele Geschäfte und Fabriken, die während des harten Winters aufgrund mangelnder Aufträge zugemacht hatten, noch immer verlassen und leblos dalagen. Auch wenn sich überall auf den Straßen die Menschen in ihrem Freudentaumel betranken, konnte das nicht darüber hinwegtäuschen, daß sie noch immer Hunger litten. Einmal mußte Angelique sogar mit ansehen, wie sich ein kleines Kind in den Schmutz warf, um dort nach einem Stück Brotrinde zu fischen und es gierig zu verschlingen.

»Jacques«, fragte Angelique, »werden die Leute jetzt wirklich leichter Arbeit finden? Und wird das Brot billiger werden?«

»Bestimmt. Jedenfalls dürfen wir die Hoffnung nicht verlieren.«

Kurz bevor sie zum Montmartre kamen, blieb Jacques plötzlich stehen und sagte:

»Ich werde hier auf dich warten. Am besten, du erzählst bei Ponselle niemandem, wer ich bin. Wenn – was Gott verhüten möge – das alte Regime wieder an die Macht kommt, werde ich aus Paris fliehen müssen, und dann mußt du vielleicht wieder dort arbeiten. Ponselle hätte sicher etwas dagegen, wenn du Umgang mit einem so gefährlichen Menschen wie mir hättest.«

Als Angelique bei Ponselle ankam, waren dort die Vorbereitungen für das Mittagessen schon im Gange, und sie wurde von Claudette und Hortense freudig begrüßt. Selbst der berüchtigte Charles wirkte erleichtert.

»Wir hatten schon befürchtet, du wärst in die Unruhen geraten und dir wäre etwas zugestoßen«, meinte Claudette. »Monsieur Ponselle hat sogar im Krankenhaus nachfragen lassen.«

»Mir ist nichts passiert. Ich – ich habe einen alten Freund aus meinem Dorf getroffen. Stellt euch vor, wir werden heiraten!«

»Sieht er gut aus?« fragte Hortense neugierig.

»Und ist er reich?« fügte Claudette hinzu.

»Aussehen tut er gut«, lachte Angelique, »aber reich kann man ihn wirklich nicht nennen.«

Plötzlich hörte sie hinter sich ein leises Räuspern. Als sie sich herumdrehte, blickte sie in Etienne Ponselles betrübtes Gesicht.

»Du willst also heiraten?« fragte er.

»Ja, Monsieur.«

»Ich hoffe, der Mann ist deiner wert.«

»Das ist er. Mehr, als ich sagen kann.« Angelique verstummte. Nach kurzem Zögern fügte sie hinzu: »Ich hole dann meine Sachen und verabschiede mich von Madame Ponselle.«

Nachdem sie Monsieur Ponselle die Hand geschüttelt und Hortense und Claudette einen Kuß auf die Wange gegeben hatte, ging sie hinauf zu Madame Ponselle und berichtete ihr die Neuigkeit.

»Er will mir auch das Lesen und Schreiben beibringen«, schloß sie.

»Dein Verlobter ist also ein gebildeter Mann?« fragte Madame Ponselle.

»Ja, er hat das Priesterseminar besucht. Er hat sein Studium aber dann vor dem Gelübde abgebrochen.«

Es war Madame Ponselle anzusehen, daß sie gerne noch mehr über den Beinahe-Priester gewußt hätte, der Ponselles Schankmädchen heiraten wollte, aber schon ihre gute Erziehung verbot es ihr, Angelique neugierige Fragen zu stellen. So sagte sie nur:

»Wenn du Schreiben gelernt hast, dann schick mir doch einen Brief. Du wirst sehen, daß ich eine gute Briefschreiberin bin; ich habe ja sonst nicht viel zu tun.«

Monate später, als Angeliques Leben sich plötzlich in einen verzweifelten Kampf ums Überleben wandelte, erschienen ihr die Tage, die sie mit Jacques verbracht hatte, geradezu paradiesisch; der Raum, den sie teilten, war für sie wie eine ruhige Insel inmitten eines sturmgepeitschten Ozeans.

Paris war zu einem unsicheren Pflaster geworden; selbst anständige Arbeiterfamilien wurden zu Gesetzesbrechern, weil sich die Lebensbedingungen für sie seit der Erstürmung der Bastille noch verschlechtert hatten. Weil so viele Adlige aus der Stadt geflüchtet waren, gab es kaum noch Bedarf für Seide, feines Porzellan und andere Luxusgüter, so daß viele Fabrikanten ihre Arbeiter entlassen mußten. Außerdem hatte die Nationalversammlung, die nun in Frankreich regierte, die Gilden und Arbeitervereinigungen verboten, die sich um die Rechte der einfachen Leute bemüht hatten.

Aufgrund des wachsenden Einflusses seiner Zeitung gehörte Jacques zu den Mitgliedern der Bürgerversammlung, die schließlich auch einen Sitz in der Nationalversammlung bekamen. Dreimal wöchentlich fuhr er in das zwanzig Kilometer entfernte Versailles, um dort an den Sitzungen teilzunehmen.

An einem Septemberabend kehrte Jacques blaß und müde aus Versailles zurück, und er und Angelique gingen früh zu Bett. Als sie das Licht gelöscht hatten, sagte Jacques:

»Ich sage diesen feinen Herren immer wieder, daß es fast ausschließlich Arbeiter waren, die ihr Leben für die Revolution geopfert haben, und daß man daher die Arbeiterklasse an den Früchten dieser Revolution teilhaben lassen muß. Aber sie wollen einfach nicht auf mich hören. Und jetzt noch das mit der Kirche...«

»Was meinst du?«

»Sie schließen sämtliche Klöster und konfiszieren alle Ländereien der Kirche. Wenn man bedenkt, wie sich die Kirche in Frankreich bisher verhalten hat, ist das sicherlich in gewisser Weise gerechtfertigt – vorausgesetzt, das Land würde entweder zum Nutzen aller verwendet oder zu Preisen verkauft, die auch für die Bauern erschwinglich sind. Statt dessen ist aber geplant, dieses Land in riesigen Blöcken nur an die zu verkaufen, die es sich leisten können, nämlich an die Männer, die mit mir in der Nationalversammlung sitzen.«

Eine dunkle Vorahnung beschlich Angelique, und sie meinte flehentlich: »Jacques, bring die anderen nicht zu sehr gegen dich auf!«

»Mach dir keine Sorgen, mein Schatz; solange ich meine Zeitung habe, werden sie es nicht wagen, etwas gegen mich zu unternehmen.« Damit zog er sie an sich und küßte sie auf die nackten Schultern. Dann flüsterte er ihr ins Ohr: »Liebes?«

»Ja, Jacques«, hauchte Angelique und streichelte seine Wange. Wie immer empfand sie seine Liebesbezeugungen als nicht unangenehm, aber als er später schweigend neben ihr lag, spürte sie, daß ihn etwas bekümmerte.

»Jacques«, fragte sie, »fehlt dir etwas?«

»Nein. Es ist nur – ich wünschte, du hättest mehr Spaß an der Liebe.«

»Aber Jacques! Habe ich dich jemals abgewiesen? Oder gibt es irgend etwas, das ich für dich tun soll?«

»Nein, nein! Dein Instinkt muß dir sagen, wie du zu

reagieren hast. Ich könnte es nicht ertragen, wenn du mir etwas vorspielen...« Er brach ab. Nach einer Weile fuhr er fort:

»Schon gut, mein Liebling. Manche Frauen sind von Natur aus nicht so empfänglich für die Liebe wie andere. Aber ich liebe dich, so wie du bist.«

»Bist du sicher?«

Er lachte. »Wenn ich mir auch einer ganzen Menge anderer Dinge nicht mehr so sicher bin – daß ich dich liebe, werde ich immer mit Bestimmtheit wissen.«

Beruhigt kuschelte Angelique sich an ihn. Dann sagte sie:

»Was wird eigentlich, wenn ich schwanger werde?«

»In dem Fall müßtest du meine Frau werden, so gefährlich es auch ist. Angelique! Bist du etwa schwanger?«

»Nein.«

»Bist du sicher?«

»Natürlich. So etwas lernen Bauernmädchen schon in ganz jungen Jahren. Du mußt nicht glauben, daß ich nichts über Frauendinge weiß, nur weil ich mich mit Büchern nicht auskenne.«

Jacques lachte. »Jetzt weißt du ja über beides Bescheid.«

Das stimmte. Sie konnte mittlerweile einfache Sätze schreiben und so gut lesen, daß sie die meisten Artikel in Jacques Zeitung verstand. Als sie in Jacques' Bücherregal auch zwei Bände in Englisch entdeckte, bat sie ihn, sie auch in dieser Sprache zu unterrichten.

Angelique war die geborene Schülerin; sie saugte das Wissen auf wie ein Schwamm, und so unterrichtete sie nicht nur in Lesen und Schreiben, sondern auch in Geschichte und Mathematik.

Schließlich wurde es Herbst. Aufgrund der weiterhin herrschenden Unruhen auf dem Lande war die Ernte schlecht, und in der Stadt stiegen die Brotpreise erneut. Eines regnerischen Morgens, als Angelique vor einer Bäckerei um Brot anstand, hörte sie, wie sich ein paar Frauen zornig über die neuesten Gerüchte unterhielten. Es hieß, der König hätte fast überall in Paris das Brot aufkaufen lassen, um damit für seine Truppen in Versailles ein großes Festessen geben zu können.

»Man sollte es dem König nicht erlauben, in Versailles zu

bleiben!« rief eine der Frauen. »Er sollte hiersein, bei seinen Untertanen!«

»Er hat keine Schuld«, meinte eine andere. »Das haben wir dieser österreichischen Hure zu verdanken, die er geheiratet hat!«

»Dann sollen sie die auch herholen«, zeterte die erste Frau.

»Sie sollen sie alle beide in die Tuilerien stecken, damit wir sie im Auge behalten können!«

Angelique war früher, an ihren freien Tagen, oft an den Tuilerien vorbeigekommen und wußte, daß es sich dabei um einen düsteren, alten Palast am rechten Seineufer handelte, der seit der Zeit Katharina von Medicis unbewohnt war.

Ein paar Tage nach diesem Erlebnis beim Einkaufen hörte Angelique eines Nachmittags von der Seine her Musketenschüsse und lautes Geschrei, das sich nicht eindeutig als Triumph- oder Wutgeheule identifizieren ließ. Seit dem Sturm auf die Bastille hielt sich Angelique an Jacques' Anweisung, im Haus zu bleiben, wenn sie draußen Anzeichen irgendwelcher Unruhen bemerkte. Als es jedoch Abend wurde und Jacques noch immer nicht aus Versailles zurückgekehrt war, wuchs ihre Unruhe. Sie hatte sich gerade dazu entschlossen, ihm entgegenzugehen, als sie plötzlich sein vertrautes Klopfzeichen hörte. Als er eintrat, wirkte sein Gesicht im Schein der Kerze weiß und grimmig.

»Jacques! Was ist passiert?«

Er erzählte ihr schnell, was geschehen war. Es war genau das eingetreten, was die Frauen vor dem Bäckerladen wenige Tage zuvor so heftig gefordert hatten. Achttausend Frauen aus den Armenvierteln von Paris waren am frühen Morgen in Begleitung einiger Männer nach Versailles marschiert. Am folgenden Tag hatten sie die königlichen Gemächer erstürmt. Der König hatte sich erwartungsgemäß nicht gewehrt und sich mit seiner ungeliebten Frau und seinen beiden Kindern auf den Weg nach Paris gemacht. Während der gesamten Fahrt war die Kutsche umringt von Horden triumphierender Frauen, die mit Pappelzweigen wedelten, die sie am Straßenrand von den Bäumen abgeschnitten hatten.

Eines verschwieg Jacques Angelique jedoch – nämlich die Tatsache, daß die Männer, die ihre Frauen auf dem Zug begleitet hatten, nicht Zweige durch die Luft geschwungen hatten, sondern Spieße mit den Köpfen der Wachmänner.

»Wo ist die königliche Familie jetzt?« fragte Angelique.

»In den Tuilerien. Sie sind vor knapp einer Stunde dort angekommen.«

»Und wird jetzt alles anders? Gibt es jetzt endlich mehr Brot?«

»Das nicht«, antwortete Jacques, während er sich auf einem Stuhl niederließ, »aber nach solch blutrünstigen Ausbrüchen fühlen sich die Armen meistens eine Zeitlang besser. Außerdem kann ich mir jetzt die Fahrten nach Versailles sparen. Die Regierung hat offenbar vor, so zu tun, als sei der König nach wie vor das Staatsoberhaupt, und nachdem er jetzt in den Tuilerien lebt, wird sich die Nationalversammlung zukünftig in Paris treffen.«

Trotz der Unruhen und Leiden, die das Jahr 1789 mit sich brachte, hatte Angelique doch Freude an ihrem Leben. Am meisten genoß sie die Sonntage, an denen Jacques mit ihr durch die eleganten Einkaufsviertel spazierenging. Ein paar Tage nach einem dieser Spaziergänge überbrachte ein Junge Angelique eines Morgens ein großes Paket. Als sie es auspackte, kam zu ihrem ungläubigen Erstaunen ein grünes Kleid mit dazugehörigem Umhang zum Vorschein, das sie schon oft im Schaufenster bewundert und sich insgeheim sehnlichst gewünscht hatte.

»Aber Jacques!« rief sie. »Woher...«

»Woher ich weiß, daß du dir das gewünscht hast?« fragte Jacques lachend. »Jedesmal, wenn wir an dem Geschäft vorbeigekommen sind, hast du dich noch einmal umgedreht, um noch einen Blick auf das Kleid zu erhaschen.«

»Aber kannst du dir das denn leisten?«

»Als ich den Ausdruck in deinen Augen gesehen habe, wurde mir klar, daß ich es mir nicht leisten kann, das Kleid *nicht* für dich zu kaufen.«

Von diesem Tag an kam sich Angelique selbst wie eine feine Dame vor, wenn sie durch elegante Straßen spazierenging.

Aber nicht nur die Sonntage bereiteten Angelique Freude, sie genoß auch das Alltagsleben. Es machte ihr Spaß, die kleine Dachwohnung sauberzuhalten, und in ihrer Freizeit las sie sich durch Jacques Büchersammlung hindurch. So lebte sie dahin, als gäbe es die rauhe Welt außerhalb des ruhigen Dachzimmers überhaupt nicht.

Dann kam der März, und plötzlich drang die grausame Realität des Pariser Alltags auch bis in Angeliques friedliche Oase. Als sie eines Tages vom Einkaufen zurückkehrte, fand sie einen völlig aufgelösten Jacques vor, der vor dem Bett stand und in größter Eile Kleidung und Papiere in einen kleinen Handkoffer packte.

»Jacques!« rief Angelique. »Was ist passiert?«

»Ich muß Paris verlassen, bevor ich verhaftet werde.«

»Verhaftet? Aber warum?«

»Man will mich morgen festnehmen lassen, weil ich angeblich ein Agent des Königs und des Papstes bin und mich gegen die Nationalversammlung verschworen habe.«

»Aber du bist doch der letzte, der...«

»Ja, und das wissen diejenigen auch, die meine Verhaftung planen.« Damit schloß er den Koffer und setzte sich auf das Bett. »Komm her, mein Liebling.«

Als sie sich neben ihn setzte, legte er den Arm um ihre Schultern und sagte:

»Es gibt in der Nationalversammlung eine ganze Anzahl Männer, die mich loswerden wollen. Ich bin für sie ein Störenfried, ein lästiges Anhängsel, weil ich sie pausenlos dazu dränge, etwas von ihrer Macht und ihrem Reichtum auch an die Arbeiterklasse weiterzugeben, die ihnen den Sieg über den Adel ermöglicht hat. Natürlich genügt das nicht, um mich verhaften zu lassen, und so haben sie sich diese Geschichte mit dem König und dem Papst ausgedacht, die mich gekauft haben sollen.«

»Aber das wird ihnen doch keiner glauben! Wie könntest du denn gemeinsame Sache mit dem Papst machen? Ausgerechnet du, der dem Kloster und der Kirche den Rücken gekehrt hat!«

»Genau das werden sie gegen mich verwenden, mein Liebling. Sie werden sagen, daß meine Abkehr von der Kirche nur eine List war. Die Leute – und besonders die Franzosen – lieben solche Geschichten, je absurder, desto besser. Morgen wird man meine Druckerei durchsuchen und dabei irgendwelche geheime Korrespondenz entdecken; wahrscheinlich Briefe an Rom oder an irgendeinen dem König nahestehenden Adligen, dem Compte d'Artois, zum Beispiel. In diesen Briefen wird von üblen Verschwörungen gegen das französische Volk die Rede sein. Ja, wenn ich hier bleibe, werde ich mit Sicherheit verhaftet. Ob ich allerdings das Gefängnis lebend erreiche, ist eine andere Frage.«

Angelique brauchte eine Weile, bis sie begriff, was er damit sagen wollte. Sie schrie entsetzt auf.

Jacques packte sie an den Schultern und rief: »Hör auf damit, Angelique. Wenn du mich liebst, dann mußt du jetzt ganz ruhig bleiben.«

Angelique atmete ein paarmal tief durch und fragte dann: »Woher weißt du von dem Komplott gegen dich?«

»Ich habe es von einem Mitglied der Nationalversammlung gehört. Er hat zwar nicht den Mut gehabt, sich öffentlich zu mir zu bekennen und mich zu unterstützen, aber er hat mich wenigstens gewarnt.«

»Sollten wir nicht lieber gleich fort?«

»Du kannst nicht mitkommen, Liebes. Es ist nicht nur für dich besser, wenn du hierbleibst, sondern auch für mich. Wenn ich allein bin, wird es leichter für mich sein, unbemerkt über die Grenze nach Holland zu kommen. Und wenn man uns beide festnehmen würde, würde der Mob sicher auch dich nicht verschonen.«

Jacques erhob sich, ging zur Feuerstelle hinüber und holte aus einem Versteck hinter einem losen Ziegelstein im Kamin den Beutel mit ihren Ersparnissen. Er nahm sich zwanzig Franc und reichte ihr dann den Beutel. »Das ist für dich.«

»Aber du hast dir ja kaum etwas genommen!«

»Trotzdem sind nicht einmal zweihundert Franc übrig, mein Liebling. Du wirst bald feststellen, daß das nicht sehr viel ist. Aber wenigstens mußt du nur dein Essen davon bezahlen. Die Miete für das nächste Vierteljahr habe ich schon bezahlt.«

Nach einer Weile fuhr er fort.

»Für morgen mußt du dich auf einen Besuch von Nationalgardisten gefaßt machen.«

»Nationalgardisten!«

»Sie werden mich natürlich suchen. Ich hoffe, daß sie dich für ein dummes junges Ding halten werden. Erzähl ihnen einfach, daß du als meine Freundin mit mir zusammengelebt hast. Tu so, als wüßtest du kaum etwas über mich, nur, daß ich irgend etwas mit der Regierung zu tun habe. Wenn sie dich nach mir fragen, sagst du, du hättest gestern abend vergeblich auf mich gewartet. Schaffst du das?«

Sie nickte stumm.

»Mein Schatz, ich fürchte, daß du dir früher oder später Arbeit suchen müssen wirst, es sei denn, ich kann dich schon sehr bald nachkommen lassen, was ich hoffe. Jetzt, wo du nicht nur lesen und schreiben, sondern auch rechnen kannst, findest du vielleicht eine Stelle als Schreibkraft. Andernfalls wird es das beste sein, wenn du zurück zu Ponselle gehst. Und dann noch etwas – solange du hier wohnst, mußt du unbedingt immer die Tür verschlossen halten. Mach nur auf, wenn du genau weißt, wer draußen steht, und geh nach Einbruch der Dunkelheit bitte nicht mehr auf die Straße. Versprichst du mir das, mein Liebling?«

Sie nickte, während ihr Tränen über die Wangen rollten. Auch Jacques Augen wurden plötzlich feucht, und er nahm Angelique in den Arm.

Später, als er fort war, saß Angelique im Schein einer Kerze am Tisch, vor sich ein aufgeschlagenes Buch. Aber sie war außerstande, sich darauf zu konzentrieren, sie war wie betäubt. Es schien ihr unfaßbar, daß sich ihr Leben innerhalb weniger Stunden auf so dramatische Weise gewendet hatte. Am Nachmittag war sie noch voller Freude vom Einkaufen zurückgekehrt, weil es ihr gelungen war, ein Stück Lammfleisch zu erstehen, und nun saß sie plötzlich einsam und verlassen in einer verschlossenen Wohnung inmitten des von Unruhen gebeutelten Paris.

## 11

Die Nationalgardisten kamen am nächsten Morgen um elf. Sie polterten lärmend die Treppe hinauf und schlugen dann mit ihren Gewehrkolben gegen die Tür. Als Angelique aufmachte, sah sie sich zwei jungen Männern von etwa fünfundzwanzig Jahren gegenüber, die rauh, aber nicht unsympathisch wirkten. Als sie nach Jacques fragten, konnte Angelique vor lauter Angst nur stotternd antworten.

»Bist du seine Frau?« herrschte sie daraufhin der größere der beiden Männer an.

Angelique schlug die Augen nieder und antwortete leise: »Nein, Monsieur. Wir waren nicht verheiratet.«

Schließlich durchsuchten die beiden Soldaten den Raum, nicht nur nach dem flüchtigen Jacques, sondern auch nach verräterischen Schriften. Als der eine Soldat plötzlich anfing, auch im Kamin herumzutasten, blieb Angelique fast das Herz stehen. Sie fürchtete, er könne den losen Stein entdecken und ihre Ersparnisse dahinter finden. Aber nach kurzer Suche wandte sich der Wachmann wieder von der Feuerstelle ab.

»Ich glaube, wir können wieder gehen«, sagte er. Aber anstatt zur Tür zu gehen, blieb er stehen und musterte Angelique von oben bis unten.

»Na, mein Kleines«, meinte er, »was willst du denn jetzt tun, nachdem dein Geliebter dich verlassen hat?«

Nach kurzem Zögern entgegnete Angelique: »Ich habe schon mit meinen Eltern gesprochen; sie wollen mich wieder bei sich aufnehmen. Sie haben in Faubourg St.-Antonie eine Metzgerei; meine beiden Brüder wollten mich mittags hier abholen.«

Die beiden Soldaten sahen sich vielsagend an. »Zwei Brüder«, meinte der Größere.

»Beides Metzger«, murmelte sein Kamerad. »Nun, dann guten Tag, Mademoiselle.«

Damit verschwanden sie und polterten die Treppe hinunter. Als sie fort waren, zog sich Angelique schnell ihr grünes Kleid an, warf sich dein Umhang über die Schultern und machte sich auf den Weg, um nach Arbeit zu suchen.

Aber weder an diesem noch an den folgenden Tagen war ihre Suche von Erfolg gekrönt. Eine ganze Woche lang ging sie von einem Geschäft zum andern, aber niemand hatte eine Stelle für sie. Obgleich sie versuchte, so wenig wie möglich zu essen, machte sie das viele Laufen doch sehr hungrig, und sie stellte erschrocken fest, daß sie fast so viele Lebensmittel verbrauchte wie früher, als Jacques noch bei ihr war.

Eines Morgens schließlich beschloß sie, zu Ponselle zu gehen. Erst sechs Wochen zuvor hatte sie einen Brief von

Madame Ponselle erhalten, in dem sie geschrieben hatte, daß sie von allen sehr vermißt würde.

Aber als sie am Tor zu Ponselles Herberge ankam, fand sie es zu ihrem großen Erstaunen verriegelt, und am Schloß hing ein hölzernes Schild mit der Aufschrift ›Geschlossen‹.

Verwirrt sah Angelique hinauf zu den geschlossenen Fensterläden. Warum war die Herberge geschlossen? Ponselle hatte ihr doch selbst einmal stolz erzählt, daß er und sein Vater es geschafft hatten, die Taverne sechzig Jahre lang jeden Tag offenzuhalten.

Plötzlich hörte Angelique hinter sich ein knarrendes Geräusch. Als sie sich umdrehte, sah sie einen zahnlosen alten Mann auf einem Karren auf sich zukommen. »Der Gasthof ist geschlossen«, rief er.

»Warum?« fragte Angelique tonlos. »Warum hat Ponselle zugemacht?«

»Blieb ihm gar nichts anderes übrig. Eine Räuberbande hat ihn überfallen und ihm die ganzen Vorräte an Nahrungsmitteln und Wein gestohlen. Auch die Gäste haben sie ausgeraubt. Dann, als sie sich gerade aus dem Staub machen wollten, hat der Koch irgend etwas zu ihnen gesagt, das sie geärgert hat, und sie haben Feuer gelegt. Bis die Feuerwehr endlich da war, war der gesamte Schankraum ausgebrannt.«

»Wohin sind Monsieur und Madame Ponselle?«

»Nach Rheims. Ihre Familie hat da ein großes Weingut.«

»Und was ist mit den Leuten, die hier gearbeitet haben?«

Der Mann zuckte die Achseln. »Weiß ich nicht.« Dann fügte er hinzu: »Wo willst du denn hin?«

»Zurück in die Stadt.«

»Dann steig auf, ich kann dich mitnehmen.«

Als Angelique wieder zu Hause war, machte sie sich sogleich wieder auf Arbeitssuche. Diesmal versuchte sie ihr Glück nicht in eleganten Geschäften, sondern in Bäckereien, Tavernen und sogar bei einem Fischhändler. Aber ihre Mühe war vergebens, nur ein einziger bot ihr eine Stelle an. Es war ein Mann, dem eine Bäckerei gehörte.

»Hier wird es dir gefallen«, meinte er, »tagsüber wird dich der Ofen wärmen und nachts ich.«

Bei diesen Worten lächelte er, aber dem Ausdruck seiner Augen konnte sie entnehmen, daß es ihm ernst damit war.

Auch in der folgenden Woche erhielt sie mehrere Angebote, aber alle möglichen Arbeitgeber ließen keinen Zweifel daran, daß es auch zu Angeliques Pflichten gehören würde, das Bett mit ihnen zu teilen.

›Wenn ich mich wirklich verkaufen muß‹, dachte Angelique schließlich bitter, ›dann gehe ich lieber wie die anderen Prostituierten auf die Straße, als tagsüber erst zwölf Stunden lang irgendwo zu arbeiten und dann noch mit dem Besitzer ins Bett zu gehen.‹

Inzwischen war es Frühling geworden, und Angelique schöpfte neue Hoffnung. Vielleicht brachte ja das wärmere Wetter einen Geschäftsaufschwung mit sich. Voller Optimismus fragte sie erneut in unzähligen Bäckereien und Gaststätten nach, aber niemand hatte Arbeit für sie.

Es war fast fünf Uhr nachmittags, als sie sich schließlich auf den Heimweg machte. Am liebsten wäre sie noch etwas auf der Seinebrücke stehengeblieben, um ein paar Minuten lang die Schönheit des anbrechenden Abends zu genießen, aber sie wußte, daß es klüger war, nach Hause zu gehen, solange es noch hell war.

Als sie die Treppen zu ihrem Zimmer hinaufstieg, beschlich sie plötzlich eine unerklärliche Unruhe, und sie brachte die letzten Stufen fast rennend hinter sich.

Wo früher einmal ein Schloß gewesen war, klaffte nun ein Loch in der Wohnungstür. Mit zitternden Fingern schob Angelique die Tür auf.

Das Bett und die Schränke hatte man ihr gelassen, wahrscheinlich, weil sie zu unhandlich zum Transportieren waren. Sonst hatten die Diebe Angelique jedoch fast alles genommen, wie sie nach ein paar Minuten entsetzt feststellte – ihr schönes Kleid, die Bücher, alle Haushaltsgegenstände, Kerzen, ihren Kohlevorrat und sämtliche Essensvorräte bis auf einen trockenen Kanten Brot, den sie für die Vögel aufgehoben hatte.

Und natürlich hatten die Diebe auch das Geld entdeckt und mitgenommen. Der Ziegelstein, hinter dem es versteckt gewesen war, lag zerschmettert vor der Feuerstelle.

Angelique wankte zum Bett und ließ sich darauf nieder. Dann starrte sie stumpf auf den Boden.

Sie hatte keine Arbeit, kein Geld und nichts zu essen. In

diesem Augenblick spürte sie zum ersten Mal die schlimmste aller Urängste – die Angst vor dem Verhungern.

## 12

Am nächsten Morgen machte sich Angelique auf den Weg zum Bezirkskommissariat, das nur wenige hundert Meter entfernt am Seineufer in einem grauen Steingebäude untergebracht war.

Der Kommissar war ein fetter Mann in einer viel zu eng sitzenden Uniform. Er hatte am Abend zuvor ein paar Gläser Wein zuviel genossen und war demzufolge an diesem Morgen jedem menschlichen Wesen spinnefeind.

Er saß bewegungslos in seinem Sessel und ließ mürrisch Angeliques Bericht über den Einbruch über sich ergehen. Dann beugte er sich mit einem genießerischen Blick in seinen blutunterlaufenen Augen vor und fragte:

»Wieviel Geld ist Euch gestohlen worden?«

»Fast fünfunddreißig France.«

»Fünfunddreißig France! Aber Mademoiselle, wißt ihr eigentlich, wie viele Mordopfer wir diese Woche aus der Seine gefischt haben? Fünf! Alle mit durchgeschnittenen Kehlen und ausgeräumten Taschen. Einer davon war ein Rechtsanwalt, der einen Ring im Wert von sechstausend France getragen hat. Und ihr kommt zu mir und erzählt mir etwas von Haushaltskram und fünfunddreißig Francs.«

»Das war alles, was ich hatte«, sagte sie trotzig.

»Selbst wenn – was soll ich denn tun? Wenn Ihr in der Lage wärt, mir eine Liste der gestohlenen Gegenstände aufzustellen, würde ich eine Akte anlegen. Aber Ihr könnt von mir als vielbeschäftigem Mann nicht erwarten, daß ich selbst ...«

»Ich werde Ihnen alles aufschreiben.«

Das Gesicht des Kommissars spiegelte ungläubiges Erstaunen wider; dann aber trat ein hämischer Ausdruck in seine Augen, und er schob ihr mit spöttischem Grinsen ein Blatt Papier und einen Federhalter hin. Sorgfältig listete Angelique alle gestohlenen Gegenstände auf und reichte ihm dann das Blatt Papier. Der Kommissar konnte seine Überraschung und seinen Widerwillen kaum verhehlen, als er die Liste durchlas. Schließlich knurrte er:

»Ich glaube kaum, daß Euch diese Liste viel nützen wird, Mademoiselle. Bis heute nachmittag werden die Diebe Eure Vorräte aufgegessen, das Geld ausgegeben und alles andere verkauft haben. Ihr werdet Euren kostbaren Besitz nie wiedersehen.«

Angelique wußte, daß er wahrscheinlich recht behalten würde. Aber sie hatte wenigstens die Genugtuung gehabt, das verdutzte Gesicht des Kommissars zu sehen, als sie ihm bewiesen hatte, daß sie tatsächlich schreiben konnte. Sie verabschiedete sich und trat wieder hinaus auf die Straße, die von der schwachen Frühlingssonne erwärmt wurde.

Angelique war sich darüber im klaren, daß es das vernünftigste gewesen wäre, sich zuallererst nach ein paar Brettern umzusehen, mit denen sie notdürftig das riesige Loch in ihrer Wohnungstür vernageln konnte. Diebe hatte sie zwar jetzt nicht mehr zu fürchten, da ja nichts zu stehlen übrig war, aber sie konnte nicht sicher sein, ob sich nicht vielleicht ein Verrückter oder ein Frauenschänder in ihr Haus verirrte und durch die kaputte Tür eindrang.

Trotzdem konnte sie sich vorerst nicht dazu überwinden, nach Hause zurückzukehren, und so wanderte sie ziellos umher. Sie hatte an diesem Tag noch nichts gegessen, und am Abend zuvor hatte sie auch kein Abendbrot gehabt. Trotzdem verspürte sie keinen Hunger; sie wußte jedoch, daß es nicht mehr lange dauern würde.

Was sollte sie nur tun? Sollte sie zurück zu dem Bäcker gehen, der ihr so unmißverständlich klargemacht hatte, daß sie ihm Gehilfin und Geliebte zugleich sein mußte? Eher wollte sie sterben. Sollte sie in den Straßen herumspazieren und fremde Männer anlächeln? Sie dachte an die Straßenmädchen, die sie bisher gesehen hatte; es waren fast alles Frauen, die ihre verhärmten Gesichter nicht einmal mehr mit Schminke verdecken konnten. Nein, so wollte sie nicht enden!

Was sollte sie nur tun? Sich in die Seine stürzen? Doch trotz ihrer Angst und dem langsam aufsteigenden Hungergefühl ekelte sie der Gedanke an, sich durch ihre Not in den Selbstmord treiben zu lassen.

Angelique wußte, daß sie in ihrem jetzigen Aufzug nur in

einer ärmeren Gegend eine Stelle finden konnte. An diesem Tag brachte sie es jedoch nicht fertig, sich dem Lärm, dem Schmutz und dem Gestank der Armenviertel auszusetzen. Sie beschloß daher, den Rest des Tages in einer eleganten Gegend zuzubringen, ganz gleich, was für mißtrauische Blicke die patrouillierenden Polizeibeamten ihr zuwerfen würden.

Inzwischen war Angelique an einer der vornehmen Einkaufsgegenden angekommen, und sie bog in eine der Straßen mit eleganten Geschäften ein.

Vor dem Schaufenster eines Juweliers blieb sie kurz stehen, um die Auslage zu bewundern. Nachdem es inzwischen recht warm geworden war, stand die Tür des Geschäftes offen, und plötzlich hörte Angelique, wie eine schrille Frauenstimme arrogant sagte:

»Zweitausend Franc scheint mir reichlich viel für ein Armband, selbst wenn die Diamanten echt sind. Die Steine sind jedenfalls ziemlich klein.«

Der Juwelier murmelte unterwürfig eine Antwort. Angelique lehnte sich etwas weiter vor, um besser sehen zu können. Im Laden stand vor einer langen Vitrine eine dicke Dame in einem eleganten, gelben Brokatkleid und einem großen schwarzen Hut mit gelben Federn. Ihr gegenüber stand der schmächtige kleine Juwelier, der auf einem blauen Samtkissen vor sich ganz offensichtlich das Streitobjekt liegen hatte, ein funkelndes Armband.

»Ich werde Euch wissen lassen, wie ich mich entschieden habe«, sagte die Kundin nun. »Ich möchte mich erst noch mit meinem Mann besprechen.«

»Sehr wohl, Madame.« Mit diesen Worten hob der Juwelier den Glasdeckel der Vitrine und legte das Armband auf eine Samtablage.

»Armand!« ertönte plötzlich eine quengelnde Frauenstimme aus einem Raum hinter dem Laden.

»Bitte entschuldigt mich jetzt, Madame«, sagte der Juwelier. »Meiner Frau geht es nicht gut. Guten Tag, und überbringt Eurem Gatten meine ehrerbietigsten Grüße.«

Damit verschwand der Juwelier durch eine Tür am Ende des Verkaufsraumes, während die Kundin den Laden verließ, in eine Kutsche einstieg und davonfuhr.

Angelique starrte unterdessen wie gebannt durch die offene Ladentür. Der Juwelier hatte die Vitrine nicht abgeschlossen, bevor er zu seiner kranken Frau geeilt war.

Ein Armband im Wert von zweitausend France! Sicher konnte man es für ein Viertel dieser Summe verkaufen. Für Angelique hätte das bedeutet, daß sie noch viele Monate überleben konnte, ohne dafür mit irgendwelchen Männern ins Bett gehen zu müssen. Plötzlich spannte sich jeder Nerv in ihrem Körper an. ›Schnell‹, befahl sie sich, ›geh hinein und hol es dir!‹

Im selben Moment schlüpfte sie durch die offene Tür in den Laden, eilte zur Vitrine und hob den Glasdeckel. Zu ihrem maßlosen Schrecken knarrte er laut, und sie erstarrte. Dann überwand sie ihre Angst und streckte ihre Hand in die Vitrine. Sie fischte das Armband von seinem Kissen und ließ es blitzschnell in ihre Rocktasche gleiten. Dann klappte sie vorsichtig den Glasdeckel herunter.

In diesem Augenblick öffnete sich am Ende des Verkaufsraums eine Tür. Angelique bekam einen solchen Schreck, daß sie den Glasdeckel unvermittelt losließ. Er schlug mit einem dumpfen Krachen auf der Vitrine auf, während Angelique und der Juwelier sich einen Moment lang bewegungslos gegenüberstanden. Dann wirbelte Angelique herum und lief zur Tür.

»Diebstahl!« schrie der Juwelier. »Haltet die Diebin!«

Angelique hatte die Tür fast erreicht, als ihr plötzlich jemand entgegenkam. Es war ein großer Mann mittleren Alters in braunem Samtrock, der sie am Arm packte und fast jovial meinte:

»Halt mal, Mädchen, nicht so schnell!«

Inzwischen hatte auch der Juwelier sie eingeholt und am Arm ergriffen. Er streckte den Kopf zur Tür hinaus und rief lauthals:

»Polizei! Polizei!«

## 13

Der Alptraum dauerte nun schon mehr als vierundzwanzig Stunden an. Es war kurz vor Mittag gewesen, als sie sehr hungrig, aber wenigstens frei, vor dem Schaufenster des

Juweliers gestanden hatte. Nun hielt sie ein Gefängniswärter mit seinen schmutzigen Händen fest, während er sie einen grauen Steingang hinunterführte.

Auf den Schrei des Juweliers hin waren gleich zwei Polizisten herbeigeeilt. Als sie den Laden betreten hatten, war der Mann im braunen Samtrock, der Angelique aufgehalten hatten, schnell davongegangen. Die beiden Polizisten hatten sie festgehalten, während der Juwelier triumphierend das Armband aus ihrer Rocktasche gezogen hatte. Dann waren sie alle gemeinsam zur nächsten Polizeiwache gegangen, wo sie ein dünner, gelangweilt wirkender Kommissar erwartete.

Er ließ sich zunächst vom Juwelier alles erzählen und stellte dann der verängstigten Angelique ein paar Fragen. Sie konnte sich später nicht mehr an die Fragen und Antworten erinnern, aber sie wußte, daß sie vor lauter Angst die Wahrheit gesagt hatte. Danach hatte man sie abgeführt. Die nächsten Stunden hatte sie in einem vergitterten Raum verbracht. Irgendwann hatte ihr ein humpelnder Jüngling von ungefähr sechzehn Jahren eine Schüssel mit einem übelriechenden Gemisch gebracht. Es schien eine Art Haferschleim mit Stücken längst nicht mehr frischen Fisches zu sein. So hungrig Angelique war, sie konnte nichts davon essen, und so nahm der Junge die Schüssel nach einer Weile wieder weg.

Irgendwo auf dem Gang schien eine Fackel angebracht zu sein, denn durch die Gitter drang stets ein trüber Lichtschein. Angelique verbrachte die ganze Nacht auf dem Fußboden, weil sie sicher war, daß die Pritsche in ihrer Zelle von Ungeziefer nur so wimmelte. Ein paarmal gelang es ihr, für eine Weile einzunicken, aber auch wenn sie wach war, fühlte sie sich wie betäubt. Offenbar wehrte sie sich innerlich dagegen, zu begreifen, was passiert war.

Am nächsten Morgen brachte ihr der Junge wieder Haferschleim, den sie abermals verschmähte. Einen Schluck Wasser nahm sie jedoch dankend an. Die Zeit danach verging unglaublich langsam. Hin und wieder ging Angelique eine Zeitlang in der Zelle umher, doch die meiste Zeit saß sie einfach da und starrte durch das hohe Gitterfenster hinaus auf den Himmel, der gegen Mittag gleißend hell wurde und sich dann immer mehr verdunkelte.

Schließlich erschien ein älterer Wachsoldat, holte sie aus der

Zelle und führte sie über eine eiserne Wendeltreppe hinauf in einen großen Raum, den sie gleich als Gerichtssaal erkannte. Hinter einem langen Tisch saß der Richter, ein alter Mann mit weißer Perücke, der aussah, als schliefe er.

Angelique stellte fest, daß sie nicht die einzige Gefangene war. Vor dem Richtertisch standen bereits ein halbes Dutzend Männer aufgedreht, zu denen sich auch Angelique stellen mußte. Dann erhob sich ein Gerichtsbeamter und las gelangweit eine lange Liste von Namen und Anklagen vor.

Schließlich wurde auch Angeliques Name genannt.

»Angelique Dubois, Diebstahl eines Armbandes im Werte von zweitausend France. Zeugen des Diebstahls waren Armand Gillon, Juwelier, und die Polizeibeamten Jean-Pierre Simon und David Delain.«

Als der Gerichtsbeamte sich wieder gesetzt hatte, las der Richter mit trockener, fast flüsternder Stimme die Urteile von einem Blatt vor sich ab, ohne die Gefangenen dabei anzusehen:

»Louis Gervais, Taschendiebstahl, ein Jahr im Gefängnis La Fabrique. Jean-Louis Colbert, Fälscherei, zwei Jahre im Gefängnis La Fabrique. Angelique Dubois, Diebstahl, fünf Jahre im Gefängnis La Fabrique.«

Von diesem Augenblick an nahm Angelique nur noch verschwommen wahr, was mit ihr geschah. Zusammen mit den anderen Gefangenen wurde sie auf den Hof geführt und dort in ein kutschenartiges Gefährt verfrachtet, in dem zwei lange Holzbänke waren. Die Gefangenen setzten sich hin, und am Kopfende jeder Bank wurde ein Polizist plaziert.

Dann setzte sich das Fahrzeug holpernd in Bewegung. Angelique mußte sich mit beiden Händen an der Bank festhalten, um nicht ständig gegen den Mann neben ihr geschleudert zu werden. Ihr gegenüber saß ein Junge – wahrscheinlich der Taschendieb –, der noch jünger war als sie; über sein schmutziges Gesicht hatten Tränen ihre Spuren gezogen. Neben dem Jungen saß ein Mann von gedrungener Gestalt, dem das linke Ohr fehlte. Er grinste breit und zwinkerte Angelique derb zu.

Plötzlich riß nackte Angst sie aus ihrem phlegmatischen Zustand. Man würde sie doch wohl nicht zusammen mit diesen Männern einsperren? Nicht einmal für eine Nacht, geschweige denn für ... Sie konnte den Gedanken nicht zu Ende denken; fünf Jahre waren eine so unglaublich lange Zeit.

Die Kutsche rumpelte über eine Brücke, fuhr am linken Ufer der Seine entlang und bog schließlich durch eine Toreinfahrt in einen Hof ein. Durch das vergitterte Fenster der Kutsche konnte Angelique ein graues Steingebäude sehen, das sie gleich als das Gefängnis erkannte. Sie und Jacques waren auf ihren Sonntagsspaziergängen oft daran vorbeigekommen, und Jacques hatte ihr dabei erzählt, daß in dem Gebäude zweihundert Jahre zuvor eine Fabrik untergebracht war. Jetzt diente es als Gefängnis, nicht für wichtige politische Gefangene, sondern für einfache Kriminelle.

Die Kutsche kam zum Stehen, und die Gefangenen mußten aussteigen. Erleichtert stellte Angelique fest, daß die Männer gleich zum rechten Flügel des Gefängnisses geführt wurden. Dann nahm einer der Gefangenenwärter Angelique am Arm und brachte sie zur linken Seite des Gebäudes.

Wenig später schloß sich die schwere Gefängnistür hinter ihr, und sie fand sich vor einem großen Zimmer wieder. Nein, es war eher ein Käfig, etwa zehn Meter lang und fünfzehn Meter breit; die Frontseite war völlig vergittert.

Der Wachmann zog einen großen Schlüssel aus der Tasche und schloß damit die Gittertür zu dem Käfig auf.

»So«, meinte er dann. »Da geht's rein, schönes Kind.« Er sagte es mit sanfter Stimme, fast schon freundlich.

Angelique betrat den finsteren Verschlag, und die Gittertür wurde hinter ihr verriegelt; dann hörte sie den Wachmann davongehen. Plötzlich kamen von überall her aus dem Käfig Frauen auf sie zu, bis sie ganz umringt war. Keine sagte etwas. Es waren Frauen jeden Alters; eine davon, eine etwa vierzigjährige Brünette, konnte sich kaum auf den Beinen halten, und Angelique konnte selbst aus einer Entfernung riechen, daß die Frau getrunken hatte. Sie sollte schon bald feststellen, daß Gefangene gegen angemessene Entschädigung über die Wärter fast alles bekommen konnten, was sie wollten.

Eine alte Frau streckte den Arm aus und strich Angelique über das Gesicht. »Wie heißt du, Kleines?«

In diesem Augenblick begannen alle durcheinanderzureden. Wie in Trance musterte Angelique die Gesichter der Frauen mit ihren Pockennarben, Ausschlägen und Zahnlükken. Grinsende Gesichter, die eher drohend wirkten, Gesichter, die immer näher zu kommen schienen. Schließlich stand Angelique mit dem Rücken direkt am Gitter, als hoffte sie, es wegdrücken zu können.

Nun trat eine rothaarige Frau von etwa sechsundzwanzig Jahren vor, die um einen halben Kopf größer war als alle anderen, und sagte resolut:

»Laßt sie in Ruhe. Seht ihr nicht, daß sie vor Angst außer sich ist?«

Daraufhin zerstreute sich die Menge, und Angelique ließ sich auf der anderen Seite des Käfigs auf dem strohbedeckten Boden nieder. Nach einer Weile gesellte sich die rothaarige Frau zu ihr und sagte:

»Ich heiße Charlotte. Und wer bist du?«

»Angelique. Angelique Dubois.«

»Warum hat man dich hier eingesperrt, und für wie lange?«

»Man hat mich wegen Diebstahls zu fünf Jahren verurteilt.«

»Fünf Jahre! Da mußt du ja etwas Wertvolles gestohlen haben.«

»Ein Armband für zweitausend Franc.«

»Eines muß man dir lassen«, meinte Charlotte respektvoll, »du hast dich nicht billig verkauft, auch wenn man dich erwischt hat. Mich haben sie eingesperrt, weil ich einem Kunden achtzehn Franc gestohlen habe. Aber immerhin habe ich nur ein Jahr dafür bekommen, und das geht schnell vorbei.«

Angelique war klar, was für eine Art von ›Kunden‹ Charlotte bestohlen hatte, aber sie sah auch, daß das einfache Gesicht der Frau nicht bösartig oder entstellt aussah wie bei vielen anderen Prostituierten.

»Bist du das erste Mal im Gefängnis?« fragte Charlotte.

»Ja.«

»Das habe ich mir schon gedacht. Mich haben sie schon fünfmal eingesperrt; das erste Mal mit siebzehn. Du hast wirklich Pech gehabt, aber mach dir keine Sorgen – die fünf Jahre überstehst du schon.«

Angelique starrte sie entsetzt an und stieß hervor:

»Nein, niemals. Das halte ich bestimmt nicht aus – diesen

Käfig, den Lärm, Tag für Tag, Monat für Monat, und das fünf Jahre lang, ohne Hoffnung, diesem Elend auch nur für fünf Minuten entkommen zu können...«

Plötzlich kam ihr ein Gedanke, und sie verstummte. Durch Lesen konnte sie entkommen, in andere Räume, Gegenden, ja sogar Zeiten oder Kontinente entfliehen, und das nicht nur für Minuten, sondern gleich für Stunden.

»O Gott«, stöhnte sie, »wenn ich wenigstens meine Bücher hätte!«

»Deine Bücher?« fragte Charlotte sie entgeistert. »Du hast Bücher?«

»Mein – Geliebter hat welche gehabt. Aber man hat sie gestohlen.«

»Und du kannst lesen?«

»Ja, Jacques – das ist mein Geliebter – hat es mir beigebracht.«

»Ich werde dafür sorgen, daß du ein Buch bekommst«, sagte Charlotte. »Chico kommt mich morgen besuchen.«

»Chico?« fragte Angelique. »Wer ist das?«

»Chico ist mein Zuhälter«, entgegnete Charlotte gelassen. »Er bringt mir immer Geld vorbei, damit ich mir etwas kaufen kann. Ich werde ihn um einen Franc mehr bitten; den kannst du dann dem Wachmann geben, damit er dir ein Buch kauft. Vielleicht reicht es auch noch für Tinte und Federhalter; du kannst doch sicher auch schreiben.«

»Ja«, sagte Angelique, in der nun trotz all ihrer Verzweiflung doch ein Funke Hoffnung aufkeimte, die Gefängniszeit nicht nur lebend, sondern auch bei klarem Verstand überstehen zu können.

»Jetzt erzähle ich dir am besten noch einiges über unsere Wärter«, fuhr Charlotte fort. »Leon von der Tagesschicht, der dich hergebracht hat, ist erträglich. Natürlich beutet er uns Frauen aus, wo er kann; warum sollte er auch sonst in einem Gefängnis arbeiten? Jean Brissac allerdings, der Wächter von der Nachtschicht, ist ein Schwein. Wenn du ihm irgendwelchen Ärger bereitest, meldet er es gleich weiter, und du wirst zwei Tage lang auf Wasser gesetzt. Dann wäre da noch der Oberaufseher; vor dem mußt du dich besonders in acht nehmen...«

Sie verstummte. Plötzlich war auf dem Gang das Rollen von

Rädern zu hören; dann tauchte Leon mit einem Holzwagen auf, auf dem ein großer Kessel und mehrere Reihen ineinandergestapelte Holzschüsseln standen.

Nun hatte Angelique zum ersten Mal Gelegenheit, sich Leon in Ruhe anzusehen. Er war ein stämmiger Mann von etwa fünfzig Jahren, mit grauen Bartstoppeln und kleinen grauen Augen, die verschlagen, aber auch gutmütig wirkten.

»Hier ist euer Abendessen, Mädchen«, sagte er nun, während er ein oben in das Gitter eingelassenes Fenster öffnete. »Stellt euch auf.«

Angelique war klar, daß das Gefängnisessen wahrscheinlich nicht besser sein würde als das, was man ihr bisher vorgesetzt hatte, aber sie wußte auch, daß sie nach mehr als sechzig Stunden ohne Nahrung nun endlich etwas essen mußte, und so stellte sie sich zu den anderen in die Reihe. Leon schöpfte die Holzschalen mit einer Kelle voll, legte je einen Holzlöffel dazu und schob sie durch das Fenster. Als Angelique ihre Schüssel entgegennahm, sah sie, daß darin Haferschleim war, in dem ein paar Stücke fetten Schweinefleisches herumschwammen. Voller Heißhunger aß Angelique alles auf. Eine Viertelstunde später kam Leon zurück und sammelte die Holzschüsseln und die Löffel wieder ein; dann zählte er sie und fuhr sie auf seinem Karren davon.

Inzwischen war es fast dunkel in dem Käfig. Ein paar Frauen hatten sich schon ins Stroh gelegt, andere spielten Karten.

»Ist das erlaubt?« fragte Angelique Charlotte.

»Warum nicht, wenn sie sich die Karten leisten können? Allerdings muß man sich um diese Zeit davor hüten, Brissac nicht zu stören. Er sitzt draußen neben der Tür; meistens schläft er. Übrigens kannst du meinem Schlafplatz haben, wenn du willst; er ist das drüben in der Ecke unter dem Fenster. Die Luft ist da besser.«

»Warum überläßt du ihn mir?« fragte Angelique.

»Von Überlassen kann keine Rede sein; hier gibt es so was nicht. Ich möchte dafür etwas von dir.«

»Was?«

»Ich möchte, daß du für mich einen Brief an meinen Bruder schreibst, wenn du erst Papier und Feder hast. Er arbeitet in Marseille im Hafen. Er kann ein bißchen lesen und schreiben.«

»Das tue ich gerne.«

Kurze Zeit später ging sie zu ihrem Schlafplatz in der Ecke. Es war sehr unruhig im Raum, und Angelique dachte im stillen: ›Wie soll man hier jemals einschlafen können?‹

Plötzlich schrie jemand: »Mörder! Hilfe, Hilfe!« und Angelique fuhr erschrocken hoch. Sie hörte leises Wispern, und dann flüsterte eine Frauenstimme: »Sei still, Marthe. Wach endlich auf, du blöde Kuh.«

In diesem Augenblick ertönten auf dem Korridor schwere Fußschritte, und wenige Sekunden später stand ein kräftiger Mann mit schwarzem Vollbart vor dem Käfig. Der Schein der Kerze, die er in der Hand hielt, ließ seine Augenbrauen buschiger wirken und verlieh ihm das Aussehen eines bösartigen Kobolds. Angelique wußte gleich, daß das der berüchtigte Brissac sein mußte.

»Was ist hier für ein Lärm?« rief er. »Seid gefälligst leise.«

»Es ist Marthe«, entgegnete jemand. »Sie hat wieder einen Alptraum gehabt.«

Im Schein der Kerze sah Angelique in einer Ecke eine alte Frau sitzen, deren Gesicht noch von Angst gezeichnet war.

»Wenn sie das nächste Mal einen hat, dann weckt sie schleunigst auf, sonst kriegt ihr morgen allesamt nur Wasser!«

Damit wandte er sich ab und ging davon, und nach einer Weile gelang es Angelique, trotz der Unruhe im Raum wieder einzuschlafen. Am nächsten Morgen weckte sie das Rattern von Leons Servierwagen. Das Frühstück, das er brachte, bestand aus einfachem Haferschleim und Brot. Wieder aß Angelique ihre Schüssel leer, ohne einen Gedanken daran zu verschwenden, wann das Geschirr wohl zum letzten Mal abgewaschen worden war. Als sie Charlotte fragte, wann es Mittagessen gäbe, antwortete sie:

»Mittagessen gibt es hier nicht, nur Frühstück und Abendessen. Also beweg dich nicht zuviel.«

Im Laufe des Vormittags kam Charlottes Chico. Aus Leons freundlichem Benehmen ihm gegenüber konnte man schließen, daß gerade ein paar Münzen ihren Besitzer gewechselt hatten. Charlotte ging zum Gitter und unterhielt sich leise mit Chico, während Angelique ihn staunend betrachtete. Er war jung und blond, außergewöhnlich gutaussehend und in teure Kleider gehüllt. Hätte er nicht in dem für die Arbeiterklasse typischen französischen Akzent gesprochen, hätte Angelique ihn für einen reichen Kaufmannssohn gehalten.

Schließlich drehte sich Charlotte um und bedeutete Angelique, zu ihr zu kommen.

»Das ist sie, Chico. Wenn du mir einen Franc extra gibst, wird Leon ihr ein Buch und Schreibzeug kaufen.«

Chico musterte Angelique schweigend von Kopf bis Fuß. Über Charlottes Gesicht huschte kurz ein Anflug von Eifersucht; dann sagte sie:

»Du brauchst sie gar nicht so anzusehen, Chico. Sie wird die nächsten fünf Jahre hier verbringen. Außerdem wäre sie für unser Gewerbe nicht die Richtige.«

»Na, da kann man wohl nichts ändern«, meinte Chico fröhlich. Er griff in seine Hosentasche, zog ein paar Münzen heraus und legte sie in Charlottes ausgestreckte Hand. Dann küßte er sie, warf Angelique ein Lächeln zu und ging davon.

»Er sieht ganz anders aus, als ich ihn mir vorgestellt habe«, sagte Angelique.

»Du meinst, er sieht nicht wie ein Zuhälter aus? Das ist er aber, und zwar ein guter. Laß dich von seinem engelhaften Aussehen nicht täuschen. Ich habe mal gesehen, wie er jemanden erschlagen hat, der ihn betrügen wollte. Ein anderes Mal hat er einem Mädchen das Gesicht zerschnitten.«

Angelique bekam ein flaues Gefühl im Magen. »Und trotzdem ...?«

»Und trotzdem arbeite ich für ihn. Er mußte das Mädchen bestrafen; sie wollte für einen anderen Zuhälter arbeiten. Wenn er sich so etwas gefallen lassen würde, wie könnte er dann im Geschäft bleiben? Außerdem behandelt er mich gut. Es ist meine eigene Schuld, daß ich im Gefängnis bin. Chico hat mir immer eingeschärft, nie einen Kunden zu bestehlen, der nicht völlig betrunken ist. Trotzdem kommt er mich jetzt jede Woche besuchen und gibt mir jedesmal etwas Geld. Außerdem liebe ich ihn.«

Angelique starrte sie entgeistert an.

»Das wundert dich?« fragte Charlotte. »Nun, Chico sorgt sich um mich, oder tut wenigstens so. Außer meinem Bruder hat sich noch nie jemand um mich gekümmert. Meine Mutter war Trinkerin, und mein Vater hat mich vergewaltigt, als ich zehn war; dann hat er sich aus dem Staub gemacht. Bald darauf ist auch meine Mutter verschwunden. Schließlich hat eine Frau aus unserem Haus meinen Bruder und mich bei sich aufgenommen. Als er neun war, hat sie ihn zu einem Mann geschickt, der kleine Jungen zu Taschendieben ausbildete. Als ich dreizehn wurde, hat sie mich auf die Straße geschickt. Verstehst du jetzt, warum ich Chico liebe?«

Angelique schwieg. Ihr wurde plötzlich klar, daß ihr in ihrem bisherigen Leben wenigstens Liebe zuteil geworden war, auch wenn sie es sonst schwer gehabt hatte. Wenn sie die fünf Jahre im Gefängnis überstehen würde, dann hatte sie es mit Sicherheit der Erinnerung an ihre Familie zu verdanken, die ihr immer neue Kraft verlieh.

## 14

Am frühen Nachmittag kam Leon den Korridor entlang, und Angelique eilte zum Gitter, um ihm den Franc zu geben, den Charlotte ihr geschenkt hatte.

»Würdet Ihr mir dafür bitte ein Buch kaufen? Und Schreibzeug?«

»Ein Buch?« fragte Leon. »Was für eines denn?«

Das hatte Angelique sich schon überlegt. Sie wußte, daß es ein dickes Buch sein mußte, eines, mit dem sie sich lange beschäftigen konnte. Es sollte ihr für viele Wochen, ja sogar Jahre Trost spenden.

»Ich möchte eine Bibel.«

»Ich werde es versuchen«, versprach Leon. Eine Stunde später kehrte er mit zwei Paketen unter dem Arm zurück.

»Hier hast du dein Buch und deine Schreibsachen«, sagte er und schob die Pakete durch das Gitterfenster. »Die beiden Sachen haben mich den ganzen Franc gekostet.«

Angelique war klar, daß das gelogen war und er ein paar Centimes für sich behalten hatte. Aber in ihrer Freude über die Sachen machte sie sich nichts daraus.

»Der Buchhändler hat keine Bibel gehabt«, sagte Leon, »also

habe ich das dickste Buch genommen, das ich bekommen konnte. Es soll sehr gut sein.«

Als Angelique den abgestoßenen Bucheinband betrachtete, sah sie, daß der Autor ein gewisser François Rabelais war; der Titel des Buches lautete: ›Gargantua und Pantagruel.‹

Jacques hatte einmal von Rabelais gesprochen und dabei gesagt, seine Bücher seien nichts für Angelique.

Sie verstaute das Paket mit dem Schreibzeug an ihrem Schlafplatz und setzte sich dann mit dem Buch in der Hand auf den Boden. Plötzlich stellte sie erstaunt fest, daß die anderen Frauen sie erwartungsvoll ansahen.

»Lies uns aus deinem Buch vor«, sagte eine. Irgend jemand brachte ihr einen Hocker, und dann scharten sich alle Frauen gespannt um sie.

Als Angelique zu lesen begann, wurde ihr schnell klar, warum Jacques das Buch als Lektüre für ein junges Mädchen unpassend gefunden hatte. Ihre Zuhörerschar jedoch zeigte sich begeistert über Rabelais' humorvollen Roman über lüsterne Ehefrauen, Liebespaare und trinkfreudige Ehemänner, und auch Leon lauschte grinsend.

Nach über zwei Stunden schließlich hörte Angelique auf zu lesen, weil sie völlig erschöpft war. Die Frau, die ihr ihren Hocker geliehen hatte, nahm ihn wieder an sich, und so setzte Angelique sich zu Charlotte und schrieb für sie den Brief an ihren Bruder in Marseille.

An diesem Abend dachte Angelique nicht an die düstere, unendlich lange Gefängniszeit, die vor ihr lag, sondern sank fast augenblicklich in einen tiefen, traumlosen Schlaf. Sie wachte erst auf, als Leon mit seiner Schöpfkelle gegen das Gitter schlug, um das Frühstück anzukündigen.

Eine Stunde später war Angelique gerade wieder beim Vorlesen, als Leon plötzlich in Begleitung eines mittelalterlichen Herrn in schwarzer Kleidung zurückkehrte. Der Mann hat einen hellbraunen Vollbart und dünnes, langes Haar, das von seinem kahlen Oberkopf bis auf die Schultern hinunterhing.

»Angelique Dubois! Tritt vor!« rief Leon plötzlich in einem strengen Ton, den Angelique noch nie an ihm gehört hatte.

»O Gott, der Oberaufseher!« stieß Charlotte entsetzt hervor.

»Da hätte ich dir noch etwas sagen sollen ... Hör zu! Was immer er sagt, was immer er dir verspricht, sag nein!«

Angelique erhob sich, legte ihr Buch auf den Hocker und ging zum Gitter. Leon drehte sich um und verschwand, während der Mann mit sanfter Stimme sagte:

»Ich bin Oberaufseher Budreau. Leon hat mir erzählt, daß du lesen kannst. Du mußt ja ein kluges Köpfchen sein, wenn du ein so dickes Buch lesen kannst.«

Angelique antwortete nicht, sondern lächelte nur unsicher. Warum war er ihr nur so unsympathisch? Vielleicht, weil seine kalten Augen und seine lüsternen Lippen in krassem Widerspruch zu seinem sanften Tonfall standen. Was immer auch der Grund dafür war, er stieß sie sogar mehr ab als der widerliche Bäcker, bei dem sie um Arbeit nachgefragt hatte.

»Ich habe gehört, mein Kind, daß du versucht hast, ein wertvolles Armband zu stehlen«, sagte er nun.

»Das stimmt, Monsieur Budreau. Ich hatte Hunger.«

»Ja, sicher. Außerdem war es das erste Mal, daß du so etwas getan hast. Es scheint mir nicht fair, ein so junges Ding in einem solchen Tierkäfig verkümmern zu lassen. Vielleicht kann ich etwas für dich tun.«

Angelique wurde von einem ungestümen Gefühl der Hoffnung gepackt. »Monsieur!« rief sie. »Was ...?«

»Ich könnte eventuell erreichen, daß man deine Strafe auf zwei Jahre verkürzt, möglicherweise noch weniger.«

»Wie, Monsieur?«

»Das werde ich dir sagen. Meine Frau und ich haben über dem Gefängnis eine Wohnung. Würdest du gerne bei uns wohnen und meiner Frau die Hausarbeit besorgen?« Er hob mahnend den Finger und fuhr fort: »Sag nicht zu schnell ja. Hier unten brauchst du den ganzen Tag lang nichts zu tun, aber bei uns müßtest du den hohen Anforderungen meiner Frau genügen. Doch du würdest dafür ein eigenes Zimmer und gutes Essen bekommen. Und wenn meine Frau und ich mit dir zufrieden sind, werde ich mich dafür verwenden, daß man dich in etwa zwei Jahren freiläßt.«

Angelique umklammert die Gitterstäbe mit beiden Händen und stieß hervor: »Ich werde hart arbeiten, Monsieur. Ich bin eine gute Hausfrau. Ich ...« Plötzlich verstummte sie. Wie hatte Charlotte gesagt? ›Was immer er dir verspricht, sag nein!‹

»Soll ich Leon sagen, daß er dich in einer Stunde nach oben bringt?« fragte Budreau in diesem Augenblick.

»Monsieur, das ist sehr freundlich von Euch, aber darf ich es mir überlegen? Ich bin mir nicht sicher, ob ich soviel Glück verdiene; es gibt hier bestimmt andere, die mehr Anspruch darauf hätten.«

Das war eine sehr schwache Ausrede, und Budreau ließ sich nicht davon täuschen. Er wußte ganz offensichtlich, daß eine der Frauen über ihn geredet haben mußte. Das Lächeln in seinem Gesicht erstarb, und der Blick seiner Augen wurde noch kälter. Dann fing er sich plötzlich wieder und sagte:

»Nun gut, Kind, überlege es dir. Wenn du dich dazu entschließt, mein Angebot anzunehmen, sag Leon beim Abendessen Bescheid.«

Damit drehte er sich um und ging davon.

Als Angelique sich vom Gitter abwandte, bemerkte sie, daß einige der Frauen sie wissend anblickten. Ein paar sahen enttäuscht aus, als hätte es ihnen eine bösartige Freude bereitet, wenn Angelique das Angebot des Aufsehers angenommen hätte, andere lächelten sie erleichtert an.

»Du hast also abgelehnt«, sagte Charlotte, als Angelique sich neben sie setzte.

»Nicht direkt. Ich habe gesagt, ich möchte es mir überlegen.«

»Er hält es aber für eine Absage, das habe ich seinem Gesicht angesehen.«

»Aber warum hast du gesagt, daß ich auf jeden Fall ›nein‹ sagen soll?« fragte Angelique verzweifelt. »Er hat mir versprochen, sich für mich zu verwenden ...«

»Das wird er aber nicht. Er kann es nicht; dazu hat er nicht genügend Einfluß. Alles, was er dir verschaffen kann, sind ein dicker Bauch und irgendeine Geschlechtskrankheit.«

»Woher willst du denn das wissen?« fragte Angelique verbittert.

»Weil ich ihm das erste Mal auch geglaubt habe. Ich habe für ihn und seine Frau gearbeitet. Die Arbeit war hart, aber das hat mir nichts ausgemacht. Ich habe mein eigenes Zimmer und gutes Essen bekommen, genau wie er es versprochen hatte. Allerdings habe ich mein Bett oft mit Budreau teilen müssen. Du wunderst dich sicher, daß das einer Hure wie mir etwas ausgemacht hat. Ich werde dir sagen, warum. Budreau ist ein Sadist, der Mädchen gerne auspeitscht, und ich hasse Männer wie ihn, weil sie unberechenbar sind. Ich habe mal ein Mädchen gekannt, das sich auf Kunden wie ihn spezialisiert hat, weil ihr das mehr Geld brachte. Eines Tages haben ihre Nachbarn sie morgens erwürgt aufgefunden, den Körper gefesselt und voller Striemen.«

Angelique erschauderte. Einen Augenblick schwiegen beide, dann fragte sie:

»Wie ist das mit dir und Budreau dann ausgegangen?«

»Nach einer Weile hatte er genug von mir. Da hat er einfach behauptet, ich hätte einen silbernen Löffel gestohlen. Schließlich hat er mir vorgeschlagen, daß er mich nicht melden würde, wenn ich den Rest meiner Strafe abbüße. Am nächsten Tag hat er sich dann ein anderes Mädchen geholt.«

Angelique war entsetzt. »Aber warum hat noch kein Mädchen es der Direktion gemeldet?«

»Was gilt schon das Wort einer Gefangenen gegen das eines Aufsehers? Außerdem würde es einem nur Schwierigkeiten einbringen.«

»Was sagt denn Budreaus Frau dazu?«

»Keine Ahnung. Die ist wahrscheinlich froh, daß ihr jemand die Hausarbeit macht und ihr Mann sie nachts in Ruhe läßt.«

»Wie sieht sie aus?«

»Sie ist ungefähr Mitte Vierzig und sieht ganz gut aus. Sie malt viel, Heilige und Madonnen vor allem. Sie ist sehr fromm und geht jeden Morgen zur Messe.«

»Haben die beiden Kinder?«

»Nein, nur sie hat aus ihrer ersten Ehe einen erwachsenen Sohn. Aber genug davon, Angelique. Das Leben hier drin ist gar nicht so schlimm, wenn man sich erst daran gewöhnt hat. Jetzt lies uns lieber was aus deinem Buch vor.«

# 15

Angelique wußte, daß es draußen inzwischen Sommer geworden war, obwohl der Jahreszeitenwechsel in dem dunklen Käfig nur als leichte Temperaturänderung wahrnehmbar war.

»Eines muß man diesem Loch lassen«, lachte Charlotte. »Im Sommer ist das der kühlste Ort in Paris. Die Winter sind allerdings schlimm.«

Angelique hatte zwar noch keinen Winter im Gefängnis erlebt, aber sie hatte schon viel Schreckliches darüber gehört und bemühte sich daher, möglichst nicht daran zu denken.

Eines Morgens um Juli wurde Charlotte entlassen. Angelique vermißte sie schrecklich, aber ihr blieben wenigstens ihre geliebten Lesestunden. Als sie den Rabelais ausgelesen hatte, gab sie ihn Leon, damit er das Buch gegen ein anderes eintauschte. Er brachte ihr ein Buch, das fast ebenso dick war. Es hieß ›Die Pilgerreise‹, und ein paar Frauen beklagten sich darüber, daß die Handlung nicht so ›lustig‹ war. Die meisten aber fanden auch an diesem Buch Gefallen.

Angelique schrieb auch Briefe für ihre Mitgefangenen; zunächst umsonst, dann aber gegen ein Entgelt von ein paar Centimes. Bald hatte sie soviel gespart, daß sie sich ein Stück Seife und einen Kamm kaufen konnte.

Eigene Briefe schrieb Angelique nicht; sie wollte um jeden Preis vermeiden, daß ihre Familie erfuhr, daß sie im Gefängnis war.

Woche um Woche verging, und Angelique mußte immer wieder aufs neue feststellen, daß sie sich trotz ihrer Nebenbeschäftigungen nicht an das Gefängnisleben gewöhnen konnte. Ganz im Gegenteil, jeder in Gefangenschaft verbrachte Tag schien mehr an ihrem Nervenkostüm zu rütteln. Sie schlief immer schlechter und träumte dabei immer verworrener. Jeder Traum aber hatte irgendwie ihre Flucht zum Inhalt.

Eines Tages kam eine neue Gefangene, eine Frau namens Berthe Galliard. Als Leon sie zum Käfig brachte, las Angelique gerade aus dem Buch vor, das sie gegen die Pilgerreise eingetauscht hatte, Äsops Fabeln.

Die neue Gefangene war über einen Meter achtzig groß und hatte wirres, graues Haar. Ihre Kleidung starrte vor Schmutz, und auch ihr Gesicht war sehr unsauber.

Sie grinste breit und entblößte dabei ihre wenigen gelben Zähne.

»Was ist das denn?« fragte sie lautstark. »Eine Bibelstunde? Merde! Ich dachte, die hätten mich ins Gefängnis geschickt und nicht in die Schule!«

»Hallo, Berthe!« rief jemand, aber sie antwortete nicht. Statt dessen marschierte sie auf die Gruppe Frauen um Angelique herum zu und fragte herrisch:

»Wie heißt du?«

»Angelique Dubois.«

»Ich bin Berthe Gaillard. Wie alt bist du?«

»Ich bin im letzten Juni neunzehn geworden.«

»Neunzehn! Du siehst ja nicht einmal wie siebzehn aus!« Sie warf den Kopf in den Nacken und lachte. »Demnächst werden sie noch Wickelkinder einsperren.«

»Wie lange hast du diesmal gekriegt, Berthe?« fragte eine der Frauen.

»Acht Jahre. Ich habe einer Frau Säure ins Gesicht geschüttet. Sie ist blind davon geworden. Aber im Spiegel wird sie sich ohnehin nicht betrachten wollen – sie ist jetzt nicht mehr so ansehnlich...«

In Angelique stieg ein Gefühl der Übelkeit auf.

»Aber mir tut es nicht leid«, fuhr Berthe fort. »Diese Hexe hat es verdient. Außerdem ist das Gefängnisleben gar nicht so schlecht, wenn man bedenkt, wie es jetzt draußen zugeht. Es gibt nirgends Arbeit. Um jede Tasche streiten sich zehn Taschendiebe, und auf jeden Freier kommen fünf Huren. Hier drinnen hat man wenigstens was zu essen und einen Schlafplatz.«

Sie nahm sich einen Stuhl und hockte sich an die Wand. Die Frau, deren Stuhl sie genommen hatte, protestierte nicht; anscheinend hatte sie Angst vor Berthe. Schon bald merkte Angelique, daß es den anderen Frauen nicht anders ging. Trotzdem schienen sie fasziniert von ihr zu sein. Sie redete fast ununterbrochen, meistens von abscheulich brutalen Verbrechen, die sie oder andere begangen hatten. Auch Angelique lauschte ihren oft mit obszönen Ausdrücken gespickten Erzählungen. Je länger sie der unermüdlichen, rauhen Stimme zuhörte und je öfter sie das seltsame Leuchten in den Augen der Frau betrachtete, desto stärker wuchs in ihr die Überzeugung, daß Berthe nicht ganz bei Sinnen war und eher in ein Irrenhaus als in ein Gefängnis gehörte.

Auch die anderen Frauen schienen über Berthes Anwesenheit etwas beunruhigt. Am Abend dauerte es lange, bis endlich Ruhe im Raum einkehrte und Angelique einschlafen konnte.

Plötzlich jedoch störte etwas ihren Schlaf. Der Geruch von schlechtem Atem stieg ihr in die Nase, und dann preßte sich ein Lippenpaar auf ihren Mund. Jemand nagelte mit einem Bein ihren Unterleib fest, während eine Hand ihren Körper betastete. Angelique drehte ihren Kopf abwehrend zur Seite; dann erblickte sie über sich plötzlich das häßliche Gesicht mit den gelben Zähnen. Sie war so entsetzt, daß sie gellend aufschrie. Berthe packte brutal ihren Kopf und zischte:

»Halts Maul, du dumme Gans!«

Irgendwie gelang es Angelique, ihren Arm zu befreien und Berthe ins Gesicht zu schlagen. Berthe mußte Angeliques Gesicht loslassen, und so konnte sie erneut um Hilfe rufen.

In diesem Augenblick näherten sich von draußen Schritte. Dann stand Brissac vor dem Gitter und schnauzte wütend:

»Was ist denn hier für ein Lärm?«

Berthe war inzwischen aufgestanden und blickte Brissac grinsend an, während Angelique mit zitternder Hand auf die große Frau deutete.

»Diese abscheuliche Kreatur – hat...«

Brissac lachte. »Schon verstanden. Aber du wirst dich schon an Berthe gewöhnen. Und jetzt sei still. Berthe, du läßt das Mädchen heute nacht in Ruhe, sonst setze ich euch die nächsten zwei Tage auf Wasser. Das würden dir die anderen heimzahlen, und mit allen wirst nicht einmal du fertig. So, und jetzt leg dich da drüben hin, auf die andere Seite des Raums.«

Damit ging er zurück zu seinem Platz. Im Käfig herrschte ein paar Minuten lang Stille. Dann rief eine Stimme leise:

»Angelique!«

Angelique lag reglos da und antwortete nicht.

»Ich weiß, daß du mich hören kannst, Angelique. Wir beide werden eine lange Zeit gemeinsam verbringen. Ich habe gehört, daß du noch viereinhalb Jahre abzusitzen hast, und ich werde immer bei dir sein.«

›Das wirst du nicht‹, dachte Angelique im stillen.

Es gab einen Ausweg für sie. Keinen sehr angenehmen oder sicheren, aber immerhin einen möglichen. Sie konnte Budreaus Angebot annehmen und dann versuchen, sich ihn und seine Peitsche vom Leibe zu halten. Wenn sie erst einmal aus diesem Käfig heraus war, würde sie vielleicht sogar einen Weg zur Flucht finden. In jedem Fall würde sie alles tun, um nicht mit dieser Wahnsinnigen eingesperrt zu bleiben.

Angelique war zu verängstigt, um wieder einschlafen zu können, und so blieb sie bis zum Morgengrauen wach. Bald darauf hörte sie draußen auf dem Gang den Essenswagen. Sie sprang auf und lief zum Gitter.

»Leon, bitte sagt Monsieur Budreau, daß ich ihn gerne sprechen möchte. Sagt ihm, daß ich – daß ich gerne die Hausarbeit für ihn und für Madame machen würde.«

## 16

Kurz vor Mittag wurde Angelique von Monsieur Budreau und Leon abgeholt und über mehrere Gänge zu einem vergitterten Tor gebracht. Leon drehte den Schlüssel im Schloß und stieß das Tor auf. Dahinter erhob sich eine steile Wendeltreppe, die sie zusammen hinaufgingen. Die Treppe endete vor einer einfachen Holztür, die ebenfalls verschlossen war.

»Du kannst jetzt gehen, Leon«, sagte Budreau, als Leon aufgeschlossen hatte. Bis zu diesem Augenblick hatte Budreau sich sehr würdevoll und gleichmütig verhalten; nun aber lag in seiner Stimme unverkennbar Erregung.

»Hier hinein, Angelique«, sagte er. Mit vor Aufregung ausgedörrtem Mund und flatternden Nerven trat Angelique an ihm vorbei, in eine kahle Diele, die so breit war, daß sie nebeneinander gehen konnten. Sie gingen an mehreren geschlossenen Türen vorbei zum anderen Ende der Diele, wo Budreau eine Tür öffnete und Angelique bedeutete, hineinzugehen.

Hinter der Tür lag ein Raum mit zwei vergitterten Fenstern, der mit bequemen Möbeln als gemütliches Wohnzimmer eingerichtet war. Üppige Hängepflanzen in den Fenstern nahmen selbst dem Gitter etwas von seiner Häßlichkeit, und die Wände des Zimmers waren mit Bildern geschmückt. Auf der rechten Seite des Raumes war ein offener Kamin, vor dem ein Mann und eine Frau an einem Tisch saßen, auf dem eine ganze Anzahl Bücher ausgebreitet waren. Als die Frau aufblickte, sah Angelique, daß sie sehr hübsch war; nur in ihren Augen glaubte Angelique ein merkwürdiges Funkeln zu erkennen. Was den jungen Mann neben ihr angelangte, so konnte man ihn nur mit dem Wort ›Riese‹ beschreiben. Er war von so imposanter Gestalt, daß der Federhalter, den er in der Hand hielt, geradezu winzig wirkte.

»Meine Liebe«, sagte Budreau, »das hier ist unser neues Hausmädchen. Angelique, das ist Madame Budreau und mein Stiefsohn, Monsieur Artois.«

Madame Budreau lächelte ironisch und neigte den Kopf. Auch Monsieur Artois nickte ihr zu.

Budreau zog eine große Taschenuhr hervor und klappte ihren Deckel auf. »Ich werde dich jetzt mit Angelique allein lassen, damit du sie in ihre Pflichten einweisen kannst. Ich habe eine Verabredung im Polizeipräsidium.«

Mit diesen Worten drehte er sich um und ging hinaus. Angelique blieb schweigend stehen, während ihr unter dem spöttischen Blick von Madame Budreau die Schamröte ins Gesicht stieg. Schließlich wandte sich die Frau an ihren Sohn und sagte:

»Bertrand, laß uns jetzt bitte allein. Die Haushaltsbücher können wir auch heute abend durchgehen.«

Der junge Mann stand wortlos auf, gab seiner Mutter einen Kuß auf die Wange und ging aus dem Zimmer, nachdem er Angelique noch einmal zugenickt hatte.

»Mein Sohn ist seit seiner Kindheit stumm«, sagte Madame Budreau, als er fort war. »Es ist schwer zu verstehen, warum Gott ihm dieses Schicksal zugedacht hat, denn Bertrand hat einen scharfen Verstand, und er hätte es in der Kirche weit bringen können. Aber durch seine Stummheit ist ihm natürlich der Zugang zur Priesterschaft verwehrt.«

Angelique wußte, daß sie nun auch etwas sagen mußte, und so fragte sie: »Lebt Ihr Sohn auch hier, Madame?«

»Nein, er hat ein Zimmer am Fluß. Er hilft manchmal beim Entladen der Boote. Komm näher, und laß dich ansehen.«

Madame Budreau musterte sie gründlich und meinte dann:

»Du bist keine Prostituierte, nicht?«

»Nein, Madame.«

»Aber du bist eine Diebin.«

»Eine sehr ungeschickte, Madame. Man hat mich gleich bei meinem ersten Versuch erwischt.«

»Warum hast du stehlen wollen?«

»Ich hatte Hunger, Madame.«

»Aber du wußtest doch sicher, daß Stehlen nicht nur ein Verbrechen, sondern auch eine Sünde ist, oder?«

Angelique hätte am liebsten geantwortet: ›Wäre es vielleicht keine Sünde gewesen, ins Wasser zu gehen oder mich auf der Straße zu verkaufen?‹

Statt dessen sagte sie jedoch nur: »Ja, Madame. Ich weiß, daß Stehlen eine Sünde ist.«

Ihr Eingeständnis schien Madame Budreau zu beruhigen.

»Du bist nicht wie die anderen Mädchen, die mein Mann sich sonst für – die Erfüllung häuslicher Pflichten ausgesucht hat«, sagte sie voll beißender Ironie. »Wer sind deine Eltern?«

»Meine Eltern waren Bauern, Madame. Jetzt lebt nur noch meine Mutter, und sie – sie ist nicht mehr ganz bei Verstand. Mein Bruder und mein Vater sind kurz hintereinander gestorben, und das war zuviel für sie. Sie lebt jetzt bei meinem Onkel; für mich hatte er allerdings keinen Platz, und so bin ich nach Paris gekommen, um mir Arbeit zu suchen.«

»Du sagst, du stammst aus einer Bauernfamilie«, sagte Madame Budreau, »aber deinem Aussehen nach ...« Sie hielt einen Moment lang inne und fuhr dann fort: »Es wird dir sicher unfair und unverschämt vorkommen, wenn ich dir jetzt eine Frage stelle, aber ich werde es trotzdem tun. Bist du ehelich geboren?«

Wieder stieg Angelique die Röte ins Gesicht. »Nein, ich bin ein uneheliches Kind. Meine Mutter hat es mir gesagt. Sie hat mir erzählt, daß mein richtiger Vater ein – ein Gentleman war.« Bei dem Wort ›Gentleman‹ mußte Angelique unwillkürlich an Richard Lansing denken, den Gentleman, dem sie es zu verdanken hatte, daß sie jetzt nicht mehr bei ihrer Familie auf dem Lande lebte, sondern nun in diesem vergitterten Raum den Fragen einer Frau ausgesetzt war, die genau wußte, daß man sie als Gespielin für ihren Mann aus dem Gefängnis geholt hatte.

»Warum hast du dich als Hausmädchen gemeldet?« fragte Madame Budreau nun.

»Ich – ich mußte es. Gestern haben wir eine neue Gefangene bekommen, Berthe Gaillard, und ...«

»Das weiß ich schon.«

»Ihr wißt ...?«

»Ja. Ich gehe jeden Morgen zur Frühmesse, und die Wachen berichten mir immer, was sich im Gefängnis ereignet. Ich möchte von dir wissen, ob du noch einen anderen Grund dafür hattest, zu uns zu kommen. Hast du dir besseres Essen erhofft oder ...«

»O nein, Madame!« meinte Angelique empört. »Euer Gatte hat mich vor Wochen schon einmal gefragt, ob ich kommen möchte; damals habe ich abgelehnt. Erst, als letzte Nacht ...«

»Das habe ich mir schon gedacht. Aber ich mußte sichergehen, daß du nicht versuchst, der Strafe für dein Verbrechen zu entgehen.« Wieder musterte Madame Budreau Angelique eindringlich. »Bisher habe ich keine Gedanken an die Gefangenen verschwendet, die mein Mann nach oben geholt hat«, sagte sie schließlich. »Sie waren alle der Sünde verfallen. Aber du bist anders. Du sollst von den Annäherungen meines Ehemanns verschont bleiben.«

»Ihr schickt mich wieder nach unten?« fragte Angelique angstvoll.

»Natürlich nicht! Du wirst hierbleiben. Aber du stehst unter meinem persönlichen Schutz. Wenn mein Sohn heute abend kommt, werde ich ihn anweisen, dein Bett in mein Zimmer zu schieben. Wenn sich mein Mann dir jemals in irgendeiner Weise nähert, sagst du mir sofort Bescheid.«

Angelique, die vor Erleichterung und Dankbarkeit fassungslos war, konnte nur stammeln: »Aber wie ...? Was wird Monsieur sagen?«

»Monsieur wird sich mit der Situation abfinden, es bleibt ihm gar nichts anderes übrig. Mein Vater läßt uns nämlich jeden Monat eine beträchtliche Summe zur Aufstockung unserer Haushaltskasse zukommen, und mein Mann würde ungern auf den Luxus verzichten, den uns das ermöglicht.

Außerdem hat er Angst vor Bertrand, und das aus gutem Grund. Mach dir also keine Sorgen, mein Kind. Nachdem du für meinen Mann nicht verfügbar bist, wird er eben zu irgendwelchen Huren gehen müssen; es gibt genügend, die bereit sind, Männern wie ihm zu Willen zu sein.« Angelique liefen inzwischen vor Erleichterung die Tränen über das Gesicht, und sie schluchzte: »Madame, ich weiß gar nicht, wie ich Euch danken soll...«

»Es besteht kein Anlaß, mir zu danken. Du hast ein Verbrechen begangen, und dafür wirst du bestraft. Aber es ist meine Pflicht als Christ, dich davor zu bewahren, zu weiteren Schlechtigkeiten gezwungen zu werden. Das bedeutet natürlich nicht, daß du nicht hart arbeiten mußt. Ich erwarte von dir nicht nur, daß du kochst, sondern auch, daß du unsere Räumlichkeiten makellos sauber hältst.«

»Madame«, beteuerte Angelique, »nach dem monatelangen Nichtstun in dem Käfig dort unten wird es mir ein Vergnügen sein, hart zu arbeiten.«

Dann schwiegen beide Frauen einen Moment lang. Wie kam es nur, fragte Angelique sich dabei im stillen, daß eine gutaussehende Frau aus offensichtlich wohlhabender Familie einen Mann wie den Oberaufseher geheiratet hatte? Und warum blieb sie bei ihm?

Schließlich sagte Madame Budreau: »Du fängst jetzt am besten mit den Vorbereitungen für das Abendessen an. Monsieur Budreau wird wahrscheinlich nicht dasein, er ißt gerne mit seinen Vorgesetzten zusammen. Wenn du nach dem Essen die Küche aufgeräumt hast, dann – es stimmt doch, daß du Lesen, Schreiben und Rechnen kannst?«

»Ja, Madame.«

»Dann wirst du mir heute abend bei den Haushaltsbüchern helfen, während mein Sohn dein Bett in mein Zimmer schafft. Übrigens werde ich meinem Mann sagen, daß ich dich wegen meiner häufigen Asthmaanfälle nachts bei mir haben will.«

»Wird er das glauben?«

»Natürlich wird er das; es stimmt ja. Glaubst du etwa, ich würde lügen? Wenn ich einen Anfall habe, brauche ich jemanden, der mir ein Kissen unterschiebt und mir meine Medizin bringt. Natürlich wird mein Mann vermuten, daß mein Entschluß noch andere Gründe hat. So, und nun mach dich an deine Arbeit.«

Als Monsieur Budreau gegen neun Uhr abends nach Hause kam, saßen seine Frau und Angelique im Wohnzimmer vor dem Kamin und gingen die Haushaltsbücher durch. Offensichtlich spürte er sofort, daß etwas in der Luft lag, denn er sah nicht nur überrascht aus, sondern auch beunruhigt.

»Meine liebe Frau!« rief er. »Ich wollte dich nur mit einem Hausmädchen versorgen, nicht mit einer Buchhalterin. Bislang hat doch dein Sohn immer...« Er brach ab, als von draußen ein dumpfes Poltern ertönte. »Was war das?«

»Das war Bertrand. Er schafft gerade Angeliques Bett in mein Zimmer. Ich möchte, daß sie bei mir ist, wenn ich wieder einen dieser Asthmaanfälle bekomme.«

Der Oberaufseher starrte seine sanftmütige Frau entgeistert an. Zornesröte stieg in seinem Gesicht auf, aber er beherrschte sich mühsam, bis ihn die unterdrückte Wut weiß werden ließ.

»Ist dir das recht?« fragte seine Frau ruhig.

Budreaus haßerfüllter Blick glitt von seiner Frau hinüber zu Angelique. Dann sagte er mit belegter Stimme:

»Natürlich, meine Liebe. Das Personal untersteht deinen Anordnungen.« Dann fügte er mühsam hinzu: »Wenn du mich jetzt entschuldigen würdest – ich bin sehr müde und möchte schlafen gehen.«

## 17

Angelique stellte schon bald fest, daß sie bei Madame Budreau wirklich hart arbeiten mußte. Ihre Tage waren von der ersten bis zur letzten Minute ausgefüllt mit Kochen und Putzen, und wenn sie einmal wirklich nichts zu tun hatte, ließ Madame Budreau sich von ihr vorlesen. Dazu kam noch, daß Angelique oft nachts durch Madame Budreaus Asthmaanfälle geweckt wurde und ihr dann ihre Medizin holen mußte.

Trotzdem schätzte sie sich jetzt unendlich glücklicher als in dem finsteren Käfig im Keller. Sie konnte sich waschen und bekam genug zu essen. Sogar ein paar einfache neue Kleidungsstücke hatte sie bekommen, zwei Blusen und zwei Röcke aus grauer Baumwolle. Wären da nicht die Gitter an den Fenstern und die verriegelte Wohnungstür gewesen, hätte sie fast vergessen, daß sie noch immer Insassin eines Gefängnisses war.

Eines bedrückte sie jedoch sehr – die spürbare Feindseligkeit von Monsieur Budreau. Wenn sie ihn dabei ertappte, daß er sie ansah, entdeckte sie oft unverkennbaren Haß in seinem Blick. Angelique konnte ihm das nicht einmal übelnehmen; schließlich hatte er sie für sein Vergnügen aus dem Gefängnis geholt und dafür sein bisheriges ›Hausmädchen‹ zurückgeschickt. Jetzt mußte er feststellen, daß sie ihm verwehrt war, und ein zweites Mädchen erlaubte die Gefängnisleitung nicht. Dazu kam noch, daß Angelique nicht nur unter dem Schutz seiner Frau stand, sondern auch unter dem ihres imposanten Sohnes.

Madame Budreau hatte ihr mittlerweile erzählt, daß ihr erster Mann, Bertrands Vater, ein Anwalt gewesen war, der ihre Familie in juristischen Angelegenheiten betreut hatte. Er war gestorben, als Bertrand zwölf Jahre alt war. Als Angelique das hörte, fragte sie sich erneut, warum Madame Budreau danach ausgerechnet einen Mann wie Budreau geheiratet hatte. Madame Budreau schien ihre Gedanken erraten zu haben, denn sie meinte kurze Zeit später:

»Ich hatte keine Ahnung, was mein zweiter Mann für ein Mensch ist, bis wir schließlich verheiratet waren. Als ich ihn kennengelernt habe, hielt ich ihn für einen wohlerzogenen und völlig normal veranlagten Mann, und nach der Heirat war es dann zu spät.«

»Hättet Ihr ihn denn nicht verlassen und zurück zu Eurer Familie gehen können?« fragte Angelique schüchtern.

»Die Ehe ist ein heiliges Sakrament«, erwiderte Madame Budreau streng. »Mein Beichtvater hat mir gleich am Anfang gesagt, daß ich mich den merkwürdigen Gelüsten meines Mannes nicht unterwerfen muß. Doch bin ich seine Frau, und ich werde bei ihm bleiben, solange ich lebe.«

Als der Herbst kam, verbrachte Monsieur Budreau immer weniger Zeit zu Hause, was Angelique mehr als angenehm war.

Ende Oktober war sie schließlich eines Nachmittags alleine

in der Wohnung. Madame Budreau war in die Stadt gegangen, um einen ihrer sehr seltenen Einkaufsbummel zu machen. Gegen vier Uhr nachmittags war Angelique gerade dabei, den Kamin zu reinigen, als sie plötzlich einen Schlüssel in der Tür hörte. Dann waren im Gang Budreaus schwere Schritte zu hören, und Angeliques Nerven begannen zu flattern. Sie hatte gehört, wie Madame Budreau ihrem Mann gesagt hatte, daß sie am Nachmittag fort sei.

Als Budreau ins Zimmer trat, atmete Angelique erleichtert auf. In seinen Augen lag diesmal nicht die übliche Feindseligkeit.

»Wo ist deine Herrin?« fragte er. Angelique hatte den Eindruck, daß er angetrunken war.

»Sie ist einkaufen gegangen, Monsieur.«

»Ach ja, das hatte ich ganz vergessen. Nun, dann sage ihr, daß ich zum Abendessen nicht zu Hause sein werde.« Damit drehte er sich um und ging davon. Einen Moment später hörte sie draußen die Tür ins Schloß fallen.

Kurz darauf verließ Angelique das Zimmer, um einen Eimer Asche in die Küche zu bringen. Ein leises Knarren auf dem Gang ließ sie erschreckt herumfahren.

Budreau mußte wirklich betrunken gewesen sein. Er hatte nicht nur vergessen, die sonst stets verriegelte Tür abzuschließen, er hatte sie nicht einmal richtig zugemacht.

Mit klopfendem Herzen eilte Angelique zur Tür und öffnete sie weit. Ihr war klar, daß es keinen Sinn hatte, sich nun große Hoffnungen auf baldige Freiheit zu machen. Schließlich befand sich am Fuße der Treppe eine zweite bewachte Tür, und eine dritte am Ende des Korridors. Trotzdem trat Angelique hinaus ins Treppenhaus und wagte einen Blick über das Treppengeländer. Dann machte sie ganz vorsichtig drei Schritte die Treppe hinunter. Dann einen vierten und einen fünften.

Und dann, ganz plötzlich, war sie dem Tod so nahe wie nie zuvor. Irgend etwas ließ sie den Halt verlieren, ihre Füße rutschten unter ihr weg, und sie stürzte die Treppe hinunter, unaufhaltsam auf die Biegung der Wendeltreppe zu, hinter der ein Abgrund von mindestens fünfzehn Meter Tiefe lauerte. Aber die Todesangst schien Angelique ungeahnte Kräfte zu verleihen, denn es gelang ihr in letzter Sekunde, sich an einer Treppenstufe festzukrallen. Sie wußte jedoch, daß sie noch nicht gerettet war, denn ihre Beine hingen bereits über dem Abgrund, und die Kraft in ihren Fingern ließ nach. Trotz der nackten Angst, die sie ergriffen hatte, zwang sie sich dazu, die Treppenstufe loszulassen und nach dem Geländer zu greifen. Mit knapper Not erreichte sie es und zog sich mit letzter Kraft daran hoch. Dann blieb sie erschöpft auf der Treppe liegen.

Es dauerte eine ganze Weile, bevor Angelique wieder einen klaren Gedanken fassen konnte, doch dann durchfuhr sie ein eisiger Schreck.

Das konnte kein Unfall gewesen sein; man hatte ihr eine Falle gestellt. Budreau hatte die Tür absichtlich offen gelassen, nachdem er vorher irgend etwas auf die Treppenstufen geschmiert hatte, worauf sie ausrutschen sollte. Dann mußte er unten im Treppenhaus auf sie gewartet haben, um zuzusehen, wie sie zu Tode stürzte.

In diesem Augenblick befiel sie lähmende Angst. Auch wenn Budreaus Falle nicht funktioniert hatte, so mußte er doch noch irgendwo da unten im dunklen Treppenhaus stehen. Sie konnte seine Anwesenheit förmlich spüren.

Mühsam zwang sie sich dazu, trotz ihrer schmerzenden Glieder aufzustehen. Dann hielt sie sich mit beiden Händen am Geländer fest und ging langsam die Treppe hinauf. Ja, da war es – auf drei Stufen war eine schmierige, fettig glänzende Substanz, die selbst bei vorsichtigem Betreten noch tückisch war, zu erkennen. Die Angst, sie könnte jeden Augenblick seine Schritte hinter sich hören, bereitete ihr Übelkeit, und sie brachte die letzten Stufen der Treppen fast rennend hinter sich. Dann machte sie leise die Wohnungstür hinter sich zu. Sie war sich allerdings darüber im klaren, daß ihn das nicht aufhalten würde, wenn er wirklich kam, denn die Tür hatte auf der Innenseite keinen Riegel. In ihrer Not lief sie in Madame Budreaus Zimmer und schloß sich dort ein. Dann ließ sie sich erschöpft auf ihr schmales Bett fallen. Sie lauschte angestrengt auf Geräusche von draußen, konnte jedoch nichts hören. Nach einer Weile ließ ihr Herzklopfen nach, und ihr Atem ging ruhiger.

Budreau mußte fortgegangen sein. Vorher hatte er sicher das verräterische Fett auf der Treppe entfernt. Aber was, wenn er es nicht getan hatte? Madame Budreau mußte doch bald zurückkommen...

Angelique stand in Windeseile auf, schloß die Tür auf und ging auf Zehenspitzen bis zur Wohnungstür. Im Treppenhaus war es mittlerweile fast ganz dunkel geworden, und Angelique mußte sich förmlich dazu zwingen, ein paar Schritte die Treppe hinunterzugehen. Dann hielt sie sich gut am Geländer fest und tastete mit dem Fuß nach den nächsten Stufen. Das Fett war verschwunden!

Angelique drehte sich um, eilte die Treppe wieder hinauf und schloß die Schlafzimmertür hinter sich ab.

Es war draußen schon fast dunkel geworden, als sie plötzlich Schritte auf dem Gang hörte. Zwar war Angelique sicher, daß es nur Madame Budreau sein konnte, aber sie erhob sich trotzdem erst, als Madame Budreau an die Tür klopfte und rief:

»Angelique! Warum hast du dich eingeschlossen?«

Als Angelique öffnete, eilte Madame Budreau ins Zimmer und fragte streng: »Was ist denn hier los? Die Haustür steht offen, meine Schlafzimmertür ist abgeschlossen, und in der Küche sind noch keinerlei Vorbereitungen für das Abendessen getroffen! Was ist hier vorgefallen?«

Als Angelique es ihr erzählte, sank Madame Budreau auf das Bett hinter sich; ihr Gesicht war leichenblaß geworden.

Schließlich sagte sie: »Ich war fest davon überzeugt, daß er zuviel Angst vor mir und Bertrand hat, um dir etwas anzutun. Aber offensichtlich hat er in einem Anfall von – von Wahnsinn gehandelt, auch wenn die Tat raffiniert geplant war.«

Madame Budreau erhob sich und ging zu dem kleinen Altar, den sie in einer Ecke des Zimmers errichtet hatte.

»Warte im Salon auf mich«, sagte sie zu Angelique. »Ich möchte beten.«

Als sie nach einer Viertelstunde zu Angelique in den Salon kam, wirkte sie ruhig und entschlossen.

»Ich werde eine Sünde begehen, um zu verhindern, daß mein Mann sich einer noch größeren Sünde schuldig macht. Ich werde dir helfen, zu fliehen.«

Angelique starrte sie fassungslos an.

»Wenn du Paris gleich verläßt, wird man sich nicht die Mühe machen, nach dir zu suchen.«

»Aber wie...«

»Wie ich deine Flucht ermöglichen will? Gleich hinter der Stadtmauer fährt jeden Morgen eine Kutsche in Richtung Dijon. Dein Dorf liegt doch auf der Strecke zwischen Paris und Dijon, nicht?«

»Ja«, bestätigte Angelique.

»Dann werden wir folgendermaßen vorgehen: Du ziehst eines meiner Kleider an und setzt den großen Hut mit den Straußenfedern auf, so daß man dein Haar nicht sieht. Dann wirst du in Begleitung meines Sohnes aus der Wohnung gehen. Ich muß ihn nicht einmal rufen lassen, er wollte heute abend ohnehin zum Essen kommen. Ich bin sicher, daß dich die Wachen bei dem schlechten Licht für mich halten werden. Um ganz sicher zu gehen, könntest du vielleicht einen Hustenanfall vortäuschen und dir dabei ein Taschentuch vor das Gesicht halten. Wenn ihr dann draußen seid, wird Bertrand dich zu einem Gasthof bringen, wo du die Nacht verbringen kannst. Ich werde dir Geld für die Übernachtung und die Kutsche mitgeben.«

»Aber Madame! Euer Gatte wird doch bestimmt herausbekommen, daß Ihr mir geholfen habt. Er wird sicher sehr wütend sein.«

»Natürlich wird er das, aber er wird mir nichts tun. Er mag vielleicht etwas verrückt sein, aber so wahnsinnig ist er nicht. Er weiß ganz genau, daß Bertrand ihn umbringen würde, wenn er es wagen sollte, die Hand gegen mich zu erheben.«

Angelique stiegen Tränen der Dankbarkeit in die Augen, und die Rührung schnürte ihr die Kehle zu.

»Madame«, preßte sie hervor, »ich wünschte, ich könnte mich irgendwie erkenntlich zeigen...«

»Sag einfach ›danke‹«, erwiderte Madame Budreau kurz, »und damit Schluß. Jetzt ist keine Zeit für große Worte. Laß uns hinüber ins Schlafzimmer gehen, damit du das Kleid anziehen kannst.«

# 18

Angelique ging über die staubige Dorfstraße von St.-Isidore auf die Hütte zu, in der sie geboren worden war.

Ihre Flucht war so reibungslos verlaufen, wie Madame Budreau es vorausgesagt hatte, und auch auf der dreitägigen Fahrt nach St.-Isidore hatte es keine Schwierigkeiten gegeben.

Ihre Mitreisenden hatten auf der Fahrt viel über Politik geredet, und Angelique hatte einige Namen gehört, die sie noch aus ihrer Zeit mit Jacques kannte – Mirabeau, Danton und Roland zum Beispiel. Sie erfuhr auf der Fahrt auch, daß die Nationalversammlung im vergangenen Juli eine neuorganisierte Staatskirche gegründet hatte, die sich nun im Kampf gegen die vatikantreuen Kirchenmitglieder befand. Als Angelique noch mit Jacques zusammengelebt hatte, war sie an solchen Nachrichten immer äußerst interessiert gewesen. Im Gefängnis jedoch hatte sie gelebt, als gäbe es die Welt draußen nicht. Nur an Jacques hatte sie oft gedacht, und sie hatte immer inständig gehofft, daß es ihm gutging.

Auch jetzt, als sie über die kleine Brücke ging, wo sie oft mit ihm gestanden hatte, war sie mit ihren Gedanken bei ihm. Am meisten beschäftigte sie jedoch das bevorstehende Wiedersehen mit ihrer Mutter. ›Bitte, lieber Gott‹, betete sie, ›mach, daß es ihr wieder gutgeht. Sie soll mich erkennen und in die Arme nehmen.‹

Inzwischen war sie an der Hütte ihrer Eltern angekommen und mußte traurig feststellen, daß das Dach zum Teil eingefallen war. Offensichtlich hatte seit ihrem Weggang niemand mehr darin gewohnt. Sie wandte sich schnell ab und ging weiter zum Haus ihres Onkels, das hinter dem Feld lag. Als sie es fast erreicht hatte, sah sie davor einen kleinen Jungen stehen, in dem sie den zweitjüngsten Sohn ihres Onkels erkannte.

»Hallo, Jean-Pierre!« rief sie ihm zu.

Der Kleine starrte sie entgeistert an, drehte sich um und rannte ins Haus. »Mama, Papa!« rief er dabei aufgeregt. »Da draußen steht eine Dame, die kennt meinen Namen!«

Einen Augenblick später kamen Angeliques Onkel und Tante aus dem Haus gelaufen; beide wirkten älter und ausgemergelt.

»Aber das ist ja Angelique!« rief Onkel Georges freudig. Dann jedoch verfinsterte sich sein Gesichtsausdruck, und Angelique beschlich eine dunkle Vorahnung.

»Ist meine Mutter...?« hub sie stockend an.

»Am besten, du kommst erst mal ins Haus und setzt dich«, sagte ihre Tante und führte sie in das größte der drei Zimmer des Hauses, wo Angelique müde auf einen Stuhl sank.

»Wann ist sie gestorben?« preßte sie mühsam hervor.

»Im April«, antwortete ihre Tante. »Im Winter hat sie plötzlich immer weniger gegessen, und dann hat sie sich eine Lungenentzündung geholt. Der Pfarrer hat dir gleich nach ihrem Tod einen Brief geschrieben, aber er ist zurückgekommen.«

Ihre Mutter mußte demnach gestorben sein, als Angelique im Gefängnis war. Bei diesem Gedanken brach sie in Tränen aus, und ihr ganzer Körper wurde von heftigem Schluchzen geschüttelt. Nach einer Weile beruhigte sie sich etwas und trocknete ihre Tränen mit einem Taschentuch ab. Dann starrte sie wie betäubt ins Leere.

Plötzlich zog eine kleine Hand an ihrem Ärmel. »Bist du sehr reich?« fragte eine piepsige Stimme.

Als Angelique aufblickte, sah sie neben sich ein kleines Mädchen von etwa neun Jahren stehen.

»Nein, ich bin nicht reich«, antwortete sie.

»Du kannst Paulette die Frage nicht verdenken«, meinte Angeliques Tante, »bei den schönen Kleidern, die du anhast.«

»Ich – ich habe sie von einer Frau bekommen, für die ich gearbeitet habe.« Angelique hatte schon in Paris beschlossen, ihrer Familie nichts von den schrecklichen Monaten im Gefängnis zu erzählen. Überhaupt wollte sie über ihre zwei Jahre in Paris so wenig wie möglich erzählen.

»Außer diesem Kleid besitze ich nur drei Francs und zwanzig Centimes.«

»Und was gedenkst du jetzt zu tun?« fragte ihre Tante scharf.

»Ich weiß es nicht«, entgegnete Angelique tonlos. »Ich bin nur gekommen, um meine Mutter wiederzusehen. Und ich wollte fort aus Paris.«

»Wenn du nicht zu wählerisch bist, könntest du hier vielleicht Arbeit bekommen«, sagte ihre Tante.

»Das bin ich nicht; laß dich von diesen Kleidern nicht täuschen«, beteuerte Angelique. »Was ist es für eine Arbeit?«

»Du könntest vielleicht auf dem Schloß als Haus- oder Küchenmädchen anfangen. Im Sommer hat es hier eine Pokkenepidemie gegeben. Der Onkel von Monsieur le Duc ist daran gestorben, und auch unter dem Personal hat es Todesfälle gegeben. Außerdem haben viele andere, die die Krankheit bekommen haben, starke Narben zurückbehalten. Schließlich hat die Tochter von Monsieur le Duc gesagt, sie könne den Anblick dieser Leute nicht länger ertragen, und so wurden sie entlassen. Im Dorf heißt es, daß man auf dem Schloß dringend Personal braucht; allerdings werden alle Bewerber vom Küchenchef eingestellt, und der ist sehr eigen. Aber dich nimmt er vielleicht. Natürlich kannst du dich dort nicht in diesem Aufzug präsentieren. Hast du denn nichts anderes?«

»Nein, leider nicht«, antwortete Angelique.

»Nun, dann werde ich dir etwas von mir leihen. Wenn sie dich im Schloß nehmen, kannst du dir bald selbst einen Rock und eine Bluse kaufen und mir meine Sachen zurückgeben. Vorausgesetzt natürlich, du willst überhaupt auf dem Schloß arbeiten.«

Bei dem Gedanken, künftig für Freunde des Engländers zu arbeiten, der ihr Leben zerstört hatte, wurde es Angelique fast übel, und sie dachte voller Trauer daran, wie der vor Kummer fast wahnsinnige Simon damals in das Schloß eingedrungen war.

»Natürlich werde ich mich dort um eine Stelle bemühen«, entgegnete sie nach einer Weile tonlos. »Was bleibt mir denn sonst übrig?«

## 19

Am nächsten Morgen brach Angelique schon früh zum Schloß auf; es war ein kalter Tag, der die leeren Felder mit einer funkelnden Reifschicht überzogen hatte. Angelique hatte sich zum Schutz gegen die Kälte Madame Budreaus eleganten Umhang übergeworfen; darunter trug sie jedoch eine ausgebleichte, blaue Bluse und einen Rock von ihrer Tante. Während sie den Pfad zum Schloß hinaufstapfte, verdrängte sie mühsam den Gedanken daran, wie Simon zwei Jahre zuvor voller Trauer und Schmerz denselben Weg zurückgelegt hatte.

Das Portal des Schlosses wurde inzwischen nicht mehr von Soldaten bewacht, sondern nur von einem kräftig aussehenden Mann von etwa fünfzig Jahren, der einfach gekleidet war.

»Wo willst du hin, Mädchen?« fragte er Angelique.

»Ich habe gehört, daß man im Schloß Küchenmädchen braucht.«

»Das stimmt, aber... Du bist doch aus dieser Gegend, nicht?«

»Ja.«

»Nun, Monsieur Raoul stammt aus Paris. Er hat da für den reichsten Bankier von Paris als Küchenchef gearbeitet. Monsieur Raoul hat hier sehr viel Macht, und er hat sich sein gesamtes Personal aus Paris mitgebracht.«

»Das ganze Personal?« fragte Angelique mutlos.

»Nein, ein paar Mädchen von hier hat er auch eingestellt, aber keine hat er lange behalten. Aber du kannst ja dein Glück versuchen. Die Küche ist da drüben.«

Wenige Minuten später klopfte Angelique an eine hölzerne Tür im Seitenflügel des Hauses. Eine mittelalterliche Frau in grauen Baumwollkleidern, mit einem Spitzenhäubchen auf dem Kopf, öffnete ihr.

»Ja?« fragte sie.

»Ich suche Arbeit, und ich habe gehört, daß Monsieur Raoul...«

Nun machte die Frau die Tür weiter auf und ließ sie eintreten. Die Küche war ein großer Raum mit vielen Fenstern, durch die helles Morgenlicht drang. Überall waren Frauen in grauer Kleidung und Spitzenhäubchen zu sehen, die ihrer Arbeit nachgingen, und am Spültisch war ein Junge von etwa fünfzehn Jahren damit beschäftigt, eine große Pfanne zu schrubben.

»Monsieur Raoul!« rief die Frau, die Angelique geöffnet hatte. Ein Mann, der vor dem großen Ofen gestanden hatte, drehte sich würdevoll langsam herum, musterte Angelique und kam dann auf sie zu.

»Monsieur«, sagte die Frau, »das Mädchen hier sucht Arbeit.«

Nicht einmal ein echter Prinz hätte hochmütiger auf Angelique herabsehen können, als Monsieur Raoul es tat.

»Zeig mir mal deine Hände«, sagte er.

Folgsam hielt sie ihm die Hände hin, die bei Madame Budreau jeden Tag zwölf Stunden und mehr mit Kochen und Putzen beschäftigt gewesen waren.

»Man sieht, daß du hart gearbeitet hast«, sagte Monsieur Raoul in einer Mischung aus Arroganz und Wohlwollen. »Bist du sehr ungeschickt? Ich kann Leute nicht ausstehen, die Sachen fallenlassen oder verschütten.«

»Nein, Monsieur, ich bin nicht ungeschickt.«

Er musterte sie eine Zeitlang schweigend. Angelique merkte, daß ihn irgend etwas an ihr verwirrte – vielleicht ihr edel geschnittenes Gesicht oder ihr eleganter Mantel –, aber er sprach sie nicht darauf an. Statt dessen fragte er:

»Wie heißt du?«

»Angelique Dubois, Monsieur.«

»Nun gut, Angelique, ich werde es mit dir versuchen. Natürlich wirst du hier nicht kochen. Ich lasse niemanden auch nur einen Salat machen, bevor er nicht mindestens sechs Monate bei mir ist. Nach einem Jahr erlaube ich dir vielleicht, einmal eine einfache Sauce zu versuchen. Vorerst allerdings wirst du nur Gemüse und Obst putzen oder Geflügel rupfen. Für den Anfang bekommst du monatlich fünf Franc, und übernachten wirst du natürlich im Dienstbotenquartier. Jeanne wird dich gleich dorthin bringen, damit du deinen Mantel ablegen kannst.«

Die ersten Wochen im Schloß waren Angelique nicht unangenehm. Nachdem die Zahl der Bediensteten im Schloß so geschrumpft war, hatte Angelique im Quartier einen Raum für sich. Die Arbeit in der Küche war leichter als alles, was Angelique bisher getan hatte, obgleich Monsieur Raoul ein solcher Perfektionist war, daß sein gesamtes Personal sich permanent in einem Zustand ängstlicher Nervosität befand. Dafür setzte er seine Angestellten keiner großen körperlichen Belastung aus und hatte nichts dagegen, wenn sie ihre Arbeit im Sitzen verrichteten, solange sie es gut taten.

Angelique merkte bald, daß Monsieur zwar ein ausgezeichneter Koch war, aber ein noch besserer Konditor. Die wunderbaren Kreationen, die aus seinem Ofen kamen, versetzten sie immer wieder in Erstaunen – kleine Schlösser oder Schiffe aus Zuckermasse, Croissants, die für Auge und Gaumen gleichermaßen ein Genuß waren, und kunstvoll geflochtene Pastetenkörbchen. Jedesmal, wenn ein Tablett mit solchen Kunstwerken nach oben in das Speisezimmer gebracht wurde, mußte Angelique daran denken, daß acht Menschen den ganzen Tag lang in der Küche arbeiteten, nur um die Geschmacksnerven von zwei Personen zu verwöhnen. Nachdem nur Monsieur le Duc und seine Tochter zu verköstigen waren, kamen Tag für Tag große Mengen zum Teil unberührter Speisen zurück in die Küche. Das Schloßpersonal bekam daher oft besser zu essen als viele der Reichen in Frankreich.

Wenn Angelique über eine Hintertreppe hinauf zu ihrem Zimmer stieg, erhaschte sie oft einen Blick auf den Rest des Hauses, und einmal sah sie sogar die Marquise, die Tochter von Monsieur le Duc. Ihn selbst bekam sie jedoch nie zu sehen; schließlich erfuhr sie von den anderen Dienstboten, daß der Fürst über die Ereignisse in Frankreich so verbittert war, daß er sein Schloß nur selten verließ. Das gesamte Personal teilte seine Betroffenheit, denn sämtliche Bediensteten waren eingefleischte Royalisten. Angelique malte sich im stillen oft aus, wie sie wohl reagieren würden, wenn sie erfuhren, daß sie monatelang mit einem Mann zusammengelebt hatte, der zu der Entmachtung des Königs beigetragen hatte.

Angelique fragte sich in späteren Jahren oft, wie ihr Leben wohl verlaufen wäre, wenn sie dem Duc de Rhoulac nicht begegnet wäre und er nie erfahren hätte, daß sie unter seinem Dach arbeitete und lebte.

Es geschah zwei Wochen vor Weihnachten. Es herrschte nach wie vor Mangel an Dienstboten im Haus, und da die Marquise für die Zeit zwischen Weihnachten und Neujahr zahlreiche Gäste geladen hatte, wandte sich der Schloßverwalter schließlich in seiner Not an Monsieur Raoul, um ihn zu fragen, ob er für die Vorbereitungen im Haus eine Helferin entbehren könne. Monsieur Raoul entschied sich für Angelique, und so verbrachte sie von nun an ihre Arbeitstage in den Privatgemächern der de Rhoulac, den prächtigen, aber mittlerweile eingestaubten Gästezimmern und dem herrlichen Speisesaal, in dem edle Kristallüster nicht nur die lange Tafel beleuchteten, sondern auch die Glasvitrinen mit der wertvollen Schnupftabakdosensammlung von Monsieur le Duc.

In den ersten paar Tagen ihrer neuen Tätigkeit bekam Angelique die Marquise zweimal zu sehen, aber Monsieur le Duc blieb nach wie vor unsichtbar. Schließlich erfuhr sie, daß er sich die meiste Zeit in seinem Schlafzimmer oder im Ankleideraum aufhielt, wo er oft sogar die Mahlzeiten einnahm, während seine Tochter allein in dem prächtigen Speisezimmer saß.

So kam es, daß Angelique ihn erst am vierten Tag ihres Dienstes als Hausmädchen zu sehen bekam.

Sie hatte gerade in einem der Schlafzimmer einen Spiegel abgestaubt, als sie durch die offene Tür draußen auf dem Gang einen älteren Mann sah. Als er sie erblickte, blieb er wie angewurzelt stehen und starrte sie mit weit aufgerissenen Augen ungläubig an. Etwas glitt ihm aus der Hand und zerschellte auf dem Boden.

»Oh, wie schade!« rief Angelique entsetzt und eilte herbei, um die auf dem Teppich verstreuten Stücke aufzuheben. Aber die Stimme des alten Mannes, die vor Aufregung fast überkippte, ließ sie erschrocken stehenbleiben.

»Laß das, laß das! Das ist jetzt völlig unwichtig.« Später erfuhr Angelique, daß es sich bei dem zerbrochenen Gegenstand um eine zweihundert Jahre alte Schnupftabakdose gehandelt hatte, die sehr wertvoll gewesen war.

Der alte Mann, der in seinen blauen Samthosen und seinem mit Silberfaden bestickten Rock dünn und zerbrechlich aussah, näherte sich Angelique erstaunlich behende.

»Weißt du, wer ich bin?« fragte er sie mit immer noch erregter Stimme.

»Ja, Monsieur«, antwortete Angelique verwirrt und ein wenig nervös. »Ihr seid Monsieur le Duc de Rhoulac.«

»Und du? Wer bist du?«

»Ich heiße Angelique Dubois, Monsieur.«

»Und wer sind deine Eltern?«

Nun wurde Angelique wirklich ängstlich. Sollte sie am Ende ihre Arbeit verlieren, die sie so dringend brauchte? War der alte Mann irgendwie dahintergekommen, daß sie eine enge Verwandte des Mannes war, den man mehr als zwei Jahre zuvor auf dem Dorfplatz aufgehängt hatte? Nun, es hatte keinen Sinn zu lügen; er konnte die Wahrheit mit Leichtigkeit feststellen lassen.

»Meine Eltern? Simon und Marie Dubois, Monsieur.«

Auf seinem Gesicht zeigten sich keine Anzeichen von Wut, und Angelique wurde mit Erleichterung klar, daß der alte Mann den Namen des ›verrückten Bauern‹ vergessen hatte, der seinen Onkel angegriffen hatte.

»Leben deine Eltern noch?«

»Nein«, sagte Angelique mit mühsam beherrschter Stimme, »meine Mutter ist letztes Frühjahr gestorben, und mein Vater ist schon über zwei Jahre tot.«

»Wann bist du geboren?«

»Am 6. Juni 1771«, entgegnete Angelique, die nun völlig verwirrt war.

»Das paßt genau!« rief der alte Mann aufgeregt und schlug sich mit der Faust auf die Handfläche. »Es paßt!« Dann beruhigte er sich etwas und fuhr fort: »Mein Kind, ich möchte dir nicht zu nahe treten, aber bitte beantworte mir folgende Frage ehrlich: Glaubst du, daß dieser Dubois dein richtiger Vater war?«

»Nein«, antwortete Angelique nach einigem Zögern. »Meine Mutter hat mir gesagt, daß er es nicht ist.«

Auf dem Hals des alten Monsieur le Duc traten die Adern hervor.

»Was hat sie dir über deinen richtigen Vater erzählt?« fragte er aufgeregt.

»Nur, daß er ein Gentleman war und daß er gestorben ist, bevor ich geboren wurde.«

»Das stimmt, mein Kind«, sagte der Mann mit bebender Stimme.

»Er ist sechs Monate vor deiner Geburt gestorben. Komm mal mit mir.«

Er nahm sie bei der Hand und zog sie nach draußen auf den breiten Gang. Dort führte er sie zu einem großen und ziemlich düsteren Schlafzimmer, das ganz in Braun gehalten war. Die Atmosphäre wurde nur durch ein gemütliches Feuer im Kamin aufgelockert und durch die warme Dezembersonne, die durch das Fenster auf einen Tisch fiel, auf dem eine ganze Anzahl gemalter Miniaturen stand. Der alte Mann trat mit Angelique an den Tisch und reichte ihr eines dieser Bildchen, das mit Perlen eingefaßt war.

»Wessen Porträt ist das?« fragte er mit zitternder Stimme.

Angelique starrte ungläubig auf das Bild einer sehr jungen Frau mit blondem, lockigem Haar, blauen Augen und feinen Gesichtszügen.

»Das könnte fast ein Bild von mir sein, wäre da nicht der kleine Leberfleck über der Lippe. Aber natürlich kann ich es nicht sein.«

»Nein, du kannst es nicht sein. Das ist ein Bild meiner Tochter Therese. Es ist vor vierundzwanzig Jahren gemalt worden; damals war sie etwas jünger, als du jetzt bist.« In die Augen des alten Mannes trat ein liebevoller Ausdruck. »Angelique, verstehst du nun, was ich sagen will?«

Das tat sie. »Mein Vater war also...«, hob sie an.

»Dein Vater, mein liebes Kind, war mein Sohn Philippe, Thereses Bruder. Die beiden haben sich so ähnlich gesehen wie eineiige Zwillinge. Überzeuge dich selbst.« Mit diesen Worten nahm er ein weiteres Bild auf und reichte es ihr. »Dieses Porträt meines Sohnes wurde gemalt, als er zwanzig war.«

Angelique betrachtete das Bild eines ausgesprochen gutaussehenden jungen Mannes in weißem Rüschenhemd und braunem Samtrock. ›Das also ist der Mann, der mich gezeugt hat‹, dachte sie benommen. Gleichzeitig fragte sie sich, wie sich die beiden wohl begegnet waren, der schöne junge Adlige und das Bauernmädchen, das sein Leben in geistiger Umnachtung beendet hatte?

»Wie ist er« – sie konnte die Worte ›mein Vater‹ nicht über die Lippen bringen – »wie ist Euer Sohn gestorben?«

»Er ist bei einem Militärmanöver umgekommen«, antwortete der alte Mann, in dessen Stimme noch die Trauer um ihn mitschwang. »Sein Pferd ist gestürzt und hat ihn unter sich begraben. Er war mein einziger Sohn, und sein Tod hat in meinem Herzen eine Leere hinterlassen, die all die Jahre niemand ausfüllen konnte. Aber jetzt...« Er nahm sie bei der Hand.

»Komm, Tochter meines Sohnes.« Er führte sie zu zwei

Lehnstühlen vor dem Kamin. Als sie sich gesetzt hatten, sagte er:

»Und nun, mein Kind, erzähle mir alles über dich.«

»Alles?« fragte Angelique erschrocken.

»Aber natürlich. Du bist meine Enkelin, Angelique. Hab' keine Angst, mir alles anzuvertrauen. Ich weiß sehr wohl, daß dein Leben ganz anders verlaufen wäre, hätte ich schon damals gewußt, daß mein Sohn ein Kind gezeugt hat. Aber das ist nicht deine Schuld, also erzähle mir alles.«

Doch das konnte Angelique nicht. Sie konnte diesem alten Mann nicht erzählen, daß seine Enkelin mit einem Messer auf das Zimmer eines Mannes gegangen war, um Rache an ihm zu nehmen, und daß dieser Mann sie vergewaltigt und dann voller Verachtung entlohnt hatte. Nein, sie konnte dem alten Monsieur le Duc, der ihr mit Freudentränen in den Augen gegenübersaß, nicht von Richard Lansing erzählen.

»Meine Mutter, Marie Leblanc, hat mich fünf Monate nach ihrer Hochzeit mit Simon Dubois bekommen«, begann Angelique. »Ein Jahr später wurde mein Bruder Claude geboren.« Sie hielt einen Moment inne und legte ihre Hände in den Schoß. Dann fuhr sie fort:

»Als ich siebzehn war, ist mein Bruder – gestorben, und mein Vater kurze Zeit später. Das heißt, nicht mein Vater, sondern der Mann, der mich als seine Tochter erzogen hat. Mein Onkel Georges hat dann meine Mutter bei sich aufgenommen, aber für mich war kein Platz, also bin ich nach Paris gegangen, um mir Arbeit zu suchen. Ich habe dort in einer Taverne als Schankmädchen gearbeitet. An dem Tag, als die Bastille gestürmt wurde, bin ich in Paris einem alten Freund begegnet, und er hat mich gebeten, bei ihm zu leben. Aber es war nicht so, wie Ihr vielleicht denkt, Monsieur ...«

»Von jetzt ab bin ich für dich ›Großvater‹«, unterbrach Monsieur le Duc sie.

»Es war anders, als du vielleicht denkst, Großvater«, fuhr Angelique etwas verlegen fort. »Jacques hat mich wirklich geliebt. Ich glaube, er tut es immer noch, wo immer er jetzt auch sein mag. Aber weißt du, er war in politische Unruhen verwickelt.«

In den Augen des alten Mannes flackerte kurz ein Ausdruck der Verachtung auf, dann bat er sie sanft: »Sprich weiter, Angelique.«

»Jacques und ich beschlossen, daß es besser wäre, nicht zu heiraten, weil Jacques ein zu gefährliches Leben führte.«

Nun sprudelte es förmlich aus Angelique heraus, und sie erzählte in rascher Folge von Jacques Flucht, von dem Verlust ihrer gesamten Habe und ihrem kläglich gescheiterten Diebstahlversuch. Dann schilderte sie auch die schreckliche Zeit im Gefängnis. Ihr Erlebnis mit Berthe und die seltsame Veranlagung des Gefängniswärters sowie seinen Mordanschlag ließ sie jedoch unerwähnt, nicht nur, weil sie den alten Monsieur le Duc schonen wollte, sondern auch, weil sie selbst nicht gerne darüber sprechen wollte.

»Madame Budreau hat mir geholfen zu fliehen. Vielleicht war sie der Ansicht, daß ich für meinen Diebstahl genug gebüßt hatte. Ich bin hierher zurückgekehrt und habe erfahren, daß meine Mutter...« Sie brach ab, weil ihr der Schmerz die Kehle zuschnürte. Nach einer Weile fuhr sie fort: »Meine Tante hat mir erzählt, daß dein Küchenchef Dienstboten sucht, und so bin ich hierhergekommen.«

Der Alte sah sie an, auf dem Gesicht eine Mischung aus Schmerz und Freude.

»Wenn ich daran denke, daß die Tochter meines geliebten Sohnes Philippe, meine geliebte Enkelin, soviel Schlimmes durchmachen mußte! Du darfst nicht denken, daß ich dir dein uneheliches Zusammenleben mit diesem jungen Mann oder deinen versuchten Diebstahl vorwerfe. Ich könnte dir über junge Damen des Adels Geschichten erzählen, die viel schlimmer sind.« Er hielt inne und sagte dann unvermittelt:

»Morgen früh wirst du zu deinen Verwandten gehen, ihnen fünfhundert Franc übergeben und dich von ihnen verabschieden.«

»Mich von ihnen verabschieden!?«

»Von jetzt an wirst du ein völlig anderes Leben führen. Dein Name wird ab heute Angelique de Rhoulac sein. Ich werde meine Anwälte damit beauftragen, die nötigen Schritte für die Namensänderung vorzunehmen, damit du – ebenso wie Therese – meine gesetzliche Erbin wirst.«

Angelique saß wie betäubt da. Fünfhundert Franc! Ihr

Onkel und ihre Tante hatte bestimmt in ihrem ganzen Leben noch nicht so viel Geld auf einmal gesehen. Es würde ihnen bestimmt auch nicht besonders weh tun, den Kontakt zu ihrer Nichte zu verlieren, denn sie hatten mit ihrer eigenen Familie genug zu tun. Und dennoch...

»Aber Großvater! Es weiß doch jeder, daß ich...«

»Das weiß nur die Landbevölkerung! In meinen Kreisen ist es nicht bekannt. Ich werde all meinen Freunden und Bekannten erzählen, daß du die Tochter meines Sohnes bist, von deren Existenz ich selber erst erfahren habe. Von deinen – Erlebnissen in Paris dürfen natürlich nur ich und meine Tochter wissen. Wir werden allen sagen, daß du in einem Kloster aufgewachsen bist, in das dich deine Mutter – eine junge Frau aus guter Familie – kurz nach deiner Geburt gegeben hat.«

In einem Kloster! Der alte Mann schien wirklich den Verstand verloren zu haben.

»Großvater! Sieh dir doch meine Hände an! Sehen sie vielleicht wie die Hände eines Mädchens aus, das außer Handarbeiten nie irgendeine Tätigkeit verrichten mußte? Und dann der Dialekt, den ich spreche. Schön, ich kann zwar einigermaßen lesen und schreiben, aber ich spreche immer noch wie ein Bauernmädchen.«

Der alte Mann hörte ihr sanft lächelnd zu, während sie heftig fortfuhr: »Ich habe keine Ahnung, wie man sich als Dame verhält. Ich habe nicht einmal mit Leuten aus dem Mittelstand an einem Tisch gesessen, geschweige denn mit Angehörigen des Adels. Ich kann nicht reiten, ja, ich weiß nicht einmal, wie man ein Zimmer wie dieses richtig betritt.«

»Aber liebes Kind! Das wirst du unter der Aufsicht meiner Tochter Therese alles lernen. Du wirst nicht nur Reitstunden bekommen; ich werde dir morgen aus Paris Kleider kommen lassen, und ein Schauspiellehrer wird sich deiner Spracherziehung annehmen. Du wirst erst dann in die Gesellschaft eingeführt, wenn du wie eine Klosterschülerin sprichst und aussiehst. Das bedeutet natürlich, daß du an den diesjährigen Weihnachtsfeierlichkeiten nicht teilnehmen kannst. Aber du brauchst dir keine Sorgen zu machen, mein Liebling. Du bist ein schönes und intelligentes Mädchen, und es wird nicht lange dauern, bis wir aus dir eine Dame gemacht haben.«

Angelique hatte noch immer nicht richtig erfaßt, was mit ihr geschah, und sie sagte wie betäubt: »Madame la Marquise wird vielleicht etwas dagegen haben, meine – meine Erziehung überwachen zu müssen.«

»Madame la Marquise ist nicht nur meine Tochter«, sagte Angeliques Großvater finster. »Sie ist finanziell völlig auf mich angewiesen, seit der Bauernmob ihren Mann erschlagen hat. Sie wird sich fügen, auch wenn es mich einige Überredungskünste kosten wird. So, und nun nimm erst einmal dieses alberne Häubchen ab.«

Angelique setzte folgsam ihr Häubchen ab und legte es sich auf den Schoß. »Aber es wissen doch alle Bediensteten im Haus, daß ich einmal eine von ihnen war.«

»Natürlich wissen sie das, und es wird eine Weile dauern, bis sie vergessen haben, daß du nicht immer Mademoiselle de Rhoulac warst. Es wird sicher viel Gerede geben, und ich werde erst gar nicht versuchen, das zu verhindern. Aber sollte ich den geringsten Verdacht hegen, daß irgend jemand einem Außenstehenden oder gar einem Gast etwas erzählt hat, werde ich denjenigen sofort entlassen. Ja, sollte das der Fall sein«, schloß er schließlich mit einer kalten Arroganz, die Angelique einen Schauer über den Rücken jagte, »dann werde ich vielleicht sogar das gesamte Personal fortjagen und Leute aus anderen Gegenden einstellen lassen. In einer Zeit, wo überall Hunger herrscht, ist es leicht genug, Dienstboten zu bekommen. So, und jetzt warte hier. Ich werde mit deiner Tante Therese sprechen.«

Damit verließ er das Zimmer, während Angelique in ihrem Sessel sitzenblieb und sich fragte, was die Marquise wohl zu all dem sagen würde. Sicher würde sie denken, daß der alte Monsieur le Duc sich in seiner unvergänglichen Trauer um seinen Sohn von ihrem Aussehen zu falschen Schlüssen hatte hinreißen lassen. Und selbst wenn er sie davon überzeugen konnte, daß sie seine Enkelin war – ob die Marquise dann wohl bereit sein würde, die Zuneigung – und letztendlich auch das Erbe – ihres Vaters mit der Tochter einer einfachen Bauersfrau zu teilen?

Es verging fast eine Dreiviertelstunde, bevor Angelique draußen Schritte hörte. Sie stand schnell auf und machte einen kleinen Knicks, als de Rhoulac mit seiner Tochter hereinkam.

Angelique bemerkte gleich, daß die Wangen der Marquise zornesrot waren und in ihren blauen Augen unverkennbares Mißfallen lag.

Der alte Mann nahm Angeliques Kinn in die Hand, so daß die Marquise ihr Gesicht besser sehen konnte.

»Nun, Therese, zweifelst du jetzt immer noch daran, daß dieses Mädchen Philippes Tochter ist?«

Die beiden Frauen musterten sich schweigend. Die Marquise war trotz ihrer Jahre noch eine schöne Frau, auch wenn auf ihrem Gesicht ein Ausdruck kühlen Hochmuts lag.

»Ja, sie sieht wie eine de Rhoulac aus«, sagte die Marquise schließlich. »Und nachdem das Geburtsdatum auch paßt – muß man wohl annehmen, daß sie das Kind meines Bruders ist.«

»Gut«, sagte ihr Vater trocken. »Du wirst also die Erziehung und Ausbildung deiner Nichte überwachen, damit sie ihren Platz in der Gesellschaft einnehmen kann?«

»Ja«, entgegnete die Marquise nach langem Zögern.

»Ich bin euch sehr dankbar, Madame la Marquise«, stammelte Angelique.

»Therese! Sag deiner Nichte, wie sie dich richtig anspricht!«

Wieder herrschte einen Moment lang Stille. Dann sagte die Marquise zögernd und mit Resignation in der Stimme:

»Für dich bin ich Tante Therese.«

## 20

Unbeachtet der Eifersucht und Abneigung, die die Marquise sicher verspürte, übernahm sie die Ausbildung Angeliques mit großer Energie und Tüchtigkeit, die sich nach einer Weile fast in Begeisterung verwandelte. Im Laufe des Winters lernte Angelique nicht nur Kleinigkeiten, wie zum Beispiel das richtige Knicksen, sondern sie bekam Reitstunden und auch Sprechunterricht, so daß sie ihren Dialekt fast ganz verlor.

Tante Therese brachte ihr auch bei, was sie zu sagen hatte, wenn sie anderen Leuten unterschiedlicher Herkunft vorgestellt wurde. Außerdem lernte sie Tanzen; sogar das richtige Gehen wurde Angelique beigebracht. Sie erwies sich in jedem

Unterrichtsfach als gelehrige Schülerin – mit einer Ausnahme. Obgleich ihre Hände schon bald so weiß und makellos wurden wie die ihrer Tante, wurde es schon bei ihrer ersten Stunde klar, daß sie das Spinettspiel nie erlernen würde.

Als Angelique eine Woche lang als Enkelin des Ducs auf dem Schloß gelebt hatte, überbrachte sie ihrer Familie die fünfhundert Franc und berichtete, was passiert war.

»Es war also der Sohn vom alten de Rhoulac, der dich gezeugt hat«, sagte Onkel Georges, als sie geendet hatte. »Wir wußten ja alle, daß du nicht Simons Kind bist, aber mit so etwas haben wir natürlich nicht gerechnet.«

»Mein – Großvater sagt, daß ich mich heute von euch verabschieden muß«, meinte Angelique verlegen. »Ich soll nie wieder hierherkommen.«

Ihre Tante, die die ganze Zeit über wie gebannt auf das Geld auf dem Tisch gestarrt hatte, hob den Blick und sagte:

»So gehört sich das auch. Jetzt, da dein Großvater Anspruch auf dich erhebt, hast du keinen Grund mehr, dich mit Leuten wie uns abzugeben.«

›Ich habe mich also nicht in ihnen getäuscht‹, dachte Angelique, ›das Geld entschädigt sie für den Verlust ihrer Nichte.‹ Als sie sich schließlich wieder auf den Rückweg machte, war ihr klar, daß wohl auch die meisten anderen Bauersleute schon bald nicht mehr wissen würden, daß sie einmal zu ihnen gehört hatte. Angelique war jedoch fest davon überzeugt, daß sie selbst ihre Herkunft nie vergessen würde, und sie sollte recht behalten. Zwar veränderte sie sich während der folgenden Monate äußerlich mehr, aber im Grunde blieb sie immer die Angelique, die nicht nur das Aussehen und den Stolz der de Rhoulac geerbt hatte, sondern auch die Natürlichkeit und die hartnäckige Ausdauer ihrer Mutter.

Trotzdem war sie glücklich über die Wendung in ihrem Leben. Sie genoß es, immer sauber und elegant auszusehen, im prächtigen Speisezimmer die Köstlichkeiten aus Monsieur Raouls Küche genießen zu dürfen, anstatt unten in der Küche unter dem strengen Blick des Küchenchefs Hilfsarbeiten verrichten zu müssen.

Ein Schatten lag jedoch über ihrem Glück – der Gedanke an den Engländer, der schon einmal Gast in diesem Schloß gewesen war und es jederzeit wieder sein konnte. Mittlerweile verursachte ihr der Gedanke an ein Wiedersehen mit ihm nicht nur ein Gefühl des Ekels, sondern auch der Angst. Sie hatte weder ihrem Großvater noch ihrer Tante erzählt, was damals in Ponselles bestem Zimmer vorgefallen war, aber Richard Lansing hatte das Erlebnis bestimmt nicht vergessen. Und wenn er nun aufs Schloß kam und sie wiedererkannte...

Wenigstens würde ihm der Namen ›Angelique‹ nichts sagen, denn in jener Nacht in der Taverne hatte er sie nicht einmal gefragt, wie sie hieß.

Zu den Weihnachtsgästen gehörte Richard Lansing nicht, dessen hatte sich Angelique rechtzeitig vergewissert, indem sie ihre Tante wenige Tage vor Ankunft der Gäste gefragt hatte, ob sie auch ausländische Gäste erwartete.

»Ja, den Conte und die Contessa de Respigni zum Beispiel. Warum fragst du? Du sollst dich den Gästen ohnehin nicht zeigen. Du bist noch lange nicht präsentabel, meine Liebe. Dein Akzent verrät immer noch deine Herkunft, und bei Tisch ißt du manchmal noch wie eine Bäuerin, die möglichst schnell wieder zurück aufs Feld will.«

Am liebsten hätte Angelique gerufen: ›Was weißt denn du schon darüber, wie Bauersleute sich zu Hause verhalten?‹, aber statt dessen meinte sie nur leise: »Ich werde mir noch mehr Mühe geben, Tante Therese.«

Obgleich Angelique während der Weihnachtsfeiertage auf ihrem Zimmer blieb, bekam sie doch einige der Gäste zu sehen. Eine junge Dame erregte ihre besondere Aufmerksamkeit; es war eine Brünette von etwa zwanzig Jahren. Als Angelique sie zum erstenmal sah, stand sie auf dem Schloßhof und sah einer aufsteigenden Taube nach. Von ihrem Fenster aus konnte Angelique sehen, daß die junge Frau von großer Schönheit war.

Schon bald bemerkte Angelique, daß Tante Therese wie eine Mutter um sie besorgt zu sein schien. Aber nachdem Tante Therese Angelique nur flüchtige Besuche abstattete, solange das Haus voller Gäste war, konnte Angelique sich erst nach Abreise des Besuches nach dem Namen der jungen Frau erkundigen.

»Sie heißt Ninon de Lentric«, sagte ihre Tante. »Ihr Vater,

der Comte de Lentric, hat in der Nähe von Rouen einen großen Besitz.«

Tante Thereses Stimme schien einen merkwürdigen Klang anzunehmen, als sie vom Comte sprach, und so fragte Angelique:

»Und die Mutter von Ninon de Lentric? Ist sie auch eine so schöne Frau?«

»Die Comtesse ist vor zwei Jahren gestorben.«

›Daher weht also der Wind‹, dachte Angelique im stillen. ›Sie versucht, sich über die Tochter die Gunst des reichen Witwers zu erwerben, um nicht nur ihrer Witwenschaft, sondern auch ihrer finanziellen Abhängigkeit ein Ende zu bereiten.‹

Im März beschloß der Duc de Rhoulac, daß man Angelique nun mit Leuten seines Standes zusammenbringen könne. Zu diesem Zweck lud er den Marquis und die Marquise de Ponfort ein, die fast so alt waren wie er und etwa zwanzig Kilometer weiter ein kleines Schloß bewohnten. Sie schienen ganz entzückt von Angelique zu sein und stellten ihr viele Fragen über ihre Erziehung im Kloster. Nach ihrer Jugendzeit oder der Familie ihrer Mutter fragten sie jedoch nicht. Angelique wurde bald klar, daß sämtliche Bekannte ihres Großvaters zu gut erzogen waren, um auch nur eine im entferntesten intime Frage zu stellen.

Wenige Wochen später sprachen die de Ponforts eine Gegeneinladung aus. Als Angelique, ihr Großvater und ihre Tante auf ihrem Schloß ankamen, stellten sie fest, daß noch sieben weitere Gäste geladen waren. Wieder merkte Angelique, daß ihre Sprechweise und ihr Benehmen nicht auffielen. Nicht nur das, zwei der männlichen Gäste, ein Witwer von etwa vierzig Jahren und ein Junggeselle in ihrem Alter bemühten sich sogar ganz besonders um sie.

Auf dem Heimweg sagte der Duc de Rhoulac zu Angelique:

»Sollte dir einer der beiden Männer noch einmal begegnen, so mache ihm keinerlei Hoffnungen.«

»Nein, Großvater«, entgegnete Angelique, die ohnehin nicht die Absicht gehabt hatte, dies zu tun.

Der Duc fuhr fort, als hätte er sie gar nicht gehört.

»Der eine ist zu alt für dich, und der andere wird nie alt

genug sein. Er wird genau wie sein Vater werden, dessen Hauptinteresse noch mit sechzig Jahren das Tanzen war.«

»In Wirklichkeit willst du doch nur eines sagen«, schaltete sich die Marquise ein, »nämlich, daß sämtliche Verehrer unpassend für sie sind. Auf diese Weise kannst du sie für immer bei dir behalten.«

»Mit zunehmendem Alter, meine Liebe, wird deine Zunge immer schärfer«, sagte das alte Mann und warf seiner Tochter einen bösen Blick zu. »Wenn du immer noch die Absicht hast, den Comte de Lentric zu umgarnen, mußt du dir solche Bemerkungen abgewöhnen.«

Angelique, der die ganze Unterhaltung sehr unangenehm war, wandte sich ab. Trotzdem hörte sie ihren Großvater sagen: »Außerdem ist das Kind noch keine zwanzig. Warum sollte sie also so schnell heiraten?«

Noch keine zwanzig. Ihr Großvater hatte recht. Aber Angelique war in den vergangenen zweieinhalb Jahren soviel passiert, daß sie sich viel älter fühlte. Sie fühlte sich so erwachsen, daß es ihr seltsam erschien, daß sie nie die körperlichen Wunder erlebt hatte, von denen ihr andere Frauen so vorgeschwärmt hatten und über die sie sogar in Werken wie Shakespeares ›Venus und Adonis‹ gelesen hatte.

Jacques hatte ja gesagt, daß sie zu den Frauen gehörte, die nicht so empfänglich für die körperliche Liebe waren. Stimmte das? War sie eine kaltblütige Frau?

Angelique konnte nicht wissen, daß sie schon sehr bald erfahren sollte, wie es um ihre physische Empfindsamkeit stand.

## 21

Ende Juni, wenige Wochen nach Angeliques zwanzigstem Geburtstag, reiste sie mit ihrem Großvater und ihrer Tante nach Rouen, um der Familie de Lentric einen Besuch abzustatten. Als sie dort ankamen, wurde Angelique schlagartig klar, warum ihre Tante so gerne Comtesse de Lentric werden wollte. Das Schloß der Familie lag in einem wunderschönen Tal, direkt an einem See, in dessen klarem Wasser sich die vielen Ziertürme des Schlosses widerspiegelten.

Der Comte selber war ein Mann von etwa fünfzig Jahren, der ziemlich ernst, aber sehr freundlich war. Außerdem zeigte er sehr viel mehr Interesse an Büchern, als das in seinen Kreisen üblich war. Nach einer langen Unterhaltung mit ihm wurde Angelique klar, daß er die meisten der unzähligen Bücher in seiner Bibliothek gelesen haben mußte. Der verwitweten Marquise gegenüber verhielt er sich immer freundlich und galant, aber Angelique hätte nicht sagen können, ob ihre Tante jemals die Comtesse de Lentric werden würde.

Eines wurde ihr jedoch schon bald klar. Die schöne Ninon de Lentric war nicht besonders intelligent. Sie hatte zwar eine wunderschöne Stimme, doch sie benutzte sie fast ausschließlich dazu, von Kleidern, Festen und Bällen zu erzählen.

Am dritten Tag des Besuches sagte Ninon beim Abendessen:

»Papa, wann fahren wir denn wieder einmal den König und die Königin in Versailles besuchen? Versailles ist so schön!«

Nach dieser Frage herrschte peinliche Stille, und schließlich antwortete ihr Vater:

»Ninon, die königlichen Hoheiten leben jetzt in den Tuilerien in Paris.«

»Ach ja, das hatte ich ganz vergessen.«

Am nächsten Tag betrachteten der Comte de Lentric und Angelique in der Bibliothek ein paar seltene Buchbände. Bei dieser Gelegenheit äußerte Angelique auch ihre Bewunderung für das Schloß.

»Ja, es ist wunderschön«, entgegnete der Comte, »aber es macht mich traurig, daß ich keinen männlichen Erben dafür habe. Ich wünschte, ich könnte einen Mann für Ninon finden, damit sie mir einen Enkel schenkt.«

»Aber einem solchen Mädchen mangelt es doch gewiß nicht an Verehrern!«

»Ja, mitgiftjagende Gecken, die – vor allen Dingen in einer Ehe mit Ninon – mit Sicherheit ebenso geistlose Kinder hervorbringen würden. Ich möchte, daß meine Tochter einen intelligenten Mann heiratet, aber die meisten, die sie kennengelernt haben ... Nun, ich nehme an, sie konnten den Gedanken nicht ertragen, vielleicht für den Rest ihres Lebens nur Geschwätz über Mode und Tanzereien anhören zu müssen.«

»Aber sie ist doch noch so jung«, rief Angelique, die von seiner Bemerkung sehr peinlich berührt war, »bestimmt wird sie mit der Zeit...«

»Meine Tochter ist fünfundzwanzig. Wahrscheinlich ist es der Mangel an Verstand, der ihr Gesicht so mädchenhaft glatt aussehen läßt«, meinte der Comte trocken.

Am nächsten Tag traten Angelique, ihr Großvater und ihre Tante die Heimreise an, und knapp zwei Monate später wurde Angeliques schlimmste Befürchtung zur Realität. Richard Lansing kündigte seinen Besuch auf dem Schloß an.

Zunächst erfuhr Angelique jedoch nichts davon, denn sie war von den de Ponforts, die sie sehr liebgewonnen hatten, auf längere Zeit zu sich eingeladen.

Die alten Leute gaben sich alle Mühe, damit es Angelique bei ihnen nicht langweilig wurde. Jeden Abend organisierten sie kleine Feiern, Kartenspiele oder Musikvorführungen. Die Nachmittage verbrachte Angelique meistens damit, ihrer Gastgeberin gepflegte und hochmoralische Literatur vorzulesen. Wenn die alte Dame dann über ihrer Stickerei sitzend lauschte, überkam Angelique hin und wieder der fast unwiderstehliche Drang, zu sagen:

»Habe ich euch eigentlich schon einmal erzählt, daß ich einmal einer ganzen Horde von Diebinnen die ›Pilgerreise‹ vorgelesen habe?«

Als sie ein paar Wochen später wieder nach Hause fuhr, nahm sie schon auf dem Schloßhof der Majordomus ihres Großvaters in Empfang.

»Madame la Marquise und Monsieur le Duc sind im Moment beide beschäftigt, aber ich werde ihnen Eure Ankunft sofort melden.«

Als Angelique ihm über den Schloßhof folgte, fiel ihr Blick plötzlich auf eine ganze Reihe von Kutschen, die vor dem Seitentrakt abgestellt waren.

»Ist das dort drüben nicht die Kutsche der de Lentrics?« fragte sie.

»Ja. Mademoiselle de Lentric ist gestern angekommen.

Monsieur le Comte de Lentric sollte ursprünglich mitkommen, aber ein Gichtanfall hat ihn leider an das Bett gebunden.«

›Da wird Tante Therese ja enttäuscht gewesen sein‹, dachte Angelique im stillen.

Dann blieb sie plötzlich wie angewurzelt stehen, als sie vor den Stallungen einen großen Rappen stehen sah. Augenblicklich dachte sie zurück an jenen heißen Sommertag, an dem ein mächtiges schwarzes Pferd mit einem gewaltigen Satz über die Mauer ins Feld gesprungen war...

›Unsinn‹, schalt sie sich selbst, ›es gibt unzählige solcher Pferde auf der Welt. Wahrscheinlich hat sich Tante Therese ein neues Jagdpferd gekauft.‹

Wenige Minuten später war sie auf ihrem Zimmer, und ihr Mädchen Josette kam herauf, um Angeliques Koffer auszupacken und ihr beim Umziehen zu helfen. Während Josette ihr ein zartes blaues Kleid und dazu passende Schuhe herauslegte, dachte Angelique daran, wie anpassungsfähig manche Menschen doch waren. Als man Josette im vergangenen Winter zu Angeliques Mädchen gemacht hatte, war in ihrem Verhalten deutlicher Widerwille zu erkennen gewesen. Angelique hatte das damals gut verstanden, denn schließlich hatte sie ja einmal Seite an Seite mit Josette gearbeitet. Aber nun, kaum ein Jahr später, behandelte Josette Angelique, als wäre sie schon immer die Enkelin von Monsieur le Duc gewesen. Und sie war nicht die einzige; sämtliche Menschen in der Umgebung betrachteten sie nur noch als eine de Rhoulac. Das galt sogar für ihren Onkel Georges, wie Angelique festgestellt hatte, als ihre Kutsche einmal an Onkel Georges Pferdewagen vorbeigekommen war. Ihr Onkel hatte angehalten und unterwürfig seinen Hut vor ihr gezogen. Angelique war nicht sehr glücklich darüber gewesen, daß er sie offenbar nicht mehr als seine Nichte betrachtete.

Angeliques Gedanken wurden plötzlich von einem Klopfen an der Tür unterbrochen. Es war ein Lakai, der eine Nachricht von Angeliques Großvater überbrachte.

»Monsieur le Duc sendet Mademoiselle Grüße und läßt ausrichten, daß er sie im Salon zu empfangen wünsche.«

Wenige Minuten später öffnete Angelique die Tür zum Salon. Plötzlich erstarrte sie. Ihr Großvater und ein großer, breitschultriger Mann standen vor einer der Glasvitrinen und betrachteten die Schnupftabakdosensammlung.

Zum zweiten Mal innerhalb kurzer Zeit strömte eine fast unerträgliche Flut von Erinnerungen auf Angelique ein. Sie sah sich plötzlich wieder nackt in Ponselles bestem Zimmer stehen, während ein dunkelhaariger Mann sich neben dem Bett auszog... In ihrem Kopf dröhnte es, und ihr wurde schwindlig. ›Ich darf nicht in Ohnmacht fallen‹, befahl Angelique sich selbst. ›Gerade wenn er es ist, darf ich nichts tun, um mich zu verraten.‹ Nun hatten die beiden Männer bemerkt, daß jemand in der Tür stand. Sie drehten sich beide um, und Angelique sah in das hakennasige Gesicht von Richard Lansing.

»Da bist du ja, meine Liebe«, begrüßte ihr Großvater sie. »Du bist ja so blaß. Geht es dir nicht gut?«

»Mir fehlt nichts«, beteuerte Angelique, ohne den Gast ihres Großvaters dabei anzusehen. »Ich bin nur müde von der Reise.«

»Das kann ich mir vorstellen. Aber du hast mir einen Schreck eingejagt, mein Kleines. Übrigens, darf ich dir Sir Richard Lansing vorstellen; er ist aus England zu Besuch gekommen. Ich habe ihm gerade erzählt, daß ich dich aus dem Kloster zu uns geholt habe. Sir Richard, das ist meine Enkelin, Mademoiselle de Rhoulac.«

›Sir Richard‹, dachte Angelique geistesabwesend, ›sein Vater ist also gestorben.‹

Nun mußte sie ihn ansehen. Sie wußte sofort, daß er sie wiedererkannt hatte. Trotz ihrer Angst überkam sie plötzlich der unwiderstehliche Drang, über seinen verdutzten Gesichtsausdruck laut loszulachen, und sie bewerkstelligte nur mit Mühe einen Knicks. Er verbeugte sich und meinte in seinem stark akzentunterlegten Französisch, er freue sich, sie kennenzulernen. Monsieur le Duc beobachtete sie. Dann sagte er:

»Sir Richard, so wie Ihr meine Enkelin anseht, könnte man meinen, Ihr wärt ihr schon früher einmal begegnet.«

»In gewisser Weise stimmt das auch«, sagte der Engländer, der sich inzwischen wieder gefangen hatte.

In Angeliques Innerem schien sich alles zusammenzuziehen. Würde er jetzt alles verraten? Sie nahm sich vor, alles abzustreiten, nicht nur um ihrer selbst willen, sondern auch, um den alten Mann zu schonen, der sie so liebgewonnen hatte.

»Wie meint Ihr das – ›in gewisser Weise‹?« fragte ihr Großvater Richard Lansing nun.

»Ich hatte in Florenz einmal das Vergnügen, Botticellis ›Venus‹ bewundern zu können. Wer immer für dieses Bild posiert hat, sah Eurer Enkelin ausgesprochen ähnlich.«

Monsieur le Duc war hocherfreut über diese Bemerkung, aber Angelique blieb nervös. Trotzdem zwang sie sich zu einem Lächeln. Sie mußte einfach weiter die junge Adlige spielen, die einem Mann ihres Standes vorgestellt wurde.

»Ihr seid sehr freundlich, Monsieur«, sagte sie leise.

Wieder verbeugte er sich. Als er sich aufrichtete, sah Angelique, daß in seinen Augen noch immer ein Ausdruck der Überraschung und auch der Empörung lag. Sie wußte, was jetzt für Gedanken in seinem Kopf kreisten. Er hielt sie für ein ehemaliges Schankmädchen, das einst mit einem Messer bewaffnet Gäste ausgeraubt hatte und nun versuchte, sich in das Schloß einzunisten, indem sie dem alten Monsieur le Duc erzählte, sie sei seine im Kloster aufgewachsene Enkelin.

Plötzlich waren draußen auf dem Gang weibliche Stimmen zu hören, und die Marquise trat in Begleitung von Ninon de Lentric in den Salon. Die junge Frau trug ein Jagdkleid aus türkisem Samt, in dem sie besonders hübsch aussah.

»Da bist du ja wieder, Angelique«, sagte die Marquise wenig begeistert. Dann wandte sie sich an den Engländer.

»Nun, hier bringe ich Euch Eure Begleitung für den Ausritt. Um diese Jahreszeit ist ein Ritt am Ufer entlang wunderschön.«

Richard Lansing erwiderte mit einer Verbeugung: »Aber wie soll ich mich denn bei Mademoiselle de Lentrics Aussehen auf die Schönheit der Natur konzentrieren?«

Ninon schlug die Augen nieder und lächelte, während Angelique im stillen dachte: ›Elender Schmeichler!‹

Ihr war klar, daß ihre Tante das Zusammentreffen der beiden arrangiert hatte. Sie hoffte offensichtlich, daß ihre Chancen, Comtesse de Lentric zu werden, um ein Erhebliches steigen würden, wenn sie eine Vermählung zwischen Sir Richard und der fünfundzwanzigjährigen Tochter des Comte arrangieren konnte. Angelique gab vor, sich noch um das Auspacken ihrer Koffer kümmern zu müssen und entschuldigte sich für eine Weile.

## 22

Beim Abendessen beugte sich Richard Lansing über den reichgedeckten Tisch und sagte zu Angelique:

»Mademoiselle de Rhoulac, ich habe gehört, daß die guten Karmeliterinnen viel von Bildung halten, genau wie...« Er brach ab und runzelte die Stirne. »Wie heißt doch gleich die Heilige, die die Karmeliterkloster gegründet hat? Der Name ist mir entfallen.«

»Es war Theresa von Avila. Es überrascht mich, daß Euch der Name einer so bekannten und beliebten Heiligen entfallen konnte«, entgegnete Angelique. Dann aber mahnte sie sich selbst zur Vorsicht. Sie durfte ihn sich nicht zum Feind machen, wenn sie verhindern wollte, daß er sie verriet.

»Ah, ja«, sagte er nun. »Theresa von Avila. Ihr müßt mir meine Unwissenheit verzeihen, aber ich kenne mich mit den Heiligen nicht so gut aus wie Ihr. Schließlich sind die meisten Engländer schon seit der Herrschaft Heinrich des Achten keine Katholiken mehr.«

»Aber Ihr würdet Euch doch sicher nicht von religiösen Überlegungen lenken lassen, wenn...«, hob die Marquise an. Sie beendete den Satz jedoch nicht, sondern blickte verwirrt in die Runde.

»Wenn es um eine so wichtige Entscheidung wie eine Heirat geht, meint Ihr? Nein, Madame. Ich hoffe, Ihr werdet mich nicht für zynisch halten, wenn ich das sage. Hätte die erste Frau Heinrich des Achten ihm einen männlichen Erben geschenkt, hätte er bestimmt nicht mit der katholischen Kirche gebrochen, um Anne Boleyn heiraten zu können, und ich säße hier jetzt als Katholik am Tisch. Nein, Madame, wenn Heinrich bereit war, um einer Frau willen eine Religion gegen die andere einzutauschen, warum sollte ich es dann nicht auch tun?«

Bei diesen Worten drehte sich Richard Lansing um und ließ

seinen Blick auf Ninon de Lentrics perfektem Profil ruhen, während sie die Augen niederschlug. Dann wandte er sich wieder an Angelique.

»Jetzt habe ich doch noch eine Frage an Euch. Stimmt es, daß die Karmeliterinnen ihren Zöglingen nicht nur den Katechismus und das Handarbeiten näherbringen, sondern auch die Literatur?« In Richard Lansings dunklen Augen konnte Angelique ablesen, daß er insgeheim dachte: ›Jetzt bin ich gespannt, wie du dich jetzt herausredest, du ungebildete, diebische Elster!‹

Aber ihr Großvater nahm ihr die Antwort ab, indem er sagte: »Angelique liest sehr gut, nicht nur in Französisch, sondern auch in Englisch. Sie liest mir oft vor.«

»Sie versteht Englisch?« Nun hatte Richard Lansing die Maske fallengelassen, und auf seinem Gesicht lag ein Ausdruck ungläubigen Erstaunens.

»Lieber Großvater«, meinte Angelique bescheiden, »ich glaube, du übertreibst mit meinen Fähigkeiten. Vielleicht möchte Sir Richard lieber selbst urteilen und sich nachher von mir in der Bibliothek etwas vorlesen lassen.«

Angelique sagte den letzten Satz mit gespielter Schüchternheit; insgeheim hoffte sie wohl, er würde nun sagen: ›Mein liebes Fräulein, ich würde es nie wagen, Euch auf die Probe stellen zu wollen. So schön Eure Lesestimme auch sein mag, ich ziehe es doch vor, Euch nur anzusehen.‹

Aber ganz wie sie es erwartete hatte, sagte er nichts dergleichen. Statt dessen legte er die Hände aneinander und meinte herausfordernd: »Ich würde mir wirklich sehr gern etwas von Euch vorlesen lassen, vor allen Dingen einen englischen Text.«

Knapp eine halbe Stunde später standen Richard Lansing und Angelique zusammen vor den Regalen der Bibliothek.

»Ah, John Donne!« rief Lansing plötzlich und zog einen Band hervor. »Er war einer unser großen metaphysischen Dichter, wenigstens in seiner letzten Schaffensphase. Später ist er dann Dekan in St. Paul's geworden.«

Er durchblätterte den Band und meinte dann: »Hier ist ein Gedicht, das ich noch nicht kenne. Es heißt ›Mein Amerika‹. Ich liebe dieses Land; würdet Ihr mir es vorlesen?«

»Selbstverständlich.«

Angelique hatte erst wenige Zeilen gelesen, als ihr klar wurde, daß es sich bei dem Gedicht um eines der früheren Werke Donnes handeln mußte, bei denen er weniger von metaphysischen als von physischen Einflüssen gelenkt worden sein mußte. Sie wußte auch, daß Richard Lansing dieses Gedicht mit Absicht ausgewählt hatte. Statt einer Hymne auf Amerika hatte der junge, lüsterne Donne ein Gedicht über einen jungen Mann geschrieben, der mit den Augen und den Händen den nackten Körper einer nackten Frau erforschte. Mit hochrotem Kopf las sie verbissen weiter, bis sie schließlich im unteren Teil des Gedichtes ein paar Zeilen entdeckte, die ganz offensichtlich den Leser erregen sollten.

Sie klappte das Buch zu und schob es energisch zurück ins Regal. Dabei sagte sie kühl: »Das genügt wohl.«

Sie konnte ihm ansehen, daß er sich freute, sie in Verlegenheit gebracht zu haben.

»Ihr müßt mir verzeihen«, entgegnete er gewandt, »aber, wie gesagt, ich kannte das Gedicht bisher nicht. Natürlich ist mir schon nach den ersten Zeilen klargeworden, was der Dichter Schlimmes im Sinn hatte. Wäre mir bewußt gewesen, daß auch Ihr es gemerkt habt, hätte ich Euch das Buch natürlich sofort aus den Händen genommen. Aber ich habe mir gesagt, daß eine junge, unschuldige Klosterschülerin sicher davon ausgeht, daß ein Dichter, wenn er von zwei runden Hügeln spricht, auch Hügel meint, und mit einem moosigen Tal...«

Er brach ab, und Angelique vergaß in ihrem Zorn alle Vorsicht und warf ihm einen wütenden Blick zu.

In diesem Augenblick betrat die Marquise den Raum. »Kommt in den Salon, Ihr beiden. Sir Richard, wir haben einen besonderen Ohrenschmaus für Euch vorbereitet. Mademoiselle de Lentric wird für uns Spinett spielen und etwas vorsingen.«

Einige Stunden später setzte sich Richard Lansing auf einen Stuhl in seinem großen Gästezimmer, um sich die Schuhe auszuziehen. Einen Augenblick lang überkam ihn das unbändige Verlangen, sie wütend an die Wand zu schleudern.

Seine Gedanken kreisten um Angelique. Er war fest davon überzeugt, daß es sich bei ihr um die leichtlebige, kleine

Diebin handelte, die ihn damals auf seinem Zimmer berauben wollte, auch wenn sie ihm an diesem Abend demonstriert hatte, daß sie unter anderem auch Griechisch verstand.

Er war wild entschlossen, seine Theorie zu beweisen, nicht nur zu seiner eigenen Beruhigung, sondern auch um des alten Duc de Rhoulac willen, der dieses Mädchen, das sich auf rätselhafte Weise in sein Schloß und auch in sein Herz eingeschlichen hatte, als seine Enkelin betrachtete. Er mußte sich Klarheit verschaffen, nicht nur, um seinen alten Freund zu schützen, sondern auch, um sein eigenes Gewissen zu beruhigen. Seit jener Nacht in Ponselles Gasthof hatte er sich oft Vorwürfe gemacht, und das nicht nur, weil er einer Jungfrau die Unschuld genommen hatte. Jungfrau oder nicht, sie hatte selbst zugegeben, daß sie gekommen war, um ihn zu berauben. Aber irgendwie paßte es nicht ins Bild, wie sie später bedrückt und weinend das Zimmer verlassen hatte...

Manchmal fragte er sich, ob sie wirklich vorgehabt hatte, ihn zu berauben. Aber warum hätte sie sonst ein Messer mitgebracht? Warum hätte sie sonst überhaupt in sein Zimmer kommen sollen? Für gewöhnlich ließen sich Jungfrauen nicht dazu überreden, mit einem Fremden für ein paar Stunden das Bett zu teilen.

Ja, er mußte unbedingt die Wahrheit herausfinden, und das würde er auch. Nur wie, das wußte er noch nicht. Auf jeden Fall mußte er diskret vorgehen; wenn es sich herausstellte, daß das Mädchen wirklich die Enkelin des Duc de Rhoulac war, durfte der alte Mann auf keinen Fall erfahren, daß er daran gezweifelt hatte.

Wer immer diese Angelique auch war – sie war auf jeden Fall ein wunderschönes Mädchen. Er hatte den Blick nicht von ihr abwenden können, als sie mit hochroten Wangen tapfer das anzügliche Gedicht vorgelesen hatte. Klosterschülerin hin oder her – sie hatte die zweideutige Wortspielereien verstanden, ja, er hatte sogar das Gefühl, daß sie sie gegen den eigenen Willen erregt hatten. Für ihn selbst war es ebenso aufreizend gewesen, einen solchen Text von ihren sinnlichen Lippen zu hören.

Er fluchte und ließ seine Schuhe auf den Boden fallen. Solche Gedanken mußte er vermeiden, sonst würde er nie einschlafen können.

›Denk an die andere‹, befahl er sich im stillen. ›Denk an Ninon de Lentric, sie ist ebenso schön wie diese Angelique.‹ Dazu kam noch, daß sie reich war – ein Faktor, den ein junger Baronet, der sich um den heruntergewirtschafteten Besitz seines Vaters kümmern mußte, nicht außer acht lassen durfte. Das einzige Problem war nur, daß ihn schon nach wenigen Minuten einer Unterhaltung mit Ninon der unwiderstehliche Drang überkam, das Weite zu suchen. Andererseits mußte das ja eine Ehe nicht ausschließen; schließlich bedurfte es ja keiner großen Konversation, um Söhne zu zeugen. Wenn sie erst einmal verheiratet waren, würde er ja auch nicht oft dazu gezwungen sein, sich ihr Geplapper über Mode oder Ähnliches anzuhören; das konnten andere Männer tun. Nachdem sie nur wenig Englisch sprach, würden ihre englischen Gesprächspartner vielleicht nicht einmal merken, wie betäubend langweilig das Mädchen sein konnte.

Richard wußte sehr wohl, daß die Marquise sich Hoffnung auf eine Verbindung zwischen ihm und Ninon machte. Und doch konnte er nicht umhin, sich auszumalen, wieviel schöner es doch sein würde, eine Frau zu haben, die nicht nur einen wunderschönen Körper hatte, sondern auch einen regen Verstand. Eine Frau, mit der man scherzen, diskutieren, streiten und leidenschaftlich sein konnte.

In diesem Augenblick wurde er von einem Klopfen an der Tür in seinen Gedanken unterbrochen. »Herein«, sagte er.

Die Tür ging auf, und herein kam Damien, der ältliche Hausdiener, der Richard als Kammerdiener zugeteilt worden war.

»Wünscht Ihr noch etwas, Monsieur?«

»Nein, danke, Damien, du kannst zu Bett gehen.«

»Vielen Dank, Monsieur.«

Noch lange, nachdem der alte Diener gegangen war, starrte Richard auf die geschlossene Tür. Ja, es gab vielleicht doch einen Weg, herauszufinden, wer diese Angelique wirklich war; es war auf jeden Fall einen Versuch wert.

Er legte seinen brokatbestickten Rock ab und legte sich bald zu Bett.

## 23

Die nächsten drei Tage verbrachte Angelique in einem Zustand ständiger Anspannung. Sie fragte sich immerzu, ob der Engländer mittlerweile glaubte, daß sie wirklich die Enkelin des alten Monsieur le Duc war, oder ob er nur auf eine günstige Gelegenheit wartete, ihr eine Falle zu stellen.

Am vierten Tag schließlich erhielt sie die Antwort. Kurz vor Sonnenuntergang ging sie hinunter in den Rosengarten, um sich ein paar Rosen für ihr Zimmer auszusuchen. Sie hatte gerade eine langstielige weiße Rose abgeschnitten und in ihren Korb gelegt, als sie hinter sich Schritte hörte. Als sie sich umdrehte, sah sie Richard Lansing lächelnd auf sie zukommen.

»Weiße Rosen?« meinte er. »Sind die für Euer Schlafzimmer?«

»Ja.«

»Da hättet Ihr lieber die blaßgelben dort drüben nehmen sollen; sie haben fast die gleiche Farbe wie Euer Haar, wenn ihnen auch der schöne Glanz fehlt.«

»Ihr seid immer sehr galant, Sir Richard.«

»Immer? Ich kann mich da an eine Gelegenheit erinnern, wo Ihr mich nicht für so galant hieltet.« Er hielt inne. »Da fällt mir ein – ich habe heute früh Euren ehemaligen Arbeitgeber im Dorf gesehen, Etienne Ponselle. Er wird Euch einen Besuch abstatten.«

Bei diesen Worten fiel Angelique ihre Blumenschere aus der Hand und verfehlte nur knapp ihren Fuß. Richard bückte sich und hob sie auf. Als er sich wieder aufrichtete, rief er: »O Gott, wie blaß Ihr seid, Mademoiselle!«

Angelique beschloß mit klopfendem Herzen, weiter die Unwissende zu spielen. Schließlich konnte sie ja fast sicher sein, daß er gelogen hatte; warum sollte Etienne Ponselle ausgerechnet in dieses kleine Dorf kommen?

»Blaß?« fragte Angelique. »Ich wüßte nicht, warum. Ich weiß auch nicht, was ihr mit ›ehemaligem Arbeitgeber‹ meint. Mir ist niemand dieses Namens bekannt. Kann ich jetzt meine Schere wiederhaben?«

»Ich weiß aus Erfahrung, daß man Euch keine spitzen Gegenstände in die Hand geben sollte«, sagte er kalt, legte die

Schere aber trotzdem zurück in den Korb. »Was Ponselle anbelangt, so ist er natürlich nicht im Dorf. Ich wollte nur feststellen, ob Ihr Euch verraten würdet, und das habt Ihr. Und jetzt hört auf, Euch zu verstellen. Glaubt Ihr denn, ich habe sonst keine Beweise? Vor zwei Tagen habe ich meinen Kammerdiener dazu gebracht, mir alles über Euch zu erzählen.«

»Ich glaube Euch kein Wort! Mein Großvater hat sämtlichen Dienstboten verboten...« Erschrocken verstummte sie.

»Ich weiß«, sagte Richard. »De Rhoulac hat allen verboten, über Euch zu reden. Aber ich habe dem alten Damien erzählt, daß Ihr dem alten Duc etwas vorgespielt habt und in Wirklichkeit eine verrufene und gefährliche Person seid. Da hat er mir gesagt, daß Ihr seinerzeit unter dem Namen Angelique Dubois als Küchenmädchen auf dem Schloß angefangen habt.«

»Nun gut«, stieß Angelique hervor. »Ich bin Angelique Dubois. Ein Mann namens Simon Dubois hat mich als seine Tochter aufgezogen. Nach seinem Tod bin ich nach Paris gegangen, um mir dort Arbeit zu suchen. Später bin ich dann hierher zurückgekehrt und habe im Schloß in der Küche gearbeitet. Mein Großvater weiß all das; wenn Ihr also glaubt, Ihr könntet mir Angst einjagen, indem Ihr...«

»Weiß de Rhoulac auch, daß Ihr wie eine gewöhnliche Hure nachts auf mein Zimmer gekommen seid, noch dazu mit einem Messer in der Hand, um mich zu berauben? Nein, ich wette, das habt Ihr ihm nicht erzählt!«

»Habt Ihr es ihm gesagt?« fragte Angelique, die ganz blaß geworden war.

»Nein, noch nicht. Ich wollte Euch erst Gelegenheit geben, mich davon abzubringen.«

»Ich wußte ja schon lange, daß Ihr ein brutaler und selbstsüchtiger Mensch seid, der nur an sein eigenes Vergnügen denkt, aber erst jetzt wird mir klar, was für schändliche Absichten Ihr hegt.«

»Schändliche Absichten? Ach, ich verstehe. Ihr glaubt also, daß ich mir erhoffe, von Euch zum Schweigen überredet zu werden – mit Eurem Körper aus Bestechungsgeschenk? Ihr seht zwar nicht wie eine Dirne aus, Angelique, aber Ihr denkt wie eine. Glaubt Ihr denn ernsthaft, ich würde mich auf eine solche Weise beeinflussen lassen, wenn ich glauben müßte, daß Ihr den Duc de Rhoulac, der nicht nur mein Freund, sondern auch ein entfernter Verwandter ist, kaltblütig ausbeutet? Nein, mir schwebt etwas ganz anderes vor. Ich habe mir über die Nacht bei Ponselle oft – Gedanken gemacht und mich gefragt, ob ich aus Eurem Verhalten die richtigen Schlüsse gezogen habe. Ich halte es daher für das beste, wenn wir uns einmal allein treffen und richtig aussprechen.«

›Ihr werdet die Wahrheit erfahren‹, dachte Angelique finster, ›ich werde Sie Euch ins Gesicht schreien!‹ Laut sagte sie:

»Das wird eine lange Aussprache werden, Sir Richard. Wo können wir uns ungestört treffen? Wir könnten natürlich zusammen ausreiten, aber ich bin sicher, daß die Marquise dann darauf bestehen würde, uns mit Ninon zu begleiten.«

»Wahrscheinlich.« Sein leichtes Lächeln verriet ihr, daß er sich der kupplerischen Absichten der Marquise de Rhoulac sehr wohl bewußt war. »Nun, soll ich dann heute nacht um elf auf Euer Zimmer kommen?«

»Nein! Die Räume der Marquise liegen direkt gegenüber.«

»Mein Zimmer dürfte ohnehin der bessere Ort für ein Treffen sein; auf meiner Etage scheint sonst kein Raum bewohnt zu sein. Könnt Ihr um elf Uhr kommen?«

Nach längerem Schweigen entgegnete Angelique: »Ja, das geht.«

Richard hatte sich schon zum Gehen gewandt, als er plötzlich noch anfügte: »Aber bitte, bringt diesmal kein Messer mit.«

Damit machte er sich auf den Weg zurück zum Schloß. Als Angelique ihm hinterhersah, überkam sie plötzlich der unbändige Drang, ihm nachzulaufen und ihm die Schere in den Rücken zu stoßen. Ein paar Minuten lang blieb sie reglos stehen, dann ging auch sie in Richtung Schloß, um sich für das Abendessen umzukleiden.

## 24

Kurz vor elf Uhr kam Angelique zu Richard Lansings Zimmertür, atmete noch einmal tief durch und klopfte an. Wenige Sekunden später wurde ihr geöffnet, und sie schlüpfte ins Zimmer.

Der Raum wurde durch Kerzen beleuchtet, die in zahlreichen Wandhaltern angebracht waren. Ein riesiger antiker Wandschrank, ein Himmelbett mit dunkelblauem Samtüberzug und zwei Lehnstühle vor dem Kamin waren alles, was Angelique in ihrer Nervosität von dem Zimmer wahrnahm. Der Engländer deutete auf die zwei Lehnstühle.

»Wollen wir uns dort hinsetzen?« fragte er. Dann, als sie beide Platz genommen hatten, meinte er erwartungsvoll: »Nun?«

Angelique hatte sich schon genau überlegt, wie sie anfangen wollte. Sie atmete tief durch und sagte:

»Ich bin damals in Ponselles Gasthof nicht zu Euch gekommen, um Euch zu berauben.«

In Richards Gesicht war deutlich spöttischer Zweifel abzulesen. »Was sollte dann das Messer?« fragte er. »Wolltet Ihr Euch damit auf dem Weg zu mir vielleicht vor Straßenräubern schützen?«

Angelique senkte den Kopf und entgegnete leise: »Ich wollte Euch mit dem Messer töten.«

»Mich töten!« stieß Richard ungläubig hervor.

»Ja. Aber als ich dann ins Zimmer kam, wurde mir klar, daß ich es nicht tun konnte. Ich kann keinen Menschen töten«, beteuerte Angelique. Dann hob sie den Blick und sah Richard in die Augen. »Also habe ich versucht, das Messer zu verbergen, aber Ihr habt Euch umgedreht, als ich es noch in der Hand hatte. In der Eile ist mir keine bessere Ausrede eingefallen, und so habe ich so getan, als hätte ich Euch berauben wollen.«

»Und jetzt sagt Ihr, Ihr hättet mich töten wollen...« In seiner Stimme lag noch immer ungläubiges Staunen. »Seid Ihr von Sinnen? Ist es das? Wolltet Ihr deshalb einen Mann umbringen, den Ihr noch nie vorher gesehen hattet?«

»Aber ich hatte Euch ja schon einmal gesehen!« stieß Angelique haßerfüllt hervor. »Ich habe mit ansehen müssen, wie Ihr meinen Halbbruder umgebracht habt!«

»Ich soll Euren Halbbruder umgebracht haben? Aber ich kenne Euren Halbbruder überhaupt nicht, genausowenig, wie ich Euch kannte, bevor Ihr in jener Nacht auf mein Zimmer kamt. Ihr seid wirklich verrückt!«

Sie sah, daß sein Blick zur Dienstbotenklingel glitt.

»Bitte, hört mir zu!« rief sie schnell. »Erinnert Ihr Euch noch an den Sommer vor drei Jahren, als Ihr hier auf dem Schloß eingeladen wart? Erinnert Ihr Euch noch daran, wie Ihr eines Morgens auf die Jagd gegangen seid?«

»Ich bin an mehreren Tagen auf die Jagd gegangen.«

»An dem betreffenden Tag habt Ihr einen Hirsch gejagt. Ihr seid mit Eurem Pferd auf einen Acker gesprungen, den mein Bruder und ich gerade abgeerntet haben. Ich habe mich rechtzeitig zur Seite geworfen, aber mein Bruder war nicht schnell genug, und so habt Ihr ihn zu Boden gestoßen. Erinnert Ihr Euch noch daran?«

Der Engländer, der nun völlig verwirrt aussah, nickte. »Ich kann mich dunkel daran erinnern, daß sich eine Frau zur Seite geworfen hat; ihr Gesicht habe ich aber nicht gesehen. Da war auch ein junger Mann, der mich entgeistert angestarrt hat; ich mußte ihn schließlich aus dem Weg schubsen. War das Euer Bruder? Wenn, dann habe ich ihn mit Sicherheit aber nicht getötet.«

Angelique rang einen Moment lang schweigend um ihre Fassung. Dann sagte sie: »Das habt Ihr aber. Er ist mit dem Kopf auf einem scharfkantigen Stein aufgeschlagen und an seiner Verletzung gestorben.«

Trotz der Bestürzung, die nun auf dem Gesicht des Engländers lag, konnte Angelique auch eine Spur von Trotz darin erkennen. »Es tut mir wirklich schrecklich leid. Das habe ich wirklich nicht gewollt. Ich habe ja nicht einmal gemerkt, daß er das Gleichgewicht verloren hat; ich habe mich ganz auf den Hirsch konzentriert.«

Konzentriert, dachte Angelique bitter, zu beschäftigt mit dem eigenen Vergnügen, um sich auch nur einmal umzusehen, geschweige denn abzusteigen und sich zu vergewissern, daß nichts passiert ist.

»Und jetzt fällt mir auch wieder ein«, fuhr Richard fort, »daß ich mich noch am selben Tag wieder auf den Weg nach Calais gemacht habe. Von dort aus bin ich nach England gesegelt, und so habe ich nie vom Tod Eures Bruders erfahren. Sonst hätte ich natürlich versucht, Euch in irgendeiner Weise zu entschädigen. Warum hat sich dieser Simon Dubois, den Ihr vorhin erwähnt habt, nicht mit mir in Verbindung gesetzt?«

Nun brach Angeliques ganze Verbitterung aus ihr hervor,

und sie schleuderte ihm ins Gesicht: »Weil man ihn wenige Tage später aufgehängt hat!«

»Aufgehängt! Warum, um Gottes willen?«

»Weil er versucht hat, den Tod seines Sohnes zu rächen. Ja, Ihr habt mit einer einzigen groben Handbewegung unsere ganze Familie ins Verderben gestürzt. Für meine Mutter war der Verlust zuviel, sie hat darüber den Verstand verloren. Ich bin nach Paris gegangen ...«

»Schluß jetzt!« Richard war aufgesprungen und stand nun vor ihr. »An jenem Tag auf dem Feld war ich rücksichtslos, aber dafür habe ich mich entschuldigt. Ihr könnt mich doch nicht für alles verantwortlich machen, was danach geschehen ist!«

»Nein?« rief Angelique und erhob sich ebenfalls. Nun war sie außerstande, ihre Wut länger im Zaum zu halten. »Das kann ich nicht? Ich mache Euch nicht nur für den Tod von Claude und Simon und den Zustand meiner Mutter verantwortlich, sondern auch für alles, was mir passiert ist. Ihr seid schuld daran, daß ich nach Paris gehen und mir Arbeit suchen mußte. Ihr seid derjenige, der mich in jener Nacht in Ponselles Gasthof vergewaltigt hat!«

Richards Gesicht war mittlerweile vor Zorn dunkelrot angelaufen. »Habt Ihr jetzt all meine Sünden aufgezählt?«

»Nein! Nachdem Ihr dafür verantwortlich seid, daß ich nach Paris gegangen bin, seid Ihr auch schuld an allem, was mir dort zugestoßen ist.«

Nun erzählte Angelique ihm von ihren Erlebnissen in Paris, angefangen von ihrer schönen Zeit mit Jacques bis zu den schrecklichen Ereignissen im Gefängnis.

»Moment mal«, unterbrach Richard sie plötzlich, »Ihr könnt mich doch nicht dafür verantwortlich machen, daß Ihr im Gefängnis wart! Ihr hättet ja das Armband nicht zu stehlen brauchen; schließlich gibt es ja immer noch La Saltpétrière.« Er sprach vom Armenhaus, dem menschlichen Schuttabladeplatz von Paris, wo die Verrückten gemeinsam mit denen, die zu jung, zu alt oder zu schwach zum Arbeiten waren, die paar Wochen, Monate oder sogar Jahre verbrachten, die sie in dem verseuchten Haus überleben vermochten.

»Da hätte ich mich eher in die Seine geworfen«, stieß Angelique mit belegter Stimme hervor. »Leute wie Ihr wissen ja gar nicht, wie so ein Armenhaus aussieht; es interessiert Euch ja auch nicht.«

Nun verlor Angelique völlig die Fassung, und sie trommelte mit beiden Fäusten gegen seinen Brustkorb.

»O Gott, wie ich Euch hasse! Ihr Mörder, Ihr...«

»Hört auf!« rief Richard und packte sie an den Handgelenken.

»Ich kann nicht rückgängig machen, was Eurer Familie zugestoßen ist. Alles, was ich tun kann, ist zu sagen, daß es mir leid tut, und das habe ich schon gesagt.«

»Es tut Euch leid!« spottete sie.

»Ganz gleich, was ich tun oder sagen würde – es könnte Euch im Augenblick nichts Genugtuung verschaffen, nicht wahr?«

Einen Augenblick lang starrten sie sich gegenseitig wütend an. Dann bemerkte Angelique plötzlich, wie sich der Ausdruck auf seinem Gesicht änderte. Schließlich sagte er leise:

»Gut, Angelique, ich weiß, daß Ihr das Recht habt, mich zu beschimpfen. Ich weiß, daß Ihr Schreckliches erlebt habt, und ich würde alles tun, um es ungeschehen zu machen, aber ich kann es nicht. Gäbe es irgendeine Möglichkeit, Euch auch nur im geringsten für das Geschehene zu entschädigen...«

Nun versuchte er auch noch, ihr das letzte zu nehmen, was ihr geblieben war, dachte sie bitter, den unendlichen Haß gegen ihn, der ihr jahrelang Kraft gegeben hatte. Sie spürte förmlich, wie ihr Zorn unter dem Blick seiner dunklen Augen zu schmelzen begann. Ihre Lippen bebten.

Wieder nahm sein Gesicht einen anderen Ausdruck an. Er neigte den Kopf und preßte seine vollen, warmen Lippen auf ihren Mund. Sie war so überrascht, daß sie einen Moment lang regungslos stehenblieb. Dann spürte sie plötzlich tief in sich ein Gefühl aufsteigen, wie es Jacques Lippen und Hände nie in ihr hatten erwecken können.

Sie befreite sich aus seiner Umarmung. »Laßt mich los.«

»Nein«, entgegnete Richard ruhig, obgleich nun in seiner Stimme freudige Erregung mitschwang. Sein rechter Arm glitt über Angeliques Rücken zu ihren Hüften und preßte sie an seinen Körper. Die andere Hand hielt sanft ihr Gesicht, während er sie erneut küßte.

Dann hob er den Kopf, und sie sagte: »Bitte laßt mich los, bitte.« Aber selbst in ihren eigenen Ohren klangen ihre Worte schwach.

»Warum sollte ich, wenn Ihr das gar nicht wirklich wollt?« entgegnete er lächelnd. »Sollte ich mich täuschen, könnt Ihr gerne um Hilfe rufen. Ihr müßtet dann zwar erklären, was Ihr nach Mitternacht auf meinem Zimmer tut, aber Ihr hättet wenigstens verhindert, daß ich Euch liebe.«

Waren es seine Worte, die sie reglos in seinen Armen verharren ließen, oder dieses Gefühl dahinschmelzender Schwäche, das sie tief in sich verspürte? Sie wußte es selbst nicht. Er legte die Hand auf ihre Schulter und streifte ihr mit einer Bewegung das Kleid herunter, so daß ihre Brüste entblößt waren.

»Sie sind noch schöner geworden«, sagte er mit heiserer Stimme, während er ihre Brustwarzen liebkoste. Inzwischen war in Angelique ein Gefühl der Begierde aufgestiegen, das sie fast verzehrte, und so wehrte sie sich nicht, als er sie auszog und zum Bett hinübertrug. Sie blieb mit geschlossenen Augen liegen, während er sich auszog; dann legte er sich neben sie. Sie hob ihre Lider ein wenig und sah ihm voll Verlangen ins Gesicht. Er küßte ihre Lippen und ließ seinen Mund dann hinunter zu ihren Brustwarzen gleiten, die er mit der Zungenspitze umrundete. Schließlich wanderten seine Lippen weiter über ihren Bauch, bis zu dem Dreieck blonden Flaums, an dem ihre schlanke Beine endeten. Er schob sie mit der Hand auseinander und strich ihr mit den Fingerspitzen über die Innenseite der Oberschenkel.

Plötzlich hörte Angelique sich leise aufstöhnen, fast, als flehe sie um eine Erlösung von der quälenden Begierde, die sie tief in sich verspürte und die immer heftiger wurde. Dann spürte sie ihn auf sich, und er drückte ihre Oberschenkel mit seinem Körper noch weiter auseinander.

Als er schließlich in sie eindrang, schien er gleich mit seinem ersten Stoß zum Zentrum der lodernden Begierde in ihr vorzudringen, und Angelique verspürte ein Gefühl unglaublicher Lust, das sie leise aufschreien ließ. Je intensiver das Vergnügen jedoch wurde, desto stärker wurde auch das Verlangen nach Erlösung. Schließlich bog sie ihren Körper und schlang ihre Beine um ihn, damit er noch tiefer in sie eindringen konnte. Gerade als sie glaubte, die süße Qual nicht länger ertragen zu können, kam in einem einzigen Erschauern die ersehnte Erlösung, und eine Welle der Lust durchströmte ihren ganzen Körper.

Ein paar Sekunden lang blieben sie, noch vereint, reglos liegen; dann rollte er sich neben sie.

»Angelique«, sagte Richard leise. »Du hast so etwas noch nie mit einem anderen Mann erlebt, oder?«

»Nein. Ich habe dir doch schon gesagt, daß ich außer dir nur noch einen Mann gehabt habe. Mit Jacques habe ich so etwas nicht erlebt, und ich verachte mich dafür, daß ich es mit dir getan habe.«

»Aber warum?« fragte er sanft. »Begreifst du denn nicht, daß der Tod deines Bruders ein Unfall war, daß ich nie die Absicht hatte, ihm weh zu tun, geschweige denn, ihn zu töten? Ich weiß, daß ich dich in Ponselles Gasthof schlecht behandelt habe, aber wie sollte ich damals wissen, daß du Jungfrau warst und nicht das willige Schankmädchen, als das du dich ausgegeben hast? Und als du dann noch sagtest, du hättest mich berauben wollen – kannst du es mir da verdenken, daß ich mich rächen wollte?«

Angelique antwortete nicht.

»Könnten wir nicht Freunde sein?« fragte er schließlich.

»Freunde! Wie könnten wir jemals Freunde sein?« stieß sie hervor. »Und was die Weise anbelangt, in der ich mich heute abend benommen habe, nämlich wie eine Hure, so sollst du wissen, daß ich mir das nie verzeihen werde.«

»Nun, wenn wir keine Freunde sein können, sollen wir dann Feinde sein? Solange wir mein Bett als Schlachtfeld nehmen, soll es mir recht sein.« Mit diesen Worten schob er sein Bein über ihren Unterleib.

»Laß mich los!« rief sie und schlug mit der offenen Hand nach seinem Gesicht.

Er packte sie am Handgelenk und drückte ihren Arm auf das Kissen. »Nein«, sagte er leise.

Dann neigte er sich über sie und küßte sie sanft. Obgleich Angelique voller Haß gegen sich selbst und auch gegen ihn war, war sie doch machtlos dagegen, daß ihre Lippen seinen Kuß erwiderten.

Als sie schließlich in ihr Zimmer zurückschlich, war es zwei

Uhr vorbei. Der Himmel färbte sich bereits grau, und die Vögel begannen zu zwitschern, als Angelique endlich in einen unruhigen Schlaf fiel.

Vorher dachte sie jedoch über die Stunden nach, die hinter ihr lagen. Sie war inzwischen fast sicher, daß Richard Lansing es jetzt nicht mehr wagen würde, ihren Großvater gegen sie aufzubringen.

Was ihr Liebesspiel mit Richard Lansing anbelangte, so gab es einen einfachen Weg, eine Wiederholung zu vermeiden. Sie schwor sich, von jetzt an dafür zu sorgen, daß sie nie wieder auch nur eine Minute mit ihm allein sein würde.

## 25

Es war schon nach elf, als Angelique aufwachte. Sie klingelte nach ihrem Frühstück, und als Josette ihr schließlich das Tablett mit Kaffee und Croissants brachte, entdeckte sie neben der Kaffeekanne einen versiegelten Brief.

»Der ist von Sir Richard, Mademoiselle.«

»Danke.« Angelique ließ ihren Blick kurz über Josettes Gesicht schweifen. Sie war sicher, daß Josette nicht lesen konnte. Aber ahnte das Mädchen vielleicht, daß ihre Herrin fast die ganze Nacht in einem anderen Zimmer verbracht hatte? Es war wohl das beste, den Brief gleich zu öffnen, damit Josette keinen Verdacht schöpfte. Wenn die Dienstboten erst einmal zu tuscheln anfingen und das Gerede ihrem Großvater zu Ohren kam...

Mit zitternden Fingern riß sie den Briefumschlag auf und faltete den darin enthaltenen Briefbogen auseinander. Dort stand:

*Ich suche nach einer bestimmten Stelle in ›Coriolanus‹, die ich einfach nicht finden kann. Kennt Ihr das Stück? Sollte es Euch bekannt sein, dann kommt doch heute nachmittag um zwei Uhr in die Bibliothek, um mir bei der Suche zu helfen.*

Die Mitteilung trug keine Unterschrift. Richard Lansing war wirklich ein gerissener Kerl, dachte Angelique. Die Bibliothek war der ideale Ort für ein geheimes Treffen, nachdem ihr

Großvater das Lesen wegen seiner schwachen Augen aufgegeben hatte und weder die Marquise noch Ninon de Lentric sich für Bücher interessierten.

Ja, es war das beste, sich dort mit ihm zu treffen und ihm unmißverständlich klarzumachen, daß sich die Ereignisse der vergangenen Nacht auf keinen Fall wiederholen durften.

Angelique stand bereits mit einem aufgeschlagenen Buch in der Bibliothek, als die große Uhr auf dem Korridor zwei schlug und Richard Lansing den Raum betrat. Er eilte auf sie zu, aber noch bevor er etwas sagen konnte, fragte sie ihn kühl:

»Was ist dieses ›Coriolanus‹? Ich habe nie davon gehört.«

»Es ist eines von Shakespeares weniger bekannten Werken«, entgegnete er leise. »Ich habe mir schon gedacht, daß du es nicht kennst.«

»Warum hast du mich dann hierherbestellt?«

»Lassen wir doch das Geplänkel, Angelique«, meinte er lächelnd. »Ich mußte dich einfach so schnell wie möglich wiedersehen, und zwar allein.«

»Warum?«

»Das fragst du? Weil ich dich einfach sehen mußte, auch wenn mir klar war, daß ich dich nicht berühren kann, weil überall diese verdammten Dienstboten herumschwirren und deine Tante jeden Augenblick die Nase zur Tür hereinstecken könnte. Du mußt doch wissen, warum ich mich mit dir treffen wollte.«

»Ich weiß nur, warum ich gekommen bin. Ich bin hier, um dir zu sagen, daß wir nie wieder auch nur eine Minute lang allein miteinander sein werden, wenn ich es irgendwie bewerkstelligen kann.«

Richard schwieg lange Zeit. Dann sagte er:

»Als du mich gestern abend verlassen hast, war ich eigentlich überzeugt davon, daß du deine unsinnige Einstellung aufgegeben hast. Ich kann ja verstehen, daß du mir nicht so ohne weiteres verzeihen kannst; vielleicht wirst du es sogar nie können. Aber dennoch sollte dir nach gestern nacht klar sein, daß uns etwas Wunderbares und Seltenes verbindet, das...«

»Etwas Seltenes? So etwas kann jedes Bauernpärchen in irgendeinem Heuschober erleben.«

»Manche vielleicht, aber bestimmt nicht viele. Die meisten

Menschen kommen nie in den Genuß dessen, was uns beiden gestern widerfahren ist. Du darfst die Weisheit des eigenen Körpers nicht unterschätzen. Ich weiß, daß für dich die ›wahre Liebe‹ das ist, was dir dein verhinderter Priester gegeben hat. Ich will auch gar nicht bestreiten, daß auch das von sehr großem Wert ist. Aber was unsere Körper gestern nacht voneinander gelernt haben, wirst du vielleicht nie wieder mit einem anderen Mann erleben. Das wirst du mir sicher nicht glauben, aber es stimmt.«

Seine braunen Augen sahen tief in die ihren, und seine Lippen näherten sich ihrem Mund. Obgleich er sie noch gar nicht berührt hatte, verspürte sie wieder dieses Zittern, dieses Dahinschmelzen...

Abrupt wandte sie sich von ihm ab und stellte das Buch zurück ins Regal. Ganz gleich, ob er sie allein durch seine körperliche Nähe aus der Fassung bringen konnte, sie war fest entschlossen, ihm zu widerstehen; das geboten ihr nicht nur der eigene Verstand, sondern auch ihre Selbstachtung.

»Richard«, sagte sie, »ich glaube, ich habe mich klar genug ausgedrückt. Von nun an bist du für mich nichts weiter als ein Gast meines Großvaters. Versuche nicht, mich zu berühren, dich allein mit mir zu treffen oder auch nur ein vertrauliches Gespräch zu führen. Solltest du es doch tun, so wirst du es büßen.«

Sie sah, wie sein Gesicht zornesrot anlief. Nach einer Weile sagte er: »Du brauchst mir gegenüber keine albernen Drohungen auszustoßen. Ich werde deinen Wunsch respektieren.«

Nach diesen Worten verließ Angelique das Zimmer, ohne Richard noch eines Blickes zu würdigen.

Während der nächsten paar Tage sprach Richard mit Angelique nur soviel, wie es die Etikette erforderte. Ninon dagegen widmete er sich geradezu hingebungsvoll; er ritt mit ihr aus, lauschte verzückt, wenn sie ihm auf dem Spinett etwas vorspielte und dazu sang, und machte ihr leise Komplimente, die sie tief erröten ließen. Er spielte sogar stundenlang Karten mit ihr, obgleich Ninon dabei ununterbrochen redete und sich nie länger als zwei Minuten merken konnte, welche Karte Trumpf war.

Die Marquise freute sich über seine Zuwendungen, als sei Ninon ihre eigene Tochter, und Angelique bemerkte mehrere

Male, daß ihre Tante einen Boten mit einem Brief losschickte. Angelique war davon überzeugt, daß all diese Briefe an den Comte de Lentric adressiert waren und ihn über den neuesten Stand der Dinge unterrichteten.

Lag Richard wirklich etwas an Ninon? Es wäre nicht verwunderlich gewesen, denn schließlich war sie nicht nur schön, sondern auch sehr reich.

Doch Angelique wußte, daß der Engländer – ganz gleich, was für Fehler er auch haben mochte – ein Mann von Witz und Geist war. Wie sollte er es ertragen, einem solchen Hohlkopf wie Ninon Tage, Wochen oder gar den Rest seines Lebens zuhören zu müssen?

Nun, vielleicht mußte er das gar nicht, wenn sie erst miteinander verheiratet waren; außerdem ließ sich eine solche Ehe mit einem Vermögen im Hintergrund sicher leicht ertragen. Sollte er sie doch heiraten! Wenn sie im Bett so farblos war wie bei der Konversation, geschah ihm das recht.

Aber vielleicht war die schöne Ninon ja im Bett nicht langweilig. Angelique hatte Richard einmal sagen hören, daß Aristokratinnen oft sehr heißblütig waren; außerdem bedurfte es keiner Intelligenz, um leidenschaftlich zu sein, ganz im Gegenteil. Sie dachte daran, wie sie selbst in Richards Armen alles um sich herum vergessen hatte. Vielleicht war Ninon ebenso. Plötzlich fiel Angelique ein, wie Ninon Richard oft mit halbgeöffnetem Mund sinnlich ansah...

Sie zwang sich dazu, solche Gedanken zu verdrängen, aber sie konnte nicht verhindern, daß sie sich nachts oft in ihren Träumen widerspiegelten.

Eines Nachts träumte sie, daß sie im Rosengarten in Richards Armen lag. Sie spürte seine warmen Lippen auf ihrem Mund und fühlte, wie die Begierde in ihr immer stärker wurde.

Dann plötzlich war es nicht sie, sondern Ninon, die Richard umarmte und küßte.

In diesem Augenblick wachte sie auf, und ihr Herz pochte wild, vor Schmerz und Wut. ›Ich muß eine Weile von hier fort‹, dachte sie, ›wenn ich zurückkomme, habe ich mich vielleicht besser in der Gewalt.‹

Gleich nach dem Frühstück sandte sie daher einen Boten mit einem Brief zu den Ponforts; sie bat darin, für ein paar

Tage auf Besuch kommen zu dürfen. Wenige Stunden später ließen die alten Leute durch den Boten ausrichten, daß sie Angelique gerne bei sich aufnehmen und gleich am nächsten Morgen eine Kutsche schicken würden.

So verbrachte Angelique drei angenehme Tage bei der Familie de Ponfort; tagsüber las sie der Marquise oft vor, und an den Abenden beschäftigte sie sich viel mit der neuesten Errungenschaft des Marquis', einem Teleskop. Trotzdem konnte sie nicht verhindern, daß ihre Gedanken oft zu Richard Lansing wanderten.

Am vierten Tag schließlich ließ Angelique sich von einer Kutsche der de Ponforts wieder nach Hause bringen. Als die Kutsche auf dem Schloßhof zum Stehen kam, eilte ein Knecht herbei, um die Pferde zu versorgen, und der Kutscher half Angelique beim Aussteigen. Ihr Fuß hatte noch nicht einmal den Boden berührt, als sie bemerkte, daß Richards rassiges Jagdpferd nicht vor seiner Box angebunden war.

»Wo ist Sir Richards Rappe?« fragte sie den Knecht. »Ist er auf der Jagd?«

»Aber nein, Mademoiselle, er ist fort, zurück nach England.« Einen Augenblick lang wurde es Angelique fast schwindelig, und sie befürchtete schon, in Ohnmacht zu fallen. Mühsam preßte sie hervor: »Bitte sorge dafür, daß man mein Gepäck hinaufbringt.«

Dann wandte sie sich in Richtung Schloß; sie nahm jedoch nicht den Haupteingang, sondern ging durch den Garten, um von dort ungesehen auf ihr Zimmer gelangen zu können.

Warum kam es nur so unerwartet für sie, daß er seinen Besuch während ihrer Abwesenheit beendet hatte? Und warum war ihr jetzt so seltsam zumute? Eigentlich hätte sie doch froh sein müssen, ihn endlich los zu sein.

Warum war er nur abgereist? Um zu Hause anzukündigen, daß er sich eine schöne und reiche Braut ausgesucht hatte? Vielleicht.

Inzwischen war Angelique im Rosengarten angekommen, und sie bereute augenblicklich, nicht doch den Vordereingang benutzt zu haben. Dieser Teil des Gartens war mir so vielen Erinnerungen verbunden, und er war der Ort, der auch in ihren Träumen immer wieder auftauchte.

Plötzlich blieb sie wie erstarrt stehen – über einen Pfad, der zwischen Orangenbäumchen hindurchführte, kam ihr Richard Lansing entgegen.

In diesem Augenblick vergaß sie ihre ganze Abneigung gegen ihn und lief auf ihn zu. Wahrscheinlich hätte sie sich ihm sogar an die Brust geworfen, hätte er sie nicht mit ausgestreckten Armen aufgefangen und gesagt: »Vorsichtig!«

Natürlich. Es konnte ja sein, daß gerade jemand aus einem der Schloßfenster herübersah.

»Ich dachte, du wärst nach England zurückgereist«, sagte sie mühsam.

»Wie kommst du denn darauf?«

»Ich habe den Knecht gefragt, wo dein Jagdpferd geblieben ist, und er hat mir gesagt, du wärst nach England zurückgefahren.«

»Mein Liebling!« rief er liebevoll. »Da mußt du ihn mißverstanden haben. Nur mein Pferd ist auf dem Rückweg nach England; sein linker Vorderhuf lahmt seit drei Tagen.«

»Ach so«, seufzte sie erleichtert. »Ist Ninon noch hier?« fügte sie hinzu.

»Ja«, entgegnete er unwillig, »sie ist noch hier.« Dann fragte er unvermittelt: »Kommst du heute nacht auf mein Zimmer?«

Angelique wußte insgeheim, daß sie es tun würde, wenn nicht in dieser Nacht, dann in der nächsten oder übernächsten.

»Ja«, antwortete sie daher.

»Dann sehen wir uns um elf. Und jetzt gehst du besser zum Schloß, bevor uns jemand sieht. Ach, noch eines – du solltest lieber wieder dein hochnäsiges Gesicht aufsetzen; im Augenblick kann man dir nämlich von der Nasenspitze ablesen, daß du in ein paar Stunden bei deinem Geliebten im Bett liegen wirst.«

Gekleidet in ein blaues Satinkleid, schlich sich Angelique einige Stunden später zu Richards Zimmer und klopfte leise an. Die Tür ging auf, und sie sah sich Richard gegenüber, der in braune Samthosen und ein Rüschenhemd gekleidet war. Er zog sie ins Zimmer, schloß die Tür hinter ihr und nahm sie in die Arme. Sie schlang ihre Arme um seinen Hals und preßte sich an ihn, um seinen ersten langen Kuß mit all der Sehnsucht zu erwidern, die sich während der vergangenen Tage in ihr aufgestaut hatte.

Dann führte Richard sie hinüber zum Bett, wo er sie mit seinen geschickten Händen langsam auszog. Als Angelique schließlich nackt inmitten ihrer Kleider stand, beugte er sich zu ihr hinunter, um ihr einen weiteren leidenschaftlichen Kuß zu geben. Dann zog auch er sich aus, und sie legten sich auf sein großes Bett. Angelique spürte Richards Mund auf ihren Lippen, und seine Zunge suchte die ihre. Dann wanderten seine Lippen weiter, bis sie schließlich eine der zartrosa Brustwarzen umschlossen. Angelique stöhnte leise auf und wollte Richard auf sich ziehen, doch er sagte leise:

»Nein, mein Liebling, diesmal versuchen wir etwas anderes.« Mit diesen Worten nahm er sie an den Hüften und setzte sie auf seine Lenden. Dann sah er lächelnd in ihr überraschtes Gesicht und sagte: »Zieh deine Beine an, so daß du über mir kniest.«

Angelique schoß kurz durch den Kopf, was er über die ›Weisheit des Körpers‹ gesagt hatte, und sie verstand plötzlich, was damit gemeint war. Sie wußte instinktiv, was sie tun sollte, und senkte ihren Körper, bis sie spürte, wie er in sie eindrang. Dann schloß sie die Augen und begann, sich im Rhythmus ihrer eigenen Erregung auf ihm zu bewegen, während er ihre Brüste umfangen hielt und ihre harten Brustwarzen liebkoste, bis sie vor Lust fast ebensoviel Schmerz wie Vergnügen verspürte. Sie beschleunigte ihre Bewegungen, um ihn öfter und tiefer in sich zu spüren; ihr Körper drängte nach einer Erlösung von seiner süßen Qual. Plötzlich wurde ihr jedoch klar, daß sie es nicht schaffte, sich selbst zum Höhepunkt zu bringen.

»Hilf mir«, rief sie leise. »Nimm mich!«

Da umfaßte Richard ihre Hüften und drang durch Heben und Senken seiner Lenden wieder und wieder in sie ein, bis sie schließlich spürte, wie sie erlösende Schauer von Kopf bis Fuß durchströmten und auch er mit einem letzten Stoß zum Höhepunkt kam.

»Nach so vielen Jahren, so vielen Frauen«, flüsterte er nach einer Weile. »Ich habe mit vierzehn angefangen, und jetzt bin ich dreißig. Ich habe all die Jahre gebraucht, um eine Frau wie dich zu finden.«

Angelique rollte sich neben ihn und starrte hinauf in den blauen Samtbaldachin des Bettes.

»Woran denkst du gerade?« fragte Richard leise.

»Ich habe mir vorgestellt, wie es wäre, wenn ...« Sie brach ab.

»Ich wünschte, alles wäre – anders.«

»Du wünschst dir also, die Vergangenheit könnte geändert werden. Was uns verbindet, genügt dir nicht. Es wäre dir lieber, wenn ich ein edler Sir Galahad wäre und nicht der sündenbeladene Sir Lancelot, für den du mich hältst. Aber ich glaube trotzdem, daß dich das nicht davon abhalten wird, dir noch eine Weile zu nehmen, was du bekommen kannst, beziehungsweise, was wir einander geben können. Und warum auch nicht? Schließlich ist es ja nur für eine Weile, nicht für ein ganzes Leben. Warum solltest du dir über meinen, zugegebenermaßen wenig bewunderswerten Charakter Gedanken machen?«

Angelique fielen eine ganze Menge Gründe dafür ein, warum sie so sich über seinen Charakter Gedanken machen sollte, anstatt hier mit ihm im Bett zu liegen. Gleichzeitig aber verspürte sie tief in sich in einer Mischung aus Scham und trotziger Freude die Gewißheit, daß dies keineswegs das letzte Mal sein würde, daß sie mit dem Engländer das Bett teilte.

## 26

Die Tage wurden kürzer, der Winter kam immer näher, aber Sir Richard weilte noch immer auf dem Schloß der de Rhoulacs. Angelique fragte sich oft, ob er seinen Besuch um ihres Großvaters willen so lange ausdehnte, der ihn immer wieder bat, doch noch zu bleiben, oder ob er insgeheim vorhatte, irgendwann um Ninons Hand – und damit ihr Vermögen – anzuhalten.

Oder blieb er gar wegen der Nächte, die er mit Angelique in seinem großen Himmelbett verbrachte? Seine Leidenschaft hatte jedenfalls ebensowenig nachgelassen wie die ihre.

Die Tage verlebte Richard überwiegend in Ninons Gesellschaft, und er brachte ihr weiterhin galante Komplimente entgegen, die sie tief erröten ließen.

Wenn Angelique die beiden beobachtete, wurde sie von Eifersucht geplagt; sie schwor sich jedoch, es sich Richard gegenüber nicht anmerken zu lassen.

Eines Nachts jedoch konnte sie ihre Gefühle nicht länger vor ihm verbergen, und sie platzte heraus:

»Du hast die Absicht, Ninon de Lentric zu heiraten, nicht?«

»Irgendwann vielleicht.«

»Das heißt also, du glaubst, sie läuft dir nicht weg.«

»Vorläufig bestimmt nicht. Ich weiß, daß ihr Vater eine ganze Menge Freier als Mitgiftjäger abgewiesen hat, und ich weiß auch, daß ich ihm als Schwiegersohn willkommen wäre.«

»Wie bescheiden du bist«, meinte sie sarkastisch.

»In diesem Fall eher realistisch. Ihr Vater möchte, daß sie eine bestimmte Art von Mann heiratet, einen Mann ihres Ranges, der wenigstens ein Mindestmaß an Intelligenz besitzt. Wahrscheinlich hofft er, daß er dann einigermaßen brauchbare Enkel bekommt. Ich hatte das Gefühl, seinen Ansprüchen zu genügen.«

Angelique schwieg, und so fuhr er fort: »Aber warum sollte es dich kümmern, ob ich sie heirate oder nicht? Du hast mir ja unmißverständlich klargemacht, daß du dein Leben niemals mit einem Mann meines Charakters verbringen würdest.«

Wieder erwiderte Angelique nichts auf seine Feststellung, sondern meinte nach langem Schweigen nur:

»So wie du um sie herumscharwenzelst, hältst du besser gleich um ihre Hand an.«

»Ich habe mit diesem ›Herumscharwenzeln‹, wie du es nennst, nur angefangen, um dich aus der Reserve zu locken. Ich kann jetzt nicht einfach damit aufhören – ob ich sie nun heirate oder nicht. Es wäre eine Beleidigung für sie.« Er streckte seine Hand aus und streichelte ihre nackte Brust.

»Aber wenn dich das stört, dann brauchst du nur daran zu denken, daß du diejenige bist, die nachts mit mir das Bett teilt, nicht Ninon.«

Nein, nicht Ninon, dachte Angelique. Auch wenn Ninon einfältig war, so würde sie sich nie über den eisernen Grundsatz ihres Standes hinwegsetzen, daß eine Braut Jungfrau zu sein hatte. Richard seinerseits würde einen Verstoß gegen diese Regel auch nie von ihr verlangen.

›Bei mir braucht er diese Skrupel nicht zu haben‹, dachte Angelique bitter. Dann aber wurde ihr klar, wie absurd ihre Gedanken waren. Richard hatte sie ja nicht gezwungen, zu ihm zu kommen. Zugegeben, beim ersten Mal hatte er sie vergewaltigt, aber seitdem war sie immer freiwillig zu ihm gekommen, weil ihr eigener begieriger Körper es von ihr verlangt hatte. Warum sollte sie ihm also übelnehmen, wenn er sich nichts dabei dachte, mit ihr ins Bett zu gehen?

In diesem Augenblick beugte er sich zu ihr, und ihre Lippen erwiderten begierig seinen Kuß.

Anfang November stellte Angelique fest, daß sie schwanger sein mußte. Obgleich ihr junger Körper immer mit der Regelmäßigkeit eines Uhrwerks funktioniert hatte, hatte sie zunächst alle Anzeichen einer beginnenden Schwangerschaft ignoriert. Die Monate, die sie mit Jacques verbracht hatte, hatten in ihr den Glauben erzeugt, daß sie zu den Frauen gehörte, die – wenn überhaupt – nur schwer schwanger wurden.

Aber als ihre Regel zum zweiten Mal ausblieb, war Angelique sich sicher, ein Kind zu erwarten. Inzwischen hatten sich auch andere Symptome eingestellt; ihre kleinen Brüste waren deutlich größer geworden, und morgens verspürte sie oft Übelkeit. Fast eine Woche lang war Angelique vor Entsetzen wie gelähmt; dann aber begann sie, über eine Lösung ihres Problems nachzudenken.

Eines schloß sie von vorneherein aus – daß sie sich Richard anvertrauen und ihn bitten würde, sie zu heiraten. Sie wollte sich nicht dazu erniedrigen, ihn durch ein Kind an sich zu binden. Selbst wenn Richard von sich aus den Vorschlag gemacht hätte, sie zu heiraten, so hätte sie ihn abgewiesen, denn sie war sich darüber im klaren, daß sie mit ihm nur die körperliche Leidenschaft verband. Sie wußte, daß sie ihm das Leid, das er ihr und ihrer Familie angetan hatte, nie verzeihen konnte. Was blieben ihr sonst noch für Möglichkeiten? Sollte sie sich ihrer Tante anvertrauen? Die Marquise hatte zwar nie große Zuneigung für die Nichte gezeigt, die man ihr so unerwartet aufgebürdet hatte, aber vielleicht würde sie ihr ja um ihres gebrechlichen Vaters willen helfen. Möglicherweise konnte Angelique mit ihrer Hilfe verreisen, bevor man ihr die

Schwangerschaft ansah, das Kind irgendwo zur Welt bringen und es dann bei guten Leuten in Pflege geben.

Dann gab es auch noch eine weitere Möglichkeit. Im Gefängnis hatte sie durch ihre Mitgefangenen von Frauen gehört, die sich in den Elendsvierteln ihr Geld damit verdienten, daß sie bei armen Frauen Abtreibungen vornahmen. Allein der Gedanke jedoch, noch einmal in eine solche Gegend zurückkehren zu müssen, um sich den unsauberen Händen einer Pfuscherin auszuliefern, verursachte Angelique Übelkeit. Außerdem mußte sie damit rechnen, verhaftet zu werden, wenn sie nach Paris kam. Sollte sie also verreisen, um ihr Kind auf die Welt zu bringen und es in Pflege zu geben? Der Gedanke daran versetzte Angelique einen Stich, auch wenn sie es nie darauf angelegt hatte, schwanger zu werden.

Tag um Tag verging, ohne daß Angelique zu einem Entschluß gelangte. Eines Morgens reiste die Schneiderin der Marquise aus Paris an, um bei der neuen Kleiderkollektion, die die Marquise viele Wochen zuvor für sich und Angelique bestellt hatte, eine letzte Anprobe vorzunehmen.

Angelique zog die schmal geschnittenen Kleider an, die gerade in Mode waren, während die Schneiderin unter den aufmerksamen Augen der Marquise Änderungen absteckte.

»Das Oberteil muß geändert werden«, sagte die Marquise plötzlich. »Es sitzt viel zu eng.«

Die Schneiderin warf ihr einen arroganten Blick zu und erwiderte: »Ich weiß, Madame. Es muß an den Seitennähten und in der Taille etwas herausgelassen werden. Das ist aber weder meine Schuld noch die meiner Assistentin. Mademoiselles Maße haben sich seit der ersten Anprobe geändert.«

Angelique sah, wie sich in den Augen ihrer Tante aufkeimende Ahnung abzeichnete, und sie errötete tief.

Die Schneiderin beendete die Anprobe und meinte: »Ich bringe die Sachen ins Atelier.« Man hatte ihr und ihrer Assistentin im oberen Stockwerk einen Arbeitsraum geschaffen.

Die Marquise wartete schweigend, bis die Frau die Kleider zusammengerafft und den Raum verlassen hatte. Dann sagte sie unvermittelt: »Du bist schwanger, nicht wahr?«

»Ja.«

»Ich habe meinen Vater ja gleich gewarnt«, stieß die Marquise voll bitteren Triumphs hervor. »Wann kommt das Kind?«

»Irgendwann im Juni, denke ich.«

»Und wer ist der Vater?« fragte die Marquise mit einem leichten Zögern, das Angelique verriet, daß sie die Antwort auf ihre eigene Frage schon kannte.

»Richard Lansing.«

Das Gesicht der Marquise erstarrte zu einer harten Maske. Angelique wußte, was nun im Kopf ihrer Tante vorging. Sie dachte daran, daß Sir Richard schon vor Wochen das Schloß hätte verlassen sollen, um beim Comte de Lentric um die Hand seiner Tochter anzuhalten. Statt dessen war er geblieben und hatte sich nachts mit einer Bauerntochter im Bett vergnügt.

»Hast du es Sir Richard gesagt?« fragte sie schließlich.

»Nein, noch nicht.«

»Das kann ich mir vorstellen. Du bist dir doch darüber im klaren, daß er dich nicht heiraten wird? Er kann ja nicht sicher sein, ob...« Sie brach ab.

»Es ist sein Kind«, sagte Angelique kühl, »ganz gleich, welche Zweifel er oder irgend jemand anderer daran hegt.«

»Nun gut. Aber selbst wenn – dir ist doch sicher klar, daß er dich nicht heiraten wird?«

»Ja, das ist mir klar.«

»Was beabsichtigst du also zu tun?«

»Ich habe gedacht, daß du mir vielleicht helfen würdest«, preßte Angelique mühsam hervor. »Wir könnten uns etwas ausdenken, damit ich ein paar Monate verreisen kann. Ich könnte irgendwo mein Kind bekommen und es dann – es dann bei einem guten Ehepaar in Pflege geben.«

»Und dann möchtest du hierher zurückkommen«, sagte ihre Tante sarkastisch, »und so tun, als sei gar nichts gewesen. Nun, vielleicht. Ich muß mir aber erst überlegen, ob ich einen solchen Plan unterstützen werde.« Damit erhob sie sich.

»Kannst du mir wenigstens eines versprechen?« fragte Angelique mühsam beherrscht. »Sag meinem Großvater nichts.«

»Warum? Hast du Angst, er könnte dich enterben?«

»Natürlich. Aber ich habe auch Angst davor, daß er einen Schock erleiden könnte.«

»Daran hättest du denken sollen, bevor du dich hingegeben hast. Ob ich es meinem Vater sage oder nicht, muß ich mir erst überlegen.« Damit erhob sie sich und verließ den Raum. Als sie fort war, sank Angelique zitternd auf einen Stuhl. Wie lange würde ihre Tante sie wohl in quälender Ungewißheit warten lassen? Stunden? Tage?

Die Minuten verstrichen. Die Schneiderin kehrte zurück und ließ Angelique noch einmal anprobieren; dann ging sie wieder hinauf in ihr Arbeitszimmer, während Angelique sich anzog. Um die Mittagszeit ließ Angelique sich ihr Essen von Josette aufs Zimmer bringen; sie hätte es nicht ertragen, mit den anderen an einem Tisch sitzen zu müssen.

Gegen drei Uhr sah sie von ihrem Fenster aus, wie Ninon und Richard gemeinsam ausritten. Trotz der quälenden Sorgen verspürte sie augenblicklich wieder die heftige Eifersucht, die sie immer befiel, wenn sie die beiden zusammen sah.

Knapp eine Stunde später kehrten Ninon und Richard zurück, aber Angelique hatte noch immer nichts von ihrer Tante gehört. Gegen halb fünf schließlich klopfte es an Angeliques Tür. Als sie öffnete, trat Damien ein, der Hausdiener, den man Richard Lansing zugeteilt hatte.

»Mademoiselle, Monsieur le Duc wünscht, daß Ihr sofort in die Bibliothek kommt.«

Nun erübrigte sich die Frage, wie sich die Marquise entschieden hatte. Offensichtlich hatte sie es sich nicht entgehen lassen, ihrem Vater von Angeliques Verfehlung zu berichten, und nach Damiens Aufregung zu urteilen, war der alte Mann bei dieser Nachricht explodiert.

»Danke, Damien«, sagte Angelique gepreßt. Wenige Minuten später ging sie hinunter in die Bibliothek. Ihr Großvater, dessen Gesicht vor Zorn kalkweiß war, erwartete sie bereits; die Marquise saß neben ihm. Als Angelique eintrat, erhob sie sich und ging mit ausdruckslosem Gesicht in Richtung Tür.

»Therese!« rief der alte Mann scharf. »Wenn du die Angelegenheit schon für so wichtig gehalten hast, daß du mich davon in Kenntnis setzen mußtest, dann kannst du jetzt auch hierbleiben, um zu erfahren, was ich zu tun gedenke.«

Zögernd ging die Marquise zu ihrem Stuhl zurück, während der alte Mann sich an Angelique wandte.

»Und was dich anbelangt, Mademoiselle, so wirst du dort stehenbleiben, bis wir alle vier versammelt sind.« Angelique, die den Ausdruck von Zorn und Schmerz auf dem Gesicht ihres Großvaters nicht ertragen konnte, senkte den Blick.

Wenige Minuten später ging die Tür auf, und Richard Lansing kam herein.

»Schließt die Tür!« herrschte der Marquis ihn an.

Obgleich Angelique den Kopf gesenkt hielt, spürte sie, daß Richard kaum zwei Meter von ihr entfernt war.

»Sir Richard«, sagte ihr Großvater nun, »ist Euch bekannt, daß meine Enkelin ein Kind erwartet?«

Angelique hörte, wie Richard nach Luft schnappte. Dann sagte er: »Nein, Monsieur, das habe ich nicht gewußt.«

»Bestreitet Ihr, sie verführt zu haben?«

Darauf schwieg Richard einen Moment. Schließlich erwiderte er kühl: »Sie verführt? Ich glaube, das ist nicht ganz der richtige Ausdruck.«

Die Stimme des alten Mannes bebte vor Zorn. »Wollt Ihr damit vielleicht sagen, sie hätte Euch verführt, einen um zehn Jahre älteren Mann?«

»Nein, Monsieur. Ich wollte nur ausdrücken, daß keiner von uns vorhatte, den anderen zu verführen. Es ist einfach geschehen.«

»Aber Ihr gebt zu, daß Ihr mit meiner Enkelin – intim wart, und das nicht nur einmal. Unter meinem eigenen Dach? Ihr gebt zu, daß Ihr meine Gastfreundschaft und mein Vertrauen mißbraucht habt?«

»Unter diesem Gesichtspunkt hatte ich es noch nicht betrachtet, Monsieur, aber jetzt, da Ihr es sagt, muß ich voller Scham eingestehen, daß die Antwort ›ja‹ lauten muß.«

»Und Ihr gebt zu, daß Ihr für Angeliques Zustand verantwortlich seid?«

»Ja, Monsieur, ich übernehme die volle Verantwortung dafür.«

»Ihr seid also bereit, sie zu heiraten?«

Wieder schwieg Richard zunächst. ›Kein Wunder‹, dachte Angelique. ›Er ist attraktiv, von edler Herkunft und wohlhabend. Er könnte jede Frau haben – warum sollte er da ausgerechnet mich nehmen?‹ Plötzlich kehrte Angeliques ganze Bitterkeit zurück, und sie fragte sich, warum sie sich überhaupt dazu hatte hinreißen lassen, sich ihm hinzugeben.

»Aber ich will ihn nicht heiraten!« rief sie unvermittelt.

»Schweig!« polterte der Marquis. Dann stand er mühsam auf und stützte sich mit seinen alten, von Adern durchfurchten Händen auf dem Tisch ab.

»Nun, Sir Richard? Ihr habt zwei Möglichkeiten. Ihr könnt Angelique sofort heiraten; ob die Ehe nach der Geburt des Kindes fortbesteht, ist unwichtig, die Hauptsache ist, daß mein Urenkel ein eheliches Kind ist. In diesem Fall bekommt Ihr eine ansehnliche Mitgift von fünfzigtausend Pfund. Weigert Ihr Euch, meine Enkelin zu heiraten, so fordere ich Euch hiermit zum Duell, und ich kann Euch versichern, daß ich noch immer ein ausgezeichneter Schütze bin.«

Ein ausgezeichneter Schütze! Angelique zog es vor Scham und Schmerz das Herz zusammen, als sie die zittrigen Hände des alten Mannes ansah.

»Nun gut, Monsieur«, sagte Richard in diesem Augenblick. »Ich werde Eure Enkelin gerne heiraten, wenn sie mich nimmt.«

Hatte der Anblick der zitternden Hände des alten Mannes auch Richard beschämt? Oder waren es die fünfzigtausend Pfund, die ihn so schnell hatten einwilligen lassen?

»Nun, Angelique?« fragte der Marquis, in dessen Blick eine Mischung aus Zorn und Entschlossenheit lag. Wieder gab es Angelique einen Stich ins Herz. Der alte Mann hatte sie als die Tochter seines geliebten Sohnes aufgenommen und ihr so ein Leben in Schmutz und Elend erspart. Wie hätte sie ihm seinen Wunsch abschlagen können?

Außerdem war es vielleicht besser zu heiraten, als das eigene Kind in fremde Hände zu geben.

»Ja, Großvater, ich werde ihn heiraten«, sagte Angelique.

Nun wurde der alte Mann sichtlich ruhiger, und auch seine Hände hörten auf zu zittern.

»Gut, Angelique«, sagte er. »Ich werde dafür sorgen, daß auf ein Aufgebot verzichtet wird, so daß ihr so schnell wie möglich heiraten könnt. Ich werde die Trauung außerdem nicht vom Dorfpfarrer vornehmen lassen, sondern vom Bischof dieser Diözese. Jetzt geh auf dein Zimmer.«

»Kann ich auch gehen?«

Bei diesen Worten fuhr Angelique herum. Sie hatte ganz vergessen, daß auch ihre Tante noch im Zimmer war. Ihr kreidebleiches Gesicht ließ keine Zweifel darüber, was jetzt in ihr vorging. Ihre Hoffnungen auf eine Verbindung zwischen Ninon de Lentric und dem so passenden Engländer waren zunichte gemacht worden, und damit auch der Versuch, sich die Gunst des Comte zu sichern. Ganz offensichtlich wünschte sie nun, sie hätte ihrer Nichte dabei geholfen, fortzugehen, damit sie ihr Kind irgendwo heimlich zur Welt bringen konnte.

»Ja, Therese, du kannst auch gehen.«

Die Marquise verließ das Zimmer, ohne Angelique eines Blickes zu würdigen.

»Laß uns jetzt allein, Angelique«, wandte sich der alte Mann an seine Enkelin. »Sir Richard und ich haben ein paar finanzielle Einzelheiten zu besprechen.«

Fast eine Stunde später – Angelique war bereits auf ihrem Zimmer und ging ruhelos auf und ab – war auf dem Schloßhof eine Kutsche zu hören. Als Angelique aus dem Fenster sah, stellte sie fest, daß man eine der Kutschen der de Rhoulacs auf den Hof gefahren hatte. Offenbar wollte jemand wegfahren. Wenige Minuten später klopfte es an Angeliques Tür. Draußen stand Ninon de Lentric, in ein dunkelbraunes Reisekomplet gekleidet.

Sie trat ein und sagte: »Deine Tante hat mir gesagt, daß du dich mit Richard verheiraten wirst.« Sie lächelte mühsam. »Ich freue mich sehr für dich, und ich wünschte, ich könnte bis zur Hochzeit bleiben. Aber ich habe meinen Papa schon zu lange allein gelassen.«

»Ninon ...«, stammelte Angelique todunglücklich.

»Die Nachricht hat mich nicht überrascht«, beteuerte Ninon.

»Immer, wenn Sir Richard mir den Hof gemacht hat, habe ich mich gefragt, warum er nicht mehr Zeit mit dir verbringt. Du bist so schön, und du kannst dich mit ihm über Bücher und Politik unterhalten. Außerdem bist du fünf Jahre jünger als ich ...«

»Ach, Ninon! Ich bin sicher, daß du eines Tages den Mann finden wirst, der zu dir paßt. Du bist wunderschön und hast eine herrliche Stimme ...«

»Ich weiß«, erwiderte Ninon, noch immer tapfer lächelnd. »Wenn sich die Männer damit begnügten, mich anzusehen und sich von mir vorsingen zu lassen, wäre alles kein Problem. Aber sie wollen sich auch mit mir unterhalten, und da fangen die Schwierigkeiten an. Leb wohl, Angelique.«

Die Hochzeit fand drei Tage später statt; der alte Duc und seine Tochter waren dabei die einzigen Gäste.

Während Angelique neben Richard kniete und seinem Treuegelöbnis lauschte, wünschte sie innigst, die Trauungszeremonie wäre keine leere Formalität, die durch die zügellose Leidenschaft zwischen ihr und Richard notwendig geworden war. Sie wünschte, der Mann neben ihr wäre derjenige, mit dem sie den Rest ihres Lebens verbringen würde und nicht nur die Zeit bis nach der Geburt ihres Kindes. Vor allem aber wünschte sie, ihre Vergangenheit und die Sir Richards könnte ausgelöscht werden, damit sie mehr miteinander verbinden würde als nur die körperliche Liebe.

Zwei Stunden später kamen sie allein auf dem Schloßhof zusammen, um sich voneinander zu verabschieden. Angelique küßte die Wange, die ihre Tante ihr zögernd darbot, dann wandte sie sich dem alten Duc zu. Sie hatte gehofft, daß sie ihm in diesen letzten Minuten vor dem Abschied zeigen konnte, wie sehr sie ihn liebte und wie es sie bekümmerte, ihn enttäuscht zu haben. Aber nun war ihre Kehle so zugeschnürt, daß sie nur stammeln konnte: »Großvater...«

Der alte Mann gab ihr einen Kuß auf die Stirn und sagte: »Es ist schon gut, mein Kind. Schreibe mir nur oft, und denke immer an eines: Was immer auch passiert, du und mein Urenkel werdet hier immer ein Zuhause finden.«

Dann stiegen Angelique und Richard in ihre Kutsche und fuhren los. Als sie von der Schloßeinfahrt auf die Straße bogen, fiel Angeliques Blick auf die alte Brücke, und sie dachte an den Tag zurück, an dem sie für ihren toten Bruder den Pfarrer geholt hatte. Es schien so lange her zu sein, seit sie, als vom Schmerz gebeuteltes siebzehnjähriges Mädchen, am Flußufer gesessen hatte. Sie hätte sich damals nie träumen lassen, daß sie eines Tages nicht nur an der Seite des Mannes leben würde, der ihren Bruder getötet hatte, sondern auch sein Kind unter dem Herzen tragen würde.

Die Kutsche durchquerte das Dorf und fuhr weiter in Richtung Calais.

## 27

»Das sind unsere Darre-Häuser«, erklärte Richard im höflichen Tonfall eines Fremdenführers. »Da wird unser Hopfen gelagert; in Kent wird viel Hopfen angebaut.«

Angelique sah aus dem Fenster der Kutsche, die sie in Dover abgeholt hatte; sie war nicht annähernd so prächtig wie die ihres Großvaters.

»Wie interessant«, meinte sie kühl. Seit sie das Schloß des alten Marquis verlassen hatten, war die Stimmung in der Kutsche unverändert geblieben. Die meiste Zeit hatten beide geschwiegen, und es war nur gelegentlich zum Austausch steifer Höflichkeitsfloskeln gekommen. Keiner, der Richard und Angelique so erlebt hätte, hätte geglaubt, daß sie sich nur drei Tage zuvor noch leidenschaftlich in den Armen gelegen hatten. Einen großen Teil der Reise hatten die beiden getrennt verbracht. In den zwei Gasthöfen, in denen sie seit ihrer Abfahrt übernachtet hatten, hatte sich die Frage nach einem gemeinsamen Zimmer nie gestellt, da jeweils keine Doppelzimmer mehr frei waren. Auf der Überfahrt nach England hatte sich Angelique gleich in die Kabine zurückgezogen, die man für Frauen und Kinder reserviert hatte.

In Dover wartete bereits eine Kutsche der Lansings. Der Kutscher war ein rotgesichtiger Mann von etwa dreißig Jahren in etwas schäbiger Stallkleidung, nicht zu vergleichen mit dem prächtig livrierten Kutscher des Marquis. Er tippte zur Begrüßung mit der Spitze seiner Peitsche an seine Kappe und sagte etwas, das Angelique trotz ihrer guten Sprachkenntnisse nicht verstehen konnte. Offenbar mußte er aber irgendeine Entschuldigung überbracht haben, denn Richard antwortete:

»Ich bin sicher, daß Mrs. Dolford ihr Bestes getan hat. Ich habe ihr zwar aus Frankreich eine Nachricht zukommen lassen, aber die hat sie bestimmt erst vor zwei oder drei Tagen erreicht.«

Dann stiegen sie in die Kutsche und machten sich auf den

Weg. Zuerst durchquerten sie die Altstadt von Dover, die im Schatten eines düsteren Normannenschlosses lag. Dann fuhren sie tiefer ins Land hinein.

»Dein Kutscher spricht einen merkwürdigen Dialekt«, sagte Angelique in die Stille hinein.

»Wilkes? Er und mein Stallknecht stammen aus Romney Marsh. Das liegt südlich von hier. Die Leute dort leben im Frühjahr und Sommer von der Schafzucht und den Rest des Jahres vom Schmuggeln.«

Nach dieser Bemerkung herrschte wieder Schweigen, und Angelique fragte sich, ob ihre Beziehung von nun an nur aus unterkühlter Höflichkeit bestehen würde. Sie hatte irgendwie das Gefühl, daß mit dem priesterlichen Segen nicht der Beginn, sondern das Ende ihrer körperlichen Leidenschaft eingeläutet worden war. Schließlich konnte eine erzwungene Heirat für einen stolzen und eigenwilligen Mann wie Richard nur eine ekelhafte Erniedrigung sein.

Allerdings wurde er für diese Erniedrigung großzügig entschädigt; fünfzigtausend Pfund Mitgift konnten sicher auch die ärgsten Wunden heilen, die sein Stolz abbekommen hatten. ›Es ist jedenfalls erheblich mehr, als ich für das, was er mir alles angetan hat, bekommen habe‹, dachte Angelique bitter.

»Jetzt sind wir auf Lansingschem Grund«, sagte Richard in diesem Augenblick. »Das ist einer von meinen Pachthöfen.«

Angelique betrachtete sich das solide Bauernhaus, das von winterkahlen Feldern umgeben war. »Scheint in gutem Zustand zu sein«, erwiderte sie.

»Ja, aber ich hoffe, daß ich noch mehr für meine Pächter tun kann. Wenn möglich, möchte ich hier eine neue Schafsorte einführen, die sich in anderen Teilen Englands gut bewährt hat. Auf ein paar Bauernhöfen sollten tiefere Brunnen gebohrt werden, und bei anderen müssen die Stallungen neu überdacht werden. Außerdem muß auch auf Lansing Court einiges getan werden; immerhin ist das Haus zweihundert Jahre alt.«

»Nun, für all diese Dinge dürfest du ja nun genug Geld haben«, platzte Angelique heraus.

Er fuhr herum, und sein Geischt lief rot an. »Ehe du mich einen Mitgiftjäger nennst, Madame, darf ich dich vielleicht daran erinnern, daß ich dich nicht um deine Hand gebeten habe; sie wurde mir eher aufgezwungen als gewährt. Die einzige Alternative war ein Duell mit einem zittrigen alten Mann. Außerdem ...« Er brach ab.

»Außerdem hättest du wesentlich mehr Geld bekommen können, wenn du Ninon de Lentric geheiratet hättest«, stieß Angelique wütend hervor.

Richard hatte inzwischen seine Fassung wiedergewonnen. »Das war es nicht, was ich sagen wollte, aber wenn du selber davon anfängst, so kann ich dir nur antworten, daß es stimmt. Der Comte de Lentric ist um einiges reicher als dein Großvater.«

Die nächsten zwanzig Minuten der Fahrt verbrachten sie schweigend, bis Richard plötzlich sagte:

»Da ist Lansing Court.«

In einiger Entfernung begann ein Privatweg, der zu einem großen alten Haus führte. Obgleich es nun im Schatten lag, wirkte es durch seine rötlichen Ziegel freundlich, aber selbst Angelique konnte erkennen, daß es sich bei dem Haus nicht um ein architektonisches Meisterwerk handelte. Ganz offenbar waren im Laufe der Generationen zahlreiche Anbauten vorgenommen worden, so daß überall Türmchen und Schornsteinspitzen aufragten. Aber es gefiel Angelique, denn sie hatte das Gefühl, daß das Haus sich – ebenso wie die Familie, die darin lebte – mit den Jahren verändert und entwickelt hatte.

Die Kutsche fuhr in den Privatweg ein und rollte dann an weidenden Schafen vorbei zu einer Mauer, in die ein schmiedeeisernes Tor eingelassen war. Es war eine niedrige Mauer, die offensichtlich nicht zur Abwehr unbefugter Eindringlinge gedacht war, sondern nur die Schafe vom Grundstück fernhalten sollte. Die Kutsche hielt schließlich am Fuße einer kurzen Steintreppe, die zu einer schweren, dunklen Eichentür führte. Als Richard und Angelique ausstiegen, öffnete sich die Tür, und eine sympathisch aussehende Frau von etwa fünfundvierzig Jahren kam heraus.

Richard begrüßte sie und wandte sich dann zu Angelique: »Das ist Mrs. Dolford, unsere Haushälterin.«

Die Frau knickste und sagte: »Willkommen, Mylady, willkommen zu Hause, Mr. Richard.«

*Mr.* Richard – offenbar war Mrs. Dolford schon lange Zeit vor Richards Titelübernahme im Haus gewesen.

Mittlerweile hatten sich in der Empfangshalle die Bediensteten zur Begrüßung aufgereiht, und Mrs. Dolford stellte sie Angelique vor.

»Das ist Ellen, unsere Köchin, und das sind unsere Hausmädchen Jenny und Daisy.« Die Köchin war eine dickliche Frau von etwa fünfzig, während die beiden Mädchen aussahen, als seien sie nicht älter als achtzehn. Sie knicksten beide und brachen dann in unerklärliches Kichern aus.

»Das ist Garner, unser Stallknecht«, fuhr Mrs. Dolford fort, »und das sind Fred und John, unsere beiden Stallburschen.«

Nun wandte sich Richard an seine Frau. »Mrs. Dolford wird dir jetzt unsere Räume zeigen, meine Liebe. Ich möchte mir gerne die Stallungen kurz ansehen.«

Angelique folgte der Haushälterin die Treppe hinauf und einen langen dunklen Gang entlang. Plötzlich blieb Mrs. Dolford stehen und sagte:

»Das ist Euer Zimmer. Mr. Richards – ich meine, Sir Richards Raum schließt daran an.«

Als Angelique eintrat, stellte sie fest, daß es ein gemütlich aussehendes Zimmer war. Es hatte ein Himmelbett aus hellblauem Brokat, mit passenden Vorhängen an den Fenstern. Um den Kamin waren Armsessel in dunkelblauem Brokat gruppiert, und auf dem Kaminsims stand eine silberne Vase mit weißen Rosen.

»Die Blumen stammen aus Wilkes' Gewächshaus«, meinte Mrs. Dolford erklärend.

»Das ist doch der Kutscher, oder?«

»Ja. Er ist auch unser Gärtner. Gefällt Euch das Zimmer, Mylady?«

»Ja, sehr. Es ist ein großes Haus, nicht?«

»Ja. Ein großer Teil des Gebäudes ist allerdings unbenutzt. Das Haus ist im sechzehnten Jahrhundert vergrößert worden, weil einer von Sir Richards Vorfahren vierzehn Kinder hatte, acht Söhne und sechs Töchter. Einige der Töchter blieben unverheiratet, aber die Söhne haben alle geheiratet und ihre Frauen mitgebracht.«

»Da muß das Haus ja einem Ameisenhaufen geglichen haben.«

Mrs. Dolford lachte, und Angelique wußte, daß sie sich mit ihr gut verstehen würde.

Die Haushälterin nahm eine Schachtel Schwefelhölzer aus ihrer Schürzentasche und zündete drei Kerzen an, die in einem Leuchter neben dem Bett standen.

»Ich werde Eure Koffer heraufschicken lassen. Vielleicht würdet Ihr auch Euren Tee lieber hier oben nehmen. Ihr seid doch nach der langen Reise sicher müde.«

»Ja, ich würde wirklich lieber hier oben bleiben.«

»Gut. Das Abendessen wird um acht Uhr im Speisezimmer serviert. Es liegt zur linken Hand der Treppe. Ach, übrigens, die Tür dort drüben führt zu Mr. Richards Zimmer. Wenn ich sonst nichts mehr für Euch tun kann, lasse ich Euch jetzt allein.«

Die Haushälterin schien nichts Besonderes daran zu finden, daß Richard und Angelique getrennte Zimmer hatten. Bedeutete das nur, daß Mrs. Dolford eine ausgesprochen taktvolle Frau war? Vielleicht. Möglicherweise aber war es beim englischen Adel einfach üblich, getrennt zu schlafen. Angelique hatte oft gehört, daß die Engländer keine sehr heißblütige Rasse waren – Richard mußte wohl normannische Vorfahren gehabt haben.

Beim Abendessen saßen sich Richard und Angelique schweigend gegenüber, sobald die Dienstboten das Speisezimmer verlassen hatten. Wann immer jemand den Raum betrat, fing Richard irgendeine belanglose Unterhaltung an. Er erzählte ihr von einem Dorf namens Miller Wells, das ganz in der Nähe lag, und erläuterte ihr die Familienporträts, die an den Wänden des Zimmers hingen. Bei den Frauen handelte es sich um Töchter der Lansings oder um Bräute von männlichen Lansings, erklärte er.

Eines der Bilder erregte Angeliques besondere Aufmerksamkeit. Es zeigte eine junge blonde Frau mit elisabethanischem Halskragen. Abgesehen von ihrer Kleidung und der altertümlichen Frisur sah das Mädchen Angelique sehr ähnlich. Der alte Marquis hatte einmal erwähnt, daß die de Rhoulacs entfernt mit den Lansings verwandt waren; vielleicht handelte es sich ja bei der jungen Frau um eine de Rhoulac.

Angelique war zu müde, um Richard danach zu fragen. Als sie gegessen hatten, sagte sie:

»Ich bin sehr müde und würde mich gerne zurückziehen.«

»Gut«, entgegnete Richard und stand auf. »Ich werde noch ein paar Stunden zu tun haben. Ben Frazier, der Pächter, der mich während meiner Abwesenheit als Verwalter vertreten hat, bringt mir die Rechnungsbücher zur Einsicht.«

Trotz ihrer Müdigkeit war Angelique noch wach, als die zierliche Golduhr neben ihrem Bett elf schlug. Plötzlich hörte sie auf dem Gang vertraute Schritte, dann das Öffnen einer Tür. Eine Weile lauschte sie zum Nebenraum hinüber, wo Richard sich zum Schlafengehen vorbereitete. Dann war plötzlich alles still. Zu Hause hatte Angeliques Zimmer im linken Flügel des zweiten Stocks gelegen und Richards im rechten Flügel des dritten. Nun war sein Bett nur wenige Meter von dem ihren entfernt, und doch lagen zwischen ihnen Meilen eisiger Kälte.

## 28

Während der nächsten Wochen bekam Angelique Richard nur selten zu Gesicht. Nun, da er wieder in England sei, so teilte er ihr kurz angebunden mit, habe er die Absicht, wieder selbst die Aufgabe des Verwalters zu übernehmen. Das bringe es mit sich, alle Pächter aufzusuchen, um mit ihnen die nötigen Reparaturen oder andere Maßnahmen zu besprechen.

Hier, in seinem eigenen Land, schien Richard ein völlig anderer Mensch zu sein, und das nicht nur, weil er sie nicht mehr begehrte. Hier ritt er nicht mehr zum Spaß aus, sondern nur, um seine Bauern aufzusuchen, und er verbrachte die Abende auch nicht mehr am Kartentisch, sondern über seinen Rechnungsbüchern.

Abends blieb er oft fort, um mit benachbarten Gutsbesitzern, Anwälten oder Ärzten zu Abend zu essen. War er zu Hause, so sorgte er fast immer dafür, daß noch eine dritte Person – beispielsweise sein Arzt, Dr. Hawkwood – zum Abendessen eingeladen wurde. Angelique war so froh, der deprimierenden Zweisamkeit der Mahlzeiten zu entgehen, daß sie dafür sogar die Gesellschaft von Leuten wie Dr. Hawkwood auf sich nahm, der so schwerhörig war, daß man sich nur schreiend mit ihm verständigen konnte, oder wie

Lord und Lady Fentriss, die solche Religionsfanatiker waren, daß sie den ganzen Abend nur über die Bedrohung der Kirche im Lande redeten.

Die einzige, die Angelique gerne zu Gast hatte, war eine Kusine Richards, Elizabeth Cantrell. Sie war etwa ein Jahr älter als Richard, unverheiratet und sah mit ihrem sandfarbenen Haar, der langen, dünnen Nase und ihrem großen Mund sehr unscheinbar aus. Das einzig Schöne an ihr waren ihre großen Augen. Aber sie war eine so nette Frau – intelligent und humorvoll zugleich –, daß kein Mensch auf ihr Aussehen achtete. Angelique lauschte immer voll Interesse, wenn sich Richard mit seiner Kusine über aktuelle politische Probleme unterhielt. In einigen Fragen waren sich die beiden einig – über die Notwendigkeit einer Reform des Armenrechtes beispielweise –, in anderen Dingen jedoch erwies sich Elizabeth auf ihre sanfte Art als regelrecht revolutionär. Sie war nicht nur der Meinung, daß verheiratete Frauen auch nach der Hochzeit noch über Geld verfügen dürfen sollten, sie war auch der festen Überzeugung, daß man den englischen Frauen irgendwann das Wahlrecht zugestehen müsse – eine Vorstellung, bei der Richard nur den Kopf schüttelte.

Eines Abends meinte Richard, er trage sich mit dem Gedanken, für das Parlament zu kandidieren. Angelique konnte es sich nicht verbeißen, zu sagen:

»In Frankreich ist mir nie aufgefallen, daß du für so ernste Angelegenheiten wie Politik Interesse hast.«

Er musterte sie kühl. »Das liegt sicher daran, daß ich die französische Politik für barbarisch halte.«

»Aber Richard!« rief Elizabeth entsetzt. »Hast du vergessen, daß deine Frau Französin ist? Was barbarische Politik angelangt, so wäre dazu noch zu bemerken, daß es ein englischer König war, der eine schottische Adlige in einen kleinen Holzkäfig gesperrt hat und sie darin mehrere Jahre lang an den Tower gehängt hat. Das Aufspießen von abgehackten Köpfen ist übrigens auch keine Erfindung der Franzosen. Als der ›Krieg der Rosen‹ tobte, waren die Stadtmauern von York mit einer Menge solcher grausigen Trophäen geschmückt. Und als Cromwell nach Irland kam ...«

In diesem Augenblick unterbrach sie Richard, indem er ihr ein Glas Wein entgegenhielt. »Hier, meine liebe Liza«, sagte er dabei, »das ist zur Abkühlung. Und wenn du es gerne möchtest, so gebe ich bereitwillig zu, daß auch in einem Engländer ein gewisses Maß an Wildheit steckt.«

Der nächste Abend war wieder einer der seltenen Gelegenheiten, zu denen Richard und Angelique alleine zu Abend aßen, und es wurde wieder eine Mahlzeit, bei der sie fast nichts miteinander sprachen.

Trotzdem fühlte sich Angelique in diesem Winter nicht sehr unglücklich, vor allem auch deshalb nicht, weil schon Anfang Februar frühlingshaftes Wetter seinen Einzug hielt und überall die ersten Narzissen- und Krokusspitzen aus dem Boden lockte. In ihren Jugendjahren hatte Angelique nie die Gelegenheit gehabt, sich für die Schönheit von Zierpflanzen zu interessieren, weil es sich eine Bauernfamilie nicht erlauben konnte, Dinge anzupflanzen, die man nicht essen konnte. Hier aber konnte sie sich jeden Tag am Anblick neuer Blütenpracht erfreuen, nicht nur auf den Blumenrabatten, sondern auch im Gewächshaus, in dem Wilkes täglich arbeitete. Er wurde Angelique schon bald ein guter Freund, nicht zuletzt deshalb, weil er aus ähnlich ärmlichen Verhältnissen stammte und Blumen genauso liebte wie sie. Mit der Zeit gewöhnte sich Angelique sogar an seinen Dialekt, und auch er lernte, ihr schwer akzentuiertes Englisch zu verstehen.

Auch sonst verstand es Angelique, sich zu beschäftigen. Jeden Morgen besprach sie Fragen des Haushalts mit Mrs. Dolford, obgleich sie wußte, daß die Haushälterin sich schon so viele Jahre um Lansing Court gekümmert hatte, daß sie bestimmt keine Ratschläge mehr brauchte.

Ansonsten ging Angelique viel spazieren, las Bücher über englische Geschichte und schrieb lange Briefe an ihren Großvater und ihre Tante. Der alte Marquis antwortete immer sehr ausführlich und ließ sich fast in jedem Brief über die glorreiche Geschichte der de Rhoulacs aus, um ihr klarzumachen, was für edles Blut ihr Kind erben würde.

Eines Tages – sie stattete wieder einmal dem Gewächshaus einen Besuch ab – befragte Angelique Wilkes nach seiner Heimat, Romney Marsh.

»Würdet Ihr Romney Marsh gerne einmal sehen, Mylady?« fragte er erfreut.

»Sehr gerne.«

»Ich könnte Euch morgen hinfahren, wenn Ihr möchtet. Allerdings müßten wir schon im Morgengrauen aufbrechen, weil es ziemlich weit bis nach Romney Marsh ist – es sind über vier Stunden Fahrt.«

Am nächsten Morgen rollte die Kutsche schon kurz nach Sonnenaufgang in Richtung Süden.

Romney Marsh erwies sich als eine seltsam anmutende Moorlandschaft, die stellenweise so niedrig gelegen war, daß nur durch das Errichten von Steinmauern und Abflußsystemen verhindert werden konnte, daß das Land vom Meer aus überflutet wurde.

Auf dem flachen Landstrich waren nur vereinzelt Hütten zu sehen, deren Bewohner herauskamen, sobald sie Angeliques Kutsche heranrumpeln hörten. Fast immer lag auf ihren Gesichtern eine Mischung aus Mißtrauen und Feindseligkeit, bis sie dann auf dem Kutschbock Wilkes erkannten und ihn freudig begrüßten.

Gegen Mittag hielt Wilkes an, breitete am Wegesrand eine Decke für Angelique aus und stellte ihren Picknickkorb darauf. Dann half er Angelique beim Aussteigen.

»Wilkes«, fragte sie ihn, »wird es nicht langsam Zeit, daß man die Schafe von den Winterweiden holt und wieder nach Romney Marsh bringt?«

»Ja, es ist bald soweit. Vorläufig ist es aber noch zu windig für die Tiere.«

»Wovon leben denn die Leute hier, wenn sie keine Schafe züchten oder Gemüse anbauen? Was tun sie zum Beispiel im Winter?«

»Andere Dinge, Mylady.«

Angelique konnte sich nur mühsam ein Lächeln verbeißen. Nach dem, was Richard ihr erzählt und was sie in einem bissigen Artikel einer Londoner Zeitung gelesen hatte, wußte sie sehr wohl, wovon die Leute in Romney Marsh lebten. Sie schmuggelten, wie es in dieser Gegend schon seit mehreren Jahrhunderten üblich war. Geschmuggelt wurden Tee, Tabak, Zucker und fast alle anderen Waren, die König George der Dritte schon jahrzehntelang mit hohen Steuern belegte, um seine Kriege auf dem Kontinent und in Amerika zu finanzieren.

»Ich werde die Pferde jetzt zu der Hütte bringen, an der wir vor ein paar Minuten vorbeigekommen sind, Mylady«, sagte Wilkes. »Da wohnt mein Cousin; bei dem kann ich auch essen.«

Als Wilkes fort war, öffnete Angelique ihren Picknickkorb und aß ein Stück kaltes Hähnchen, etwas Käse und ein Stück Brot. Als sie ihre Mahlzeit beendet hatte, betrachtete sie die Gegend und lauschte dem Gezwitscher der Sumpfvögel, bis Wilkes schließlich mit den gefütterten und getränkten Pferde zurückkehrte und sie wieder anspannte.

Sie waren noch nicht lange unterwegs, als plötzlich ein Kaninchen vor der Kutsche über den Weg rannte und die Pferde so erschreckte, daß sie scheuten. Mit einem heftigen Ruck sackte das linke Hinterrad der Kutsche von der Straße ab, und Angelique hörte ein häßliches Knirschen. Dann ging die Kutschentür auf, und Wilkes fragte besorgt: »Seid Ihr unverletzt, Mylady?«

»Ja, Wilkes.«

Der Kutscher verschwand, kehrte aber schon wenige Minuten später mit sorgenvoller Miene zurück. Er war so aufgeregt, daß er unwillkürlich in seinen für Angelique unverständlichen Dialekt zurückfiel.

»Bitte, Wilkes, nicht so schnell«, bat Angelique.

»Am linken Hinterrad sind zwei Speichen gebrochen!«

»Ist das so schlimm? Kann man das nicht reparieren?«

»Ja, aber mein Cousin müßte mir dabei helfen, und es dauert mit Sicherheit ein paar Stunden. Das bedeutet, daß wir nicht vor Einbruch der Dunkelheit nach Hause kommen werden.«

»Das macht doch nichts. Oder gibt es hier vielleicht Straßenräuber?«

»O nein, Mylady. In dieser Gegend könnten Straßenräuber lange auf einen wohlhabenden Reisenden warten; außerdem gibt es inzwischen Straßenpatrouillen. Nein, ich habe nur an Sir Richard gedacht. Er wird sich sicher Sorgen machen oder verärgert sein, wenn wir erst so spät kommen.«

Am liebsten hätte Angelique herausgeschrien: ›Sir Richard wird wahrscheinlich nie erfahren, daß ich fort war und wann ich zurückgekommen bin, und wenn, dann wird es ihn nicht im geringsten interessieren.‹ Statt dessen meinte sie nur: »Ich werde ihm alles erklären, Wilkes. Es tut mir leid, daß

Ihr nun soviel Arbeit habt. Aber mir macht es nichts aus, ein paar Stunden zu warten; ich habe mir ein Buch mitgenommen.«

Sie wartete in der Kutsche, bis Wilkes seinen Cousin geholt hatte, und während sich die beiden Männer an die Reparatur der Kutsche machten, nahm sich Angelique eine Decke und suchte am Wegesrand eine schöne Stelle, wo sie sich niederlassen konnte. Während der nächsten Stunden gab sie sich ganz der Schönheit der sie umgebenden Sumpflandschaft mit ihrer Vielzahl von wilden Pflanzen und seltsamen Vögeln hin.

Schließlich stellte sie überrascht fest, daß die Sonne mittlerweile schon tief am Horizont stand. Während sie noch hinauf zum Himmel blickte, bemerkte sie plötzlich, daß sich alles um sie herum veränderte. Der Himmel, das Meer, ja, selbst die Straße erstrahlten plötzlich in einem sanftrosa Licht. In diesem Augenblick rief Wilkes von der Kutsche herüber, daß das Rad repariert sei.

»Aber Wilkes, jetzt können wir nicht fahren! Seht Euch den Himmel an!«

Wilkes zeigte eines von seinen seltenen Lächeln. »Ja, ein Sonnenuntergang in Romney Marsh ist ein sehenswerter Anblick, Milady. Möchtet Ihr Euch vielleicht auf den Kutschbock setzen? Von dort aus könnt Ihr besser sehen.«

Er half ihr hinauf, und Angelique beobachtete in ungläubigem Erstaunen den herrlichen Sonnenuntergang.

»Vielen Dank, daß Ihr mich hierhergebracht habt, Wilkes«, meinte sie schließlich, während sie sich vom Kutschbock herunterhelfen ließ.

Es war nach acht Uhr abends, als die Kutsche schließlich wieder auf den Hof von Lansing Court einfuhr. Während Angelique die Stufen zur Haustür hinaufging, fuhr Wilkes die Kutsche hinter das Haus.

Plötzlich wurde die Haustür von innen aufgerissen, und Angelique sah sich Richard gegenüber. »Bitte komm sofort in mein Arbeitszimmer«, sagte er, mühsam beherrscht.

Angelique folgte ihm in den kleinen Raum, in dem er seine Rechnungsbücher aufbewahrte. Er schloß die Tür hinter ihr und wandte sich dann zu ihr um.

»Warum kommst du erst jetzt nach Hause?« herrschte er sie an.

»Ich war in Romney Marsh.«

»Das weiß ich, Mrs. Dolford hat es mir gesagt. Du bist aber schon im Morgengrauen aufgebrochen, also hättest du schon längst zurück sein können.«

Angelique erzählte von dem beschädigten Kutschenrad und meinte dann: »Warum bist du eigentlich so zornig? Hätte ich dir vielleicht vorher sagen sollen, daß ich nach Romney Marsh fahre? Wie hätte ich denn das tun sollen? Du warst gestern den ganzen Tag fort, und auch abends warst du nicht zu Hause.«

Richard ignorierte ihre Bemerkung und polterte: »Ich lasse es nicht zu, daß die Frau, die meinen Namen trägt, nach Einbruch der Dunkelheit noch auf der Straße ist, und das nur in Begleitung eines Kutschers!«

»Richard!« platzte sie heraus. »Du wirst doch nicht im Ernst annehmen, daß Wilkes und ich...« Sie verstummte.

»Jetzt kommt das Erbgut deiner Mutter zum Vorschein, Angelique«, sagte Richard mit eisiger Stimme. »Nur eine Landfrau könnte auf den Gedanken kommen, ich sei auf meinen eigenen Kutscher eifersüchtig!«

Angelique sah ihm an, daß er sehr aufgebracht war; das schien sie irgendwie dazu zu befähigen, trotz seiner häßlichen Bemerkung über die Herkunft ihrer Mutter die Ruhe zu bewahren. »Warum bist du dann so außer dir?« fragte sie gelassen.

»Das habe ich dir bereits gesagt! Ich möchte nicht, daß die Leute meine Frau nach Einbruch der Dunkelheit ohne Begleitung auf der Straße sehen!«

»Wie hätte mich jemand sehen können – es war doch dunkel draußen!«

Noch bevor Richard ihr antworten konnte, klopfte es an der Tür, und Mrs. Dolford kam herein.

»Ich wollte mich nur erkundigen, was aus dem Abendessen wird«, fragte sie. »Habt Ihr fertig gegessen, Sir Richard? Und Ihr, Mylady, wollt Ihr noch zu Abend essen, oder soll ich den Mädchen sagen, sie können abräumen?«

»Ich möchte nichts mehr«, sagte Richard beherrscht. Dann wandte er sich um und ging die Treppe hinauf.

»Ich werde etwas essen«, sagte Angelique. »Ich sterbe vor Hunger!«

Wenige Minuten später saß sie allein in dem prächtigen Speisezimmer und ließ sich eine Portion Rinderbraten mit Kartoffeln und Blattspinat schmecken. Sie war noch immer sehr aufgebracht über die unschöne Bemerkung, die Richard über ihre Mutter gemacht hatte. Unter all ihrem Zorn jedoch verspürte sie noch ein zweites Gefühl, das sie mit einiger Überraschung als stillen Triumph identifizierte.

Sie sollte erst vierundzwanzig Stunden später verstehen, warum sie Grund zum Triumphieren hatte.

Am folgenden Abend saßen Richard und Angelique wieder allein beim Abendessen. Wie üblich, unterhielten sie sich nur dann, wenn Dienstboten das Zimmer betraten, um zu servieren. Sobald sich die Tür hinter ihnen schloß, herrschte jedoch wieder Schweigen. Als sie wieder einmal ein paar Minuten allein waren, warf Angelique zufällig einen Blick in den großen Spiegel, der über der großen Mahagonieanrichte hing. Sie konnte Richards Gesicht darin sehen, und er warf ihr in diesem Augenblick von der Seite einen Blick zu, der ihren Puls schneller schlagen ließ.

Wenn er wegen der erzwungenen Heirat die Lust an ihr verloren hatte, so schien er sie in diesem Augenblick wiedergefunden zu haben. Er begehrte sie wieder, daran konnte kein Zweifel bestehen.

Angelique wandte ihren Blick vom Spiegel ab und sah ihm direkt ins Gesicht. Er bemühte sich um einen unbeteiligten Gesichtsausdruck, aber sie hatte gesehen, was sie sehen wollte, und wußte nun, warum sie am Abend zuvor ein Gefühl des Triumphes verspürt hatte. Ihr war zwar nicht klar, warum ausgerechnet ihre verspätete Heimkehr diese Wandlung seiner Gefühle für sie ausgelöst hatte, aber sie wußte, daß er sie trotz seiner Wut schon am Vorabend begehrt hatte.

In diesem Augenblick trat Daisy ein und brachte den Kaffee, den beide schweigend tranken. Schließlich fragte Angelique:

»Möchtest du noch eine Tasse?«

»Nein, danke«, entgegnete er kurz angebunden.

»Dann werde ich jetzt auf mein Zimmer gehen«, sagte Angelique und erhob sich.

Auch er stand auf, nickte ihr zu und wünschte ihr eine gute Nacht.

Aber es wurde keine gute Nacht für sie. Sie lag noch immer wach, als sie Richard kurz nach elf in sein Zimmer gehen hörte. Insgeheim erwartete sie, daß sich nun jeden Augenblick die Verbindungstür öffnen würde, aber ihre Hoffnungen wurden enttäuscht.

Immerhin verbrachte er auch den nächsten Abend zu Hause, ebenso wie die zwei darauffolgenden, so daß Angelique sicher war, sich seinen Sinneswandel nicht eingebildet zu haben. Außerdem war die Spannung zwischen ihnen mittlerweile so stark geworden, daß sie ihnen sogar die Kehle zuschnürte, wenn sie nur vor den Dienstboten Konversation machen wollten.

Eines Abends schließlich erhob sich Richard und sagte: »Ich gehe noch ein paar Minuten in mein Arbeitszimmer. Dann komme ich nach oben. Ist dir das recht?«

Der Blick seiner dunklen Augen ließ keine Zweifel daran, wie diese Frage gemeint war, und Angelique konnte nur mühsam hervorbringen: »Ja, das ist mir recht.«

Wenige Minuten später war Angelique in ihrem Schlafzimmer und zog sich klopfenden Herzens aus. Dann setzte sie sich vor ihre Kommode und bürstete ihre goldblonden Haare. Schließlich streifte sie sich ein seidenes Nachthemd über, das die schöne Farbe ihres Haares noch betonte.

Plötzlich hörte sie draußen auf dem Gang Schritte, und sie erhob sich schnell.

Richard trat ein, ohne anzuklopfen. Er sah ihr tief in die Augen und schloß dann die Tür, ohne den Blick von ihr abzuwenden.

Angelique konnte sich später nicht daran erinnern, sich überhaupt bewegt zu haben, aber sie mußte es getan haben, denn sie fand sich plötzlich in seinen Armen wieder. Ihre Lippen fanden sich in einem leidenschaftlichen Kuß, und sie preßte ihn an sich. Durch ihr Nachthemd und seine Kleidung hindurch spürte sie seine anschwellende Männlichkeit.

»Zieh das alberne Ding aus«, flüsterte er heiser. Aber er wartete nicht ab, bis sie das Nachthemd ausziehen konnte, sondern streifte es ihr selber ab. Dann hob er sie hoch und trug sie hinüber zum Bett.

Minuten später lag er nackt neben Angelique und küßte erst ihren Mund, dann ihre vor Erregung harten Brustwarzen.

Angelique grub ihre Fingernägel in seine Schultern und flehte: »Bitte, laß mich nicht länger warten! Nimm mich!«

Schon als er in sie eindrang, fühlte sie sich jenem Höhepunkt nah, der zugleich höchste Lust und süße Qual war, und seine Bewegungen rissen sie immer stärker mit. Sie hörte sich selbst stöhnen, und einen Augenblick lang schien das Gefühl der Lust in ihr unerträglich zu werden. Dann aber spürte sie, wie er in ihr erschauderte; im gleichen Moment fand auch sie die Erlösung.

Erst Minuten später war sie imstande, den Kopf zu heben und ihn zu fragen: »Warum ...?« Sie verstummte.

Er wandte sich zu ihr und sah ihr direkt ins Gesicht. »Warum was?« fragte er.

»Du begehrst mich erst wieder, seit ich so spät nach Hause gekommen bin, nicht wahr?«

»Das stimmt nicht ganz.«

»Was stimmt dann?«

»Es stimmt, daß ich mir an jenem Abend eingestanden habe, daß ich dich begehre.«

»Aber warum ausgerechnet an jenem Abend?«

Er starrte auf den Baldachin des Bettes. »Ich hatte Angst, es könnte dir etwas zugestoßen sein. Außerdem habe ich befürchtet, daß du vielleicht gar nicht nach Romney Marsh gefahren sein könntest. Ich konnte ja nicht wissen, ob du nicht einfach ein paar Sachen zusammengepackt und Wilkes befohlen hast, dich nach Dover zu fahren. Schließlich war ich fest überzeugt davon, daß du schon auf dem Weg zum Schloß der de Rhoulac wärst.« Er hielt einen Moment inne. Dann fuhr er fort: »Es hat ein paar Tage gedauert, bis ich mir eingestanden habe, daß ich dich noch immer sehr begehre.«

›Sehr begehre.‹ Nicht: ›Sehr liebe‹, stellte Angelique fest, und es gab ihr einen kleinen Stich ins Herz. Dann wurde ihr klar, daß sie nicht erwarten konnte, von ihm geliebt zu werden, solange sie selbst der Meinung war, daß sie ihn nach dem, was geschehen war, niemals lieben konnte.

Außerdem war es ja nicht schlecht, begehrt zu werden, wie Richard ganz richtig festgestellt hatte, besonders, wenn sich zwei Menschen körperlich so stark brauchten wie sie beide. Angelique war überzeugt davon, daß es unter den Frauen von Richards Standes viele gab, die nur ihrer Mitgift wegen geheiratet worden waren und von ihren Ehemännern nur geliebt wurden, weil es keine andere Möglichkeit gab, zu ehelichen Söhnen zu kommen.

»Ich muß mit dir über unser Kind reden«, sagte Angelique in die Stille hinein.

»Ja. Was ist damit?«

»Wir müssen uns vorsehen, damit wir es nicht verletzen. Wir dürfen uns nicht so heftig lieben. In ein paar Wochen werden wir sogar ganz damit aufhören müssen, bis das Kind geboren ist.«

Richard legte ihr lächelnd die Hand auf ihren nun nicht mehr so flachen Bauch und meinte:

»Nun, ein paar Wochen werde ich es wohl aushalten können, bis das Kleine in der Wiege liegt. Aber vorläufig ...«

Er küßte sie und liebte sie dann behutsam und zärtlich. Danach fielen beide in einen tiefen, sorgenfreien Schlaf, wie er ihnen seit Wochen nicht vergönnt gewesen war.

## 29

Die Monate, die dieser Nacht folgten, waren die glücklichsten, die Angelique seit ihrer Jugendzeit verlebt hatte. Sie und Richard führten ein ruhiges, abgeschiedenes Leben. Sie hatten nur selten Gäste; höchstens Dr. Hawkwood, Lord und Lady Fentriss oder Richards Kusine Elizabeth wurden gelegentlich eingeladen.

Einmal durfte Angelique Richard sogar begleiten, als er seine Pächter besuchte. Sie bekam das sanfteste Pferd im Stall und ritt an Richards Seite von einem Bauernhof zum anderen, wo Richard sie seinen Pächtern vorstellte. Während er mit den Bauern notwendige Maßnahmen besprach, unterhielt Angelique sich mit den Bauersfrauen über deren Kinder, bewunderte ihre Handarbeiten und ließ sich Ratschläge für die bevorstehende Geburt ihres Kindes geben.

Nun, da sie Richard bei seiner Arbeit beobachten konnte, stellte sie erstaunt fest, daß er sich ganz anders verhielt als ein französischer Adliger. Anders als in Frankreich, schienen die Pächter ihren Herrn nicht mit einer Mischung aus Ehrfurcht,

Angst und Haß zu betrachten, sondern mit Hochachtung und Sympathie.

Tagsüber erhielt Angelique oft Besuch von Richards Kusine Elizabeth. Meistens beschäftigten sich die beiden Frauen damit, Babykleidung zu nähen. Was Handarbeiten anbelangte, so stellte sich Angelique dabei jedoch ebenso ungeschickt an wie beim Spinettspiel, und so verbrachte sie die meiste Zeit damit, Elizabeths geschickte Finger zu beobachten.

Angelique fand sie so sympathisch, daß sie sich oft Gedanken darüber machte, warum Elizabeth noch immer unverheiratet war.

Zugegeben, sie war keine schöne Frau, aber dafür war sie nett, intelligent und sympathisch. Außerdem wußte Angelique von Richard, daß Elizabeth Cantrells Vater reich genug war, um ihr eine ansehnliche Mitgift zu geben.

Eines Tages beschloß Angelique, Elizabeth einfach einmal darauf anzusprechen.

»Elizabeth«, fragte sie, »hast du eigentlich nie daran gedacht, dich zu verheiraten?«

Elizabeth lächelte spitzbübisch und entgegnete: »Ich habe sogar sehr ernsthaft darüber nachgedacht, und ich bin zu dem Schluß gekommen, daß ich lieber ledig bleiben möchte.« Dann erstarb ihr Lächeln, und sie fuhr fort: »Ich hätte gerne Kinder, aber eine Heirat scheint mir ein zu hoher Preis dafür. Wenn eine Frau heiratet, verliert sie alle Herrschaft über sich selbst und ihr Schicksal. Ihr Mann kann ihr Geld mit Trinkerei und Glücksspiel durchbringen, und sie hat keinen Anspruch auf Entschädigung. Es gibt sogar Gerichtsbeschlüsse, in denen es heißt, daß eine Frau ihrem Mann die ehelichen Pflichten nicht verweigern darf, auch wenn ihr Körper durch viele Geburten geschwächt ist und eine neue Schwangerschaft ihr Leben gefährden würde. Ein Mann kann ungehindert Ehebruch begehen; tut eine Frau es jedoch, so hat der Mann das Recht, sie völlig mittellos vor die Tür zu setzen und ihr sogar die Kinder zu nehmen.«

Sogar die Kinder. Trotz der warmen Frühlingssonne lief Angelique ein kalter Schauer über den Rücken.

»Du brauchst kein Mitleid mit mir zu haben«, meinte Elizabeth lächelnd. »Mit meinen Freundschaften, meinen

Büchern und meiner Malerei führe ich ein ganz zufriedenes Leben.«

Elizabeth malte Landschaftsbilder. Da sie wußte, daß es verpönt war, wenn Frauen ihre eigenen Bilder verkauften, setzte sie jeweils nur ihre Initialen darunter und sandte sie dann an eine Kunsthandlung in London, wo die Bilder gute Preise erzielten.

»Wenn mein Vater stirbt«, fuhr sie nun fort, »kann ich allein über mein Erbe verfügen. Ich werde bis ins hohe Alter ein zufriedenes Leben führen und für deine Enkelkinder und die meiner anderen Freunde Wolldecken stricken, wenn ich nicht gerade damit beschäftigt bin, meinen Gästen Tee und radikale Ideen aufzutischen.«

Als es März wurde, stellte Richard seine nächtlichen Besuche in Angeliques Bett ein. Dafür verbrachte er aber einen großen Teil des Tages und fast jeden Abend mit ihr.

Im Mai unternahmen sie auf Angeliques Wunsch hin eine Fahrt nach Romney Marsh. Die Landschaft sah mittlerweile ganz anders aus; die Schafe waren auf ihren Weiden, und die leuchtendgrünen Wiesen sahen aus, als seien sie voller weißer Tupfen. Als es Abend wurde, saß sich Angelique zusammen mit Richard den Sonnenuntergang an, der zwar nicht so spektakulär war wie der erste, aber dennoch wunderschön. Danach fuhren sie durch die lange Frühlingsdämmerung zurück. Auf der Fahrt mußte Angelique daran denken, wie ihr erster Ausflug nach Romney Marsh schließlich dazu geführt hatte, daß Richard ein paar Tage später zum erstenmal auf ihr Zimmer gekommen war. Offensichtlich kreisten in Richards Kopf ähnliche Gedanken, denn er nahm plötzlich ihre Hand und streichelte sie. Angelique war gleichzeitig erfreut und überrascht darüber, denn Richard ließ sich sonst nur zu Zärtlichkeiten hinreißen, wenn ihn die Leidenschaft packte.

Ende Juni schließlich, fünfzehn Tage nach ihrem einundzwanzigsten Geburtstag, brachte Angelique ihren Sohn zur Welt. Es war eine langwierige, schwere Geburt, bei der ihr Dr. Hawkwood und eine Hebamme zur Seite standen. Als alles vorbei war, fiel Angelique in einen erschöpften Schlaf, aus dem sie erst viele Stunden später erwachte. Dr. Hawkwood und die Hebamme waren längst fort, nur Mrs. Dolford wachte neben Angeliques Bett und der Kinderwiege.

»Mrs. Dolford ...«, sagte Angelique leise. Mrs. Dolford erhob sich eiligst, beugte sich über die Wiege, nahm das Baby heraus und brachte es Angelique ans Bett. Staunend betrachtete sie das winzige, rote Gesicht mit den zusammengekniffenen Augen, der Stupsnase und dem schwarzen Haarflaum.

»Man sieht, daß er Richards Sohn ist«, sagte die Haushälterin. »Seht Euch das Haar und das Kinn an. Ihr hättet hören sollen, wie er vor einer Stunde geschrien hat; es hat sich angehört, als wolle er der Welt jetzt schon seine Befehle erteilen.« Mrs. Dolford legte das Kind in sein Bettchen zurück und meinte dann: »Ich werde Sir Richard sagen, daß Ihr wach seid.« Damit verließ sie lächelnd das Zimmer.

Als Richard hereinkam, küßte er zuerst Angelique sanft auf die Lippen und sah sich dann seinen Sohn an. Er konnte seinen Stolz kaum verhehlen, als er sich schließlich an Angeliques Bett setzte. »Alle meinen, er ist ein prächtiges Baby«, sagte er. Dann fügte er hinzu: »Wenn er alt genug ist, werde ich ihn mit ins Parlament nehmen, wenn ich eine Rede halte.«

Angelique mußte lächeln. »Warum bist du so sicher, daß du überhaupt ins Parlament kommst?«

»Weil ich die Partei darum bitten werde, mich in einem Bezirk der Liberalen kandidieren zu lassen.«

»Heißt das, du mußt gar nicht den Bezirk vertreten, in dem du lebst?« fragte Angelique.

»Nein, nach unserem Gesetz kann ich überall kandidieren.«

»Richard, warum willst du eigentlich plötzlich ins Parlament? Man sollte meinen, du hättest mit der Verwaltung von Lansing Court genug zu tun.«

»Im Augenblick schon, aber ich werde mir irgendwann einen Verwalter nehmen. Ich habe mich schon immer für die Politik interessiert, das ist alte Familientradition. Glaubst du, daß du und der Junge bis zum Herbst soweit seid, daß ihr mit mir nach London fahren könnt?«

»Aber natürlich.«

»Dann werde ich das Stadthaus vorbereiten lassen.« Richard hatte in letzter Zeit oft von dem Haus gesprochen, das die Familie Lansing in London besaß. »Wir ziehen nach London, und dort werde ich mir eine Weile politischen Wind um die Nase wehen lassen. Vielleicht werde ich irgendwann sogar Premierminister. Und wenn ich es nicht werde, schafft es möglicherweise unser Kleiner. Wie würde Euch das gefallen, Lady Lansing?«

Sie lachte. »Das würde mir sehr gefallen. Allerdings bin ich auch jetzt schon sehr zufrieden.«

## 30

Ein paar Sonntage später wurde der Sohn und Erbe der Lansings in der Dorfkirche auf dem Arm seiner Patin Elizabeth Cantrell getauft. Natürlich erhielt er den Namen ›Richard‹; er war der achte in der Familiengeschichte. Obgleich er normalerweise viel schrie, benahm er sich während der gesamten Zeremonie sehr gesittet; er protestierte nicht einmal, als er kaltes Wasser auf die Stirn gesprenkelt bekam. Ganz wie sein Vater gesagt hatte, schien er instinktiv zu wissen, daß er an diesem Tag die Hauptperson war und sich benehmen mußte.

Angelique war in diesem Sommer mehr als zufrieden. Der kleine Rick wurde der Obhut eines Kindermädchens anvertraut, einer jungen Frau namens Rose Potts aus dem Dorf, und er schien jeden Tag größer und schöner zu werden. Die Freude an ihrem Sohn schien Angelique auch mehr Freude an allen anderen Dingen zu vermitteln – der Pflege der Blumenbeete, den Ausritten mit Richard und den Besuchen von Elizabeth, die auch der kleine Rick so liebgewann, daß er bei ihrem Anblick immer freudig die Ärmchen ausstreckte. Selbst Richards Liebesbeziehungen schienen sie nach der Geburt noch stärker zu befriedigen als vorher.

Die Nachrichten, die sie aus Frankreich erreichten, standen jedoch in einem schrecklichen Gegensatz zu Angeliques persönlichem Glück. Im April hatte die Volksversammlung Österreich den Krieg erklärt, aber dieser Krieg verlief von Anfang an nicht zu Frankreichs Vorteil. Als im Spätsommer schließlich Verdun fiel, verlangte ein aufwieglerischer Redner namens Danton, die gesamte Nation solle sich erheben, um die Eindringlinge abzuwenden. Das legte eine Horde brutaler Halsabschneider als eine Art Freibrief aus, und sie stürmten aus unerfindlichen Gründen sämtliche Pariser Gefängnisse und sogar die Armenhäuser, um dort zwei Tage lang alles hinzumorden, was sich ihnen in den Weg stellte. Als ihr Blutrausch ein Ende fand, hatten sie mehr als tausend der hilflosesten Menschen in Paris getötet.

Was den König anbelangte, so war er inzwischen völlig entmachtet worden, und man hatte ihn zusammen mit seiner gesamten Familie in ein düsteres Gefängnis gebracht. Wenige Tage nach ihrer Verhaftung wurde eine neue Erfindung in Betrieb genommen – die Guillotine. Ihre ersten Opfer waren Politiker, die den neuen Anführern der Nationalversammlung – Danton und Robespierre – in die Quere gekommen waren.

Am schlimmsten traf Angelique jedoch ihr persönlicher Verlust, von dem sie zuerst aus einer Zeitung und dann aus einem Brief der Familie de Ponfort erfuhr. Der Duc de Rhoulac und seine Tochter waren tot. Der wütende Mob war in das Schloß eingedrungen, hatte Angeliques Großvater und dessen Tochter umgebracht und das Schloß bis auf die Grundmauern niedergebrannt. Angelique trauerte tief um den alten Mann und auch um ihre Tante, obgleich sie nie viel Zuneigung zu ihr gezeigt hatte. Der Verlust dieser beiden Menschen verdeutlichte Angelique auch, daß ihr nun nur noch zwei nahe Verwandte auf der Welt blieben – ihr Mann und ihr Sohn. Bis auf ihren Onkel Georges und seine Familie hatte ihr der Tod alle anderen genommen. Die Marquise de Ponfort hatte unter anderem auch geschrieben, daß ihr eigenes Schloß und das der Familie de Lentric verschont geblieben war. Sie teilte außerdem mit, daß man den alten Monsieur le Duc und seine Tochter auf dem Dorffriedhof beigesetzt hatte.

Angelique war klar, daß es ihr vorläufig nicht möglich sein würde, die Gräber der beiden zu besuchen. Man hatte den Marquis nach seinem Tode zum ›Feind der Revolution‹ erklärt und sein gesamtes Vermögen konfisziert. Wenn Angelique sich als Enkelin des Marquis nach Frankreich wagte, mußte sie damit rechnen, vom Revolutionstribunal festgenommen zu werden.

Im Oktober reisten Angelique und Richard gemeinsam mit ihrem Sohn und dem Kindermädchen nach London. Die Haushälterin des Stadthauses am Cavendish Square war beauftragt worden, eine Köchin und zwei Hausmädchen anzustellen.

Als die Lansing-Kutsche vor dem Haus in London zum Stehen kam, dachte Angelique verwundert: ›Wie schmal das aussieht!‹

Als die Haushälterin, Mrs. Prewitt, sie schließlich in die Halle führte, sah Angelique, daß das Haus tatsächlich um einiges kleiner war als Lansing Court, aber dann fiel ihr plötzlich ein, daß die Hütte, in der sie die ersten siebzehn Jahre ihres Lebens verbracht hatte, trotzdem mit Leichtigkeit in den Vorraum dieses Hauses gepaßt hätte. Wie leicht ein Mensch sich doch an Luxus gewöhnte!

Das Haus in London gefiel ihr vom ersten Tag an, auch wenn es nicht den Liebreiz von Lansing Court hatte. Der Haushalt funktionierte unter Mrs. Prewitts Leitung tadellos, aber Angelique hatte große Schwierigkeiten, sich mit den beiden Hausmädchen zu verständigen, die beide im für London typischen Cockney-Dialekt sprachen.

Richard und Angelique waren noch keine Woche in London, als Freunde und Bekannte Richards damit begannen, ihre Aufwartung zu machen.

Eines Abends sagte Richard: »Wir müssen uns einen Nachmittag freimachen.«

Angelique starrte ihn an, als hätte auch er in einem für sie unverständlichen Dialekt gesprochen.

»Wir müssen uns einen Nachmittag in der Woche zum Empfang von Gästen freihalten«, erklärte er. »Aus solchen wöchentlichen Treffen kann im besten Fall ein Salon werden, ein Treffpunkt, an dem einflußreiche Leute Gedanken austauschen können. Für einen Mann mit politischen Ambitionen sind solche Salons wichtig.«

Angelique war darüber nicht begeistert. Durch den guten Namen ihres Großvaters hatte sie sich auf dem Schloß auch in gehobenen Kreisen sicher gefühlt; in Lansing Court hatten sie ohnehin nur selten Gäste gehabt. Aber wie konnte ein Mädchen ihrer bäuerlichen Herkunft vor den strengen Augen vornehmer Londoner bestehen?

Richard schien ihre Gedanken erraten zu haben, denn er sagte: »Du wirst überhaupt keine Schwierigkeiten haben. Den Männern wird es genügen, dich ansehen zu dürfen, und die Frauen werden dich akzeptieren, weil du Französin bist.«

Angelique stellte bald selbst fest, daß ihre Sorgen unbegründet waren. Wenn sich Dienstagnachmittags die Gäste in ihrem Salon einfanden, so betrachteten sie die Männer tatsächlich nur wohlgefällig, während die Damen ihrer Figur und Kleidung die meiste Aufmerksamkeit schenkten.

Häufiger Gast des dienstäglichen Salons der Lansings war Mrs. Barrington, die Frau eines Admirals, der oft außer Lande war. Angelique wurde schon bald klar, daß die dreißigjährige Mrs. Barrington – und nicht eines der vielen unverheirateten, jungen Mädchen – die Schönheitskönigin der Londoner Gesellschaft war. Ihr Haus war immer voller Blumenpräsente ihrer Verehrer, im Theater oder in der Oper wurde sie stets von unzähligen Männern umschwärmt. Viele Frauen versuchten, ihre Kleider und ihr herzliches Lachen zu kopieren. Manche beträufelten sich sogar mit einer Nachahmung ihres Parfüms, einem würzigen Gardenienduft; aber nachdem das Parfüm von einem Londoner Drogisten nach einer Geheimrezeptur zusammengestellt wurde, blieben solche Versuche erfolglos.

Angelique fiel schon bald auf, daß es sich bei Mrs. Barrington offensichtlich um eine ältere und weit edlere Version einer Ninon de Lentric handelte. Die Frau hatte dasselbe Haar und dieselben perfekten Gesichtszüge. Obgleich Mrs. Barrington – wie eine Menge anderer Londoner Frauen und sogar Männer – ihr Gesicht schminkte, sah Angelique, daß sie die gleiche zarte Haut hatte wie Ninon.

Es entging Angelique auch nicht, wie Richard und Mrs. Barrington sich von Zeit zu Zeit anlächelten. Sie war fest davon überzeugt, daß ihr Mann irgendwann mit dieser schönen Frau geschlafen hatte, wahrscheinlich nicht nur einmal, aber sie ließ sich von diesem Gedanken nicht aus der Ruhe bringen. Sicher würde Lydia nicht die einzige ehemalige Gespielin Richards bleiben, der sie in diesem Winter Tee kredenzen mußte.

Während der folgenden Wochen war Angelique nur selten allein mit Richard, abgesehen von den Stunden, die sie nachts in seinen Armen verbrachte. An den meisten Abenden gingen sie entweder zu einem Essen, zu einem Ball oder Kartenabend, wenn sie nicht selber Gäste hatten. Mindestens einmal in der Woche ging Richard abends allein in ein Kaffeehaus, in dem überwiegend prominente Liberale verkehrten.

An diesem Abend wurde Angelique spät nachts durch ein lautes Krachen aus dem Schlaf geschreckt, das aus Richards Zimmer zu kommen schien. Sie erhob sich schnell und eilte zu der Tür, die ihre beiden Zimmer miteinander verband.

Im Schein einer Kerze, die auf Richards Kaminsims stand, sah sie, daß er einen kleinen Tisch umgestoßen hatte. Sein Rock lag zerknittert auf einem Stuhl, während er selber in der Mitte des Zimmers stand und versuchte, den obersten Knopf seines Rüschenhemdes aufzumachen. Der ganze Raum roch nach Alkohol; es lag noch ein anderer Geruch in der Luft, den Angelique zunächst nicht identifizieren konnte.

Unten in der Halle schlug die Standuhr dumpf drei Uhr.

»Du bist spät dran«, sagte Angelique.

Er lächelte vage. »Eine Gruppe Leute ist direkt vom Kaffeehaus zu Lydia Barrington gefahren, und ich habe mich ihnen angeschlossen«, lallte er.

›Ja, und du bist dort geblieben, als die anderen schon lange fort waren‹, dachte Angelique. Sie wußte inzwischen, was da noch für ein Geruch im Zimmer lag – es war der Duft von Lydia Barringtons Gardenienparfüm.

»Komm, laß dir helfen«, sagte sie schließlich zu Richard, der sich noch immer mit seinem Kragenknopf abmühte. Dann ging sie zu ihm, öffnete die Knöpfe seines Hemdes und half ihm heraus. Dabei entdeckte sie auf seiner Brust, knapp unter der linken Schulter, einen blauen Fleck, der von Lippenstift umgeben war. Plötzlich tauchten vor ihrem geistigen Auge Bilder auf, die Richard mit Lydia Barrington zusammen im Bett zeigten. Die Frau beugte sich über Richard, preßte ihre Brüste an seinen Körper und saugte an seiner Haut, bis sich auf seinem Brustkorb ein blauer Fleck zeigte.

Angelique fühlte plötzlich ein Gefühl ohnmächtiger Wut in sich, und sie hätte ihm am liebsten ins Gesicht geschlagen, aber instinktive weibliche Klugheit hielt sie zurück. Sie beschloß, ihm wegen dieser Verfehlung im Rausch keine Vorhaltungen zu machen, damit er sie nicht etwa im nüchternen Zustand wiederholte.

»Gute Nacht, Richard«, sagte sie mühsam. Dann ging sie zurück in ihr Zimmer, wo sie noch lange wachlag.

Zwei Tage später war sie froh, daß sie ihm seine Eskapade nicht vorgeworfen hatte. Als sie an diesem Abend aus der

Oper zurückkam, zog er selbst ihr die Pfauenfedern und Juwelenspangen aus dem Haar, mit denen sie sich geschmückt hatte, streifte ihr das enge grüne Satinkleid ab und liebte sie leidenschaftlicher als je zuvor. Sein Liebesspiel war jedoch nicht nur von größerer Leidenschaft, es war auch ausgesprochen fantasievoll, und zweimal mußte Angelique ihn direkt anflehen, ihrer süßen Qual ein Ende zu bereiten und sie zu nehmen.

Als sie schließlich erschöpft in seinen Armen lag, fragte sie sich, ob ihn an diesem Abend seine Schuldgefühle wegen Lydia so beflügelt hatten. Aber sie kam nach einiger Überlegung zu dem Schluß, daß er wohl an jenem Abend zu betrunken gewesen war, um sich überhaupt noch an seinen Auftritt in Lydia Barringtons Bett zu erinnern.

Aber wenn auch Richard diesen Abend vergessen zu haben schien, so konnte man das von Mrs. Barrington nicht behaupten. Als sie am folgenden Dienstag zur üblichen Teeparty kam, beobachtete Angelique, wie sie Richard förmlich anhimmelte. Er dagegen schien sie eher zu begrüßen wie eine längst vergessene Geliebte, so daß sie ihn schon bald verließ und sich einem gutaussehenden, jungen Schweden zuwandte.

Wenn Richard in den folgenden Monaten noch mit anderen Frauen schlief – und das konnte Angelique bei dem frivolen Lebenswandel der Londoner Adligen nie ausschließen –, so erfuhr Angelique wenigstens nichts davon.

Als die lange Londoner Ballsaison halb vorbei war, wurde Angelique die vielen Parties und Bälle allmählich leid. Es langweilte sie, immer wieder die gleichen Gesichter zu sehen und dieselben abgedroschenen Schmeicheleien zu hören. Die Stadt London jedoch faszinierte sie nach wie vor, und sie fand die Geschäfte in der Bond Street ebenso elegant wie die in der Rue St. Honoré in Paris. Trotzdem dachte sie oft an Frankreich zurück, vor allen Dingen, da die Zeitungen in England täglich über die sich stetig zuspitzende politische Lage in Frankreich berichteten. Im späten Winter hatte die Nationalversammlung – aufgehetzt von dem blutrünstigen Marat – den König zum Tode verurteilt und ihn köpfen lassen.

Aber trotz der Schrecken, von denen Angelique tagtäglich hörte, verstand sie es doch, in ihrer kleinen Welt ein zufriedenes Leben zu führen. Am meisten Vergnügen bereitete es ihr natürlich, mitzuerleben, wie sich der kleine Rick entwickelte, wie er zunächst kriechen, dann krabbeln lernte und schließlich die ersten, unsicheren Schritte machte.

Mittlerweile war der Frühling dem Sommer gewichen, und die vornehmen Londoner hatten die Stadt zum größten Teil verlassen und sich auf ihre Landsitze zurückgezogen. Selbst diejenigen, die die Woche über in der Stadt waren, fuhren spätestens am Donnerstag jeder Woche hinaus aufs Land, um dort das Wochenende zu verbringen. Auch Richard reiste oft nach Lansing Court, um sich dort mit seinem neuen Gutsverwalter zu besprechen. Er war allerdings nach wie vor der Ansicht, daß er vorläufig die meiste Zeit in London verbringen mußte, wenn er sich möglichst viele Zusagen einflußreicher Liberaler zur Unterstützung seiner Kandidatur für das Parlament sichern wollte.

Ende Juli wurde aus dem kleinen Rick plötzlich ein schwieriges Kind. Angelique hatte das Gefühl, daß das auf die Hitze der Stadt zurückzuführen war. Zwar war sie fast sicher, daß es in Lansing Court noch heißer sein würde, weil es südlicher lag, aber sie war trotzdem davon überzeugt, daß es für das Kind besser wäre, auf den großen Rasenflächen vor Lansing Court herumkrabbeln zu können als auf dem eingezäunten kleinen Rasenstück am Cavendish Square.

Richard gab ihr recht. »Ich werde euch beide und Rose noch in diesem Monat mitnehmen. Ich muß ohnehin noch öfters hin und her reisen, so daß ihr dort bleiben könnt, bis es kühler wird.«

Vier Tage später trat Molly Hernshaw in Angeliques Leben. Später dachte Angelique noch oft bitter, was für eine Ironie es doch war, daß es nicht eine schöne Frau wie Lydia Barrington, sondern eine unscheinbare, stämmige Frau von etwa fünfzig Jahren war, die Angeliques junges Glück mit Richard zerstörte. Richard kam eines Vormittags in ihr Zimmer, als sie gerade an ihrem kleinen Schreibtisch saß und Antwortbriefe auf Einladungen schrieb. Er strahlte sie an und meinte:

»Komm herunter und laß dich dem Kindermädchen unseres Sohnes vorstellen!«

Angelique sah ihn verständnislos an. »Wovon redest du? Rose Potts ist doch Ricks Kindermädchen!«

»Jetzt nicht mehr! Molly Hernshaw ist hier. Sie war mein

Kindermädchen, bis ich sechs war, und jetzt wird sie sich um unseren Sohn kümmern.«

Angelique war darüber nicht nur überrascht und erzürnt, sie verspürte auch ein unerklärliches Gefühl der Angst.

»Nein, Richard«, sagte sie. »Rick liebt Rose Potts...«

»Dann wird er Molly Hernshaw erst recht lieben.« Dann benutzte er, was selten vorkam, ein Kosewort. »Jetzt sieh sie dir erst einmal an, mein Liebling.«

Zögernd folgte sie ihm hinunter in sein Arbeitszimmer, wo er für gewöhnlich seine Korrespondenz erledigte oder sich mit Leuten traf, von denen er sich Hilfe für seine politische Karriere erhoffte. Als sie eintraten, erhob sich eine Frau in dunklen Wollkleidern von einem Stuhl.

»Nanny«, sagte Richard, »das ist Lady Lansing.«

Die Frau machte einen tiefen Knicks. Als sie sich wieder aufgerichtet hatte, sagte sie mit bebender Stimme: »Verzeiht, wenn ich das so offen sage, aber Ihr seid genauso schön, wie ich es mir für die Gattin meines geliebten Richard erhofft habe. Ich kann es kaum glauben, daß mir nun auch noch das Glück vergönnt sein soll, für seinen Sohn sorgen zu dürfen.« Sie sprach in einer Mischung aus Bescheidenheit, fast Schüchternheit, und Wärme. Aber Angelique hatte gleich beim Eintreten einen Ausdruck von raffinierter Berechnung in ihren kleinen grauen Augen entdeckt.

»Sir Richard hat Euch doch sicher gesagt, daß unser Sohn bereits ein Kindermädchen hat«, meinte Angelique schließlich.

»Das hat er, Mylady. Aber darf ich fragen, wie alt das Mädchen ist?«

»Rose ist neunzehn.«

»Ach, Mylady! Mit neunzehn war ich sozusagen noch ein Lehrmädchen und habe dem Kindermädchen bei der Aufzucht der Kinder des Duke von Marlow geholfen. Ich durfte nur Windeln wechseln oder mal eines der Kinder baden, aber ich hatte nichts zu sagen. Erst mit fünfundzwanzig bekam ich die Obhut über ein Kind, und das war Mr. Richard.«

Sie lächelte schwach. »Vielleicht bedeutet es mir deshalb mehr als alle Kinder, die ich seither betreut habe. Deswegen bin ich jetzt auch überglücklich, daß...«

Sie verstummte, als merke sie erst jetzt, daß die Stimmung

im Raum äußerst gespannt war. »Oh, Sir? Ist es denn noch nicht endgültig? Ich dachte, es wäre alles entschieden.«

»Natürlich ist es entschieden!« rief Richard und legte den Arm um ihre üppige Taille. »Laßt Euch von mir hinausbegleiten, Nanny. Der Kutscher kann Euch dann helfen, Eure Sachen zu holen.«

»Oh, Gott segne Euch, Mr. Richard.« Sie wandte sich um zu Angelique. »Und Gott segne Euch, Mylady.« In ihren Augen lag eine winzige Spur von Triumph.

Angelique neigte den Kopf. »Entschuldigt mich jetzt bitte«, meinte sie kühl, »ich habe noch Briefe zu schreiben.«

Sie saß erst wenige Minuten wieder an ihrem Schreibtisch, als Richard in ihr Zimmer kam.

»Du hättest ruhig freundlicher zu ihr sein können«, sagte er.

»Wie kommt es, daß sie keine anderen Verpflichtungen hat?« fragte Angelique mit mühsam beherrschter Stimme.

»Sie ist jedenfalls nicht aus ihrer letzten Stellung entlassen worden, falls du das andeuten willst! Ihre Schützlinge – ein Zwillingspärchen – waren nur alt genug, um der Obhut einer Gouvernante übergeben zu werden.«

»Richard, ich mag sie nicht.«

»Du magst sie nicht? Du kennst sie ja nicht einmal. Außerdem ist das wichtigste, daß Rick sie mag, und das wird er. Wenn es um Kinder geht, dann ist sie die wärmste, liebevollste ...«

Er brach ab. Dann sagte er: »Als ich klein war, erschienen mir meine Eltern als unerreichbare, mißbilligende Menschen, aber auf Nanny konnte ich mich immer verlassen. Von ihr bekam ich Liebe, Anerkennung und fast alles, was ich mir wünschte.«

›Vielleicht ist das der Grund dafür, daß so viele Engländer deines Standes so arrogant sind‹, hätte Angelique ihm am liebsten entgegengeschrien, ›während der ersten sechs Jahre Eures Lebens wurdet Ihr von Frauen wie Molly Hernshaw wie Halbgötter behandelt.‹

Statt dessen sagte sie nur leise: »Bitte, bring diese Frau nicht hierher.«

Richard strich ihr sanft über das Haar, sagte aber entschlossen: »Du weißt, daß ich mich deinen Wünschen beuge, wann immer es möglich ist. Wäre unser Kind eine Tochter, dann würde ich solche Entscheidungen vielleicht dir überlassen. Aber wir haben einen Sohn, und deshalb mußt du wenigstens in diesem Fall auf die Richtigkeit meiner Entscheidung vertrauen.«

Er hielt einen Moment inne und fügte dann hinzu: »Ich werde dafür sorgen, daß man Rose Potts morgen früh zum Bauernhof ihrer Eltern zurückfährt.«

Etwa eine Stunde später kam Rose Potts in Angeliques Zimmer. Angelique legte ihren Arm um die Schultern des völlig in Tränen aufgelösten Mädchen und tröstete sie: »Ein gesundes, intelligentes Mädchen wie du kann doch überall eine gute Stelle finden...«

»Das weiß ich, Mylady.«

»Ich habe etwas Geld in meinem Schreibtisch. Das wird dir und deinen Eltern helfen, bis...«

»O nein, Mylady! Sir Richard hat mir Geld gegeben. Aber es geht mir nicht darum. Ich...« Sie brach erneut in Tränen aus. »Ach, Mylady, ich habe Euren kleinen Sohn so gerne. Es tut mir so weh, ihn verlassen zu müssen.«

Während Angelique dem Mädchen tröstend die Schultern tätschelte, dachte sie bitter: ›Sollte ich jemals wieder gezwungen sein, eine Stelle anzunehmen, so werde ich bestimmt kein Kindermädchen. Es muß schrecklich sein, von einem Kind getrennt zu werden, das man liebgewonnen hat.‹

Am späten Nachmittag beobachtete sie, wie eine verheulte Rose die Kutsche bestieg, die sie nach Hause bringen sollte, und eine Stunde später kehrte dieselbe Kutsche mit Molly Hernshaw zurück.

Wenige Minuten nach ihrer Ankunft klopfte Richard an Angeliques Tür und kam zusammen mit Molly Hernshaw herein.

»Wir haben eine kleine Vorstellung für dich arrangiert«, sagte er lächelnd. »Dürfen wir hereinkommen?«

»Natürlich.«

»Eines der Mädchen wird gleich mit Rick kommen. Ah, da ist sie ja schon.«

Das Hausmädchen setzte Rick an der Tür ab und ließ ihn laufen. Mit einem breiten Lächeln stolperte der kleine Junge unbeholfen durch den Raum, bis er die Rockschöße seiner Mutter erhaschen konnte. Angelique legte ihm zärtlich die Hand auf seine schwarzen Locken.

In diesem Augenblick sagte Richard leise zu Molly Hernshaw: »Jetzt.«

»Mit Eurer Erlaubnis, Mylady«, sagte die Frau und streckte die Hände aus. »Rick«, rief sie leise, »Rick, mein Liebling.«

Das Kind drehte sich zu ihr herum. »Komm zu Nanny, mein Liebling.«

Der kleine Junge sah sich verwirrt um, als erwarte er, Rose irgendwo zu sehen.

»Nein, Rick«, fuhr die schmeichelnde Stimme fort, »ich bin jetzt deine Nanny. Komm zu Nanny, Rick.«

Plötzlich lachte der kleine Junge und marschierte unbeholfen auf die ausgestreckten Hände der Frau zu. Sie hob ihn hoch und preßte ihn an ihre üppige Brust. Über Ricks dunklem Schopf trafen sich die Blicke der beiden Frauen.

Dann flötete Molly Hernshaw: »Was für ein feiner, kleiner Mann er ist!« Ihr Blick glitt zu Richard, und dann zurück zu Angelique. »Soll ich ihn jetzt zurück ins Kinderzimmer bringen, Mylady, Mr. Richard?«

»Ja«, entgegnete Richard lächelnd. »Ab mit euch beiden.«

Als sich die Tür hinter ihnen geschlossen hatte, wandte er sich an Angelique. »Siehst du jetzt, wie unrecht du hattest?«

»Bitte!« flehte Angelique. »Bitte schick sie fort! Ich mag sie nicht!«

»Das beweist nur, wie schlecht deine Menschenkenntnis ist!« erwiderte er ungehalten. »Hast du nicht gesehen, wie begeistert Rick auf sie reagiert hat? Kinder haben in dieser Hinsicht einen untrüglichen Instinkt.«

›O nein, das haben sie nicht‹, dachte Angelique. Sie erinnerte sich an einen Straßenarbeiter aus ihrem Dorf, einen sanften, lächelnden Mann, der von seinem kargen Lohn immer Süßigkeiten für die Dorfkinder gekauft hatte. Das ganze Dorf hatte ihn gemocht, bis man eines Tages die Leichen von zwei vermißten Kindern neben seiner Hütte ausgegraben hatte. Aber sie wußte, daß sie Richard davon nicht zu erzählen brauchte. Er hätte sie höchstens arrogant gefragt, wie sie es wagen könne, zwischen Angehörigen des französischen Bauernstandes und einer englischen Adelsfamilie Vergleiche anzustellen. Also sagte sie nur:

»Bitte, Richard. Tu mir diesen einen Gefallen, und schick sie fort.«

»Angelique, jetzt hat meine Geduld ein Ende. Molly Hernshaw bleibt. Wir können uns glücklich schätzen, sie zu haben. Und jetzt will ich nichts davon mehr hören.«

Er marschierte auf die Verbindungstür zu.

»Er ist genauso mein Kind wie deines, du arroganter Tyrann«, rief Angelique ihm nach. »Schließlich habe ich ihn unter Schmerzen geboren!«

Er wandte sich noch einmal um.

»Jetzt ist nicht der geeignete Augenblick für eine Biologiestunde. Gut, er ist auch dein Sohn. Aber ich habe das Recht und die Verantwortung, für seine Erziehung zu sorgen. Und solange es dir und meiner närrischen Kusine Elizabeth nicht gelingt, die Gesetze Englands zu ändern, wird das auch so bleiben.«

Damit ging er in sein Zimmer und schlug die Tür hinter sich zu.

## 31

Vier Tage später kam Wilkes mit der Lansing-Kutsche, um Angelique, ihren Sohn und Molly Hernshaw nach Lansing Court zu fahren. Richard küßte Angelique zum Abschied kurz auf die Wange, strich seinem Sohn übers Haar und lächelte Molly Hernshaw zu. Dann rollte die Kutsche an. Es kostete Angelique ihre ganze Willenskraft, sich nicht noch einmal umzudrehen, um nachzusehen, ob Richard der Kutsche noch nachblickte.

Die vergangenen Tage und Nächte waren schlimm für sie gewesen. Trotz ihrer bevorstehenden Trennung war Richard seit dem Streit über Molly Hernshaw nachts nicht mehr zu Angelique gekommen.

In diesem Augenblick riß die Stimme der Kinderfrau Angelique aus ihren Gedanken.

»Ein schöner Tag für eine Fahrt aufs Land, nicht wahr, Mylady?«

Angelique sah die ihr gegenüber sitzende Frau an.

»Ja, es ist ein wunderschöner Tag.«

Eine Zeitlang machten sie angestrengt Konversation, aber Angelique war klar, daß sie sich gegenseitig nichts vorzumachen brauchten; sie mochten sich einfach nicht. Schließlich trat im Innern der Kutsche Stille ein, die nur gelegentlich davon unterbrochen wurde, daß Molly ausrief: »Oh, sieh mal die Kutsche dort, Rick!« oder »Sieh mal die Kühe da!«

Als sie schließlich am Ziel ihrer unangenehmen Fahrt waren und Mrs. Dolford ihnen die Tür von Lansing Court öffnete, wäre Angelique beim Anblick ihres freundlichen Gesichtes fast in Tränen ausgebrochen. Mit dem inzwischen schlafenden Rick folgte ihr die Kinderfrau hinauf ins Kinderzimmer. Von dort aus ging sie in ihr eigenes Zimmer, das für sie voller schöner Erinnerungen an Richard steckte.

Als Wilkes zusammen mit den Stallburschen Angeliques Koffer heraufgebracht hatte, kam Mrs. Dolford, um ihr beim Auspacken zu helfen; ein paar Minuten lang arbeiteten die beiden Frauen schweigend, dann sagte Angelique unvermittelt:

»Übrigens – die neue Kinderfrau war früher Sir Richards Kindermädchen, als er noch klein war.«

»Ich weiß. Rose Potts hat uns neulich einen Besuch abgestattet und uns erzählt – wie alles gekommen ist.«

»Hat Rose schon eine neue Stelle?«

»O ja. Sie ist nach Canterbury gegangen, um dort bei einer Kusine von Dr. Hawkwood als Hausmädchen anzufangen; sie wollte nicht mehr als Kindermädchen arbeiten.«

Danach schwieg Mrs. Dolford abwartend. Als Angelique nichts sagte, hielt die Haushälterin einen Umhang hoch, der ganz mit Goldpailletten bestickt war, und rief aus:

»Wie wunderschön! Der ist neu, nicht?«

»Ja. Eine Schneiderin in der Bond Street hat ihn für mich entworfen.«

›Was für eine nette Frau sie doch ist‹, dachte Angelique. Mrs. Dolford hörte ihr immer bereitwillig zu und stellte doch nie neugierige Fragen.

Angelique hatte erwartet, daß Richard am folgenden Donnerstag nach Lansing Court kommen würde, aber er tat es nicht. Statt dessen ließ er ihr eine kurze Mitteilung zukommen, in der es hieß, ›gewisse Angelegenheiten‹ erforderten seine Anwesenheit in London.

In der nächsten Woche kam er jedoch – und er stattete ihr sogar einen nächtlichen Besuch auf ihrem Zimmer ab. Sie war ganz ausgehungert nach körperlicher Liebe, aber trotzdem konnte sie auf seine Zärtlichkeiten nicht so lustvoll reagieren wie sonst, auch wenn er sich alle Mühe gab. Es war fast, als hätte die Meinungsverschiedenheit über Molly Hernshaw einen Keil zwischen sie getrieben. Als Richard sie schließlich verließ, um in sein eigenes Zimmer zu gehen, spürte sie, daß er enttäuscht und verärgert war.

Er verbrachte fast den ganzen Tag mit Rick und seiner Kinderfrau. Zuerst fuhren sie in einem Ponywagen herum, dann spielten sie Ball. Angelique gab vor, Kopfschmerzen zu haben und blieb auf ihrem Zimmer. Sie fürchtete insgeheim, daß Richard ihr Verhalten als eifersüchtiges Schmollen auslegen würde. In Wirklichkeit war es jedoch viel mehr. Sie wurde einfach das Gefühl nicht los, daß Molly Hernshaw von Grund auf böse war und ihr und Richard irgendwann Unheil bringen würde. Als sie von ihrem Fenster aus den dreien unten auf dem Rasen beim Spielen zusah, bildete sie sich sogar ein, der Schatten der Frau sei nicht nur größer, sondern auch dunkler als die der anderen.

Natürlich wollte sie nicht, daß Richard jemals erfuhr, was für Gedanken in ihrem Kopf kreisten; er hätte sie sicher für verrückt erklärt. Schließlich hatte der kleine Rick die Frau so gerne, daß er Rose Potts völlig vergessen zu haben schien. Mrs. Dolford schien sich der neuen Kinderfrau gegenüber etwas reserviert zu verhalten, aber das war vielleicht auf eine naturgemäße Rivalität zwischen zwei höhergestellten Bediensteten zurückzuführen. Daisy und Jenny schienen jedoch sehr beeindruckt von Molly Hernshaws Erzählungen über ihre Tätigkeit bei Lord und Lady Soundso oder dem Earl von Dingsda. Und was die Köchin anbelangte, so konnte sich Angelique nicht daran erinnern, daß Rose Potts jemals so edle Mahlzeiten auf ihr Zimmer geschickt bekommen hatte.

Angelique hätte eigentlich gar nicht sagen können, was sie eigentlich an der Kinderfrau auszusetzen hatte – außer vielleicht einem Ausdruck der Verschlagenheit, den sie gelegentlich in ihren Augen zu entdecken glaubte. Außerdem störte sie Molly Hernshaws Angewohnheit, plötzlich und unerwartet hinter ihr aufzutauchen; trotz ihrer kräftigen Figur konnte sie sich sehr leise bewegen. Es passierte oft, daß Angelique auf einmal ein merkwürdiges Gefühl verspürte; wenn sie sich dann herumdrehte, stand immer Molly Hernshaw in der Nähe, um in ihrer unterwürfigen Art irgendeine Bitte oder einen Vorschlag vorzubringen. Natürlich konnte Angelique darüber mit Richard nicht sprechen; schließlich konnte sie sich ja nicht darüber beschweren, daß die Kinderfrau einen so leisen Gang hatte.

Im Laufe der folgenden Wochen kam Richard nur gelegentlich nach Lansing Court. Zweimal brachte er dabei einen Gast mit, ein einflußreiches Parlamentsmitglied der Liberalen, mit dem er fast die ganze Nacht diskutierte, so daß Angelique in ihrem Bett vergeblich auf ihren Mann wartete.

Einmal kam er in dieser Zeit jedoch zu ihr aufs Zimmer. Aber als Angelique auf seine Zärtlichkeiten wieder eher leidenschaftslos reagierte, fragte er: »Angelique, was ist los mit dir?«

»Ich weiß nicht«, entgegnete sie. Sie hätte ihm gerne gesagt, daß es eine Mischung aus Angst und Wut war, die aus ihr eine andere Frau gemacht hatte. Sie hatte Angst vor Molly Hernshaw, und sie war wütend darüber, daß ihr Mann sie ihr und seinem Sohn aufgezwungen hatte. Aber sie schwieg, weil sie ihn nicht verärgern wollte.

»Nun«, meinte er schließlich, »mach dir deswegen keine unnötigen Sorgen.«

Angelique merkte, wie ihr plötzlich kalt wurde. Sie hatte das Gefühl, in seiner Stimme nicht nur Enttäuschung und Unzufriedenheit gehört zu haben, sondern auch noch etwas anderes. Es schien ein Unterton von Gleichgültigkeit darin gelegen zu haben, so, als hätte er während seiner wochenlangen Abwesenheit festgestellt, daß er sie körperlich nicht mehr so begehrte. Wenige Minuten später ging Richard in sein eigenes Zimmer.

Von jenem Tag an betrat er ihr Zimmer nicht mehr, wenn er für ein Wochenende nach Lansing Court kam; Angelique fragte sich unglücklich, ob er sich anderen Frauen zugewandt hatte; sie war sich dessen fast sicher.

Trotz des quälenden Gedankens, daß Richard vielleicht nie wieder ihr Bett mit ihr teilen würde, versuchte Angelique, ihr Leben so glücklich wie möglich zu gestalten. Sie konzentrierte sich darauf, die Spielstunden mit ihrem Sohn zu genießen, auch wenn sie im Hintergrund immer Molly Hernshaw lauern spürte. Ansonsten beschäftigte sie sich viel mit kleinen Gartenarbeiten, wenn sie nicht gerade las oder sich mit Elizabeth Cantrell unterhielt.

Selbst hier auf dem Land erreichten sie oft Nachrichten von den blutigen Ereignissen, die sich unterdessen in Frankreich abspielten. Eine Londoner Freundin, Lady Winwood, schrieb ihr beispielsweise:

›Habt Ihr schon die neuesten Nachrichten aus Frankreich gehört? Die Nationalversammlung oder die Nationalvereinigung – wie immer man das Parlament dort drüben gerade nennt – ist am 5. September vom wütenden Mob gestürmt worden. Die Leute haben die Abgeordneten dazu gezwungen, überall Hausdurchsuchungen vorzunehmen, um nach Spionen zu forschen. Was für Spione? Das weiß ich wirklich nicht, meine Liebe, aber ich glaube, es hat irgend etwas mit ihrer letzten militärischen Niederlage zu tun. Das ist typisch französisch. Die Leute sind so aufgeblasen, daß sie es für völlig ausgeschlossen halten, von irgend jemand besiegt werden zu können, und so wittern sie bei jeder Niederlage Verrat. Nein, meine liebe Angelique, ich habe nicht vergessen, daß Ihr Französin seid. Ich bin sicher, daß Ihr Euch im klaren darüber seid, daß ich hier von diesen niederen Klassen spreche und nicht von dem edlen Stand, dem Ihr entstammt.‹

Edler Stand. Angelique mußte an die armselige Hütte denken, in der sie aufgewachsen war, und ein Lächeln huschte über ihr Gesicht. Aber schon die nächsten Zeilen des Briefes ließen ihr Lächeln ersterben:

›Tausende von Menschen sind ins Gefängnis geworfen worden, und der Himmel weiß, was man mit ihnen tun wird. Es kursiert das schreckliche Gerücht, daß sie mit dieser entsetzlichen neuen Maschine, der Guillotine, hingerichtet werden sollen.‹ Wenige Tage nachdem Angelique diesen Brief erhalten hatte, erreichten sie neue Nachrichten aus ihrer Heimat. Dr. Hawkwood brachte ihr eine Londoner Zeitung mit, die er gerade bekommen hatte. Darin hieß es, daß man Marie Antoinette am 16. Oktober auf einem Karren zum Schafott gefahren hatte. Ihr Anblick hatte den Mob so in Rage gebracht, daß man dreißigtausend Soldaten gebraucht hatte, um wieder Ordnung herzustellen.

Unter dem Artikel war auch eine Zeichnung, die Marie Antoinette auf ihrem letzten Weg zeigte. Der Zeichner, ein erbitterter Gegner der Königsfamilie, hatte ganz offensichtlich all seinen Haß in das Bild gelegt. Die Frau, die gefesselt auf dem primitiven Karren stand, war nicht mehr schön; sie sah alt aus, ihre Haare strähnig, und ihre Gesichtszüge wirkten hart. Aber es war dem Künstler nicht gelungen, die Würde zu verschleiern, mit der Marie Antoinette ihren letzten Weg gegangen war. Angelique wußte sehr wohl, wie die Armen gelitten hatten, während Marie Antoinette ein Vermögen für Juwelen und den Bau des kleinen Trianon ausgegeben hatte; trotzdem war sie froh, daß die eitle, dümmliche Österreicherin wenigstens in der Stunde ihres Todes zu einer wahren Königin geworden war.

Kaum eine Woche später erhielt Angelique eines Nachmittags unerwarteten Besuch. Sie wollte gerade von ihrem Zimmer nach unten gehen, als sie es plötzlich draußen klopfen hörte. Während Mrs. Dolford zur Tür eilte, blieb Angelique auf dem Treppenabsatz stehen, um zu hören, wer der Besucher war. Plötzlich hörte sie jemanden fragen:

»Könnte ich vielleicht Lady Lansing sprechen?«

Angeliques Herz machte einen Sprung. Diese Stimme! Konnte es sein, daß...?

Sie eilte die Treppe hinunter.

»Wenn Ihr solange hier warten wollt, werde ich nachsehen, ob Lady Lansing zu sprechen ist«, sagte Mrs. Dolford gerade.

»Jacques!« rief Angelique. »O Jacques, komm herein!«

Jacques verharrte noch einen Moment auf der Türschwelle, und Angelique stellte fest, daß er dünner und älter aussah. Aber es war Jacques, mit dem unverkennbaren attraktiven Gesicht und den intelligenten, blauen Augen.

Als er schließlich eintrat, sagte Angelique:

»Mrs. Dolford, das ist ein alter Freund, Monsieur – ich meine, Mr. Latour.« Trotz ihres wild klopfenden Herzens sprach sie einigermaßen beherrscht. »Mrs. Dolford ist unsere Haushälterin, Jacques.«

Mrs. Dolford machte lächelnd einen Knicks und fragte dann: »Kann ich noch etwas für Euch tun, Mylady?«

»Im Augenblick nicht, danke.«

»Dann entschuldigt mich jetzt bitte.« Damit ging sie zurück in die Küche.

Angelique nahm Jacques an der Hand und meinte: »Komm hier herein.« Sie führte ihn in die Bibliothek, wo sie ihm mit tränennassen Augen gegenüberstand. Erinnerungen stürmten auf sie ein, und sie sah sich wieder in Jacques' großem Zimmer sitzen. Er brachte ihr Lesen und Schreiben bei, und nachts teilte er mit ihr das Bett.

»O Jacques!« rief sie und warf sich weinend in seine Arme. Er drückte sie an sich und strich ihr über das Haar.

»Was hast du, Angelique?« fragte er schließlich. »Warum weinst du, mein Liebling?«

Sie löste sich aus seiner Umarmung, trat einen Schritt zurück und trocknete mit einem Taschentuch ihre Tränen. Dann sagte sie mit einem unsicheren Lächeln:

»Es ist nur die Freude, dich wiederzusehen.«

Sie wußte, daß das nicht die ganze Wahrheit war. Sie hatte auch geweint, weil ihr seine Ankunft erst verdeutlicht hatte, wie einsam und verlassen sie sich im Augenblick fühlte.

»Wie lange bist du schon in England?« fragte sie.

»Über ein Jahr.«

»Über ein Jahr! Und davor – nein, warte.« Sie hatte plötzlich bemerkt, daß sie die Tür hinter sich nicht ganz geschlossen hatte. Sie hielt es für besser, wenn ihr Gespräch von niemandem belauscht werden konnte. Es war durchaus möglich, daß ein Franzose, der auf der Flucht vor dem blutrünstigen Regime Frankreichs war, Geheimnisse hatte, die nicht für die Ohren möglicher französischer Spitzel bestimmt waren.

»Komm, laß uns in den Garten hinausgehen«, sagte sie deshalb. Gemeinsam traten sie durch einen Hinterausgang auf die Terrasse, um von dort aus über eine Steintreppe hinunter in den Garten zu wandern. Dort setzten sie sich in die Laube, wo sie von jedermann gesehen werden konnten, aber keine unerwünschten Zuhörer fürchten mußten.

»Du bist also schon über ein Jahr hier«, sagte Angelique. »Hast du die ganze Zeit gewußt, daß ich auch in England bin?«

»Ja«, entgegnete Jacques. »Ich bin auch nach meiner Flucht aus Frankreich in Verbindung zu alten Freunden dort geblieben, und so habe ich von meinem ehemaligen Arbeitgeber in

St-Isidore erfahren, daß der Duc de Rhoulac dich als seine Enkelin und Erbin anerkannt hat. Er hat mir später auch von deiner Hochzeit mit Richard Lansing geschrieben.«

Jacques Stimme klang plötzlich belegt. Angelique wurde klar, wie schockiert und verwirrt er gewesen sein mußte, als er gehört hatte, daß sie ausgerechnet den Engländer geheiratet hatte, der nicht nur mit einer einzigen rücksichtslosen Handbewegung ihren Bruder in den Tod gestoßen und damit ihre Familie zerstört, sondern sie auch brutal vergewaltigt hatte.

»Ich weiß, daß es seltsam erscheinen muß, daß ich ...«, sagte Angelique gequält.

»Sag jetzt nichts, Angelique. Du mußt es mir nicht erklären, wenn du nicht willst.«

Angelique war klar, daß sie es ihm tatsächlich nicht erzählen wollte. Wie hätte sie es dem sanftmütigen Jacques auch erklären sollen, der sie geliebt hatte, obgleich er sie für eine völlig leidenschaftslose Frau gehalten hatte? Wie hätte sie ausgerechnet Jacques beichten können, daß ihre Leidenschaft für Richard sie wie eine Sucht ergriffen hatte, die sie nicht bekämpfen konnte?

Sie blickte auf ihre ineinander verschränkten Hände hinunter und sagte leise: »Danke, Jacques.« Dann sah sie ihm ins Gesicht und fragte: »Warum kommst du mich erst jetzt besuchen?«

»Ich habe dich in London zweimal gesehen, du mich allerdings nicht. Ich hatte in der Zeitung gelesen, daß Lord und Lady Lansing der Eröffnung der Oper beiwohnen würden, und so habe ich mich in die Menge gestellt, um zuzusehen, wie die Kutschen vorfahren. Du hast an jenem Abend einen blauen Samtumhang mit passendem Hut aufgehabt, und du – du sahst glücklich aus. Dann habe ich dich zusammen mit deinem Mann auch einmal aus einem Geschäft kommen sehen, und auch an diesem Tag hast du einen zufriedenen Eindruck gemacht. Ich hielt es daher für besser, mich aus deinem Leben herauszuhalten.«

»Was hat dich dann jetzt dazu bewogen ...«

»Meine Meinung zu ändern? Ich habe deinen Namen den ganzen Herbst nicht auf der Gesellschaftsseite gefunden, und so habe ich es mir schließlich zur Gewohnheit gemacht, mehrmals in der Woche an eurem Haus in London vorbeizugehen, aber ich habe dich nie zu Gesicht bekommen. Nur deinen Mann habe ich aus dem Haus kommen sehen, aber jedesmal allein, und so kam mir schließlich die Befürchtung, du könntest krank geworden sein. Eines Tages habe ich dann die Ungewißheit nicht länger ertragen und mich einfach bei eurer Londoner Haushälterin nach dir erkundigt, und sie hat mir gesagt, daß du hier bist. Also habe ich mir heute früh ein Pferd geliehen und bin hergeritten. Ich mußte mich einfach davon überzeugen, daß dir nichts passiert ist.«

Nach langem Schweigen sagte Angelique: »Es ist etwas passiert. Mein Mann und ich haben uns entfremdet. Wir haben uns gestritten, weil er gegen meinen Willen eine neue Kinderfrau angestellt hat. Ist es nicht seltsam, daß man sich wegen eines Dienstboten so auseinanderleben kann.«

»Eine Kinderfrau?« fragte Jacques erstaunt. »Du bist Mutter?«

»Ja«, entgegnete Angelique lächelnd. »Ich habe einen Sohn. Ich werde ihn dir nachher zeigen.«

Jacques zögerte einen Moment, dann fragte er: »Bist du sehr unglücklich über den Streit mit deinem Mann?«

»Unglücklich bin ich schon, aber es ist zu ertragen. Ich habe viel, was mich dafür entschädigt: meinen kleinen Sohn, ein schönes Zuhause, viele Bücher und eine gute Freundin, Elizabeth Cantrell. Aber jetzt erzähle mir, was du nach deiner Flucht aus Frankreich getan hast.«

»Ich war in den Niederlanden, bevor ich nach England kam. Und du? Wie ist es dir ergangen, bevor du zurück nach St-Isidore gegangen bist?«

In diesem Augenblick wurde Angelique klar, daß er nichts von den schrecklichen Monaten wußte, die sie in Paris verbracht hatte. Er ahnte nicht, daß sie verhaftet und eingesperrt worden war, und sie brachte es nicht fertig, es ihm zu erzählen. Sie wollte auf keinen Fall, daß er sich noch nachträglich Vorwürfe machte, sie allein gelassen zu haben.

»Als du fort warst«, sagte sie schließlich, »bin ich gleich zurück nach St-Isidore gefahren.« Dann schwieg sie einen Moment, bevor sie fragte: »Hast du vor, in England zu bleiben?«

»Nein, ich werde bald nach Frankreich zurückkehren.«

»Nach Frankreich! Aber Jacques, das ist doch viel zu gefährlich!«

Er lächelte schwach. »Jetzt ist es nicht mehr so schlimm. Die meisten Leute, die damals auf meine Verhaftung hingewirkt haben, sind nun selber im Gefängnis, und ein paar hat man sogar schon hingerichtet. Außerdem wird bei den augenblicklichen Zuständen in Frankreich die Rückkehr eines ehemaligen Verfolgten gar nicht auffallen, wenn ich mich vorsehe.«

»Warum möchtest du überhaupt dorthin zurück?«

»Weil Frankreich meine Heimat ist, Angelique. Ich fürchte, daß dem Land noch viel schlimmere Zeiten bevorstehen. Es wird mit Sicherheit einen Aufstand gegen das gegenwärtige Regime geben. Aber danach hat Frankreich zumindest eine Chance, zu dem Land zu werden, das Männer wie ich sich erhoffen. Wie dem auch sei – ich werde nach Frankreich zurückkehren und mein möglichstes tun, damit in meinem Heimatland wirklich einmal der Grundsatz ›Freiheit, Gleichheit, Brüderlichkeit‹ Gültigkeit bekommt. Ich habe für diesen Kampf zuviel geopfert, um jetzt aufgeben zu können.«

Nach diesen Worten herrschte eine Weile Schweigen. Dann sagte Angelique:

»Aber du wirst doch wenigstens noch mit mir zu Abend essen und die Nacht in Lansing Court verbringen?«

Er schüttelte den Kopf. »Ich habe mich bereits im Dorfgasthof einquartiert. Weißt du, ich hatte schon den Verdacht, daß es zwischen dir und deinem Mann Schwierigkeiten gibt. Ich möchte nichts tun, was sie noch vergrößern könnte.« Wieder lächelte er. »Willst du mir jetzt deinen Sohn zeigen?«

Gemeinsam stiegen sie hinauf in den dritten Stock, wo das Kinderzimmer lag. Angelique hatte kaum an die Tür geklopft, als Molly Hernshaw öffnete. Sie legte ihren Zeigefinger an die Lippen und flüsterte in ihrer süßlichen Art, die Angelique so verabscheute:

»Wir machen gerade ein Schläfchen, und dabei möchte Mami uns doch nicht stören, nicht?«

»Wir wollen uns Rick nur kurz ansehen«, sagte Angelique kühl, aber leise. »Nanny, dies ist ein alter Freund von mir, Mr. Latour.«

Mrs. Hernshaw schlug unterwürfig die Augen nieder und knickste. »Mylady, Sir, wenn Ihr mir folgen würdet...«

Damit führte sie die beiden über einen mit Spielsachen übersäten Gang hinüber zu einem kleinen Bettchen, in dem Rick schlief.

»Habt Ihr je ein schöneres Kind gesehen, Sir?« flüsterte Mrs. Hernshaw. »Ist er nicht allerliebst?«

Jacques nickte. Auf seinem Gesicht lag eine Mischung von Zärtlichkeit und Wehmut, als er das schlafende Kind betrachtete.

Ein paar Minuten später verließen Jacques und Angelique das Kinderzimmer. Als sie die Treppe hinuntergingen, meinte Jacques: »Es wäre mir lieber, wenn dein Sohn dir ähnlich sähe, aber er ist trotzdem ein schönes Kind.«

»Danke«, murmelte Angelique.

»Es wird das beste sein, wenn ich mich jetzt auf den Weg in den Gasthof mache«, sagte Jacques. Obgleich Angelique wußte, daß man sie überall vom Haus aus beobachten konnte, begleitete sie Jacques noch bis zur Toreinfahrt.

»Diese Kinderfrau«, sagte er auf dem Weg dorthin plötzlich, »ist sie diejenige, die du nicht haben wolltest?«

Angelique nickte.

»Das wundert mich nicht. Sie hat so eine katzbuckelnde Art; das mag einem Schoßhund anstehen, bei einem menschlichen Wesen ist es jedoch ekelerregend.«

Angelique war sehr erleichtert, als er das sagte. Sie hatte sich in letzter Zeit oft gefragt, ob nicht vielleicht eine Art Eifersucht hinter ihrer anhaltenden Abneigung gegenüber Molly Hernshaw steckte. Ihr Sohn schien mittlerweile ganz vernarrt in seine Kinderfrau zu sein, und ein paarmal hatte Angelique ihn nicht einmal aus ihren Armen locken können, bis Mrs. Hernshaw schließlich sanft tadelnd zu ihm gesagt hatte: »Jetzt geh zu deiner Mami, mein Schatz.«

Inzwischen waren Jacques und Angelique am Tor angekommen, wo er sein Pferd angebunden hatte. Als er sich in den Sattel geschwungen hatte, fragte sie: »Sehe ich dich noch einmal, bevor du nach London zurückkehrst?«

»Nein, ich muß morgen früh schon aufbrechen. Ich habe Verschiedenes zu erledigen. Weißt du, ich möchte es nicht riskieren, auf dem üblichen Weg nach Frankreich zu reisen, also muß ich mich nach einer anderen Möglichkeit umsehen. Darf ich dir aus Frankreich schreiben, damit du weißt, wo ich bin? Oder würde das das Verhältnis zwischen dir und deinem Mann noch verschlechtern?«

In ihrem Kummer hätte sie am liebsten geschrien: ›Ich bezweifle, daß er es überhaupt merken oder sich dafür interessieren würde, wenn du mir schreibst!‹

Statt dessen entgegnete sie jedoch nur: »Bitte, schreib mir. Ich werde deswegen keine Schwierigkeiten bekommen.«

Jacques blickte noch einmal lächelnd auf sie hinab; aber in seinen Augen lag ein ernster Ausdruck.

»Solltest du mich jemals brauchen«, sagte er, »dann laß mir eine Nachricht zukommen. Wenn ich noch am Leben bin, werde ich sofort zu dir kommen, das weißt du doch, oder?«

»Ja, das weiß ich.«

Angelique sah ihm nach, bis er den Privatweg der Lansings verlassen und auf die öffentliche Straße geritten war. Dann wandte sie sich um und ging langsam zum Haus zurück.

## 32

Anfang November zog klirrender Frost ins Land, der nicht nur die Dahlien erfrieren und absterben ließ, sondern auch die sonst so widerstandsfähigen Chrysanthemen. Die Tatsache, daß das Wetter schon wenige Tage später wieder sonnig und mild wurde, ließ den Garten nur noch deprimierender wirken. Angelique war froh, als Wilkes die verkümmerten Blumenreste entfernt hatte und der Garten in schlichter Kahlheit dalag.

Richard kam zu diesem Zeitpunkt etwa alle zehn Tage für ein Wochenende aus London. Wenn er in Lansing Court war, verbrachte er seine Tage damit, seinen Pächtern Besuche abzustatten, sich mit seinem Verwalter zu unterhalten oder mit seinem Sohn und dessen Kinderfrau im Ponywagen auszufahren. Die Nächte brachte er ausnahmlos in seinem eigenen Zimmer zu. Angelique fragte sich manchmal, ob er vielleicht nur noch zu Besuch kam, damit sein Sohn ihn nicht vergaß.

Über Weihnachten kam Richard für drei Tage nach Lansing Court, und er nahm Angelique sogar zu einem Fest in der Nachbarschaft mit; es wurde von Lord und Lady Fentriss veranstaltet. Solange jemand in ihrer Nähe war, behandelte Richard Angelique mit Freundlichkeit und Galanterie; auf der Heimfahrt in der Kutsche jedoch wechselten sie kaum ein Wort, und zu Hause ging Richard sofort auf sein Zimmer. Am nächsten Morgen brach er in aller Frühe nach London auf, ohne sich von Angelique zu verabschieden.

Als der Winter langsam in den Frühling überging, fragte sich Angelique immer öfter und besorgter, mit was für einer Art von Frauen sich Richard in London wohl nun umgab. Schließlich kam ihr sogar der schreckliche Gedanke, daß er inzwischen eine Frau kennengelernt haben konnte, mit der er eine feste Bindung wünschte. Vielleicht sogar eine, die er gerne heiraten würde...

Voller Unruhe dachte Angelique daran, wie ihr Großvater damals davon gesprochen hatte, die Ehe zwischen ihnen nach der Geburt des Kindes wieder auflösen zu lassen. Je mehr sie über diese Möglichkeit nachdachte, desto entschlossener wurde sie, sich davon nicht abschrecken zu lassen, sondern auch die guten Seiten einer solchen Lösung zu sehen. Richard würde ihr sicher soviel von ihrer Mitgift zurückgeben, daß sie zusammen mit ihrem Sohn irgendwo auskömmlich leben konnte. Dann konnte sie sich auch endlich diese Molly Hernshaw vom Halse schaffen, die sich ihres Sohnes inzwischen in einem solchen Ausmaß bemächtigt hatte, daß Angelique sich manchmal wie ein Eindringling vorkam, wenn sie das Kinderzimmer betrat.

Ende März wurde Angelique eines Nachts durch Kindergeschrei aus dem Schlaf geschreckt. Sie schlüpfte aus dem Bett und eilte die Treppe zum Kinderzimmer hinauf, ohne auch nur ihre Hausschuhe oder einen Morgenmantel angezogen zu haben. Aus dem Geschrei war mittlerweile ein Schluchzen geworden, das sich mit Molly Hernshaws tröstender Stimme vermischte. Als Angelique die Tür öffnete, sah sie die Kinderfrau in einem grauen Nachthemd mit Rick im Arm im Zimmer stehen.

Als Rick Angelique entdeckte, begann er wieder zu schreien und vergrub sein Gesicht in Mrs. Hernshaws Schulter. Die Kinderfrau machte einen sehr besorgten Eindruck.

»Bitte, Mylady«, sagte sie. »Er hat einen Alptraum gehabt; es wäre am besten, wenn Ihr wieder gehen würdet.«

»Nun gut«, sagte Angelique kühl, »dann werde ich draußen warten, bis er wieder eingeschlafen ist.«

Angelique war sehr aufgebracht, und ihr Herz pochte wild, während sie vor der Tür Ricks immer leiser werdendem Gewimmer und Mrs. Hernshaws betörender Stimme lauschte.

Nach ein paar Minuten schließlich trat Stille ein, und Mrs. Hernshaw kam heraus. Nun lag auf ihrem Gesicht ein Lächeln, aber Angelique hatte trotzdem das Gefühl, daß ihr nicht wohl in ihrer Haut war.

»Er schläft jetzt, Mylady. Ich glaube kaum, daß es heute nacht noch Schwierigkeiten mit ihm geben wird«, sagte sie.

Angelique hatte alle Mühe, sich ihre Wut nicht anmerken zu lassen – und auch nicht das Mißtrauen, das plötzlich in ihr aufgekeimt war. Sie hatte einen bestimmten Verdacht, aber sie wußte, daß sie ihn für sich behalten mußte, bis sie einen unwiderlegbaren Beweis dafür hatte.

»Gut«, sagte sie deshalb kühl. »Dann gute Nacht.« Damit ging sie wieder hinunter in ihr eigenes Zimmer.

Von dieser Nacht an war es Angelique, die sich auf leisen Sohlen durch das Haus bewegte und an Türen lauschte. Wenn sie sicher sein konnte, daß keine Dienstboten in der Nähe waren, schlich sie oft zum Kinderzimmer hinauf und lauschte an der Tür. Aber sie hörte nie etwas, das die merkwürdige Reaktion ihres Sohnes auf ihr Erscheinen in jener Nacht erklärte oder die Tatsache, daß er sich ihr gegenüber immer abweisender verhielt.

Es wurde April, bevor Angelique schließlich in Erfahrung bringen konnte, was sie wissen mußte. Es geschah an einem wunderschönen Frühlingstag; Angelique hatte einen ausgedehnten Spaziergang gemacht. Entgegen ihrer sonstigen Gewohnheit kehrte sie an diesem Tag durch den auf der Rückseite des Hauses gelegenen Teil des Gartens zurück. Sie näherte sich gerade einer üppigen Hecke, als sie dahinter plötzlich Molly Hernshaws Stimme hörte.

»Jetzt sieh dir dieses Bild an, mein kleiner Liebling«, flötete sie gerade, und Angelique blieb unvermittelt stehen.

»Kühe?« hörte sie nun ihren Sohn ängstlich fragen.

»Ja, das sind Kühe. *Tote* Kühe, Ricky. Und hier, in der Ecke des Bildes kannst du noch die Hexe sehen, wie sie sich gerade in den Wald davonstiehlt.«

In diesem Augenblick wurde Angelique klar, was für Bilder die Kinderfrau Rick gerade zeigte. Es waren die Illustrationen eines Buches über den Hexenkult, das zu einer Zeit geschrieben worden war, in der überall auf der Welt Frauen mit Angst und Haß verfolgt worden waren, weil man sie für Hexen gehalten hatte. Angelique hatte das Buch Monate zuvor in der Bibliothek gesehen und es durchgeblättert. Wie die meisten Menschen ihres aufgeklärten Zeitalters glaubte sie nicht an die Existenz von Hexen. Trotzdem hatten ihr manche der in dem Buch abgebildeten Holzschnitte Ekel und Furcht eingeflößt. Es war mit Sicherheit ein Buch, das nicht in Kinderhand gehörte.

»Und hier«, fuhr Molly Hernshaw in diesem Augenblick fort, »hier hat man die Hexe gefangen. Siehst du, wie die Leute unter ihr Holz aufschichten, um sie zu verbrennen?«

Angelique rief sich angeekelt das betreffende Bild in Erinnerung. Es zeigte eine abscheulich aussehende Frau voller Warzen auf einem Scheiterhaufen, der von einer Gruppe Menschen, darunter auch ein kleiner Junge und ein kleines Mädchen, immer höher aufgeschichtet wurde.

In diesem Augenblick hörte Angelique fassungslos, wie ihr Sohn zaghaft, aber doch fasziniert fragte: »Mami?«

»Ja, mein Schatz«, sagte die Kinderfrau. »Das ist deine Mami. So sieht sie in Wirklichkeit aus. Aber ich habe dir ja schon gesagt, daß eine Hexe jede Gestalt annehmen kann; sie kann sogar schön aussehen, wie deine Mutter. Aber sie darf nie erfahren, daß wir ihr kleines Geheimnis kennen, hörst du?«

Rick mußte genickt haben, denn Molly Hernshaw fuhr fort: »So ist es brav. Denke immer daran, wenn sie erfährt, daß wir wissen, wer sie ist. Und wenn sie vor deinen Augen Hexengestalt annimmt, dann wirst du nie mehr sprechen oder gehen können!«

Angelique wurde von einem unbändigen Gefühl der Wut und des Hasses erfaßt; ihr war nun klar, warum ihr Sohn sich bei ihrem Anblick weinend in die Arme seiner Kinderfrau flüchtete. Am liebsten hätte sie der Frau noch in diesem Augenblick das Buch aus der Hand geschlagen und das Gesicht zerkratzt, aber sie durfte natürlich auf keinen Fall riskieren, daß ihr Sohn noch mehr Angst vor ihr bekam.

Leise drehte sie sich um und schlich durch den Seitenteil des Gartens zur Vordertür des Hauses. Dabei fragte sie sich, wieviel ihr Sohn wohl von dem verstand, was Molly Hernshaw ihm erzählte. Sicher nicht alles, aber bestimmt genug, um ihm panische Angst vor der eigenen Mutter einzuflößen, wenn der Kinderfrau nicht das Handwerk gelegt wurde. Ob sie wohl wahnsinnig war? Sicher war das Verhalten der Kinderfrau eher eine Mischung aus Wahnsinn und Berechnung. Sie hatte einen Weg gefunden, sich für ein paar Jahre eine sichere Stellung zu verschaffen. Genug Zeit, um das Kind durch solche schrecklichen Lügengeschichten an sich zu binden. Es bestand kein Zweifel daran, daß das die Erklärung dafür war, daß ihre Zöglinge so an ihr hingen.

Angelique fragte sich, ob Molly Hernshaw wohl schon immer nach dieser Methode vorgegangen war und ob man sie je zuvor dabei ertappt hatte. Wenn, dann konnten die betroffenen Eltern keine eindeutigen Beweise gehabt haben, oder die Kinderfrau hatte sie vielleicht dadurch erweicht, daß sie unter Tränen beteuert hatte, sie hätte nie damit gerechnet, daß die Kinder ihren Erzählungen Glauben schenken würden. Bestimmt hatte sie versprochen, so etwas nie wieder zu tun, wenn man ihr nur ein gutes Zeugnis gäbe, damit sie irgendwo anders eine neue Stelle finden konnte.

›Diesmal wird sie aber nicht davonkommen‹, schwor Angelique sich voller Zorn. Sie war fest entschlossen zu verhindern, daß Molly Hernshaw sich mit Hilfe einer wohlwollenden Referenz bei irgend jemand anderem einnistete.

Inzwischen hatte Angelique die Eingangstür erreicht; als sie eintrat, traf sie im Vorraum auf Mrs. Dolford.

»Würdet Ihr bitte Daisy hinauf ins Kinderzimmer schicken und ihr sagen, sie soll dort warten?« fragte sie sie.

»Natürlich, Mylady.«

»Und wenn die Kinderfrau mit meinem Sohn zurückkommt, sagt ihr bitte, sie möchte meinen Sohn Daisys Aufsicht überlassen und dann auf mein Zimmer kommen. Ich habe ihr etwas zu sagen.«

Über das Gesicht der Haushälterin huschte ein Schatten aufkeimender Neugier, aber sie stellte – wie immer – keine aufdringlichen Fragen, sondern meinte nur: »Das tue ich gern, Mylady. Hattet Ihr einen schönen Spaziergang?«

»Ja, er war sehr schön«, entgegnete Angelique und ging die Treppe hinauf.

Auf ihrem Zimmer angekommen, nahm sie ein paar Geldscheine aus ihrem Schreibtisch, schob sie in einen Umschlag und legte ihn auf einen kleinen Tisch. Dann setzte sie sich hin, legte ihre Hände in den Schoß und bemühte sich, ihr zornig klopfendes Herz zu beruhigen. Etwa fünfzehn Minuten später klopfte jemand leise an ihrer Tür.

»Herein«, sagte Angelique mit gepreßter Stimme.

Molly Hernshaw trat ein, ganz die unterwürfige, respektvolle Dienstbotin mimend, und lächelte scheu.

»Ihr wolltet mich sprechen, Mylady?«

»Ja.« Angelique nahm den Umschlag auf und hielt ihn ihr hin. Mrs. Hernshaw streckte automatisch die Hand aus und nahm ihn entgegen.

»Was ist das, Mylady?« fragte sie dabei.

»Das ist Euer Lohn für das zweite Quartal, obgleich wir jetzt erst April haben. Ihr werdet das Kinderzimmer nicht mehr betreten, sondern Euch sofort reisefertig machen und unten in der Halle warten. Daisy und Jenny werden Eure Sachen packen, und dann wird Wilkes Euch ins Dorf fahren. Was Ihr danach tut, ist mir gleich.«

Einen Augenblick lang hatte in den Augen der Kinderfrau eine Mischung aus Nervosität und zorniger Ungläubigkeit gelegen, nun aber spiegelte ihr Blick nur Gekränktheit und Verwirrung wider. Sie preßte sich die Hand auf die Brust und rief:

»O Mylady! Was habe ich denn getan?«

»Habt Ihr das Buch zurück in die Bibliothek gebracht oder ist es noch im Kinderzimmer?«

»Welches Buch?« fragte Mrs. Hernshaw scheinbar verwirrt.

»Das Buch über die Hexenverfolgung.«

»Ach, das alte Bilderbuch. Ist es das, was Euch so erzürnt hat, Mylady? Vielleicht hätte ich es nicht ohne Euer Einverständnis nehmen und in Ricks Reichweite liegenlassen sollen. Aber ich war der Meinung, daß ein Kind in seinem Alter ohnehin nicht verstehen kann, was…«

»Hört auf!« unterbrach Angelique sie mit bebender Stimme. »Es hat keinen Sinn! Ich habe mit meinen eigenen Ohren gehört, was Ihr meinem Sohn erzählt habt, ich sei eine Hexe, ich...« Die Erregung schnürte Angelique die Kehle zu, und sie konnte nicht weitersprechen.

Molly Hernshaw zeigte ihr nun ein Gesicht, das wahrscheinlich bisher nur wenige Menschen gesehen hatten. Sie sah sie mit einem Blick an, der voller Haß steckte.

»Das habt Ihr Euch selbst zuzuschreiben«, sagte sie kalt. »Hättet Ihr mich willkommen geheißen, wie Mr. Richard es gewollt hat...«

»Ich bezweifle, daß Ihr Euch dann anders verhalten hättet. Aber das ist jetzt ohnehin unerheblich. Verlaßt dieses Haus!«

»Von jemandem Eurer Herkunft lasse ich mich nicht entlassen!« rief die Kinderfrau, deren Augen nun gefährlich glitzerten. »Ich habe in hochherrschaftlichen Häusern gedient! Und was seid Ihr? Eine Bauerntochter! Ihr hattet keine Ahnung, daß ich das weiß, nicht wahr?«

Es war Angelique ein Rätsel, wie die Frau von ihrer Herkunft erfahren hatte. Ob wohl auch Leute Richards Standes wußten, daß ihre Mutter eine Bäuerin gewesen war? Es war nicht auszuschließen; solche Neuigkeiten verbreiteten sich immer schnell. Angelique stellte jedoch erstaunt fest, daß ihr das im Augenblick völlig gleichgültig war.

»Es stimmt«, meinte sie. »Ich bin als Tochter einer Bauersfrau geboren worden. Aber nun bin ich Lady Lansing und Herrin dieses Hauses, und ich verlange, daß Ihr es sofort verlaßt!«

Die Kinderfrau beugte sich vor und lächelte sie kalt an. Dann sagte sie: »Ich warne Euch. Wenn Ihr mich fortschickt, werdet Ihr es bereuen!«

»Glaubt Ihr etwa, daß mein Mann meine Entscheidung rückgängig machen wird? Das wird er bestimmt nicht, wenn er erfährt, was Ihr getan habt!«

»Ich warne Euch!« wiederholte Molly Hernshaw.

»Und ich warne Euch. Geht hinunter und wartet dort auf Wilkes. Tut Ihr das nicht, werde ich Euch durch den Dorfpolizisten abholen lassen.«

Die Blicke der beiden Frauen trafen sich, und sie starrten sich eine Zeitlang schweigend an. Dann schob Molly Hernshaw den Umschlag in ihren Ausschnitt, wandte sich um und verließ das Zimmer.

Angelique blieb sitzen, bis sie sich etwas beruhigt hatte; dann ging sie zu Daisy hinauf.

»Ich werde jetzt bei meinem Sohn bleiben«, sagte sie, als sie in das Kinderzimmer trat. »Geh du hinunter zu Jenny, und hilf ihr, Molly Hernshaws Sachen zu packen.«

Das Mädchen eilte davon, und Angelique wandte sich ihrem Sohn zu, der wie erstarrt auf einem kleinen Hocker saß. Sie merkte, daß er sie keinen Augenblick aus den Augen ließ, als sie auf ihn zuging.

»Nanny?« fragte er plötzlich ängstlich.

Angelique hielt es für das beste, ihm gleich die Wahrheit zu sagen.

»Nanny ist fort, mein Liebling. Sie kommt nicht mehr.«

Die Augen des kleinen Jungen weiteten sich entsetzt; sein Gesichtsausdruck spiegelte nackte Angst wider.

»O Rick!« rief Angelique und wollte ihn instinktiv in die Arme nehmen. In diesem Augenblick schlug er die Hände vor das Gesicht, sank in sich zusammen und schrie vor Angst.

Angelique wich zurück und setzte sich in einiger Entfernung auf einen Stuhl.

»Ich werde dich nicht anfassen, mein Liebling«, sagte sie behutsam. »Sieh mal, ich bin ganz weit weg von dir. Nimm deine Hände aus dem Gesicht; ja, so ist es brav. Und jetzt hör mir zu, mein kleiner Liebling.«

Angelique streckte die Hand nach einem kleinen Tisch aus, auf dem sie das Hexenhaus entdeckt hatte.

»Nanny hat sich geirrt, Rick«, sagte sie, während sie das Buch aufnahm. »Sie hat dir gesagt, daß ich wie eine von diesen Hexen bin. Sie hat auch gesagt, daß ich wieder meine alte Gestalt annehme, wenn ich erfahre, was sie dir gesagt hat. Aber sie hat sich geirrt. Ich weiß es. Schau mal, ich sehe mir sogar die Bilder an.« Sie blätterte in dem Buch herum. »Trotzdem habe ich mich nicht verwandelt, siehst du?«

Er starrte sie noch immer angstvoll an, und sie wußte, daß er noch immer damit rechnete, daß sie sich jeden Augenblick in eine der schrecklich aussehenden Hexen aus dem Buch verwandeln würde.

Angelique war verzweifelt darüber, daß ihr eigener Sohn sie nicht verstehen konnte. Wie sollte sie ihn, einem Kind von noch nicht einmal zwei Jahren, etwas begreiflich machen, das man nur mit Logik erfassen konnte? Selbst wenn er sie verstand, steckte die Angst vor ihr doch tief in ihm...

Plötzlich wurde Angelique voller Schrecken bewußt, daß sie ihr Mut verlassen hatte. Sie schlug die Hände vor das Gesicht, wie es ihr Sohn getan hatte, und begann zu weinen, bis ihr Körper von heftigem Schluchzen geschüttelt wurde.

Plötzlich spürte sie eine winzige Hand auf ihrem Knie, und ihr kleiner Sohn sagte zaghaft: »Mami?«

Angelique, die ihn überhaupt nicht aufstehen gehört hatte, nahm überrascht die Hände von ihrem Gesicht und versuchte zu lächeln.

»Ja, Rick?« fragte sie.

»Tut weh?« stammelte er unbeholfen. Angelique hätte ihn am liebsten in die Arme genommen und an sich gedrückt, aber sie wußte, daß sie sehr behutsam vorgehen mußte.

»Nein, mein Liebling, mir tut nichts weh. Deine Mami ist nur ein dummes kleines Mädchen.«

Ihr Sohn wirkte noch immer ängstlich, aber ihr Anblick schien ihn zumindest nicht mehr in panischen Schrecken zu versetzen. Angelique lächelte ihn an und hoffte dabei inbrünstig, daß er nun das sagen würde, was sie ihn so oft zu Molly Hernshaw hatte sagen hören, wenn sie ihn auf den Schoß nehmen sollte, nämlich: ›Auf!‹

Er tat es nicht. Aber er nahm seine kleine Hand nicht von ihrem Knie.

## 33

Richard kam erwartungsgemäß am folgenden Donnerstag aus London angereist. Als seine Kutsche in den Hof einfuhr, saß Angelique gerade an ihrem Schreibtisch und schrieb an einem Speiseplan für die kommende Woche, so daß sie seiner Ankunft erst gewahr wurde, als sie draußen auf dem Gang vertraute Schritte hörte. Sie erhob sich schnell. Einen Augenblick später kam Richard in ihr Zimmer, ohne vorher angeklopft zu haben.

Sie hatte erwartet, daß er voller Sorge um sie und ihr Kind und empört über Molly Hernshaws Verhalten sein würde.

Aber sein Gesichtsausdruck spiegelte nur kalte Wut wider, und es war unschwer zu erkennen, wem diese Wut galt.

»Richard!« rief Angelique entsetzt. »Was hast du?«

»Das weißt du nicht?«

»Bist du etwa böse, weil ich Molly Hernshaw entlassen habe?« fragte sie verwirrt. »Aber das mußte ich doch! Ich habe es dir in meinem Brief doch erklärt! Hast du ihn nicht bekommen?«

»Doch, das habe ich.«

»Aber warum...«

»Ich glaube nicht, was du in deinem Brief geschrieben hast, nicht nach dem, was Molly Hernshaw mir berichtet hat.«

»Du glaubst mir nicht? Richard, sie hat unserem Sohn Lügengeschichten erzählt, sie hat ihm Angst vor seiner eigenen Mutter eingeflößt! Sie hat ihm erzählt, ich...«

»Das stand alles in deinem Brief. Ich habe keine Zeit, mir das alles noch einmal anzuhören. Ich möchte hier nur eine Angelegenheit klarstellen und dann nach London zurückkehren.«

»Was für eine Angelegenheit?« fragte Angelique, deren Verwirrung inzwischen einer dunklen Vorahnung gewichen war.

»Hat dieser Franzose, mit dem du einmal zusammengelebt hast, dir hier einen Besuch abgestattet?«

Das war es also; Molly Hernshaw hatte ihm davon erzählt.

»Ja, Jacques war hier«, entgegnete Angelique, die ganz blaß geworden war.

»Hast du dich unten in der Bibliothek weinend in seine Arme geworfen? Und hast du nicht zu ihm gesagt, deine Tränen seien Freudentränen?«

Angelique überlegte fieberhaft, ob Jacques und sie an jenem Tag Französisch oder Englisch miteinander gesprochen hatten, aber sie konnte sich nicht mehr daran erinnern. Selbst wenn sie Französisch gesprochen hatten, so hatte Molly Hernshaw wahrscheinlich oft genug Umgang mit französischen Gouvernanten gehabt, um diese Sprache zu verstehen.

»Molly Hernshaw hat es dir also erzählt«, entgegnete sie.

»Ja.«

»Und was hat sie über die Angelegenheit erzählt, von der ich dir geschrieben habe?«

»Deinen Brief habe ich erst nach ihrem Besuch erhalten. Aber sie hat mir gesagt, daß du zufällig gehört hättest, wie sie Rick ein Märchen erzählt hat und dann auf den verrückten Gedanken gekommen wärst ...«

»Verrückt! Und das hast du ihr geglaubt?«

»Ja, aber darum geht es jetzt nicht. Es geht darum, daß du dich hier, unter meinem Dach, vor den Augen wenigstens eines Dienstboten in die Arme dieses französischen Bastards geworfen hast, und er ...«

»Nein! So war es nicht! Er hat nicht den geringsten Versuch unternommen, sich mir irgendwie zu nähern. Wir sind nur spazierengegangen und haben uns unterhalten. Dann habe ich ihn mit hinauf in das Kinderzimmer genommen, um ihm Rick zu zeigen. Danach ist er zurück ins Dorf gefahren, und ich habe ihn seither nicht mehr gesehen.«

»Und daran wird sich auch nichts ändern«, sagte er kühl. »Wenigstens nicht, solange du unter meinem Dach lebst.«

Seine Bemerkung kränkte Angelique so tief, daß sie sich nicht länger zurückhalten konnte.

»Wie kannst du es wagen, so etwas zu mir zu sagen«, schrie sie ihm ins Gesicht, »wenn du selbst die Monate in Gott weiß wie vielen Betten zugebracht hast!«

Sie sah, wie ihm die Röte ins Gesicht schoß, aber er behielt trotzdem seinen beißenden Ton bei.

»Wie gepflegt du dich ausdrückst, meine Liebe.«

»Du brauchst dich nicht über mich lustig zu machen. Woher nimmst du das Recht, mir vorzuwerfen, daß ich mich in den Armen eines alten Freundes ausgeweint habe, während du dich nach Belieben mit den aufgeputzten Huren des Londoner Adels vergnügst?«

»Du lehnst dich gegen ein Gesetz auf, das von der Natur geschaffen wurde. Männer sind anders als Frauen. Die Freiheit, die einem Mann zusteht, kann man einer Frau nicht gewähren, und an diesem Grundsatz wird sich nie etwas ändern.«

»Das ist kein von der Natur geschaffenes Gesetz! Es ist ...«

»Ich bin nicht hierhergekommen, um mit dir über philosophische Fragen zu diskutieren. Ich bin hier, um dir eine Warnung zu erteilen. Solltest du dich jemals wieder mit diesem Franzosen – oder irgendeinem Mann – kompromittieren, so werde ich jene Gesetze, gegen die du dich so auflehnst, voll ausnutzen. Ich werde unsere Ehe auflösen lassen und mir das Sorgerecht für unseren Sohn verschaffen. Dann wirst du ihn nie wiedersehen.«

Angelique stützte sich auf die Tischkante auf.

»Das ist nicht dein Ernst«, flüsterte sie fassungslos. Einen Augenblick lang hatte sie das Gefühl, ihn durch ihre Reaktion betroffen gemacht zu haben, aber dann sagte er kühl:

»Du kannst es ja darauf ankommen lassen.«

»Du brauchst dir keine Sorgen zu machen«, sagte sie schwach. »Es wird – es wird keine Wiederholung dieses Vorfalls geben, weder mit Jacques noch mit einem anderen Mann.«

»Gut. Das ist alles, was ich hören wollte.«

»Warte! Muß ich...? Wirst du Molly Hernshaw hierher zurückschicken?«

»Nanny? Nein, ich zahle ihr eine kleine Rente. Ich glaube, daß sie langsam zu alt dazu ist, für ganz kleine Kinder zu sorgen.«

Bei diesen Worten wurde Angelique klar, daß Richard ihrem Brief wenigstens zum Teil Glauben schenkte, aber zu stolz war, es einzugestehen. Dazu kam wahrscheinlich noch, daß seine Wut auf Jacques Latour alle anderen Gedanken verdrängt hatte.

»Vielleicht kannst du Rose Potts ja wieder einstellen«, fuhr er nun fort; ein weiteres Anzeichen dafür, daß er seinen Fehler eingesehen hatte.

»Vielleicht«, entgegnete Angelique.

Dann verstummten beide und sahen sich lange Zeit wortlos an. Angelique spürte, wie eine unglaubliche Sehnsucht in ihr aufstieg. Hätte er in diesem Augenblick einen Schritt auf sie zugemacht, so hätte auch sie ihm bereitwillig verziehen.

Aber so sagte er nur tonlos: »Ich komme bald wieder.«

»Du reist schon wieder ab?« fragte Angelique fassungslos. »Bleibst du nicht einmal zum Abendessen?«

»Nein, ich werde unterwegs irgendwo essen.«

Damit wandte er sich um und ging hinaus.

Am nächsten Morgen ließ Angelique Elizabeth Cantrell durch den Kutscher Wilkes einen Brief überbringen, in dem sie schrieb, es habe sich etwas sehr Unerfreuliches ereignet, und Elizabeth möge ihr doch zum frühestmöglichen Zeitpunkt einen Besuch abstatten. Zu Angeliques grenzenloser Freude brachte Wilkes kurze Zeit später keinen Antwortbrief, sondern Elizabeth selbst nach Lansing Court.

Die beiden Frauen ließen sich auf der sonnenbeschienenen Terrasse hinter dem Haus nieder, und während Elizabeth sich mit einer mitgebrachten Strickarbeit befaßte, erzählte Angelique ihr von Molly Hernshaws Entlassung und Richards aufgebrachtem Besuch. Elizabeth lauschte schweigend; nur einmal kniff sie empört die Lippen zusammen.

»Mein Cousin scheint alle männlichen Tugenden zu besitzen«, meinte sie schließlich trocken. »Er ist mutig und wahrheitsliebend und – von einer männlichen Warte aus gesehen – ehrenhaft. Es ist wirklich bedauerlich, daß er nicht auch zwei wichtige weibliche Eigenschaften hat, nämlich Geduld und Mitgefühl!«

Nun begann Angelique seltsamerweise, ihn zu verteidigen. »Eigentlich ist ja verständlich, wenn er empört ist, daß ich mich in den Armen eines anderen Mannes ausgeweint habe.«

»Nachdem es sich bei diesem Mann nicht nur um einen Landsmann, sondern auch noch um einen alten Freund handelte, hat er keinerlei Veranlassung dazu. Es ist doch wohl mehr als verständlich, wenn du dich in deiner Wiedersehensfreude zu einer Umarmung hinreißen läßt!«

»Die Sache ist nur, daß Jacques mir nicht immer nur ein Freund war«, warf Angelique zögernd ein, und als Elizabeth erstaunt aufblickte, fuhr sie fort: »Weißt du eigentlich, daß ich gar nicht in einem Kloster aufgewachsen bin, wie mein Großvater immer behauptet hat? Daß ich das Kind einer Bäuerin bin?«

»Ja, dieses Gerücht hat sich sogar zu einer Landpomeranze wie mir herumgesprochen.«

»Aber sonst weißt du nichts über mich, oder? Du hast nicht davon gehört, daß mein Halbbruder gestorben ist und daß ich mit siebzehn nach Paris gegangen bin?«

»Nein.«

»Dann möchte ich es dir jetzt gerne erzählen.« Angelique stellte plötzlich fest, daß sie das unwiderstehliche Bedürfnis hatte, sich jemandem anzuvertrauen, und so sprudelte es nur so aus ihr heraus. Sie erzählte Elizabeth von Claudes Tod, ihrer ersten, demütigenden Begegnung mit Richard und ihrem Leben und Leiden in Paris.

»Danach bin ich in mein Dorf zurückgekehrt, aber mein Onkel hatte keinen Platz für mich«, beendete sie ihre Erzählung schließlich, »und so habe ich mich auf dem Schloß der de Rhoulacs um eine Stelle beworben und bin dort von meinem Großvater entdeckt worden.« Sie schwieg, bis Elizabeth in die Stille hinein sagte:

»Ich habe gewußt, daß Armut ein schlimmes Los ist, aber ich hatte keine Vorstellung davon, wie schrecklich es sein muß, als Frau arm und allein zu sein!« Nach einer Weile fuhr sie fort: »Hast du Richard auf dem Schloß wiedergetroffen?«

»Ja. Ach, Elizabeth, du wirst das sicher weder verstehen noch billigen können, aber trotz allem, was er mir angetan hat, ist damals zwischen uns etwas entstanden, dem sich keiner von uns entziehen konnte. Richard hatte einfach eine magnetische Wirkung auf mich...«

In diesem Augenblick warf ihr Elizabeth einen amüsierten Blick zu und meinte: »Ich bin zwar eine unverheiratete Frau, aber ein solches Gefühl ist mir durchaus nicht unbekannt. Verzeih mir bitte diese aufdringliche Frage, aber seid ihr beide eigentlich schon lange verheiratet gewesen, als ihr nach Lansing Court kamt?«

»Nein, wir waren erst drei Tage Mann und Frau, aber ich war im dritten Monat schwanger. Mein Großvater hat die Hochzeit erzwungen.«

»Ich verstehe. Nun, ich glaube kaum, daß du befürchten mußt, daß Richard sich von dir scheiden läßt. Es gibt zwei Gründe, die dagegen sprechen. Einmal würde es seiner politischen Karriere schaden, und zum zweiten bin ich der Meinung, daß er dich noch immer liebt. Ich bin fest davon überzeugt, daß er nicht aus verletztem Ehrgefühl, sondern aus reiner Eifersucht sofort hierhergekommen ist, als er von dem Besuch deines Franzosen hörte.«

»Du glaubst, daß er mich *noch* liebt? Aber Elizabeth, er hat kein einziges Mal gesagt, daß er mich überhaupt liebt!«

»Trotzdem bin ich sicher, daß er es tut. Sicher gibt er dir zum Teil die Schuld für die erzwungene Heirat, aber das tut seiner Liebe keinen Abbruch. Und wenn er dir seine Liebe nie erklärt hat – hast du es denn je getan?«

»Nein.«

»Und trotzdem glaube ich, daß du ihn liebst, auch wenn du ihm viel vorzuwerfen hast. So, und nun laß uns hinauf ins Kinderzimmer gehen und meinen kleinen Liebling besuchen.«

Elizabeth blieb noch bis zum Tee; dann mußte sie jedoch fort, da sie und ihr Vater einen Gast zum Abendessen erwarteten.

Während der restlichen Wochen des Frühlings kam Richard einmal wöchentlich aus London zu Besuch. Er verhielt sich dabei höflich, wenn auch distanziert, nahm jedoch die Mahlzeiten gemeinsam mit Angelique ein. Tagsüber spielte er entweder mit seinem Sohn oder besuchte seine Pächter; die Nächte verbrachte er ausnahmslos in seinem Zimmer.

Auch wenn Angelique unter der Entfremdung zwischen ihr und ihrem Mann sehr litt, stellte sie doch erfreut fest, daß sich das Verhältnis zu ihrem Sohn stetig besserte und seine Angst und sein Mißtrauen ihr gegenüber täglich abnahm. Sie bemühte sich, ihn nicht durch übermäßige Fürsorge zu überfordern, sondern machte es sich nur zur Gewohnheit, ihm mehrere Stunden pro Tag beim Spielen Gesellschaft zu leisten. An dem Tag, an dem er unvermittelt auf sie zugelaufen kam und krähte: »Auf!«, wäre sie am liebsten in Freudentränen ausgebrochen.

Rose Potts war mittlerweile nach Lansing Court zurückgekehrt, und Rick verstand sich schon nach wenigen Tagen so gut mit ihr, als hätte er nie ein anderes Kindermädchen gehabt. Es verging kein Tag, an dem Angelique ihrem Schöpfer nicht dafür dankte, daß die schreckliche Molly Hernshaw bei ihrem Sohn keinen bleibenden Schaden angerichtet hatte.

Anfang Mai erhielt Angelique einen Brief von Jacques. Der Umschlag war mit einer holländischen Marke frankiert, aber als sie ihn öffnete, sah sie an der Adresse auf dem Briefbogen, daß er wieder in seiner alten Pariser Gegend wohnte. Er schrieb:

*Da ich nicht möchte, daß irgendein Regierungsbeamter diesen Brief liest, habe ich ihn einem befreundeten Weinhändler übergeben, der mir versprochen hat, ihn im Ausland für mich aufzugeben.*

*Paris gleicht mittlerweile Dantes ›Inferno‹. Seit Januar hat man fast achttausend Menschen wegen ›Verdacht des Verrats‹ ins Gefängnis geworfen. Ein paar wirft man sogar vor – auch wenn du mir das sicher nicht glauben wirst, Angelique – sie stünden im Verdacht, verdächtig zu sein! Nur wenige sind seither wieder freigelassen worden, und tagtäglich karrt man Menschen zu den Guillotinen. Es sind nicht nur Köpfe von irgendwelchen Adligen, die der Henker stolz der tobenden Menge präsentiert, nein, es sind auch Arbeiter, Bauern und sogar Bettler – jeder, der irgend jemandem verdächtig erscheint.*

*Es scheint sich hier um eine Art Massenwahnsinns zu handeln, der sich nicht aufhalten läßt. Ich danke Gott für jeden Tag, den er dich und deinen prächtigen Sohn auf der anderen Seite des Kanals sein läßt.*

*Ich werde dir wieder schreiben, sobald sich mir die Gelegenheit bietet, einen Brief im Ausland aufgeben zu lassen. Sollte es notwendig sein, kannst du mir an die obige Adresse schreiben, aber bitte tue es nur, wenn es sich um eine Angelegenheit von höchster Wichtigkeit handelt. Es ist zu befürchten, daß jeder Brief geöffnet wird, bevor ich ihn bekomme, und ich habe keine Lust, meinen Kopf vor ›Madame Guillotine‹ zu verneigen, nur weil man mich beschuldigt, mit der Enkelin eines Adligen in verräterischer Weise korrespondiert zu haben.*

*In Liebe, Jacques.*

Angelique riß den Briefkopf mit Jacques Adresse darauf ab und hielt den Rest des Briefes über eine brennende Kerze. Dann versteckte sie das abgerissene Stück Papier in der hintersten Ecke ihres Schreibtisches, obgleich eigentlich nicht die Gefahr bestand, daß Richard, der ohnehin nur einmal in der Woche nach Lansing Court kam, ihn finden könnte.

Anfang Juni blieb Richards wöchentlicher Besuch aus. Es vergingen zehn Tage, dann vierzehn, aber er kam nicht, und Angelique begann sich ernsthaft Sorgen zu machen. War er etwa krank? Am liebsten wäre sie sofort nach London gereist, um sich Gewißheit zu verschaffen. Aber was, wenn sie überstürzt in die Stadt kam, nur um sich von einem putzmunteren Richard in kühlem Ton belehren lassen zu müssen, daß er zu beschäftigt sei, um seine Familie zu besuchen?

Schließlich wandte sie sich in ihrer Not an Elizabeth, die nach kurzem Nachdenken meinte:

»Ich brauche ohnehin Stoff für ein paar Sommerkleider. Ich werde gleich morgen nach London fahren, und bei der Gelegenheit werde ich meinem Cousin Richard natürlich einen Besuch abstatten.«

Zwei Tage später kehrte Elizabeth mit einer beunruhigenden Nachricht aus London zurück.

»Angelique«, meinte sie aufgeregt, »er war nicht da! Seine Haushälterin hat mir gesagt, daß er schon vor zwei Wochen verreist ist, aber sie wußte nicht, wohin. Zu den Dienstboten hat er nur gesagt, er fahre ins Ausland und wisse noch nicht genau, wann er zurückkommen würde.«

Bei diesen Worten war Angelique ganz blaß geworden, und Elizabeth rief besorgt: »Angelique? Was ist mit dir?«

»Er ist bestimmt nach Rom gefahren«, meinte Angelique tonlos. »Wir sind nach katholischem Recht getraut worden. Er ist bestimmt nach Rom gefahren, um unsere Ehe auflösen zu lassen.«

»Vielleicht hast du recht«, erwiderte Elizabeth nach einigem Zögern. »Ich habe es zwar nicht für möglich gehalten, aber unter bestimmten Umständen...«

»Wie zum Beispiel einer neuen Liebe...«, sagte Angelique gepreßt. »Er ist ein leidenschaftlicher Mann. Wenn er sich in irgendein junges Mädchen verliebt hat und sie heiraten will...«

»Angelique, hör auf damit! Du hast mich nicht ausreden lassen. Es gibt noch eine ganze Reihe anderer Möglichkeiten; er könnte geschäftlich unterwegs sein oder vielleicht sogar nur zu seinem eigenen Vergnügen. Also mach dir jetzt keine unnötigen Sorgen; er kann schon morgen wieder hier sein.«

Aber Richard kam weder am nächsten Tag, noch am übernächsten. Am dritten Tag kam Mrs. Dolford zu Angelique in die Bibliothek und überbrachte ihr einen Brief.

»Den hat Wilkes gerade aus dem Dorf gebracht, Milady.«

»Danke.«

Angelique erkannte Jacques Handschrift schon auf dem

Briefumschlag, aber sie konnte sich lange Zeit nicht dazu aufraffen, ihn zu öffnen. Erst als sie erstaunt feststellte, daß der Brief in Frankreich aufgegeben worden war, erwachte ihre Neugier, und sie riß den Umschlag auf. Jacques schrieb:

*Ich habe schlimme Nachrichten für dich. Vielleicht weißt du ja schon davon. Sollte das nicht der Fall sein, dann bereite dich auf das Ärgste vor.*

*Man hat deinen Mann festgenommen und ihn in der Conciergerie eingesperrt; man wirft ihm vor, er sei ein Spion und habe in aufrührerischer Weise mit Verrätern konspiriert.*

*Ich fürchte, es besteht nur wenig Hoffnung, sein Leben zu retten, vor allen Dingen deshalb, weil er nicht auf die übliche Weise nach Frankreich eingereist ist, sondern unter falschem Namen.*

*Mehr weiß ich leider nicht. Ich habe keine Erklärung für sein unvorsichtiges Handeln.*

*Obgleich ich nur wenig Hoffnung für seine Rettung sehe, habe ich einen Vorschlag zu machen: Vielleicht könnte man durch ein Gesuch an den französischen Botschafter in St. James erreichen, daß Richard freigelassen oder zumindest die Hinrichtung aufgeschoben wird. Es hat zwar noch keine Verhandlung gegen ihn stattgefunden, aber das Revolutionsgericht fällt fast ausschließlich Schuldurteile, und nahezu alle Gefangenen enden auf der Guillotine.*

*Meine Liebe, ich muß dir etwas gestehen. Ich hätte diesen Brief fast nicht geschrieben. Als ich vom Schicksal deines Mannes erfuhr, war mein erster Gedanke: Wenn er stirbt, ist sie frei – vielleicht für mich ...*

*Aber natürlich mußte ich dir schreiben, denn wenn ich nicht mein möglichstes zur Rettung deines Mannes beitragen würde, könnte ich mir das nie verzeihen, auch wenn wir dann vielleicht heiraten könnten.*

*Was immer du nun tust, sei versichert, daß meine Liebe dir gehört.*

*Jacques*

Angelique sprang auf, schob den Brief in den Ausschnitt ihres Kleides und klingelte nach Mrs. Dolford. Mit kreidebleichem Gesicht wartete sie, bis die Haushälterin eintrat. Dann sagte sie:

»Bitte sagt Wilkes, daß ich so schnell wie möglich nach London fahren will. Ich werde über Nacht dort bleiben.«

»Aber Mylady! Ihr könnt doch nicht so überstürzt verreisen; es ist doch nichts gepackt!«

»Ich werde nur einen Handkoffer mitnehmen, und den kann ich selbst packen. Außerdem werde ich einen kurzen Brief an Elizabeth Cantrell schreiben, den ihr einer der Stallburschen sofort überbringen soll. Und jetzt geht bitte und sagt Wilkes Bescheid.«

Damit eilte Angelique hinauf in ihr Zimmer, während sie fieberhaft überlegte, wie sie nun vorgehen sollte. Schließlich beschloß sie, sich an Sir William Ashenden zu wenden, einen Parlamentsabgeordneten, der ein häufiger Gast im Hause Lansing gewesen und einer der einflußreichsten Politiker war, die Angelique kannte. Er sollte in ihrem Namen beim französischen Gesandten um die Freilassung ihres Mannes ersuchen.

Wenige Stunden später saß Angelique allein in einem kleinen Aufenthaltsraum im Parlamentsgebäude und wartete ungeduldig auf die Rückkehr Sir Williams von seiner Mission.

Als er schließlich kam, sah Angelique ihm schon von weitem an, daß er keinen Erfolg gehabt hatte.

»Es hat keinen Sinn, meine Liebe«, sagte er betrübt. »Der Gesandte ist zwar nicht mit den Einzelheiten des Falles vertraut, man hat ihm jedoch mitgeteilt, daß die Beweise gegen Sir Richard unerschütterlich sind. Was hat den Jungen nur dazu bewogen, so zu handeln?«

»Ich weiß es nicht«, meinte Angelique dumpf.

»Er hatte doch die besten Aussichten für eine Karriere in der Politik, und nun hat er all das verspielt, und wahrscheinlich auch noch sein Leben!« In diesem Augenblick verstummte Sir William abrupt. Dann fügte er schnell hinzu:

»Oh, verzeiht, meine Liebe! Das hätte ich nicht sagen sollen. Aber es ist Euch bestimmt bewußt, daß es kaum noch Hoffnung gibt. Ich kann nur noch eines für Euch tun. Wenn Ihr Eurem Gatten schreiben wollt, werde ich dafür sorgen, daß der Brief mit der Diplomatenpost befördert wird. Wenn Ihr wollt, könnt Ihr Euch gleich an meinen Schreibtisch setzen und den Brief schreiben.«

»Vielen Dank.«

Klopfenden Herzens erhob sich Angelique, begab sich zum Schreibtisch und setzte sich vor ein leeres Blatt Papier. Sie wollte nicht riskieren, ihm zuviel zu schreiben, falls ihr Brief von einem französischen Beamten zensiert werden würde. Nach langem Überlegen kam sie schließlich zu dem Schluß, daß sie ihm nur drei Worte übermitteln würde – jene drei Worte, die sie sich gegenseitig noch nie gesagt hatten. Also schrieb sie einfach: ›Ich liebe dich‹ und setzte ihren Namen darunter. Ihr war inzwischen klargeworden, daß das keine Lüge war. Nun, da sie ihn wahrscheinlich für immer verlieren würde, waren all die Dinge, die er ihr angetan hatte, plötzlich bedeutungslos. Sie liebte ihn, und daran würde keine Macht der Welt etwas ändern.

Sie schob den Briefbogen in einen Umschlag, versiegelte ihn und reichte ihn Sir William.

»Vielen Dank für Eure Bemühungen«, sagte sie dabei.

»Meine Liebe, ich wünschte, ich könnte mehr für Euch tun.«

Angelique nickte ihm dankbar zu und fragte dann: »Wißt Ihr zufällig, wie es meinem Mann gelungen ist, nach Frankreich einzureisen?«

»Nun, ich nehme an, er hat sich eine Passage auf einem Handelsschiff gekauft und dann von einem Ruderboot an Land bringen lassen«, erwiderte Sir William. Dann musterte er sie durchdringend und fragte scharf: »Meine liebe Lady Lansing, Ihr habt doch wohl nicht die Absicht, selbst nach Frankreich zu reisen, oder?«

»Nein«, log Angelique.

»Es wäre gefährlich für Euch, unter Eurem Namen nach Frankreich einzureisen. Immerhin seid Ihr die Enkelin eines überzeugten Anhängers der Königsfamilie und die Gattin eines Mannes, den man als Spion verhaftet hat. Fast ebenso gefährlich wäre es für Euch, eine heimliche Einreise zu versuchen. Euren Mann hat man bei dieser Gelegenheit festgenommen. Außerdem bezweifle ich, daß sich irgendein Schiffskapitän dazu bereit erklären würde, eine unbegleitete Frau aufzunehmen, noch dazu, wenn sie illegal nach Frankreich einreisen möchte.«

»Ja, ich weiß, Sir William. Nochmals vielen Dank für Eure Hilfe.«

Damit verabschiedete Angelique sich von Sir William und

begab sich zurück in ihre Kutsche, wo Wilkes sie schon gespannt erwartete. Betrübt berichtete sie ihm von Sir Williams Mißerfolg. Dann ließ sie sich von ihm zu Richards Haus am Cavendish Square fahren, wo sie Mrs. Prewitt, der ältlichen Haushälterin, die schlimme Nachricht überbrachte.

»O Mylady!« rief sie entsetzt, »das ist ja schrecklich! Was sollen wir denn jetzt tun?«

»Ich weiß es nicht, aber vielleicht könnt Ihr helfen. Denkt einmal nach – hat mein Mann irgend etwas gesagt, das uns einen Hinweis geben könnte, warum er überhaupt nach Frankreich gefahren ist?«

»Nein, Mylady. Zu uns hat er nur gesagt, er reise ins Ausland.«

Als Angelique sich schließlich auf ihr Zimmer zurückgezogen hatte und zu Bett gegangen war, lag sie noch lange wach und dachte nach. Sie bezweifelte nicht, daß Sir William recht hatte, wenn er sagte, eine Frau ohne Begleiter würde von keinem Kapitän aufgenommen, schon gar nicht, wenn sie nach Frankreich reisen wollte. Es konnte Tage dauern, einen bestechlichen Kapitän ausfindig zu machen. Und bis dahin hatte man Richard vielleicht schon …

Mühsam verdrängte Angelique den Gedanken an die Guillotine, die Richard drohte. Es mußte doch eine Möglichkeit für sie geben, nach Frankreich zu kommen. Am besten war es wohl, gleich am nächsten Morgen nach Lansing Court zurückzukehren und Elizabeth um Rat zu fragen.

Am nächsten Morgen brach sie schon früh auf. Ihre Kutsche hatte gerade die Abzweigung nach Romney Marsh passiert, als Angelique plötzlich ein Gedanke kam, und sie gab Wilkes ein Zeichen, die Kutsche anzuhalten.

Er brachte die Pferde zum Stehen, stieg vom Kutschbock herunter und steckte den Kopf durch das Kutschenfenster.

»Was gibt es, Mylady? Ist Euch nicht gut?« fragte er.

»Nein, mir fehlt nichts. Wilkes, ich muß Euch etwas fragen. Euer Cousin – der, der Euch damals bei der Reparatur der Kutsche geholfen hat – ist doch ein Schmuggler, oder?«

»Aber Mylady!«

»Bitte, Wilkes! Ich weiß, daß ich eine so unhöfliche Frage nicht stellen sollte. Aber ich muß unbedingt nach Frankreich; vielleicht kann mir Euer Cousin dabei helfen.«

»Ihr wollt nach Frankreich?« fragte Wilkes entsetzt. »Das dürft Ihr nicht! Bedenkt doch, wie es Eurem Mann ergangen ist!«

»Ich habe meinem Mann gegenüber einen großen Vorteil. Er ist in Frankreich ein Fremder, ich dagegen bin Französin. Und was noch viel wichtiger ist – ich spreche nicht nur Französisch, ich habe auch den typischen Akzent eines Bauernmädchens. Wie Ihr ja sicher wißt, bin ich eine Bauerntochter.«

»Bitte, Mylady«, meinte Wilkes beschwörend, »geht nicht! Wenn Ihr schon nicht um Euer selbst willen hierbleiben wollt, dann tut es wenigstens für Euren Sohn!«

»Wilkes, wenn man Richard hinrichtet, weil ich nicht alles Erdenkliche zu seiner Rettung unternommen habe, werde ich mir bis ans Ende meiner Tage solche Vorwürfe machen, daß ich meinem Sohn bestimmt keine gute Mutter mehr wäre. Und wenn man mich wirklich verhaften sollte, dann wird sich Miß Elizabeth um meinen Sohn kümmern. Darum werde ich sie vor meiner Abreise noch bitten. Bringt Ihr mich jetzt bitte zu Eurem Cousin?«

Nach langem Nachdenken sagte Wilkes zögernd: »Wenn Ihr darauf besteht, Mylady. Es wird aber das beste sein, wenn ich das mit ihm bespreche, während Ihr in der Kutsche wartet.«

Und so geschah es dann auch. Wilkes fuhr zu der Hütte seines Cousins in Romney Marsh und besprach sich mit ihm, während Angelique draußen ungeduldig auf ihn wartete. Schließlich kehrte er zurück und berichtete:

»Wir haben uns geeinigt, Mylady. Ich soll Euch in drei Tagen abends hierherbringen. Sobald es dunkel ist, wird mein Cousin dann lossegeln.«

»In drei Tagen erst! Aber Wilkes, wenn wir so lange warten, hat man Sir Richard vielleicht schon längst...« Sie brachte die letzten Worte nicht über die Lippen.

»Das läßt sich nicht ändern, Mylady. Mein Cousin segelt nicht, solange wir einen so hellen Mond haben. Schließlich muß er auch an seine eigene Sicherheit denken; er hat Frau und fünf Kinder zu versorgen. Die Fahrt wird bei den kurzen Nächten um diese Jahreszeit ohnehin sehr gefährlich werden. Wenn der Wind nicht günstig steht und mein Cousin die französische Küste nicht vor Sonnenaufgang erreichen kann, muß er einen ganzen Tag auf dem Kanal zubringen, bis es wieder dunkel wird. Aber er wird dafür sorgen, daß alles reibungslos verläuft, sobald das Boot Frankreich erreicht. Er wird Euch an einer entlegenen Stelle an Land bringen und dort den Fuhrmann, der sonst seine Schmuggelware transportiert, bestechen, Euch nach Paris zu bringen.«

»Oh, vielen Dank, Wilkes!« rief Angelique überschwenglich. »Und sagt Eurem Cousin, daß ich ihn sehr gut bezahlen werde!«

»Nein, Mylady, das werde ich ihm lieber nicht sagen. Er tut es nicht für Geld, sondern einfach, weil er mein Cousin ist. Wir Männer in Romney Marsh sind nämlich sehr stolz, müßt Ihr wissen.«

## 34

Das Boot schaukelte. Die Sonne durchbrach die Wolkendecke und bahnte sich durch eine offene Ladeluke einen Weg in den Laderaum. Angelique sah einen Moment lang in das gleißende Licht, bis sie merkte, daß die Helligkeit ihre Übelkeit noch verstärkte.

An den muffigen Geruch im Laderaum hatte sie sich schon vor Stunden gewöhnt, aber das Auf und Ab des Schiffsrumpfes verursachte ihr noch immer ein flaues Gefühl im Magen. Während sie versuchte, es sich trotz der ungemütlichen Umgebung etwas bequemer zu machen, dachte sie daran zurück, wie sie sich fast vierundzwanzig Stunden zuvor von Elizabeth verabschiedet hatte. Zusammen mit Rose Potts und dem kleinen Rick war sie zu Elizabeth Cantrell gefahren, wo ihr Sohn mit seinem Kindermädchen vorläufig leben sollte.

»Ich weiß nicht, was ich ohne deine Hilfe täte«, hatte Angelique zu Elizabeth gesagt. »So gerne ich Rose Potts auch mag, ich hätte Rick ungern ihrer alleinigen Aufsicht überlassen.«

»Aber du weißt doch, wie sehr ich Rick liebe«, hatte Elizabeth erwidert. »Es wird mir ein Vergnügen sein, mich um ihn zu kümmern, auch wenn ich mir wünschte, daß mir diese Aufgabe aus einem anderen Grund übertragen worden wäre.«

»Und was wird, wenn ich nicht zurückkomme? Wenn weder Richard noch ich zurückkehren?«

»Dann werde ich den Jungen aufziehen, als wäre es mein eigenes Kind«, hatte Elizabeth ruhig geantwortet. »Ich hoffe, du legst es mir nicht als Zustimmung aus, daß es mir nicht gelungen ist, dich von deinem Vorhaben abzubringen. Ich billige es keinesfalls; ich habe schreckliche Angst, dich und meinen Cousin zu verlieren. Aber ich wußte, daß ich dir deinen Plan ohnehin nicht ausreden konnte.«

»Das stimmt. Kein Mensch hätte mich von meinem Vorhaben abbringen können.«

Nach diesen Worten hatten sich die beiden Freundinnen noch einmal umarmt, und dann hatte sich Angelique von Wilkes nach Romney Marsh fahren lassen. Dort angekommen, hatte der Kutscher sie seinem Cousin, einem Mann namens Henry Judd, und dessen Frau vorgestellt. Er schlug Angelique vor, einen bestimmten Teil des Geldes, das sie mitgenommen hatte, in französische Francs umzutauschen. Dann gab seine Frau Angelique einen einfachen Rock und eine Bluse, so daß Angelique schließlich fast so aussah wie knapp fünf Jahre zuvor, als sie sich eines Morgens allein auf den Weg nach Paris gemacht hatte.

Mittlerweile war es draußen dunkel geworden; Wilkes und sein Cousin bestiegen den Kutschbock und fuhren mit Angelique über eine Vielzahl von Pfaden und kleinen Brücken zum Strand. Dort bedankte sich Angelique nochmals bei Wilkes und verabschiedete sich von ihm. Dann begleitete sie Henry Judd über einen kurzen Steg zu einem kleinen Ruderboot, das sie hinaus zum Schiff brachte.

Es war eine kurze Nacht, und der Wind stand ungünstig. Als es schließlich etwas heller wurde, so daß Angelique die Gesichter der Matrosen auf dem Schiff erkennen konnte, stellte sie fest, daß das Schiff noch meilenweit von der französischen Küste entfernt war.

»Wir können erst nach Einbruch der Dunkelheit Land anlaufen, Milady«, erklärte Judd ihr. »Solange müßt Ihr unten im Laderaum warten.«

Und so hatte das Schiff den ganzen Tag vor Anker gelegen; die Männer hatten dabei zur Tarnung Fischernetze ausgeworfen, um bei den Kanalpatrouillen keinen Verdacht zu erregen. Nachdem Angelique die Nacht zuvor fast ununterbrochen auf den Beinen gewesen war, schlief sie schon nach wenigen Stunden ein und wachte erst wieder auf, als es draußen schon dunkel war. Wenige Minuten später streckte jemand seine Hand durch die Ladeluke, um ihr an Deck zu helfen.

Nach der stickigen Enge des Laderaums genoß sie die kühle Luft an Deck. Sie zog sich ihr Schultertuch eng um den Oberkörper und blickte über das dunkle Wasser in die Weite, wo in einiger Entfernung eine seichte Brandung auf einen fahl leuchtenden Sandstrand plätscherte.

›Das ist Frankreich‹, dachte Angelique. Trotz der schweren Zeiten, die sie in diesem Land durchgemacht hatte, ergriff sie bei dem Gedanken, in Kürze französischen Boden zu betreten, ein ganz eigenartiges Gefühl.

»Wir werden zuerst unsere Ware an Land bringen, Mylady«, sagte Judd plötzlich aus der Dunkelheit.

Angelique sah schweigend zu, wie drei Männer ein Ruderboot mit Säcken beluden und sich dann auf den Weg zum Strand machten. Die Männer ruderten viermal zwischen Boot und Küste hin und her, bevor Henry Judd schließlich Angelique an Land holte. Dort schlichen sie leise über den Strand und kletterten dann einen schmalen Pfad hinauf, der von stark duftenden Gräsern überwuchert wurde. Plötzlich tauchten vor ihnen die Umrisse eines Gebäudes auf, offenbar einer Scheune, aus dessen Innerem Lichtschein nach außen drang. Dann öffnete jemand unvermittelt von innen die Tür, und Judd und Angelique schlüpften hinein.

Es war tatsächlich eine Scheune. Im Licht einer Stallaterne sah Angelique in einer Ecke einen Pferdewagen stehen, auf den man die Schmuggelware geladen hatte. Neben den drei Männern vom Schiff war in der Scheune noch ein vierter, ein alter Mann mit steingrauem Haar und pechschwarzen Augen.

»Das ist Jean«, stellte Judd ihn Angelique vor. »Er wird Euch nach Paris bringen.«

Der alte Mann zog weder seinen Hut vor Angelique noch verbeugte er sich vor ihr; statt dessen warf er ihr nur ein säuerliches Lächeln zu. Seine Reaktion schmeichelte Angelique jedoch eher, denn sie wußte, daß es ein Zeichen war, daß der alte Mann sie als Mitglied seiner eigenen Schicht anerkannte. Wenn er – ein typischer französischer Bauer – sich ihr gegenüber so verhielt, dann mußte Angelique sicher nicht befürchten, in irgendeiner Weise Verdacht bei ihren bäuerlichen Landsleuten zu erregen.

»Wir müssen jetzt zurück«, sagte Henry Judd in diesem Augenblick. »Wenn wir Glück haben, sind wir noch vor Tagesanbruch wieder in Romney Marsh.«

»Lebt wohl«, verabschiedete sich Angelique. »Nochmals vielen Dank für alles, und gute Reise.«

Als die Männer fort waren, wandte sie sich an den alten Mann und fragte: »Fahren wir jetzt?«

»Seid Ihr verrückt? Leute, die nachts auf den Straßen angetroffen werden, werden verhaftet. Ich werde auf dem Feld schlafen; Ihr bleibt hier. Macht aber die Laterne aus.«

Damit marschierte er aus der Scheune, während Angelique sich einen Platz im Stroh suchte, wo sie erschöpft niedersank und fast sofort in tiefen Schlaf sank.

Sie wachte erst auf, als sich mit einem knarzenden Geräusch plötzlich die Scheunentür öffnete und Licht auf ihr Gesicht fiel. Erschreckt fuhr sie hoch; es war nur Jean. Er warf ihr ein kleines Paket zu und meinte mürrisch: »Da ist Brot und Käse. Draußen auf dem Feld gibts außerdem Karotten und Radieschen.«

»Aber wenn mich der Bauer sieht...«

»Dem ist das egal. Eure englischen Freunde bezahlen ihm schließlich dafür. Und jetzt beeilt Euch mit dem Frühstück; es ist weit bis Paris.«

Angelique fand draußen nicht nur Karotten und Radieschen, sondern auch einen kleinen Bach, an dem sie sich den Schlaf aus dem Gesicht waschen konnte. Als sie wieder in die Scheune kam, verlangte Jean eine Vorauszahlung von zwanzig Francs, die sie ihm gerne gab. Dann bestiegen sie den Pferdewagen, der voller Säcke mit geschmuggelter Wolle war.

Als sie die Scheune verlassen hatten und mit dem Wagen über eine holprige Straße rumpelten, fragte Angelique:

»Was ist, wenn wir von Soldaten angehalten werden?«

»Dann werde ich ihnen das hier geben«, brummte Jean

und reichte ihr ein Stück Papier. Es war ein Kaufvertrag über zwanzig Säcke Wolle; Verkäufer war ein Bauer namens Pierre Lemaire, Käufer die Kleiderfabrik La Porte in Paris.

»Habt Ihr das geschrieben?« fragte Angelique.

»Seh ich vielleicht so aus, als könnte ich schreiben? Nein, einer von Euren englischen Freunden hat das gemacht.«

»Und bringt Ihr die Wolle tatsächlich in diese Fabrik?«

»Ja. Die Leute wissen zwar, daß es Schmuggelware ist, aber solange sie sie billig bekommen, ist ihnen das egal.«

Mit dem klapprigen Pferdewagen brauchten sie vier Tage, bis sie Paris erreichten. Es war schon fast Mittag, als sie endlich an das Südtor der Stadt kamen. Dort wurden sie von einem Soldaten der Nationalgarde angehalten.

»Was habt Ihr da auf dem Karren, Alter?« verlangte er zu wissen.

»Wolle für die Fabrik La Porte«, antwortete Jean, während er dem Soldaten den Kaufvertrag überreichte. Der Mann bemühte sich so angestrengt um einen intelligenten Gesichtsausdruck, während er das Papier überflog, daß Angelique fast sicher war, daß er nicht lesen konnte.

»Scheint in Ordnung zu sein«, murmelte er schließlich und ließ sie passieren.

»Wo soll ich Euch jetzt hinbringen?« fragte Jean wenige Minuten später.

»Fahrt erst einmal bis zum Fluß. Von dort aus sage ich Euch dann den Weg.«

Während sie so durch Paris fuhren, hatte Angelique plötzlich das Gefühl, in die Vergangenheit zurückversetzt worden zu sein. Alles um sie herum schien an die Zeit zu erinnern, die sie mit Jacques in Paris zusammengelebt hatte: ihre Kleidung, die Häuser und Geschäfte ringsum, ja sogar die Leute schienen ihr bekannt vorzukommen.

Schließlich erreichten sie das Haus, in dem sie früher mit Jacques gewohnt hatte, und kurz darauf ließ Angelique Jean anhalten.

»Soll ich noch warten, bis Ihr gefragt habt, ob Euer Freund überhaupt da ist?« brummte Jean.

»Nein, vielen Dank«, entgegnete Angelique. »Wenn er nicht da ist, muß ich ihn eben suchen. Lebt wohl, und viel Glück.«

Damit betrat sie das Haus, das Jacques in seinen Briefen als Adresse angegeben hatte. Plötzlich öffnete sich knarzend eine Tür, und eine schmuddelige, rothaarige Frau streckte den Kopf fragend heraus.

»Wohnt Monsieur Jacques Latour hier?« erkundigte sich Angelique.

»Ja, im obersten Stock«, antwortete die Frau unwillig.

Während Angelique die zahlreichen Stufen zum obersten Stockwerk hinaufstieg, mußte sie wieder an die kleine Wohnung zurückdenken, in der sie eine so schöne Zeit verbracht hatte. Schließlich war sie im obersten Stockwerk angekommen und klopfte an die vor ihr liegende Tür.

Wenige Sekunden später waren Schritte zu hören, und die Tür ging auf.

Die grenzenlose Überraschung, die in Jacques blauen Augen lag, wich schnell der Besorgnis. Er nahm sie am Arm, zog sie in die Wohnung und schloß die Tür.

»Oh, Angelique, Angelique! Wenn ich gewußt hätte, daß du dich hierher wagst, dann hätte ich dir nie…«

»Aber ich mußte doch kommen, es blieb mir ja gar keine andere Möglichkeit. Keiner von Richards Freunden in England konnte ihm helfen.«

Jacques nahm sie am Arm und führte sie zu einem mit Papier überhäuften Tisch, an dem zwei Stühle standen. Als sie sich gesetzt hatten, fragte Angelique: »Schreibst du für eine Zeitung?«

»Ja«, antwortete er zerstreut, »unter einem Pseudonym.« Dann fügte er mühsam beherrscht hinzu: »Du mußt ihn sehr lieben, wenn du seinetwegen soviel riskierst.«

»Ja, ich liebe ihn sehr. Ich weiß, daß das nicht das ist, was du hören möchtest«, entgegnete Angelique betrübt. »Aber wenn ich einen Menschen auf der Welt um keinen Preis belügen möchte, dann bist du es.«

»Du kannst ja nichts dafür, daß du ihn liebst«, sagte Jacques trocken. »Schließlich kann man nicht selbst entscheiden, in wen man sich verliebt. Die Welt wäre sonst sicher ein sehr viel schönerer Platz.«

»Jacques, weißt du, ob Richard noch…«

»Ich bin sicher, daß er noch lebt. Auch wenn Tag für Tag ganze Wagenladungen voller Menschen zum Schafott gebracht werden, so hätte die Hinrichtung eines englischen Adligen mit Sicherheit Aufsehen erregt.«

»Dann hilf mir, ihn zu retten!«

»Aber ich habe dir doch schon gesagt, daß es keinen Sinn hat. Wenn es nicht einmal ein Mitglied des englischen Oberhauses schafft, ihn durch Geltendmachung seines Einflusses zu befreien, wie wollen wir dann ...?«

»Aber es muß doch irgendeinen Weg geben! Es gibt doch bestimmt jemanden, den wir zur Mithilfe überreden oder bestechen können!«

Jacques nahm ein Stück Papier auf, starrte es eine Weile gedankenverloren an und warf es dann wieder auf den Tisch.

»Einen gibt es vielleicht«, sagte er schließlich. »Aber falls ich mich in seinem Charakter getäuscht haben sollte, dann wird die Sache äußerst gefährlich für dich werden.«

»Wer ist es?« fragte Angelique begierig.

»Er heißt Raimond Dupres und ist ein Verbündeter Robespierres. Es heißt zwar, daß er seit einem Unfall impotent ist, aber er hat trotzdem etwas für schöne Frauen übrig. Und was noch wichtiger ist – er soll mittlerweile ziemlich korrupt geworden sein. Der Grund dafür liegt klar auf der Hand – die Revolution hat begonnen, ihre eigenen Kinder zu verschlingen.«

Als Angelique ihn fragend ansah, fügte Jacques hinzu: »Das bedeutet, daß die, die Tausende auf die Guillotine gebracht haben, nun selbst auf den Weg dorthin geschickt werden. Hébert und Danton hat man schon hingerichtet, und sie werden nicht die letzten der derzeitigen Machthaber sein; vielleicht blüht sogar Robespierre eines Tages der Tod. Wer klug ist, baut sich schon jetzt ein Floß, um notfalls das sinkende Regierungsschiff schnell verlassen zu können.«

»Und du glaubst, daß dieser Raimond Dupres dazugehört?«

»Ja. Ich bin sicher, daß er soviel Geld wie möglich zusammenrafft und es ins Ausland schickt.«

»Ich habe fast einhundertfünfzig Guineen!« rief Angelique aufgeregt.

»Meine Liebe, das würde bei weitem nicht ausreichen, um Dupres dazu zu bewegen, Richards Flucht zu ermöglichen.«

»Dann werde ich mir irgendwie mehr beschaffen. Aber vorher muß ich mit ihm sprechen. Wo kann ich ihn finden?«

»O Angelique, ich wünschte, ich hätte dir nie von diesem Dupres erzählt! Ist dir nicht klar, daß er aus irgendeinem Grund Geld als Bestechungsmittel ablehnen könnte? Dann wird er dich ins Gefängnis werfen lassen, nicht nur, weil du die Enkelin des Duc de Rhoulac bist, sondern auch, weil du Verrat an der Republik begangen hast.«

»Ich muß trotzdem mit ihm sprechen. Verzeih mir, wenn ich das so sage, Jacques, aber du kannst mich nicht davon abhalten, diesen Mann aufzusuchen. Und wenn du mir nichts sagst, wie ich ihn am einfachsten finde, dann muß ich eben das Risiko eingehen, mich zu ihm durchzufragen.«

Jacques schwieg lange, bevor er zögernd sagte: »Dupres nimmt jeden Nachmittag in einem Weinladen in der Rue de Arlette, am rechten Seineufer, einen Aperitif zu sich. Er ist Rechtsanwalt und empfängt in einem Raum über dem Laden seine Klienten. Ich glaube, es ist das Haus Nummer vierzehn.«

»Wie sieht er aus?«

»Er ist ungefähr fünfzig, ziemlich klein und sehr dünn. Durch seinen Unfall kann er seinen linken Arm nicht mehr bewegen.«

Angelique erhob sich, und auch Jacques stand auf.

»Er wird aber nicht vor vier Uhr nachmittags dort sein, und jetzt ist es erst kurz nach zwei.«

»Ich weiß«, sagte Angelique, »aber ich muß vorher noch zum Gefängnis.« Sie hatte damit gerechnet, daß Jacques es ihr verbieten würde, aber er schwieg. Daraufhin meinte sie:

»Du glaubst also, daß sie mich zu Richard lassen werden?«

»O ja. Die meisten Wachen sind ohnehin fast immer betrunken, und sie sind alle bestechlich. Außerdem wirst du in deinem jetzigen Aufzug keinen Verdacht erregen. Sei aber trotzdem vorsichtig mit dem, was du in Gegenwart eines Soldaten sagst. Hast du außer Guineen auch Francs?«

»Ja.«

»Dann gib keinem Soldaten mehr als drei Francs, und sage niemandem, daß du auch Guineen hast.«

Angelique nickte.

»Angelique, fünf Häuser weiter ist ein Gasthof, der für diese Gegend sehr respektabel ist.«

»Du möchtest, daß ich dort übernachte?«

»Ja. Wenn ich dich so sehe, muß ich immer an die schöne

Zeit denken, die wir zusammen verbracht haben, und das tut zu weh. Verstehst du das?«

»Ja, Jacques. Und vielen Dank für alles.«

Er lächelte schwach und nickte ihr zu. Angelique wäre am liebsten sofort zum Gefängnis geeilt, aber sie wollte Jacques nicht einfach stehenlassen, und so fragte sie:

»Hast du immer noch vor, in Paris zu bleiben?«

»Ich weiß nicht; ich habe fast das Gefühl, daß es keinen Sinn hat. Ich glaube beinahe, daß es noch Jahrzehnte dauern wird, bis wir in diesem Land eine Gesellschaft haben, wie ich sie mir wünsche. Deshalb spiele ich seit einiger Zeit mit dem Gedanken, nach Amerika zu gehen. Ich stelle es mir wunderbar vor, Teil eines neuen Kontinents zu sein. Dort scheint sich dem Menschen mehr Hoffnung zu bieten als irgendwo anders.«

»Aber du wirst doch nicht gleich gehen, oder?« fragte Angelique lächelnd. »Du wirst doch noch da sein, wenn ich morgen oder übermorgen zurückkomme?«

»Ja, ich werde da sein.«

Angelique warf ihm noch ein letztes Lächeln zu, dann wandte sie sich um und ging hinaus.

## 35

Auf dem gepflasterten Hof des Gefängnisses wimmelte es von Soldaten; die meisten schienen zu Angeliques Überraschung völlig betrunken zu sein.

Vor einem Tor, das ganz offensichtlich zu den Verliesen führte, standen zwei Wachposten. Angelique faßte sich ein Herz und sprach einen von ihnen an:

»Monsieur, ich möchte zu einem Gefangenen.«

Der Soldat musterte sie mißtrauisch. »Du scheinst ja direkt vom Land zu kommen, Mädchen. Weißt du denn nicht, daß man sich hier in Paris seit neuestem mit ›Bürger‹ anzureden hat?«

»Doch, aber das habe ich in der Aufregung ganz vergessen.«

»Du hast doch keinen Grund, aufgeregt zu sein. Gib mir nur fünf Francs.«

»Drei.«

»Na gut«, meinte der Soldat achselzuckend.

Sie reichte ihm drei Geldstücke, und er schloß dafür das Tor auf.

»Frag den nächsten Soldaten nach dem Weg«, sagte er zu Angelique.

Dann schob er sie auf einen Gang, der so dunkel war, daß Angelique nur mit Mühe einen Soldaten erkennen konnte, der auf sie zugeeilt kam, als die Tür hinter ihr ins Schloß fiel.

»Ja, Bürgerin? Was wollt Ihr?« fragte er.

»Ich möchte einen Gefangenen besuchen, einen Engländer. Sein Name ist Richard Lansing. Kennt Ihr ihn?«

Inzwischen hatten sich Angeliques Augen an das trübe Licht gewöhnt, und sie sah, daß auf dem Gesicht des Soldaten ein verwunderter Ausdruck lag. Er fragte sich offensichtlich, aus welchem Grund ein französisches Bauernmädchen wohl einen englischen Adligen besuchen wollte.

»Ja, den kenne ich. Das wird Euch fünf Francs kosten.«

»Drei.«

»Fünf. Er ist ein wichtiger Gefangener.«

»Drei. Ich habe nicht viel Geld.«

»Fünf. Eine schöne Frau wie Ihr kann sich immer Geld beschaffen.«

Schließlich beschloß Angelique, ihm das Geld zu geben; sie wollte es nicht riskieren, ihn zu verärgern.

Er steckte es ein und führte sie dann durch einen langen Tunnelgang zu einem schmalen Eisentor, das in eine dicke Mauer eingelassen war. Er schloß es auf und sagte: »Da hinein.«

Angelique betrat eine kleine Zelle, die nur durch das wenige Licht erhellt wurde, das durch das kleine Zellenfenster eindringen konnte. Der Soldat ließ die Tür hinter ihr ins Schloß fallen und verriegelte sie. Nun bekam es Angelique mit der Angst zu tun, und sie starrte voller Panik auf die zwei hölzernen Hocker in der Zelle, einen Strohhaufen in der Ecke und eine unbeholfene Inschrift auf der Wand: ›Möge Gott mir beistehen.‹ Was, wenn der Wachsoldat Verdacht geschöpft hatte und sie nun verhören lassen wollte?

In diesem Augenblick waren Schritte zu hören, und Angelique fuhr herum. Es war der Wachsoldat – mit Richard.

Seine Hände lagen in Eisen, sein Gesicht sah eingefallen aus, und das Haar hing ihm bis auf die Schultern seines weißen Hemdes herunter. Der Wachmann öffnete das Tor, stieß Richard hinein und schloß dann wieder ab.

Angelique sah, wie Richard bleich wurde. Dann stieß er wütend hervor: »Du! Gott verdamme dich, Angelique! Warum bist du hierhergekommen?«

Trotz all ihrer Angst spürte Angelique unbändige Freude in sich aufsteigen. Sie war sicher, daß er das nicht aus Wut, sondern nur aus Sorge um sie gesagt hatte.

»Ich bin gekommen, um dich zu befreien.«

»Sprecht Französisch!« herrschte der Soldat sie von draußen an.

»Du Närrin!« sagte Richard auf französisch. »Und jetzt geh!«

»Nachdem ich soviel auf mich genommen habe, um hierher zu gelangen? Glaube mir, Richard, ich habe einen Plan.« Angelique hatte aus den Augenwinkeln gesehen, daß der Wachmann gelangweilt den Blick abgewandt hatte. Wie oft mußte er solche Unterhaltungen schon gehört haben!

»Einen Plan! Du hast unseren ...« Er verstummte, aber Angelique wußte, daß er ›unseren Sohn‹ hatte sagen wollen. Schließlich fuhr er fort: »Du hast deine Pflichten vernachlässigt, um hierherzukommen und dich in tödliche Gefahr zu bringen ...«

»Meine Pflichten habe ich guten Händen übertragen – den besten sogar.«

»Wessen?«

»Elizabeths.«

Nun lächelte er reuevoll. »Wahrscheinlich hast du recht. Nun, wenn du nicht gehen willst, dann können wir uns ebensogut setzen.«

Als sie auf den beiden Schemeln Platz genommen hatten, fragte er: »Woher hast du erfahren, daß ich hier bin?«

»Von Jacques Latour. Er war allerdings nicht derjenige, der mich auf die Idee gebracht hat, hierherzukommen, ganz im Gegenteil. Er hat mir nur geschrieben, daß du im Gefängnis bist und vorgeschlagen, ich solle eine einflußreiche Person darum bitten, sich für dich zu verwenden. Ich habe Sir William Ashenden aufgesucht, aber er hat nichts erreicht.«

Richard war die Röte ins Gesicht geschossen. Angelique wußte, daß er gerade daran dachte, wie er einst gegen den ›französischen Bastard‹ gewettert hatte.

»Nach dem zu urteilen, was du mir erzählst, muß dieser Franzose ein guter Kerl sein.«

»Ja. Ist es schlimm hier drinnen?«

»Es könnte schlimmer sein«, meinte er achselzuckend. »Ich habe etwas Geld übrig, so daß ich mich rasieren und meine Wäsche waschen lassen kann.«

Angelique hätte Richard gerne gefragt, warum er eigentlich nach Frankreich eingereist war, aber sie hielt es in Gegenwart des Wachmanns für zu riskant.

»Eines muß man diesem Loch lassen«, fuhr Richard in diesem Augenblick trocken fort. »Man lernt ständig neue Leute kennen. Jeden Tag verschwinden eine ganze Menge, und neue Gefangene werden gebracht.«

»Richard!«

»Entschuldige, aber hier lernt man so üble Scherze.«

»Die Zeit ist um!« rief der Soldat plötzlich.

»Ich werde morgen wiederkommen und dir meinen Plan mitteilen«, flüsterte Angelique schnell.

»Komm jetzt, Bürgerin!« drängte der Soldat.

Sie lehnte sich zu Richard hinüber; er stützte seine gefesselten Hände auf seine Knie auf und beugte sich ihr entgegen. Er gab ihr einen Kuß, der in Angelique trotz der schrecklichen Umgebung schöne Erinnerungen hervorrief. Dann erhob sie sich rasch und ging hinaus.

## 36

Als Angelique auf den Gefängnishof hinaustrat, schlug eine Turmuhr gerade vier, und sie beschleunigte ihre Schritte. Wenn Jacques recht hatte, dann saß Raimond Dupres inzwischen vielleicht schon in seinem Weinlokal.

Sie eilte durch zahlreiche Straßen und Gassen, bis sie schließlich in der Rue de Arlette ankam. Wenige Minuten später machte sie auch den Weinladen ausfindig. Vor dem Laden standen ein paar kleine Tische, und an einem dieser

Tische saß ein Mann mit ergrautem Haar, der fast die Statur eines Dreizehnjähigen hatte; sein linker Arm baumelte schlaff herunter.

»Monsieur Raimond Dupres?« sprach Angelique ihn zögernd an.

Der Mann blickte überrascht auf. »Ja, Bürgerin?«

»Kann ich Euch sprechen?«

»Versucht es woanders, meine Liebe«, entgegnete er lächelnd. »Ihr seid zwar ein hübsches Mädchen, aber ich bin nicht in Stimmung.«

»Monsieur, Ihr versteht mich falsch. Ich möchte jemandem dem Tribunal als Verräter anzeigen.« Das war ein Plan, den sich Angelique ausgedacht hatte, um sein Interesse zu wekken. »Wenn ich Euch allein sprechen dürfte ...«

Aber der Mann sah sie nur gelangweilt an; offensichtlich war er es mittlerweile überdrüssig geworden, sich mit Denunzianten zu beschäftigen.

»Ich bin kein Richter, meine Liebe. Wendet euch an das Palais de Justice.«

Angelique wurde klar, daß sie ihm die Wahrheit sagen mußte, wenn sie ihn allein sprechen wollte. Also sagte sie leise:

»Monsieur, ich habe Euch nicht die Wahrheit gesagt. In Wirklichkeit möchte ich jemand aus dem Gefängnis befreien. Einen Engländer namens Richard Lansing. Wenn Ihr mir dabei helft, werde ich es Euch reich lohnen.«

Nun lag auf seinem Gesicht ein Ausdruck ungläubigen Staunens, während er sie langsam von oben bis unten musterte. Sein Blick glitt von ihrem Gesicht hinunter zu ihrer Bluse, ihrem Schal und ihrem Baumwollrock, dann heftete er sich auf seine Hände, und sein Gesichtsausdruck änderte sich. Angelique wußte auch, warum. Ihre gepflegten, weißen Hände paßten nicht zu ihrem bäuerlichen Aufzug.

Plötzlich stand der Mann auf und legte eine Münze neben sein leeres Weinglas. Dann sagte er: »Kommt bitte mit.«

Angelique folgte ihm durch eine offene Tür eine Treppe hinauf. Oben angekommen, öffnete er eine Tür und ließ sie vor sich eintreten. Als Angelique sich umsah, stellte sie fest, daß es ein Raum war, der mit einem Schreibpult, einem mit Papieren überhäuftem Tisch und ein paar Stühlen möbliert war. Hinter dem Schreibpult stand ein Mann, der trotz seiner relativ jungen Jahre eine Brille mit dicken Gläsern trug.

Dupres hielt sich nicht lange mit Vorreden auf, sondern sagte zu dem jungen Mann: »Gerard, besorgt mir sofort sämtliche Zeitungen.«

»Alle? Aber Monsieur, das kann Stunden dauern!«

»Das ist mir gleich. Macht Euch sofort auf den Weg.«

Als der Mann gegangen war, sagte Dupres zu Angelique: »Nehmt Platz. Und jetzt sagt mir, wer Ihr seid.«

»Sir Richard Lansings Frau.«

Er musterte sie eine Weile stumm und nickte dann.

»Jetzt verstehe ich, warum ihr diesen seltsamen Aufzug gewählt habt.«

»So seltsam ist er gar nicht. Immerhin stamme ich aus einer Bauernfamilie.«

»Ich habe aber gehört, daß Sir Richard mit der Enkelin eines französischen Adligen verheiratet ist«, sagte Dupres stirnrunzelnd.

Sie nickte bestätigend. »Mein leiblicher Vater war Philippe de Rhoulac, der Sohn des verstorbenen Marquis, aber meine Mutter war Bäuerin.«

»Ich verstehe. Ihr habt vorhin gesagt, Ihr würdet es mir reich lohnen, wenn ich die Entlassung Eures Gatten bewerkstelligen könnte.«

»Monsieur«, entgegnete Angelique eindringlich, »ich habe fast hundertfünfzig Guineen ...«

»Hundertfünfzig Guineen! Ihr erlaubt Euch doch sicher einen Scherz mit mir!«

Erschreckt stellte Angelique fest, daß die kalte Belustigung, die sich auf seinem Gesicht widerspiegelte, echt war; er hielt ihr Angebot ganz offensichtlich für lächerlich gering.

»Nun schaut nicht so verzweifelt drein, Madame«, meinte er unvermittelt. »Ich bin sicher, daß wir uns irgendwie einigen können. Euer Gatte ist doch ein wohlhabender Mann, oder?«

»Ich weiß, daß er nicht zu den reichsten Männern seines Landes gehört, aber mehr kann ich darüber nicht sagen. Solche Dinge hat er mit mir nie erörtert.«

»Ihr müßt doch eine ungefähre Kenntnis davon haben, was er für Besitztümer hat«, meinte Dupres ungeduldig.

»Ja. Ich weiß, daß er ein Landhaus und sechs Pachtfarmen hat. Außerdem besitzt er ein Haus in London. Ob er ein beträchtliches Barvermögen oder Aktien hat, weiß ich allerdings nicht.«

»Wahrscheinlich nicht. Englische Adlige neigen dazu, alles in Landbesitz anzulegen. Aber was Ihr mir aufgezählt habt, wird genügen. Nachdem ich kein Bauer bin, werde ich das Landhaus und die Pachtfarmen verkaufen und nur das Stadthaus behalten.«

Als Angelique ihn daraufhin entsetzt anstarrte, fuhr er fort: »Madame, wenn Ihr und Euer Gatte es wünscht, wird ein Offizier der Nationalgarde mit zwei Gardisten morgen abend im Gefängnis erscheinen und eine Order vorlegen, nach der Euer Gatte sofort in den Kerker nach Vincennes zu überführen ist. Auf dem Weg dorthin wird Euer Gemahl irgendwie in den Besitz einer Muskete gelangen und fliehen. So jedenfalls wird die offizielle Version lauten.«

»Und was wird wirklich geschehen?« fragte Angelique angespannt.

»Hinter der Stadtmauer wird ihn eine Kutsche erwarten, die ihn nach Fleurette bringt, einer kleinen Stadt zwanzig Kilometer östlich von Paris. Danach liegt es an Euch und Eurem Mann, wie Ihr nach England gelangt.«

»Und Euer Preis, Monsieur?«

»Ihr werdet morgen Eurem Mann einige Dokumente zur Unterschrift ins Gefängnis bringen, mit denen er mir seinen gesamten Besitz in England überträgt. Ich schenke ihm dafür das Leben. Sobald Euer Gatte unterzeichnet hat, bringt Ihr mir die Papiere hierher.«

»Aber Monsieur«, fragte Angelique, »wer garantiert uns denn, daß Ihr Euer Wort nicht brecht, sobald Ihr die Unterschrift meines Gatten habt? Ihr könntet ihn einfach hinrichten lassen ...«

»Das könnte ich in der Tat«, entgegnete er gelassen. »Aber bedenkt eines – wenn ich die Besitztümer Eures Gatten übernehme, wird man mir ohnehin nicht sehr wohlgesonnen sein. Wenn bekannt würde, daß ich ihm seine Güter genommen und ihn dann dem Henker überlassen hätte, müßte ich mit den schlimmsten Anfeindungen rechnen; vielleicht würde man ihn sogar rächen. Nachdem ich den Rest meines

Lebens in Frieden und Beschaulichkeit zu verleben gedenke, möchte ich das vermeiden. Auch auf einen zweiten Punkt möchte ich Euch noch hinweisen, Madame. Ich gehe ein großes Risiko ein – und ich spreche damit nicht nur von dem Risiko, daß es mich meinen Kopf kosten kann, wenn man erfährt, daß ich Eurem Mann die Flucht ermöglicht habe. Wer garantiert mir denn, daß Euer Mann nach der Rückkehr nach England nicht versucht, auf irgendeine Weise wieder in den Besitz seiner Güter zu gelangen?«

»So etwas würde mein Mann nie tun!«

»Der Meinung bin ich auch, aber ich muß die Möglichkeit immerhin in Betracht ziehen. Ihr seht also, daß unsere Vereinbarung von beiden Seiten großes Vertrauen bedingt.«

»Das bedeutet, daß Richard ein armer Mann sein wird.«

»Immerhin wird er noch seinen Kopf haben, Madame. Ohne den hätte er sicher nicht viel Freude an seinem Besitz.«

»Ich weiß. Wann soll ich morgen die Dokumente abholen?«

»Kommt morgen früh um halb zehn hierher. Dann gebe ich Euch die Unterlagen, und Ihr könnt Sie gleich zum Gefängnis bringen. Bis morgen abend um elf habt Ihr Euren Mann in einem Gasthof in Fleurette. Und jetzt noch eines – Ihr sagtet doch, Ihr hättet hundertfünfzig Guineen; davon brauche ich gleich hundert.«

»Aber Monsieur, Ihr bekommt doch bereits ...«

»Die englischen Güter gehören mir noch nicht, und ich muß eine ganze Menge Leute bestechen.«

Seine Forderung bedeutete, daß Richard und sie nun wirklich fast bettelarm waren, aber das schien ihr in diesem Moment bedeutungslos. Es zählte nur eines – daß er am Leben blieb.

Sie griff in ihre Rocktasche, zog einen Lederbeutel heraus und zählte ihm die Münzen in die Hand.

# 37

Als Angelique am nächsten Morgen mit den Dokumenten zum Gefängnis eilte, war jede Faser ihres Körpers angespannt vor Aufregung. Bevor Dupres ihr die Unterlagen übergeben hatte, hatte er sie eindringlich zur Vorsicht ermahnt.

»Wenn diese Dokumente in fremde Hände fallen, Madame«, hatte er gesagt, »bedeutet das für uns alle die Guillotine.«

Als Angelique am Gefängnis ankam, standen dieselben Soldaten Wache wie am Vortag.

»Hallo, Bürgerin«, begrüßte sie der eine. »Wollt Ihr schon wieder einen Besuch machen?«

Sie nickte, gab ihm wortlos drei Francs und ließ sich von ihm das Tor öffnen. Drinnen kam ihr zu ihrem Schrecken ein Wachsoldat entgegen, der ganz offensichtlich betrunken war.

»Was wollt Ihr hier?« lallte er.

»Ich möchte Richard Lansing besuchen.«

»Kostet drei Francs.«

Erleichtert gab sie ihm das Geld und ließ sich in die Zelle führen. Dort sank sie mit zitternden Knien auf einen der Schemel.

Kurz darauf wurde Richard hereingeführt; die Hände wieder in Ketten. Der Wachmann stieß ihn in die Zelle und schloß die Tür hinter ihm ab.

Einen Augenblick lang blickte Richard finster auf sie herab, dann fragte er: »Angelique, kannst du denn nicht vernünftig sein?«

»Setz dich, Richard«, entgegnete sie hastig. »Ich habe dir die Unterlagen gebracht, die du haben wolltest.« Aus den Augenwinkeln beobachtete sie, wie der Wachmann eine Flasche aus der Jackentasche zog und sie an die Lippen setzte.

Richard ließ sich auf dem anderen Schemel nieder, während Angelique die Papiere hervorholte und sie ihm reichte.

Er faltete sie auseinander und überflog ihren Inhalt. Dann sah er sie fragend an.

In diesem Augenblick schien der Wachmann zu bemerken, daß ihm etwas entgangen war, und er grölte:

»He, was habt Ihr da?«

»Ich habe ihm sein Testament zur Unterschrift gebracht.«

Der Wachmann lachte. »Das wird auch höchste Zeit. Er soll nämlich übermorgen verurteilt werden.«

»Könnt ihr mir Feder und Tinte bringen?« fragte Angelique. »Ich gebe Euch noch mal zwei Francs dafür.«

Der Soldat schob gierig seine Hand zwischen die Gitterstäbe, und Angelique legte ihm die zwei Münzen auf die unsaubere Handfläche. Dann wankte er davon.

Als er fort war, erklärte sie Richard schnell ihren Plan.

»Ich werde dich im Gasthof in Fleurette erwarten«, schloß sie. »Dort können wir uns dann überlegen, wie wir zurück nach England kommen.«

»Ist dir klar, daß wir keinen Pfennig mehr besitzen werden, wenn ich das hier unterschreibe?« fragte Richard bedächtig.

»Dafür wirst du am Leben sein. Oh, Richard, wir können doch jederzeit versuchen, wieder Geld oder Land zu bekommen, aber wenn man dich übermorgen zum Schafott bringt...«

In diesem Augenblick kehrte der Wachmann zurück und warf ein Glas Tinte und einen Federhalter in die Zelle. Dann blieb er am Gitter stehen, um zuzusehen, wie Richard die Papiere unterzeichnete. Dann rief er: »Jetzt gebt mir das Schreibzeug zurück. Ich habe es vom Tisch des Aufsehers genommen.« Als Angelique ihm die Sachen durch das Gitter gereicht hatte, eilte er torkelnd davon.

»Wir sind nicht ganz mittellos«, meinte Angelique, während sie die Papiere zusammenfaltete und sie sich in den Ausschnitt schob. »Ich habe noch ungefähr vierzig Guineen.«

»Und ich habe noch etwa zwanzig Pfund in französischem Geld, die ich eigentlich...« Er brach ab und sah sie amüsiert an. »Was für ein ausgekochtes Persönchen du doch bist, Angelique«, sagte er dann. »Wenn ich daran denke, daß ich erst an die Schwelle des Todes treten mußte, um das zu merken...«

Mittlerweile war der Wachmann zurück und öffnete das Gitter. »Es ist Zeit, Bürgerin«, meinte er wichtigtuerisch.

Angelique warf Richard noch schnell einen Blick zu und verließ dann die Zelle.

Etwa vierzehn Stunden später ging Angelique in ihrem Gastzimmer in Fleurette unruhig auf und ab. Minute um Minute verstrich, aber Richard kam nicht. Hatte Raimond Dupres sie am Ende doch betrogen? War Richard noch im Gefängnis?

Um sich von dieser schrecklichen Vorstellung abzulenken, dachte Angelique an das zurück, was sich seit ihrem Besuch im Gefängnis ereignet hatte.

Sie war von dort aus gleich zu Raimond Dupres geeilt, der ihr versichert hatte, daß alle Vorbereitungen getroffen seien. Richard würde um sieben Uhr aus dem Gefängnis abgeholt werden und spätestens um Mitternacht in Fleurette eintreffen.

Nachdem Angelique sich von Dupres verabschiedet hatte, war sie zu Jacques gegangen, um ihm alles zu erzählen.

»Dann wird dein Mann also heute nacht schon frei sein?« fragte er, als sie geendet hatte.

»Ja.«

Obgleich Jacques lächelte, konnte Angelique ihm von den Augen ablesen, was in ihm vorging. Trotzdem bemühte er sich, sich mit ihr zu freuen, und er versprach ihr sogar, dafür zu sorgen, daß sie am Abend von einer Kutsche nach Fleurette gebracht wurde. Die Stunden bis zu ihrer Abfahrt verbrachten sie dann damit, Erinnerungen an ihre Jugendzeit in St-Isidore auszutauschen. Schließlich aßen sie noch gemeinsam zu Abend, und dann wurde es für Angelique Zeit zum Aufbruch. Wenige Stunden später nahm sie sich in einem Gasthof in Fleurette ein Zimmer. Dem Wirt erzählte sie einfach, ihr Gemahl hätte noch eine Besorgung zu machen und würde etwas später eintreffen. Dann bat sie ihn, ihr etwas Wein auf das Zimmer bringen zu lassen und dafür zu sorgen, daß jemand ihren Mann einließ, wenn er kam. Das alles war vor drei Stunden gewesen, und seit dieser Zeit hatte sie auf ihn gewartet, zunächst voller Aufregung und Vorfreude, aber schließlich mit immer stärker werdender Sorge. Plötzlich hörte sie draußen vor dem Gasthof eine Kutsche anhalten; dann klopfte jemand an die Eingangstür. Wenige Minuten später hörte Angelique draußen auf dem Gang vertraute Schritte.

Sie eilte zur Tür und riß sie auf. Dann lag sie in Richards Armen, und er küßte sie so leidenschaftlich, daß ihr fast die Sinne schwanden.

Schließlich gab er sie frei, griff hinter sich und schloß die

Tür. Dann nahm er sie wieder in die Arme, während Angelique flüsterte: »Oh, Liebling, ich dachte schon, es wäre dir etwas passiert!«

»Eines der Pferde hat ein Hufeisen verloren, und wir mußten unterwegs einen Schmied aus dem Bett holen, um das Pferd neu beschlagen zu lassen.«

»Die Kutsche scheint noch unten zu stehen«, sagte Angelique.

»Ja, ich habe mit dem Kutscher vereinbart, daß er uns bei Tagesanbruch nach Briault bringt; das ist ein Fischerdorf in der Nähe von Calais. Der Kapitän des Handelsschiffes, mit dem ich nach Frankreich gekommen bin, hat mich dort an Land gesetzt. Ich habe dann bei einem Freund des Kapitäns übernachtet.«

»Und wir gehen kein Risiko ein, wenn wir dorthin zurückkehren?« fragte Angelique.

»Nein, es war von Anfang an vereinbart, daß ich dorthin kommen würde, wenn ich Frankreich wieder verlassen wollte. Der Freund des Kapitäns wollte dann alles Nötige für meine Rückkehr nach England veranlassen. Und jetzt laß uns das Thema wechseln.«

Damit verschloß er ihr den Mund mit den Lippen und küßte sie lang und fordernd. Schließlich protestierte Angelique: »Richard, nicht! Es ist doch schon bald wieder Morgen, und du brauchst Ruhe!«

Während seine Hände über ihren Körper wanderten, flüsterte er:

»Dich brauche ich aber mehr als alle Ruhe der Welt.« Damit zog er sie hinüber zum Bett, wo er sich in seiner Begierde nicht wie sonst die Zeit nahm, sie langsam und genüßlich zu entkleiden. Statt dessen zogen sich beide ihre eigenen Sachen aus, denn Angelique wußte, daß ihre Sehnsucht nach ihm ebenso groß war wie seine. Schon wenige Minuten, nachdem er in sie eingedrungen war, erreichte Angelique einen Höhepunkt, der sie vor Lust aufschreien ließ. Aber Richard konnte seine eigene Begierde so zügeln, daß er sie noch zweimal diesen süßen Gipfel der Liebe erklimmen lassen konnte, bevor auch er mit einem letzten Erschauern zum Höhepunkt kam.

Danach lagen sie schweigend nebeneinander; offensichtlich hatten beide das Gefühl, die Empfindungen, die sie gerade gehabt hatten, nicht in Worte kleiden zu können. Schließlich keimte in Richard erneut Lust auf, und auch Angelique stellte erstaunt fest, daß die Begierde ihres Körpers noch nicht gestillt war.

Nach dem erneuten Liebesspiel sagte Angelique zögernd.

»Es ist schon kurz vor Sonnenaufgang. Wir ziehen uns besser an.«

Als sie sich angekleidet hatten, holte Angelique etwas Brot und Käse hervor, die sie aus Paris mitgebracht hatte, und sie frühstückten zusammen.

»Weißt du eigentlich«, sagte Angelique schließlich, »daß ich noch immer keine Ahnung habe, warum du nach Frankreich gefahren bist?«

Daraufhin schwieg Richard eine ganze Weile, so daß in Angelique schon die dunkelsten Vorahnungen aufstiegen. Dann sagte er gepreßt: »Ja, ich weiß. Ich hätte es dir längst sagen sollen, aber es war wenig Gelegenheit dazu. Kannst du dich noch an Ninon de Lentric erinnern?«

»Natürlich!« rief Angelique.

»Sie hatte mir einen Brief nach London geschickt. Darin hieß es, daß man sie eingekerkert hätte. Ihr Vater war bereits hingerichtet worden, und sie befürchtete, ihm bald auf das Schafott folgen zu müssen. Sie flehte mich an, ihr zu helfen. Ich wußte, daß ich dazu Geld brauchen würde, und so habe ich mein gesamtes Vermögen von der Bank abgehoben und mich nach Frankreich einschleusen lassen. Es war auch relativ leicht, zu Ninon ins Gefängnis zu gelangen, aber dann wußte ich nicht weiter. Schließlich habe ich in meiner Not beschlossen, einen der Richter des Tribunals zu bestechen, Ninon freizusprechen, und das ist auch gelungen. Dann habe ich ihr genug Geld gegeben, damit sie Frankreich verlassen und zu Verwandten nach Italien reisen konnte.«

»Und dann?« fragte Angelique gespannt.

»Dann, als ich Frankreich verlassen wollte, hat man mich verhaftet. Der Richter, den ich bestochen hatte, hatte sich jemandem anvertraut, und dieser Jemand hat uns beide beim Tribunal denunziert. Den Richter hat man sofort hingerichtet, während man mich...«

»Während man dich eingesperrt hat und demnächst hingerichtet hätte, wenn deine dumme Frau nicht ihr Leben riskiert hätte, um dich dort herauszuholen!«

»Nun gut, Angelique«, sagte Richard nun finster, »sag ruhig, was du möchtest. Sprich dich aus!«

Jetzt wurde Angelique von einer Wut ergriffen, die sie alle Zurückhaltung vergessen ließ, und es sprudelte aus ihr heraus wie aus einem Stausee, dessen Damm gebrochen war.

»Du Unmensch! Du elender Schuft! Läßt einfach Frau und Kind im Stich, um eine andere Frau zu retten! Du hast Ninon nie vergessen, nicht wahr? Sie war diejenige, die du heiraten wolltest, und das hättest du auch getan, wärest du nicht von meinem Großvater gezwungen worden, mich zur Frau zu nehmen.«

Nun war auch Richard zornig geworden.

»Ja, vielleicht hätte ich sie geheiratet«, stieß er zornig hervor.

»Ganz sicher sogar. Ich war für dich immer nur die beste Bettgespielin, die du je hattest. Aber immerhin hast du mich geheiratet, und deshalb hättest du die Pflicht gehabt, mir Bescheid zu sagen, bevor du dein Leben für eine andere Frau aufs Spiel setzt!«

»Einen Moment mal! Wie du dich vielleicht erinnerst, war zu diesem Zeitpunkt eine beträchtliche Entfremdung zwischen uns eingetreten!«

»Ja, weil du mir und meinem Sohn diese schreckliche Molly Hernshaw aufgezwungen hast!«

»Das war es nicht allein! Vergiß nicht, daß du dich unter meinem Dach in die Arme dieses...« Er verstummte.

»Weil ich mich in die Arme eines armseligen Franzosen geworfen habe? In die Arme meines bäuerlichen Ex-Liebhabers? Wolltest du das sagen? Ja, er war einmal mein Geliebter, und du kannst Gott dafür danken, denn sonst hätte deine dumme Frau nie von deiner Notlage erfahren...«

Die Wut, die Angelique in sich verspürte, war mittlerweile so weit aufgeflammt, daß sie nun auch Erinnerungen aus der Vergangenheit heraufbeschwor. Plötzlich sah sie wieder Claude tot auf dem Feld liegen und ihren Vater mit gesenktem Kopf vor dem Henker stehen. Das ausdruckslose Gesicht ihrer Mutter tauchte auf, dann sie selbst, wie sie voller Angst in einem Bett in Ponselles Taverne lag.

»Ich wünschte, ich hätte dir damals das Messer in den Rücken gestoßen!« schrie sie plötzlich. Dann griff sie nach einem halbvollen Weinglas und warf es nach ihm. Es verfehlte ihn knapp und zerschellte an der Wand. Nun sprang Angelique auf, lief zu Richard und schlug mit den Fäusten auf seine Brust ein. »O Gott, wie ich dich hasse!« schrie sie dabei. »Wenn sich mir noch ein einziges Mal die Gelegenheit dazu bietet, werde ich dich töten!«

Er packte sie an beiden Handgelenken, und dann trafen sich ihre wütenden Blicke. Plötzlich entdeckte Angelique an Richards Schläfe einen blutenden Schnitt; offensichtlich war er von einem Glassplitter getroffen worden. Aber trotzdem war er es, der zuerst die Arme sinken ließ und leise sagte:

»Es hat keinen Sinn mit uns beiden, nicht wahr? Wir tun uns immer nur gegenseitig weh.«

»Es scheint so«, entgegnete sie tonlos.

»Angelique, was sollen wir tun?« fragte er. »Sollen wir weiterhin zusammenleben? Ich glaube nicht, daß es viel Sinn hat, weil wir einander sofort an die Kehle gehen, wenn die Leidenschaft verflogen ist. Was sollen wir also tun? Wenn du möchtest, kannst du mit mir nach England kommen; dort werde ich versuchen, irgendwie Geld aufzutreiben. Vielleicht kann mich dieser Dupres ja als Verwalter gebrauchen.«

Nun erwachte Angelique aus der Betäubung, die sie bis dahin hatte schweigen lassen. »Nein, er will das Landhaus und die Pacht verkaufen«, sagte sie dumpf. »Im übrigen möchte ich nicht mit dir nach England gehen. Nicht, weil du kein Geld hast, das wäre mir gleich. Wie du ganz richtig erkannt hast, liegen zwischen uns zu viele alte, ungeheilte Wunden und Feindseligkeiten.«

»Und was wird aus unserem Sohn?«

Bis dahin hatte Angelique den Kopf gesenkt gehalten, nun aber sah sie ihm entsetzt in die Augen.

»Richard, du würdest doch nicht...«

»Versuchen, ihn dir wegzunehmen? Nein. Wie könnte ich auch? Ich könnte ihn ja nicht einmal ernähren.«

Beide schwiegen eine Weile. Angelique schoß durch den Kopf, daß Elizabeth Cantrell und ihr Vater wahrscheinlich großzügig genug wären, um sie und ihren Sohn bei sich aufzunehmen, aber dieser Gedanke vertrug sich nicht mit ihrem Stolz. Außerdem würde sie Rick in ihrem gegenwärtigen deprimierten Zustand bestimmt keine gute Mutter sein. Schließlich sagte sie:

»Vielleicht sollten wir ihn vorläufig bei Elizabeth lassen. Sie verstehen sich ausgezeichnet, und sie hat mir sogar versprochen, ihn wie einen eigenen Sohn aufzuziehen, falls – falls ich nicht zurückkommen sollte.«

»Dann wird es wohl die beste Lösung sein, bis wir ...« Er konnte den Satz nicht beenden. Nach einer Weile fügte er gepreßt hinzu: »Angelique, wenn du jemals die Scheidung wünschen solltest, werde ich dir nicht im Weg stehen.«

»Ich werde dir auch keine Schwierigkeiten machen.«

»Ich muß dir noch etwas über Ninon sagen«, meinte Richard dann, »ich habe sie nie geliebt. Aber ich habe mir immer Vorwürfe gemacht, weil ich ihr Gefühle vorgespielt habe, die ich nie hatte.«

›Zu dumm, daß dich dein Gewissen immer erst dann plagt, wenn es zu spät ist‹, dachte Angelique bitter.

»Und deshalb konnte ich ihren verzweifelten Brief nicht einfach ignorieren; ich mußte ihr einfach helfen.«

»Ich verstehe. Dann hast du also nicht vor, nach Italien zu reisen und sie zu heiraten?«

»Nein. Was willst du denn jetzt tun?«

»Ich werde hier warten, bis du fort bist. Dann werde ich irgendwie versuchen, nach Paris zurückzukommen. Dort werde ich mich an Jacques wenden. Er ist nämlich nicht nur meine ehemaliger Geliebter; er ist mir ein wahrer Freund.«

Richard schwieg eine Weile, dann sagte er: »Wirst du mir schreiben, wie es dir geht? Du könntest deine Post an Sir William Ashenden senden.«

»Ja, das tue ich.«

»Nun, dann gibt es wohl nichts mehr zu klären. Ich werde mich jetzt am besten auf den Weg machen.«

Sie standen sich beide lange Zeit schweigend und bewegungslos gegenüber. Schließlich sagte Richard:

»Leb wohl, Angelique.«

Angelique war die Kehle so zugeschnürt, daß sie nur stumm nicken konnte. Sie verharrte regungslos, bis sie hörte, wie die Zimmertür leise ins Schloß fiel.

# 38

Es dauerte eine ganze Weile, bis Angelique einen Bauern fand, der bereit war, sie auf seinem Karren mit nach Paris zu nehmen. Am späten Nachmittag schließlich stand sie wieder vor Jacques Haus. Sie mußte jedoch bald enttäuscht feststellen, daß er nicht da war. In ihrer Not beschloß Angelique, sich auf den Treppenabsatz zu setzen und dort auf ihn zu warten.

Zu ihrem Glück kam er schon wenige Minuten später vollbepackt die Stufen herauf.

»Hallo, Jacques«, sagte sie leise.

»Mein Gott, Angelique!« rief er. »Wo kommst du denn jetzt her? Ich dachte, ihr wäret längst... Aber laß uns erst einmal hineingehen.«

Drinnen legte er seine Einkäufe auf einem Tisch ab, während Angelique sich erschöpft auf einen Stuhl fallen ließ. Jacques setzte sich neben sie und fragte: »Was ist denn passiert?«

»Es ist aus zwischen uns«, sagte sie traurig. Dann erzählte sie Jacques von ihrer Auseinandersetzung mit Richard. »Schließlich sind wir zu dem Schluß gekommen«, beendete sie ihren Bericht, »daß es keinen Sinn hat, wenn wir es noch einmal miteinander versuchen.«

»Angelique«, sagte Jacques mit mühsam beherrschter Stimme, »ich weiß, daß dir das alles sehr weh tut, und ich kann dir gar nicht sagen, wie groß mein Mitgefühl für dich ist.« Dann fügte er hinzu: »Wollt ihr euch scheiden lassen?«

»Nein, wenigstens vorläufig noch nicht. So etwas kostet viel Geld, und Richard und ich sind jetzt mittellos.«

»Und was wird aus deinem Sohn?«

»Er soll vorläufig bleiben, wo er ist – bei Richards Kusine Elizabeth.«

»Und was willst du selbst tun?«

Nun sah ihm Angelique direkt in die Augen und meinte zögernd:

»Wenn du noch immer vorhast, nach Amerika zu gehen – vielleicht würdest du mich dann mitnehmen?«

»Vielleicht? Natürlich würde ich das!« rief Jacques begeistert und nahm ihre Hände zwischen die seinen.

»Möglicherweise könnte ich irgendwann meinen Sohn nachkommen lassen, wenn es dir recht wäre.«

»Selbstverständlich. Viele Amerikaner sind so reich, daß sie Hauslehrer für ihre Söhne und Gouvernanten für die Töchter einstellen. Vielleicht könnten wir im selben Haus eine Anstellung bekommen. Allerdings müssen wir uns als Entgelt für die Überfahrt nach Amerika für eine bestimmte Zeit einem Arbeitgeber verpflichten, um die Reisekosten abzuarbeiten. Es gibt in Le Havre eine Agentur, die so etwas vermittelt. Aber es wird wohl nötig sein, daß wir uns als Ehepaar ausgeben, wenn wir im gleichen Haushalt eine Anstellung finden wollen.«

Angelique nickte, und Jacques fuhr fort: »Es wird auch besser sein, wenn du dir für Amerika noch ein paar neue Sachen zum Anziehen kaufst; schließlich sollst du ja wie eine Gouvernante aussehen.«

Wieder nickte sie. Dann sagte sie unvermittelt: »Da wäre nur noch eines, Jacques – ich möchte noch ein letztes Mal nach St-Isidore fahren. Ich möchte von meinem Onkel und der übrigen Familie Abschied nehmen und...« Sie verstummte abrupt.

»Und von der Angelique Dubois, die einst mit der Sichel auf dem Feld gearbeitet hat?« fragte Jacques lächelnd.

»Ja, so kann man es wohl ausdrücken«, meinte Angelique erleichtert.

»Dann fahre ruhig; ich werde hier auf dich warten.« Mit diesen Worten erhob sich Jacques und stand auf, um eine Flasche Wein und zwei Gläser zu holen. Als er eingeschenkt hatte, reichte er ihr ein Glas und hob das seine.

»Auf ein neues Leben in der neuen Welt!« prostete er ihr zu.

»Auf cin neues Leben«, erwiderte Angelique seinen Trinkspruch mit einem schwachen Lächeln.

Drei Tage später setzte sie eine Postkutsche vor dem Hause ihres Onkels in St-Isidore ab. Als Angelique sah, daß aus dem Schornstein kein Rauch kam, obgleich es fast Mittag war, erfaßte sie eine unerklärliche Unruhe, und sie beschleunigte ihre Schritte. Einen Augenblick lang hatte sie das Gefühl, das Haus sei leer, doch dann öffnete sich plötzlich die Tür, und ein Mädchen von etwa vierzehn Jahren trat heraus und sah Angelique fragend an.

Unsicher rief Angelique: »Denise?«

»Nein, Denise wohnt nicht mehr hier, sie ist verheiratet. Ich bin Paulette. Bist du nicht Angelique?«

»Ja.«

»Aber was ist passiert? Warum ...?« Sie sprach die Frage nicht aus, aber Angelique wußte auch so, daß sie fragen wollte, warum Angelique, die doch einen reichen Mann geheiratet hatte, nun in einfachen Kleidern vor ihr stand.

»Sind deine Eltern zu Hause?« fragte sie.

»Papa und meine Brüder sind auf dem Feld, aber Mama ist da. Komm herein.«

Angeliques Tante blickte überrascht auf, als sie eintraten.

»Aber das ist ja Angelique!« rief sie. »Komm herein und setz dich!«

»Hallo, Tante.«

»Was ist denn mit dir passiert?«

Angelique setzte sich hin und sagte leise: »Mein Mann und ich haben uns getrennt.«

»Das scheint aber nicht alles gewesen zu sein. Warum bist du denn wie eine arme Frau angezogen?«

»Weil ich arm bin. Wir haben beide kein Geld mehr.«

»Wie ist denn das möglich?« fragte ihre Tante entsetzt.

Angelique erzählte in groben Zügen, was passiert war, ließ aber peinliche Einzelheiten und Namen aus.

»Nach seiner Freilassung haben wir uns dann über alle möglichen Dinge gestritten«, beendete sie ihre Erzählung, »und so haben wir beschlossen, in Zukunft getrennte Wege zu gehen.«

»Was willst du jetzt tun?« fragte ihre Tante.

»Wahrscheinlich werde ich mit Jacques nach Amerika gehen. Dort werde ich sicher eine Stelle als Gouvernante finden können.«

Ihre Tante nickte zustimmend und meinte: »Ja, das ist sicher das beste, du bist ja noch jung. Wie alt bist du genau?«

»Vierundzwanzig«, entgegnete Angelique. Dann erhob sie sich und sagte: »Jetzt möchte ich noch einmal hinunter ins Dorf gehen.«

»Warum denn das?« fragte ihre Tante erstaunt. »Da gibt es genausowenig zu sehen wie früher.«

»Ich möchte es mir trotzdem noch einmal ansehen; ich bin bald zurück.«

Damit trat Angelique hinaus in die warme Junisonne und ging die staubige Dorfstraße entlang. Schließlich kam sie an die Abzweigung, die zum Schloß hinaufführte, und ihr entsetzter Blick glitt über die in der Ferne erkennbare schwärzliche Ruine. Plötzlich stürmten Erinnerungen an ihren Großvater, ihre Tante und ihre Zeit mit Richard auf sie ein, die schließlich von unangenehmen Gedanken an das furchtbare Ende des Marquis und seiner Tochter verdrängt wurden. Ihr Großvater hatte wirklich auf grausame Weise büßen müssen, daß er die Bauern jahrelang ausgebeutet hatte.

Schließlich riß sich Angelique vom Anblick des zerstörten Schlosses los und ging weiter durch das Dorf. Sie hatte gerade den Platz überquert, auf dem man ihren Vater hingerichtet hatte, als sie plötzlich einen Pferdewagen hinter sich hörte.

»Kann ich dich mitnehmen, Mädchen?« rief ihr der Kutscher zu, während er sein Pferd zum Stehen brachte. Dann, als Angelique sich umdrehte, meinte er verblüfft:

»Aber das ist ja Angelique!«

Zu ihrem Unwillen sah Angelique, daß es Marcel Monet war, jener wohlhabende Bauernsohn, der ihr Jahre zuvor auf so unangenehme Weise nachgestellt hatte.

»Hallo, Marcel«, meinte sie kühl.

Jetzt grinste er breit. »Wer hätte das gedacht! Die gleiche Angelique, nur etwas älter! Wo hast du denn deine Kutsche und deine eleganten Kleider gelassen? Und wo steckt dein reicher Mann?«

»Wir haben uns getrennt.«

»Hat dich wohl ohne einen Pfennig vor die Tür gesetzt, wie?« fragte er mit einem hämischen Lachen.

»Nein, so war es nicht«, entgegnete sie kühl und ging weiter.

»Warte!« rief Marcel ihr nach. »Das war doch nur ein Scherz! Welcher Mann würde dich schon vor die Tür setzen! Wo willst du denn hin? Zu deiner Familie? Da kann ich dich ein Stück mitnehmen!«

»Nein, vielen Dank.«

»Dein Onkel und ich sind inzwischen gute Freunde geworden. Ich habe ihm sogar zwanzig Francs geliehen, und bisher habe ich sie nicht zurückverlangt.«

Angelique spürte die versteckte Drohung, die in diesen Worten lag, und so blieb sie stehen, um ihre Verwandten nicht in Schwierigkeiten zu bringen.

»Eigentlich bin ich ein wenig müde«, sagte sie dann. »Vielleicht ist es wirklich besser, wenn du mich ein Stück mitnimmst.«

Grinsend half Marcel ihr auf den Kutschbock; dann setzte sich der Wagen in Bewegung, und sie bogen auf die Straße ein.

»Wie lange bleibst du in St-Isidore?« fragte Marcel.

»Nur bis morgen.«

»Und dann?«

»Dann habe ich vor, nach Amerika zu gehen.«

»Nach Amerika!« rief Marcel lachend. »Da muß es dir ja wirklich schlecht gehen; ich habe gehört, daß dort da die ganz Armen hinfahren, um ihr Glück zu machen. Hast du eigentlich Kinder?«

»Einen Sohn.«

»Ich habe fünf Söhne!« brüstete sich Marcel. »Und jetzt ist meine Frau schon wieder schwanger!«

Bei dem Gedanken an fünf – vielleicht sechs – kleine Ebenbilder Marcel Monets schauderte es Angelique, aber sie sagte nichts. Plötzlich bog Marcel mit seinem Karren von der Straße ab und brachte ihn unter einer großen Weide zum Stehen.

»Marcel!« rief Angelique in einer dunklen Vorahnung. »Warum hältst du?«

Marcel packte sie unvermittelt am Handgelenk und flüsterte:

»Ein Mann fühlt sich etwas einsam, wenn seine Frau hochschwanger ist. Gib mir einen Kuß; das ist doch von einer alten Freundin nicht zuviel verlangt, oder?«

»Laß mich los!« schrie Angelique, aber Marcel hatte sie nun auch am anderen Handgelenk gepackt und an sich gezogen. Sein wulstiger Mund näherte sich Angeliques Gesicht, aber bevor er es erreichen konnte, hatte sie eine Hand losgerissen und ihm kraftvoll ins Gesicht geschlagen. Während er überrascht zurückwich, löste sie auch ihre zweite Hand aus seiner Umklammerung und schickte sich an, vom Kutschbock zu klettern.

Plötzlich packte Marcel sie jedoch am Arm und fauchte:

»Jetzt hör mir mal zu!«

»Laß mich los! Du kannst froh sein, daß ich dir nicht wie damals ins Gesicht gespuckt habe!«

»Seltsam, an den Tag damals wollte ich dich auch gerade erinnern«, sagte Marcel so bösartig, daß Angelique das Blut in den Adern gefror.

»Du hast mir dafür bezahlt, daß du mir damals ins Gesicht gespuckt hast«, meinte er mit einem hämischen Lachen. »Deine ganze Familie hat mir dafür bezahlt!«

»Meine Familie?«

»Du hast diesem Engländer die Schuld an Claudes Tod gegeben, genau wie Simon. Deshalb hat er den Alten auf dem Schloß erstochen und sich damit an den Galgen gebracht.«

»Du hast ihn getötet?« fragte Angelique fassungslos.

»Ja. Ich habe dich und Claude an jenem Tag auf dem Feld beobachtet; ich hoffte, daß Claude dich irgendwann allein lassen würde. Ich habe dich gehaßt, nachdem du mir ins Gesicht gespuckt hast, deshalb wollte ich dir auf dem Feld auflauern, um dich bewußtlos zu schlagen und dich mir dann richtig vorzunehmen. Dann ist dieser Engländer angeritten gekommen und hat Claude umgestoßen. Ich habe gesehen, wie du dich zu ihm heruntergebeugt hast und dann nach Hause gelaufen bist. Als du fort warst, bin ich zu deinem Halbidioten von Bruder gelaufen. Er war noch bewußtlos, und so habe ich ihn bis zu einem scharfkantigen Felsbrocken gezerrt, ihn am Kopf gepackt und wieder und wieder an den Fels geschlagen. Dann bin ich nach Hause gelaufen.«

In Angeliques Kopf dröhnte es, und sie befürchtete, jeden Augenblick in Ohnmacht zu fallen. Jahrelang hatte sie Richard die Schuld an Claudes Tod gegeben, und nicht nur das, sie hatte ihn auch für das Schicksal ihrer Eltern verantwortlich gemacht. Und all die Jahre hatte der Schuldige, dieser widerliche Kerl neben ihr, hier unbehelligt sein Leben gelebt.

»Bitte laß mich gehen«, sagte Angelique tonlos.

»Gerne. Aber vorher möchte ich dir noch raten, mit dieser Geschichte nicht zum Dorfpolizisten zu rennen, sonst sage ich, daß du dir das alles aus den Fingern gesogen hast. *Jetzt* kannst du gehen.«

Angelique ließ sich vom Kutschbock gleiten und machte sich auf unsicheren Beinen auf den Heimweg.

Die Tatsache, daß sie nun um die wirklichen Vorgänge bei Claudes Tod wußte, konnte zwischen ihr und Richard nichts mehr ändern; dazu war mittlerweile viel zuviel geschehen. Trotzdem war sie erleichtert, daß er nicht die Schuld am Schicksal ihrer Familie hatte.

Sie hatte nicht die Absicht, sich an die Polizei zu wenden, denn sie konnte es sich nicht erlauben, Aufsehen zu erregen. Sie mußte so schnell wie möglich zu Jacques zurück, damit sie sich bald in Le Havre nach Amerika einschiffen konnten.

## 39

Gemeinsam mit Jacques ging Angelique durch die Hafengegend der fremden Stadt. Nach den langen Wochen auf dem wogenden Schiff hatte Angelique noch immer das Gefühl, keinen festen Boden unter den Füßen zu haben.

Die meisten Leute, die an diesem Septembermorgen auf der Straße waren, machten einen wohlhabenden Eindruck, auch wenn die Damen hier weit hinter der Pariser Mode zurück zu sein schienen.

»Hier sind wir«, sagte Jacques in diesem Augenblick und deutete auf ein Gebäude, über dem das Schild ›Newport New Inn‹ hing. Es war die Adresse, an die sie der Vermittler in Le Havre verwiesen hatte. Hier sollten Jacques und Angelique ihren zukünftigen Arbeitgeber treffen. Es war ein Plantagenbesitzer namens Claybourne, der Jacques als Hauslehrer für seine beiden Söhne und Angelique als Gouvernante für die beiden Töchter in sein Haus in Virginia holen wollte.

Angelique erinnerte sich daran, daß Richard oft von Virginia als der seiner Meinung nach schönsten Kolonie gesprochen hatte. Auch der Vermittler hatte ihnen davon vorgeschwärmt. Außerdem hatte er gesagt: »Ich kann Euch ein sehr gutes Angebot machen, einen Siebenjahresvertrag bei insgesamt vierhundertfünfzig Dollar Lohn. Wenn Ihr bedenkt, daß man dort schon für fünf Dollar ein Hektar Land erwerben kann, ist Euch sicher klar, daß Ihr mit Leichtigkeit selbst Landbesitzer werden könnt, wenn erst die Passage abgearbeitet ist. Solltet Ihr vor Ablauf der sieben Jahre fortwollen, so müßt Ihr Mr. Claybourne die Passage plus zehn Prozent zahlen. Sollte er dagegen mit Eurer Arbeit unzufrieden sein und Euch entlassen, so muß die Passage nicht zurückgezahlt werden. Es ist wirklich ein sehr günstiger Vertrag.«

Nun betraten sie den Treffpunkt, ein Gasthaus, in dem mehrere Leute gerade beim Essen saßen. In diesem Augenblick erhob sich ein großer, grauhaariger Mann und trat auf sie zu.

»Mr. und Mrs. Latour?« fragte er.

»Ja«, entgegnete Jacques, »und Ihr seid sicher Mr. Claybourne.«

»Ja, herzlich willkommen in Amerika. Wo ist Euer Gepäck?«

»Wir haben nur einen Schrankkoffer mitgebracht, und der steht noch im Hafen.«

»Dann werde ich meinen Kutscher danach ausschicken. Wartet bitte einen Moment.« Damit ging er hinaus, und Angelique drehte sich lächelnd zu Jacques herum. Sie war stolz, daß er auch bei der Begegnung mit seinem zukünftigen Arbeitgeber nichts von seiner unaufdringlichen Würde verloren hatte.

Wenige Minuten später kehrte Mr. Claybourne zurück und meldete: »Augustus wird gleich wieder hier sein.« Für die nächste Viertelstunde stellte er Jacques und Angelique Fragen über ihre Reise. Dann sah er aus dem Fenster und meinte: »Da ist meine Kutsche.«

Als sie die Kutsche bestiegen hatten, wies er seinen Kutscher an, auf direktem Weg nach Hause zu fahren. Die Kutsche rollte eine lange Straße entlang und fuhr dann auf einen Platz, der von prächtigen Häusern umgeben war. In der Mitte dieses Platzes erhob sich eine seltsame Plattform, die von einer Menschenmenge umringt war. Auf der Plattform selbst befanden sich vier Neger, drei Männer und eine Frau, und ein weißer Mann. Nachdem die Kutsche an dieser Stelle nur sehr langsam vorankam, konnte Angelique gut verfolgen, was sich auf der Plattform abspielte. Der Weiße führte einen der Neger, einen jungen Burschen, dessen Hände gefesselt waren, an die Vorderseite der Plattform und rief:

»Was bietet Ihr mir für den? Schaut Euch diese kräftigen Schultern an! Und gute Zähne hat er auch. Zeig deine Zähne, Junge! Er ist gerade vierzehn; also kann er mindestens vierzig Jahre hart arbeiten, Gentlemen. Wer bietet zuerst?«

In diesem Augenblick beschleunigte die Kutsche ihr Tempo wieder. Als Angelique ihren Blick von der Plattform abwandte, stellte sie erleichtert fest, daß ihrem zukünftigen Arbeitgeber die Szene offensichtlich genauso unangenehm war wie ihr. Wahrscheinlich fragte er sich in diesem Augenblick auch, was wohl in dem Kopf des armen Jungen vor sich ging. Inzwischen hatte die Kutsche den Platz verlassen und fuhr jetzt auf einer Straße entlang, die von roten Backsteinhäusern gesäumt war. Schon bald hatten sie die Stadt hinter sich gelassen und rollten durch eine Landschaft, deren markantestes Merkmal wohl die vielen Tabakfelder waren.

Schließlich verließ die Kutsche die Straße und fuhr eine piniengesäumte Auffahrt hinauf, die zu einem großen, roten Backsteinhaus mit vielen weißen Fenstern und einem prächtigen Säulenvorbau führte. Als sie vor dem Haus zum Stehen kamen, öffnete sich die Vordertür, und ein junger Schwarzer eilte herbei, um den Schlag zu öffnen und das Trittbrett herunterzuklappen. Mr. Claybourne stieg aus und half dann Angelique herunter.

»Man wird Euer Gepäck in Euer Quartier bringen«, sagte er dann, während er Angelique und Jacques in den Vorraum des Hauses begleitete, wo sie ein würdevoller Butler in Empfang nahm und zu Mrs. Claybourne geleitete.

Die Herrin des Hauses war ein paar Jahre jünger als ihr Mann, und sie erweckte den Eindruck, als sei sie in ihrer Jugend eine schöne Frau gewesen. Sie trug ein blaues Kleid, das fast so schlicht war wie Angeliques einfaches graues Baumwollkomplet. Ihr kastanienbraunes Haar wurde fast völlig von einer weißen Rüschenkappe bedeckt.

»Meine Liebe«, begrüßte ihr Mann sie, »das sind die Latours. Mrs. Latour, Mr. Latour, dies ist meine Frau.«

Jacques machte eine Verbeugung, während Angelique sich nach einigem Zögern zu einem Knicks entschloß.

»Willkommen in Virginia, meine Liebe«, sagte Mrs. Claybourne lächelnd zu ihr. »Sicher möchtet Ihr gleich in Euer Quartier, um euch etwas frischzumachen.«

»Ja, das wäre mir sehr angenehm.«

»Dann bring Mrs. Latour doch bitte zu ihrem Häuschen, Louise«, sagte Mr. Claybourne. »Ich werde mich unterdessen in meinem Arbeitszimmer bei einem Glas Port ein wenig mit ihrem Gatten bekannt machen.«

Die beiden Frauen machten sich auf den Weg; als sie durch den Vorraum gingen, entdeckte Angelique dort auf einem Mahagonitisch ein großes Gästebuch. Sie verließen das Haus durch eine kleine Seitentür und gingen über eine gepflegte Rasenfläche.

»Ich hoffe, Ihr werdet meine beiden Mädchen mögen«, sagte Mrs. Claybourne unvermittelt.

»Da bin ich mir ganz sicher«, entgegnete Angelique.

»Es hat sich schon erwiesen, daß beide bestimmt nie studieren werden; ich glaube daher, daß ein überlanger Schultag ihnen nicht nützen würde und eine Verschwendung Eurer Zeit wäre. Ich schlage daher vor, daß Ihr ihnen jeden Morgen zwei oder drei Stunden Unterricht in englischer und französischer Grammatik erteilt und am Nachmittag ein paar Stunden Schreiben und Rechnen.«

Mittlerweile hatten sie die Rasenfläche verlassen und waren in eine Art Pinienhain eingebogen, der unvermittelt eine Lichtung freigab. Angelique stockte vor Freude der Atem, als sie das Häuschen erblickte, das Jacques und ihr als Quartier zugeteilt worden war. Es sah fast aus wie eine Spielzeugausgabe des Hauptgebäudes; selbst die Einrichtung war ähnlich, wenn auch etwas einfacher. Angelique stellte bald fest, daß das Häuschen wesentlich geräumiger war, als es von außen aussah. Es bestand aus einem Erdgeschoß mit Wohnzimmer, Eßzimmer, Küche und Vorratskammer; im Obergeschoß lagen außerdem zwei Schlafzimmer und ein kleiner Salon mit Kamin, neben dem ein Spinnrad stand.

»Es ist ein wunderschönes Häuschen!« rief Angelique begeistert.

»So klein es auch ist, Ihr werdet eine Hilfe brauchen«, meinte Mrs. Claybourne. »Ich kann eines meiner Hausmädchen entbehren ...«

»Nein, nein, das ist nicht nötig. Ich komme schon zurecht«,

versicherte Angelique, die sichergehen wollte, daß sie genug zu tun hatte, um nicht zuviel über das Vergangene nachzugrübeln.

»Wie Ihr wünscht. Ich habe zwar die Speisekammer aufgefüllt, aber ich hoffe doch, daß Ihr und Mr. Latour heute mit uns zu Abend eßt, damit wir uns ein bißchen kennenlernen können und ich Euch die Kinder vorstellen kann.«

»Sehr gerne.«

»Dann kommt doch bitte um sieben Uhr.« Damit wandte Mrs. Claybourne sich zum Gehen. Plötzlich hielt sie jedoch inne. »Ach, bevor ich es vergesse – vor ein paar Tagen ist ein Brief für Euch angekommen. Ich habe ihn im Wohnzimmer auf den Kaminsims gelegt. Also, bis heute abend dann.«

Als Mrs. Claybourne gegangen war, lief Angelique gleich ins Wohnzimmer, um den Brief zu suchen. Schon als sie den Umschlag sah, wußte sie, daß es Elizabeths Antwort auf den Brief sein mußte, den sie ihr von Le Havre aus geschickt hatte. Mit zitternden Fingern riß sie den Umschlag auf, entfaltete den Briefbogen und las.

*Meine liebe Freundin, zunächst möchte ich Dir mitteilen, daß Dein Sohn sehr glücklich bei mir ist und sich bester Gesundheit erfreut. Ich werde jeden Tag von Dir und Richard erzählen, damit er euch nicht vergißt.*

*Gestern habe ich Richard gesehen. Er ist nach Lansing Court gekommen, um ein paar Formalitäten für die Übergabe seines Besitzes an den Franzosen zu klären, von dem du mir geschrieben hast. Richard war sehr verändert; er wirkte älter und ruhiger. Er hat mir erzählt, daß ihm ein entfernter Verwandter eine Stelle als Verwalter gegeben hat.*

*Angelique, Du hast mich in Deinem Brief darum gebeten, Dich und Richard nicht zu verurteilen, und das tue ich natürlich auch nicht. Es kommt sicher vor, daß sich ein Mann und eine Frau in solchen Gefühlswirren verstricken, daß nur eine Trennung diesen Gordischen Knoten lösen kann.*

*Wie Du weißt, würde ich Dir oder Richard Euren kleinen Sohn jederzeit übergeben. Richard könnte dem Jungen jedoch kein geeignetes Zuhause bieten, und ich bin der Meinung, daß er vorläufig noch zu klein ist, um zu Dir geschickt zu werden.*

*Bitte schreibe mir bald, liebe Freundin, wie Du darüber denkst.*

*Ich warte auch schon ganz begierig auf einen Bericht aus der ›Neuen Welt.‹*

*Eines noch, bevor ich schließe. Du hast mich in Deinem Brief darum gebeten, Richard nicht zu sagen, wo genau Du in Amerika bist, und ich habe es auch nicht getan. Er hat auch nicht danach gefragt. Ich glaube, daß er Deiner Meinung ist und es auch für besser hält, sich nicht mit Dir in Verbindung zu setzen, bis jeder von Euch beiden sich sein eigenes Leben aufgebaut hat.*

*In tiefer Freundschaft,*
*Elizabeth*

Angelique faltete den Brief wieder zusammen und legte ihn zurück auf den Kaminsims. Sie war froh, daß es ihrem Sohn gutging, auch wenn sie eigentlich keinen Moment daran gezweifelt hatte, daß er sich bei Elizabeth wohl fühlen würde. Gleichzeitig berührte es sie seltsam, sich Richard in der Rolle eines Angestellten vorzustellen.

Aber sie durfte jetzt, da sie ihre ganze Energie für den Beginn ihres neuen Lebens brauchte, nicht an Richard denken, und so verdrängte sie ihn entschlossen aus ihrem Kopf und ging hinüber in das Schlafzimmer, um die Kleiderkiste auszupacken, die man mittlerweile heraufgebracht hatte.

Stunden später, um zehn Uhr abends, lagen Angelique und Jacques in ihrem Himmelbett und unterhielten sich über ihre Schützlinge, die sie beim Abendessen kennengelernt hatten.

Die zwei Söhne, William und Roger, die im Aussehen ihrer Mutter sehr ähnelten, erwiesen sich als intelligente und – wenigstens beim Essen – wohlerzogene Kinder; die beiden Mädchen dagegen schienen etwas verzogen zu sein. Janet, die mit ihren elf Jahren die ältere der beiden war, verhielt sich recht altklug, und die achtjährige Carrie war für ihr Alter viel zu geziert. Trotzdem waren Jacques und Angelique sich darüber einig, daß es mit den Kindern wahrscheinlich keine Schwierigkeiten geben würde.

»Wir haben Glück, mein Liebling«, seufzte Jacques zufrieden, »wir haben ein schönes Häuschen, eine gute Stellung und ein sehr gutes Gehalt. Weißt du, was ich am liebsten tun würde, wenn wir genug Geld gespart haben?«

»Land kaufen?«

»Nein, ich bin kein Bauer. Ich würde gerne eine Schule eröffnen, in der wir die Kinder der Plantagenbesitzer unterrichten könnten.«

»Das ist eine gute Idee«, sagte Angelique, die sich nicht ganz sicher war, ob sie in sieben Jahren, wenn ihr Vertrag auslief, noch genauso darüber denken würde. ›In sieben Jahren bin ich einunddreißig, und Richard zweiundvierzig‹, dachte sie, ›wie konnten wir nur so leichtfertig unsere Chance für ein gemeinsames Glück wegwerfen!‹

In diesem Augenblick fuhr Jacques fort: »Vielleicht können wir diese Schule ja auch schon früher eröffnen; der Agent in Le Havre hat ja gesagt, daß wir uns aus unserem Vertrag freikaufen können, wenn wir genug Geld sparen.« Damit beugte er sich zu Angelique und küßte sie zaghaft. Dann fragte er leise: »Angelique?«

Sie wußte, was er damit meinte, und sie wollte ihm seinen unausgesprochenen Wunsch nicht abschlagen. Wenn sie ihn, der ihr soviel Gutes getan hatte, damit glücklich machen konnte...

## 40

Es verging eine ganze Woche, bevor Angelique sich dazu aufraffen konnte, einen Blick in das Gästebuch zu werfen.

Diese Woche jedoch war recht angenehm. Angelique stellte schon bald fest, daß ihre beiden Schülerinnen gar nicht so lernunwillig waren, wie ihre Mutter es dargestellt hatte. Obgleich beide das Rechnen haßten, zeigten sie auf anderen Gebieten Begabung; Carrie schien ein sehr gutes Gehör für die französische Sprache zu haben, während Janet ganze Passagen aus Shakespeare rezitieren konnte.

Zweimal erhielt Angelique von Mrs. Claybourne eine Einladung zum Tee, und dabei lernte sie die ruhige Frau sehr schätzen. An einem Morgen nahm Mr. Claybourne Jacques und Angelique sogar in seiner Kutsche mit, um ihnen die Plantage zu zeigen. Als Angelique die unzähligen schwarzen Männer, Frauen und Kinder sah, die in gebückter Haltung die Felder aberntеten, während ihnen der Schweiß über die Stirne lief, empfand sie tiefes Mitgefühl. Schließlich wußte sie aus eigener Erfahrung, wie hart Feldarbeit in glühender Hitze war.

Am Rande der Plantage war eine Anzahl kleiner Hütten zu sehen, wo die Sklaven wohnten.

Während Angelique den Sklaven bei der Ernte zusah, dachte sie darüber nach, wie arm diese Menschen doch sein mußten. Zwar arbeiteten sie sicher nicht härter als Angelique in ihrer Jugendzeit, doch wurden sie für ihre Arbeit nur damit belohnt, daß sie in einer der kleinen Hütten ein kärgliches Dasein fristen durften, während Angelique zusammen mit ihrer Familie wenigstens die Früchte ihrer Arbeit hatte genießen können. Dazu kam noch, daß man ihnen nicht einmal einen eigenen Familiennamen zugestand. Statt dessen gaben ihnen die Aufseher irgendwelche Phantasienamen, so daß manch Unglücklicher gar auf einen Namen wie ›Hatshepsut‹ oder ›Kleopatra‹ hören mußte.

Neben einem der Baumwollfelder stießen sie auf einen Mann, der mit einer Pistole im Gürtel auf einem Pferd saß und die Sklaven beobachtete. Als Mr. Claybourne die Kutsche neben ihm zum Stehen brachte, zog der Mann seinen großen Strohhut und wandte ihnen sein rotes Gesicht mit den stechenden, kleinen Augen zu.

»Wie kommt Ihr mit der Ernte voran, Mr. Halloran?« rief Mr. Claybourne ihm zu.

»Ganz gut, Mr. Claybourne. Mit der letzten Ladung Nigger, die Ihr mir aus Newport News gebracht habt, habe ich zwar einige Schwierigkeiten gehabt, aber ein paar Peitschenhiebe haben sie schon zur Vernunft gebracht.«

Angelique hatte das Gefühl, daß die Worte des Aufsehers ihn unangenehm berührten, aber er sagte nur:

»Mr. und Mrs. Latour, dies ist Jim Halloran, mein Oberaufseher. Mr. und Mrs. Latour sind aus Frankreich gekommen, um meine Kinder zu unterrichten.«

»Freut mich, eure Bekanntschaft zu machen«, entgegnete der Aufseher eifrig; trotzdem war Angelique froh, als er seinen unangenehmen Blick von ihrem Gesicht abgewendet hatte und sie weiterfuhren.

Am nächsten Tag warf Angelique dann schließlich einen Blick in das Gästebuch, und als sie es durchblätterte, entdeckte sie plötzlich eine vertraute Handschrift. Sie stammte aus dem Jahr 1783 und lautete:

*Meinen ergebensten Dank an Mr. und Mrs. Claybourne, deren Gastfreundschaft allein eine Reise über den Atlantik wert ist.*
*Richard Lansing, Kent, England*

Angelique sah erneut auf das Datum – 15. September 1783. Damals war sie gerade dreizehn gewesen, also mußte Richard Anfang zwanzig gewesen sein. Es war ein eigenartiger Gedanke, sich vorzustellen, daß sie vielleicht an dem Tag, an dem er sich in dieses Buch eingetragen hatte, noch in ihrem kleinen Dorf auf dem Feld gearbeitet hatte.

Angelique wünschte fast, sie hätte die Eintragung nicht entdeckt. Sie wußte, daß sie das Gästebuch nun jedesmal an Richard erinnern würde, wenn sie die Empfangshalle durchquerte. Schließlich machte sie es sich zur Gewohnheit, nicht durch die Vordertür zu gehen, sondern einen Seiteneingang zu benutzen.

Zwei Tage später unternahm Angelique zum ersten Mal einen Spaziergang in der Umgebung. Sie hatte ihre Schützlinge an diesem Tag schon um drei Uhr entlassen, so daß ihr genug Zeit bis zur Vorbereitung des Abendessens blieb.

Sie schlenderte durch den Pinienhain, bis sie an einen Fluß kam. Dort war es so schön, daß sie immer weiter am Ufer entlangging, bis ihr schließlich der Weg durch große Steinbrocken versperrt war. Kurz entschlossen bahnte sie sich seitlich einen Weg durch das dort wuchernde Gehölz, weil sie wußte, daß parallel zum Fluß eine Straße verlief. Als sie sie erreicht hatte, schlug sie die Richtung ein, in der ihr Häuschen liegen mußte. Wenige Minuten später entdeckte sie plötzlich neben der Straße einen Fußweg, der durch das angrenzende Waldstück führte. Angelique zögerte einen Moment; dann aber konnte sie der Versuchung nicht widerstehen und verließ die Straße. Sie hatte schon immer eine Schwäche für Waldwege gehabt und war sicher, sich nicht verlaufen zu können, wenn sie sich immer in Richtung der untergehenden Sonne orientierte.

Der Waldweg führte sie vorbei an einer farnumwucherten Quelle, über einen schmalen Bach, bis zu einer Lichtung, auf der winzige blaue Wildblumen und Goldrute wuchsen. Dann kam sie plötzlich an eine Stelle, wo sich der Weg gabelte.

Angelique hatte sich gerade dazu entschlossen, die linke Abzweigung zu nehmen, als sie plötzlich ein pfeifendes Geräusch hörte, dem ein Laut folgte, der wie ein Stöhnen klang. Kurz darauf wiederholte sich das Geräusch, dann gellte ein Schmerzensschrei durch den Wald.

Angelique wurde plötzlich von einer panischen Angst ergriffen; schließlich zwang sie sich dazu, der rechten Abzweigung des Weges zu folgen. Zwar war der Wald auf dieser Seite so dicht, daß sie kaum den Weg vor sich erkennen konnte, aber in einiger Entfernung schien eine Lichtung zu liegen, die von der untergehenden Sonne in ein leuchtendes Rot getaucht wurde. Als Angelique den Rand der Lichtung erreichte, wurde ihr schlagartig klar, was sie so erschreckt hatte.

Auf der entgegengesetzten Seite der Lichtung stand ein zweistöckiges Haus, das aufgrund seiner Größe nur dem Aufseher gehören konnte. Davor stand ein Pfosten, an dem man einen Schwarzen angebunden hatte; sein nackter Oberkörper war über und über mit blutigen Striemen bedeckt. Neben ihm stand der Aufseher mit einer Peitsche in der Hand; auf seinem roten Gesicht lag ein genüßliches Lächeln. In einiger Entfernung von den beiden kauerte eine Gruppe von etwa einem Dutzend farbiger Männer und Frauen, auf deren Gesichter man noch den Schrecken der gerade miterlebten Bestrafung ablesen konnte. Aber ihre Mienen drückten nicht nur Angst aus, sondern auch ein Gefühl abgrundtiefen Hasses.

In diesem Augenblick hob Halloran, der Aufseher, erneut den Arm und ließ die Peitsche auf den blutüberströmten Oberkörper des Sklaven niedersausen. Durch die kleine Gruppe von Zuschauern ging ein mitleidiges Raunen. Diesmal aber schrie der Sklave nicht, sondern sackte stumm in sich zusammen. Nun huschte ein Ausdruck der Besorgnis über Hallorans Gesicht – immerhin hatte sein Arbeitgeber für diesen Schwarzen gutes Geld bezahlt. Mit ein paar Schritten war er bei seinem Opfer, packte es am Schopf und riß ihm den Kopf nach hinten. Nachdem er sich vergewissert hatte, daß der Schwarze noch am Leben war, ließ er den Kopf des Mannes wieder nach vorne fallen.

Dann wandte er sich der kleinen Gruppe von Männer und Frauen im Hintergrund zu.

»So«, rief er, »ihr habt alle gesehen, wie es Remus ergangen ist. Sollte sonst noch einer versuchen, sich vor der Arbeit zu drücken, nur weil er Bauchschmerzen hat, erwartet ihn dasselbe. Jetzt bringt Remus zu seiner Frau zurück, und sagt den anderen Bescheid.«

Damit warf er seine Peitsche in den Staub und ging ins Haus. Angelique, die das Gefühl hatte, sich gleich übergeben zu müssen, wandte sich angeekelt ab und eilte zurück zur Weggabelung. Dort nahm sie die linke Abzweigung und lief so lange, bis sie endlich in einiger Entfernung das Dach ihres Häuschens erkennen konnte. In diesem Augenblick wurde ihr voller Entsetzen klar, daß sie nicht sehr lange für den Weg gebraucht hatte. Das Haus dieses schrecklichen Menschen konnte also keinen Kilometer von dem ihren entfernt sein...

## 41

Angelique erzählte Jacques nicht, was sie beobachtet hatte; sie befürchtete, daß er sich aufgrund seines ausgeprägten Gerechtigkeitssinnes gleich bei Mr. Claybourne beschweren würde, und das konnte bedeuten, daß sie ihre gute Stellung noch vor Erhalt des ersten Lohnes verlieren würden. Trotzdem wollte sie die Claybournes irgendwie davon in Kenntnis setzen, was für einen Unmenschen sie als Oberaufseher beschäftigten. Schließlich beschloß sie, sich an Mrs. Claybourne zu wenden, und zwei Tage darauf bot sich ihr eine gute Gelegenheit dazu, als sie wieder einmal eine Einladung zum Tee erhielt.

Als sie Mrs. Claybourne von ihrem Spaziergang und ihrem unangenehmen Erlebnis berichtet hatte, rief Mrs. Claybourne bestürzt: »Oh, meine Liebe, es tut mir so leid, daß Ihr das mit ansehen mußtet!«

»Ihr braucht mich nicht zu bedauern, Mrs. Claybourne. In gewisser Weise bin ich froh darüber, denn so kann ich Euch wenigstens sagen, was dieser Halloran für ein Mensch ist.«

Mrs. Claybourne schwieg einen Moment; dann sagte sie leise: »Das wissen wir leider schon – oder wir haben es zumindest vermutet.«

»Ihr wißt es?« fragte Angelique entsetzt.

»Laßt es mich erklären, meine Liebe. Wißt Ihr, mein Mann ist nur Plantagenbesitzer, weil er diese Plantage geerbt hat. Er hat sich dabei nie wohl gefühlt, und auch die Sklavenhaltung gefällt ihm nicht. In Wirklichkeit wollte er schon immer nur Anwalt sein, aber damit könnte er uns nicht ernähren – also ist er auf die Plantage und die Sklaven angewiesen. Nachdem er sich darüber im klaren ist, daß er nicht der richtige Mann für die Leitung einer Plantage ist, überläßt er die Verwaltung fast ausschließlich Halloran.«

»Aber der Mann ist ein Leuteschinder!«

»Versteht Ihr denn nicht, daß man so einen Mann für eine Plantage braucht?« rief Mrs. Claybourne. »Wie sonst soll man den einen Sklaven dazu bringen, seine ganze Arbeitskraft einzusetzen, wenn nicht durch die Androhung oder Verabreichung von Strafe? Höhere Löhne kann man ihm nicht anbieten, denn ein Sklave erhält keinen Lohn.«

»Ich fürchte aber, daß Euer Aufseher brutaler als nötig ist«, warf Angelique ein.

»Was veranlaßt Euch zu dieser Annahme?«

»Der Ausdruck auf den Gesichtern seiner Untergebenen. Die Leute scheinen mir am Beginn einer aufkeimenden Revolte zu stehen.«

»Meine Liebe!« protestierte Mrs. Claybourne, während sie energisch ihre Teetasse absetzte. »So etwas dürft Ihr nicht sagen. Über Dinge wie Revolten reden wir in diesem Hause nicht.«

»Ich verstehe«, murmelte Angelique, während sie bitter dachte: ›Man kann die Möglichkeit einer Revolte doch nicht dadurch verdrängen, daß man einfach nicht darüber spricht!‹

»Und nun, meine Liebe, laßt uns dieses unerfreuliche Thema beenden. Berichtet mir lieber etwas über meine Töchter. Hat sich die Rechtschreibung der beiden schon gebessert?«

Während der Herbst langsam dem Winter wich, verblaßte in

Angelique die Erinnerung an die schreckliche Szene auf der Lichtung, aber sie vergaß sie nicht.

Am Weihnachtstag wurden die Sklaven angewiesen, sich vor dem Haupthaus zu versammeln, wo Mr. Claybourne Geschenke an sie verteilte. Die Männer bekamen Mundtrommeln, die Frauen anderthalb Meter Baumwollstoff und die Kinder Süßigkeiten. Als es dunkel war, wurde ein Feuerwerk veranstaltet, wie es in diesem Teil des Landes am Weihnachtstag Sitte war.

Danach wurde ein großes Freudenfeuer errichtet. Ein paar der Männer spielten auf ihren Maultrommeln, während andere Erwachsene im flackernden Schein des Feuers tanzten. Zu diesem Teil der Feier war auch Halloran erschienen. Er hatte sich dafür extra einen schmucken, dunkelblauen Anzug angezogen, hielt sich jedoch den ganzen Abend abseits von seinen Arbeitern, aber auch von der Gruppe auf der Veranda, wo die Familie Claybourne mit Jacques, Angelique und dem Hauspersonal feierte.

Als Angelique sich unter den feiernden Sklaven umsah, entdeckte sie überall nur lachende Gesichter, und sie stellte überrascht fest, daß unter den Tänzern auch jener junge Schwarze war, dessen Auspeitschung sie mit angesehen hatte. Bedeutete das, daß die Verfechter der Sklavenhaltung recht hatten? Waren diese Schwarzen tatsächlich wie Kinder, die eine feste Hand brauchten? Kinder, denen man nur ein kleines Geschenk geben mußte, damit sie ihre Sorgen vergaßen?

Aber dann entdeckte Angelique plötzlich ein Gesicht, das nicht fröhlich dreinblickte. Es gehörte einem Schwarzen, der etwas abseits stand und Halloran nicht aus den Augen ließ. In seinem Blick lag dabei ein Ausdruck so unversöhnlichen Hasses, daß es Angelique kalt über den Rücken lief.

Der Winter im Süden war nur kurz, und schon bald waren auf den Rasenflächen die ersten Narzissen zu entdecken. Fast jedes Schiff aus England, das in Newport News anlegte, brachte Angelique einen Brief von Elizabeth. Sie schrieb jedesmal, daß es Rick gutgehe und er jeden Tag größer werde. Im März jedoch hatte Elizabeth schlechte Nachrichten über Richard. Der Verwandte, bei dem er eine Stelle als Verwalter hatte, war schwer erkrankt und mittlerweile dem Tode nahe. Da der voraussichtliche Erbe schon jemanden für die Position des Verwalters im Auge hatte, schien Richards Stellung gefährdet.

Zunächst war Angelique über diese Neuigkeit sehr betrübt, und oft vergoß sie nachts neben dem schlafenden Jacques ein paar heimliche Tränen, aber mit der Zeit brachte sie der herannahende Sommer auf andere Gedanken. Manchmal stellte sie sogar überrascht fest, daß sie einen ganzen Tag nicht an Richard gedacht hatte. Das ließ sie hoffen, daß doch irgendwann der Tag kommen würde, an dem sie Jacques nicht nur ihre Zuneigung geben konnte, sondern all die Liebe, die er verdiente. An einem warmen Juniabend fragte Angelique Jacques, wie lange es seiner Meinung nach dauern würde, bis sie genügend Geld gespart hätten, um die Claybournes verlassen zu können.

»Mindestens noch ein Jahr, fürchte ich«, antwortete er.

»Vielleicht sollten wir noch etwas länger bleiben, damit wir mehr Geld verdienen können«, sagte Angelique. »So können wir, bevor wir unsere Schule eröffnen, vorher eventuell nach Frankreich zurückkehren und – und uns den Segen für unsere Verbindung erteilen lassen. So wird man hier nie erfahren, daß wir bis jetzt einfach so zusammengelebt haben.«

Jacques strahlte vor Freude, während Angelique fortfuhr:

»Jetzt ist es auch nicht mehr gefährlich, nach Frankreich zu reisen.« Sie hatten mittlerweile erfahren, daß man den Tyrannen Robespierre und seine Gefolgsleute hingerichtet hatte.

»Ja, mein Liebling«, sagte Jacques und küßte Angelique zärtlich, »das werden wir tun. Ich kenne in Paris einen Anwalt; ich werde ihm schreiben und ihn fragen, wieviel es kosten würde, deine Ehe mit – deine erste Ehe aufzulösen.«

Mitte Juni begann der Sommer sich richtig bemerkbar zu machen, und in Anbetracht der großen Hitze wurde beschlossen, daß die beiden Töchter der Claybournes täglich nur noch bis um zwei Uhr Unterricht haben sollten. Angelique war das sehr recht, denn so blieb ihr mehr Zeit für ihre Hausarbeit, aber auch zum Lesen und Spazierengehen.

Schließlich wurde es Juli. Eines Tages hatte Angelique gerade den Unterrichtsraum verlassen, um nach Hause zu gehen, als vor ihr plötzlich die Tür von Mr. Claybournes

Arbeitszimmer aufging und Mrs. Claybourne in Begleitung eines Mannes heraustrat. Als der Mann den Kopf herumdrehte, blieb Angelique fast das Herz stehen – es war Richard. Er sah älter und ruhiger aus, und seine Schläfen zeigten die ersten grauen Stellen.

In diesem Augenblick wurde Angelique schlagartig klar, daß sie sich selbst etwas vorgemacht hatte; ihre Gefühle ihm gegenüber hatten sich nicht geändert. Es kam ihr plötzlich vor, als sei es erst wenige Stunden her, seit sie sich einander leidenschaftlich hingegeben hatten und dann nach einem Streit auseinandergegangen waren.

»Oh, Mrs. Latour!« rief Mrs. Claybourne in diesem Augenblick. »Darf ich Euch Sir Richard Lansing vorstellen? Er wird für ein paar Wochen unser Gast sein; vielleicht auch länger, wenn wir ihn dazu überreden können. Mrs. Latour unterrichtet unsere beiden Töchter, Sir Richard, und ihr Mann versucht, in die Köpfe unserer Söhne etwas Latein, Griechisch und Mathematik unterzubringen.«

Richard verbeugte sich, aber sein blasses Gesicht blieb ohne Lächeln. Angelique konnte sich später gar nicht mehr genau erinnern, was sie dann getan hatte. Sie wußte nur noch, daß sie irgendwann ganz benommen nach Hause gegangen war. Wie dumm sie doch gewesen war! Warum war ihr damals, als sie den Eintrag im Gästebuch gelesen hatte, gar nicht in den Sinn gekommen, daß Richard jederzeit wieder Gast der Claybournes sein konnte? Und nun war er hier und hatte das bißchen Ruhe und Zufriedenheit zerstört, das sie sich mittlerweile mühsam einsuggeriert hatte.

Etwa eine halbe Stunde nach dieser Begegnung saß Angelique nachdenklich in ihrem Wohnzimmer, als es plötzlich klopfte. Sie öffnete die Tür und sagte:

»Komm herein, Richard.«

Dann saßen sie gemeinsam vor dem Kamin, und Angelique kam es vor, als lägen auf einmal all die Gefühle in der Luft, die sie miteinander geteilt hatten – Leidenschaft, Bitterkeit und Trauer.

»Glaube mir«, sagte Richard dann plötzlich, »ich hatte keine Ahnung, daß du hier bist. Ich habe Elizabeth nie gefragt, wo du bist, und sie hat es mir nie gesagt.«

Angelique nickte. »Ja, das habe ich dir vorhin angesehen.«

»Du fragst dich wahrscheinlich, warum ich hier bin.«
Wieder nickte sie.

»Der Verwandte, bei dem ich als Verwalter angestellt war, ist gestorben. Offenbar hat er geahnt, daß mich sein Erbe nicht weiterbeschäftigen wollte, und so hat er mir etwas Geld hinterlassen. Es ist zwar nicht genug, um in England etwas damit auf die Beine zu stellen, aber Mr. Claybourne hat mir versichert, daß man ein oder zwei Tagesritte von hier noch sehr billiges Land kaufen kann.«

»Und das hast du vor?«

»Ja. Es soll nicht nur für mich sein, Angelique. Ich dachte mir, ich könnte meinen – unseren Sohn nachholen, wenn ich mich erst niedergelassen habe. Er kommt langsam in ein Alter, in dem er nicht mehr allein von einer unverheirateten Frau erzogen werden kann, so gut Elizabeth dies auch macht.«

Angelique sah eigentlich keinen Grund, warum Elizabeth auf einmal nicht mehr für Ricks Erziehung genügen sollte, aber sie schwieg.

»Er braucht mich – oder jemanden wie deinen Jacques. Wie ich dir schon früher gesagt habe, werde ich dir das Kind nie wegnehmen. Vielleicht können wir später noch einmal darüber sprechen.«

Angelique nickte.

»Die Claybournes scheinen ja in dem festen Glauben zu sein, daß ihr beide Mann und Frau seid«, sagte Richard dann. »Mr. Claybourne hat mir anvertraut, daß er sehr glücklich ist, für seine Kinder Lehrer wie euch gefunden zu haben. Besonders beeindruckt scheint er von Jacques zu sein; nach dem, was er mir vorgeschwärmt hat, kann ich nur schließen, daß dieser Franzose ein noch klügerer Mann ist, als ich gedacht habe.«

»Natürlich ist er ein kluger Mann!«

»Und du bist glücklich mit ihm?«

Am liebsten hätte sie gesagt: Wenn du nicht gekommen wärst, wäre ich vielleicht glücklich mit ihm geworden. Statt dessen aber nickte sie nur stumm.

Nach einer Weile meinte Richard leise: »Wenn du es möchtest, werde ich in einem Gasthof in Newport News wohnen, während ich mich nach einem Grundstück umsehe. Eigentlich hatte ich mir diese Ausgabe sparen wollen; außerdem habe ich gehofft, daß Mr. Claybourne mir mit Rat und Tat zur Seite stehen könnte. Aber wenn es dir lieber ist, werde ich die Gastfreundschaft der Claybournes nicht in Anspruch nehmen.«

»Aber nein; wie solltest du ihre Einladung denn jetzt plötzlich ablehnen?«

»Gut«, sagte Richard. Dann fügte er hinzu: »Ich glaube, ich sollte jetzt lieber wieder gehen.«

»Ja, das solltest du wohl«, erwiderte Angelique, die sich plötzlich davor fürchtete, ihm in die Augen zu sehen.

Er erhob sich und sagte leise: »Leb wohl, Angelique. Nein, bleib ruhig sitzen, ich finde schon hinaus.«

Zwei Stunden später kam Jacques nach Hause; er sah blaß aus, und um seine Augen lagen dunkle Schatten.

»Du kommst spät«, sagte Angelique.

»Ja. Ich habe einen langen Spaziergang gemacht«, erwiderte Jacques. Dann fügte er hinzu: »Du weißt, daß Richard Lansing hier ist, nicht wahr?«

Sie nickte.

»Hast du ihn gesprochen?«

»Ja. Er will hier Land kaufen. Aber nicht in der Nähe«, fügte sie schnell hinzu. »Er hat nur wenig Geld, und hier sind die Grundstückspreise hoch. Er will sich im Westen nach etwas umsehen.«

»Wie lange wird es wohl dauern, bis er etwas findet?« fragte Jacques gepreßt.

»Bestimmt nicht lange. Auch wenn er solange bei den Claybournes wohnt, werden wir ihn kaum sehen, wenn er jeden Tag unterwegs ist. Oh, Jacques, du darfst dir keine ...«

»Keine Sorgen machen?« unterbrach er sie. »Aber Liebling, wie soll ich mir keine Sorgen machen? Du bist alles, was mir im Leben etwas bedeutet!«

Angelique lief zu ihm und schlang ihre Arme um seinen Hals.

»Jacques!« rief sie dann. »Sieh mich nicht so traurig an! Ich werde dich nie verlassen. Niemals!«

»Und sein Kommen ändert nichts daran?«

»Nein.«

»Bist du immer noch der Meinung, daß wir heiraten sollten, sobald wir können?«

»Natürlich, obgleich mich eine Heirat nicht stärker an dich binden könnte, als ich es jetzt schon bin.«

Angelique fühlte sich tatsächlich an Jacques gebunden, nicht nur durch ihre Zuneigung, sondern auch durch ihr Ehrgefühl.

Offensichtlich hatte Richard gleich am nächsten Tag mit seiner Grundstückssuche begonnen, denn Angelique bekam ihn während der folgenden Tage kaum zu sehen.

Eines Abends berichtete Jacques ihr, er habe sich am Nachmittag mit Richard unterhalten.

»Worüber?« fragte Angelique nervös.

»Er hat mich gefragt, wie es mir hier gefällt, und ich habe mich erkundigt, wie er mit seiner Suche nach gutem Land vorankommt. Er hat mir gesagt, daß er noch nichts gefunden hat, und dann haben wir uns auch schon wieder voneinander verabschiedet. Nachdem wir diese Förmlichkeiten hinter uns gebracht haben, werden wir uns wohl in Zukunft mit einem grüßenden Nicken begnügen.«

»Weißt du eigentlich, daß er großen Respekt vor dir hat?« fragte Angelique.

»Mir geht es ebenso, zum Teufel! Ich wünschte wirklich, es hätte ihn nie gegeben. Ich weiß, daß es sehr mutig und großherzig von ihm war, sein bequemes Leben in England aufzugeben, um diese junge Frau aus dem Gefängnis zu retten. Dafür muß man einfach Respekt vor ihm haben.«

Am zehnten Tag nach Richards Ankunft erhielten Angelique und Jacques eine Einladung zum Abendessen von den Claybournes, die sie notgedrungen annehmen mußten. Angelique fand es ausgesprochen peinlich, ausgerechnet zwischen zwei Männern zu sitzen, von denen der eine ihr rechtmäßig angetrauter Ehemann war und der andere derjenige, mit dem sie zusammenlebte.

Mr. Claybourne, der die im Raum liegende Spannung gar nicht zu bemerken schien, bestritt den Hauptteil der Unterhaltung, der sich im wesentlichen auf Richards Suche nach einem Grundstück konzentrierte. Richard schilderte seine bisher erfolglose Suche, auf der er bislang nur auf ein recht günstiges Angebot über vierzig Acre gestoßen war.

»Das ist viel zuwenig«, meinte Mr. Claybourne. »Wenn Ihr

erreichen wollt, was Ihr Euch vorstellt, braucht Ihr mindestens hundert Acre. Wenn Ihr zu wenig Land habt, verschwendet Ihr Eure Zeit und die Arbeitskraft der Sklaven, die Ihr von mir leihen wollt.«

»Das leuchtet mir ein«, sagte Richard. »Da wir gerade von Sklaven sprechen – vor ein paar Tagen hat mir jemand erzählt, daß es auf einer Plantage, etwa fünfundsiebzig Kilometer südlich von hier, einen Sklavenaufstand gegeben hat. Es hat zwar keine Toten gegeben, aber der Aufseher wurde mit seiner eigenen Pistole niedergeschossen. Außerdem wurden mehrere Gebäude in Brand gesteckt. Danach haben sich die Anführer der Revolte – es waren fünf – durch die Wälder davongemacht. Der Mann, der mir davon erzählt hat, wußte allerdings nicht, ob man sie schon gefangen hat.«

Nun trat eine längere Stille ein. Dann sagte Mr. Claybourne unvermittelt: »Das sind Gerüchte, Sir Richard, alles Gerüchte! Und selbst wenn es stimmen sollte – nun, Ihr könnt das ja nicht wissen, aber wir achten sehr darauf, wann und wo wir über solche Dinge sprechen. Was, wenn eines der Dienstmädchen im Raum gewesen wäre, als Ihr diese Geschichte erzählt habt? Unter Umständen hätte sich das bis zu den Feldarbeitern herumgesprochen.«

»Es tut mir leid, Sir.«

»Das braucht Euch nicht leid zu tun, Ihr konntet es ja nicht wissen. Außerdem würde es wohl keinen so großen Unterschied machen, wenn meine Leute tatsächlich davon hören würden. Die würden ihren Aufseher bestimmt nicht angreifen. Halloran hält strenge Disziplin, aber er ist gerecht. Ich glaube, daß ihm die Feldarbeiter nicht nur Respekt, sondern auch Sympathie entgegenbringen.«

Angelique und Richard hatten es während der gesamten Mahlzeit sorgsam vermieden, sich anzusehen, aber bei diesen Worten hoben sie beide den Kopf, und ihre Blicke trafen sich. Angelique glaubte in Richards Augen lesen zu können, daß auch er der traurigen Überzeugung war, daß sich sein Gastgeber selbst etwas vormachte. War Richard vielleicht auch Zeuge von Hallorans Brutalität geworden? Oder wußte er genau wie sie, daß arme und ausgebeutete Menschen nur allzu leicht zum Aufstand getrieben werden konnten?

Die folgenden Tage waren drückend heiß, und so beschloß

Mrs. Claybourne, daß ihre Töchter jeden Tag nur noch bis zwölf Uhr Unterricht haben sollten. An einem Augustmorgen schließlich fiel der Unterricht zu Angeliques Überraschung ganz aus. Eine sorgenvolle Mrs. Claybourne kam ihr schon an der Haustür entgegen und berichtete aufgeregt, daß beide Mädchen erkrankt seien.

»Sie haben Fieber und Kopfschmerzen«, sagte sie. »Ich habe schon nach dem Arzt schicken lassen.«

Angelique ging also wieder nach Hause. Trotz der glühenden Hitze beschäftigte sie sich den ganzen Morgen damit, Fenster zu putzen und die Möbel zu polieren. Sie verspürte eine seltsame Unruhe in sich, die sie sich nicht erklären konnte. Es wäre ihr am liebsten gewesen, wenn Jacques zum Mittagessen nach Hause gekommen wäre, aber sie wußte, daß er, wie immer, mit seinen beiden Zöglingen essen würde.

Am frühen Nachmittag unternahm sie schließlich einen Spaziergang in den Wald. Wenige Wochen zuvor hatte sie neben einem der Waldwege ein wunderschönes moosiges Fleckchen entdeckt, an dem eine Quelle entsprang. Diese Stelle war mittlerweile zu ihrem Lieblingsplatz geworden, weil sie das leise Gluckern des Wassers sehr beruhigend fand.

Auch an diesem Nachmittag machte sie dort halt, aber als sie ein paar Minuten im Moos gesessen hatte, hörte sie plötzlich Schritte. Ängstlich sprang sie auf. Hallorans Haus lag ganz in der Nähe...

Die Schritte im Unterholz wurden lauter. Dann trat plötzlich Richard aus dem Wald heraus und blieb wie angewurzelt stehen. Eine ganze Zeit lang sahen sie sich nur wortlos an, dann sagte Richard plötzlich: »Ich bin heute nicht mit Mr. Claybourne ausgeritten; er fühlt sich nicht wohl.«

»Seinen Töchtern geht es auch nicht gut.«

Wieder musterten sie sich schweigend. Dann murmelte er: »Es tut mir leid, daß ich dich gestört habe.«

Als er sich zum Gehen wandte, rief Angelique: »Halt, warte! Ich muß dir noch etwas sagen. Eigentlich hätte ich es dir schon am ersten Tag sagen sollen, nachdem ich ohnehin jeden Tag daran denken muß. Es geht um meinen Bruder. Vielmehr um seinen Tod. Du hast keine Schuld daran.«

Sie erzählte ihm, wie Marcel Monet sich vor ihr mit seinem brutalen und feigen Mord gebrüstet hatte. Als sie geendet hatte, sagte Richard lange Zeit nichts. Dann meinte er leise: »Ich bin sehr froh, daß ich nicht für den Tod des Jungen verantwortlich bin. Aber diese Tatsache ändert leider nichts . . .« Der Schmerz schien ihm einen Augenblick lang die Kehle zuzuschnüren.

»O Gott!« rief er plötzlich verzweifelt, »ich wünschte, ich könnte all das ungeschehen machen, was diesen Keil zwischen uns getrieben hat. Hättest du mich in jener Nacht in Ponselles Taverne nur . . .«

»Bitte, Richard!« flehte Angelique mit tränenerstickter Stimme. »Wir haben beide viel Falsches gesagt und getan, aber es hat keinen Sinn, lange darüber zu reden. Ich wollte nur, daß du weißt, wer wirklich Schuld an Claudes Tod . . .« Angelique konnte nicht weitersprechen, weil ihr ein Schluchzen die Kehle zuschnürte. Sie wandte sich um und stolperte tränenblind auf den Waldweg zu, als sie plötzlich über einen Ast stolperte und stürzte.

Plötzlich war Richard neben ihr und half ihr wieder auf. Dann strich er ihr das Haar aus dem Gesicht und fragte besorgt: »Liebling, hast du dir weh getan?«

»Nein«, erwiderte sie, während sie in das dunkle Gesicht dicht über ihrem sah. Plötzlich verblaßte alles um sie herum, und sie sah nur noch den Mann, der sie nun in die Arme nahm. Dann spürte sie seine warmen Lippen fordernd auf ihrem Mund und schlang ihre Arme um seinen Hals. In diesem Augenblick wurde ihr klar, daß auch die lange Zeit der Trennung nichts daran geändert hatte, daß sie Richard begehrte wie keinen anderen Mann auf der Welt.

Richard gab sie frei und sah ihr dann tief in die Augen. Angelique konnte die unausgesprochene Frage sehen, die in seinem Blick lag, und sie flüsterte: »Ja, Richard, o Gott, ja.«

»Bei dir?«

»Ja.«

Gemeinsam eilten sie über den Waldweg zurück zum Haus. Minuten später lagen sie gemeinsam im Himmelbett des Gästeschlafzimmers. Behutsam streichelte Richard jeden Teil ihres nackten Körpers, bis sie die Begierde nach ihm laut aufstöhnen ließ. Schließlich erhörte er ihr Flehen und trieb sie mit langen, lustvollen Stößen zu einem erschütternden Höhepunkt.

Als sie schließlich erschöpft nebeneinanderlagen, fragte Angelique verzweifelt: »Werden wir jemals aufhören, uns so zu begehren?«

»Bestimmt«, meinte er finster. »Wahrscheinlich in fünfzig bis sechzig Jahren.«

Angelique schwieg lange, bevor sie sagte: »Seltsam. Ich komme mir vor wie eine Ehebrecherin; dabei bist du mein Ehemann, und nicht Jacques.«

»Das stimmt nicht ganz. Ich bin dir nie viel mehr als ein Liebhaber gewesen. Jacques dagegen hat dir einen Ehemann ersetzt; er hat dir Zärtlichkeit und Schutz gegeben.«

»Und trotzdem bist du derjenige, den ich liebe. Oh, Richard, ich verstehe das alles nicht!«

»Ich auch nicht; ich weiß nur, daß ich dich auch liebe.«

»Weißt du eigentlich, daß du mir das nie zuvor gesagt hast?«

»Aber das mußt du doch gewußt haben!«

»Ja, das habe ich wohl. Wahrscheinlich war mir immer klar, daß du mich auf deine Weise liebst.«

Richard stützte sich auf seine Ellenbogen, während er sie lange ansah. Schließlich sagte er: »Vielleicht werde ich dich immer lieben und begehren. Ich hoffe nicht, aber es wäre möglich. Eines aber weiß ich genau.«

Angelique sah ihn fragend an.

»Ich gehe so bald wie möglich von hier fort. Ich habe mit Mr. Claybourne vereinbart, daß wir in zwei Tagen noch gemeinsam ein Stück Land besichtigen, aber danach reise ich ab. Wenn ich hierbleibe, kann ich mich nach dem heutigen Erlebnis unmöglich vor dir fernhalten. Ich habe kein Recht mehr, dich anzurühren. Vielleicht haben wir auch das Recht aufeinander verloren. Wie dem auch sei – in zwei Tagen werde ich abreisen und mir ein anderes Quartier suchen.«

Angelique sehnte sich danach, ihn an sich zu ziehen, aber sie tat es nicht. Statt dessen sagte sie mühsam: »Ja, mein Liebster, wir dürfen uns nicht länger quälen. Bitte, geh.«

Als er fort war, blieb sie noch eine ganze Weile liegen und dachte nach. Am liebsten hätte sie Jacques gebeichtet, was passiert war. Sie war sicher, daß er ihr vergeben würde, aber sie wollte ihm nicht weh tun, nur um ihr Gewissen zu erleichtern. Das konnte sie ihm nicht antun, und so beschloß sie, diese Last allein zu tragen.

Nach einiger Zeit stand sie auf und ging in das andere Schlafzimmer. Dort goß sie Wasser in eine Schüssel und wusch ihren Körper, der noch vor einer Stunde in Richards Armen vor Leidenschaft geglüht hatte.

Angelique wünschte inbrünstig, Richard würde wirklich in zwei Tagen abreisen, und sie hoffte auch, daß sie ihm vor seiner Abreise nicht mehr begegnen würde.

Aber ihre Hoffnungen sollten sich nicht erfüllen, denn Richard konnte zwei Tage später nicht abreisen, weil das Haus Claybourne plötzlich jede erdenkliche Hilfe brauchte.

## 42

An dem Morgen, an dem Richard abreisen wollte, begleitete Angelique Jacques zum Haupthaus, um sich zu erkundigen, ob es ihren beiden Schülerinnen schon wieder gut genug ging, um am Unterricht teilzunehmen. Sie betraten das Gebäude durch den Seiteneingang und gingen über einen langen Korridor in Richtung der Eingangshalle. Dort kam gerade ein älterer, sehr besorgt aussehender Mann mit einer großen Tasche in der Hand die Treppe hinunter. Als er Jacques und Angelique erblickte, blieb er abrupt stehen und fragte:

»Mr. und Mrs. Latour?«

»Ja«, entgegnete Jacques.

»Ich bin Dr. Dalrymple, und ich fürchte, ich muß euch zwangsweise zu Assistenten ernennen. Ich hatte gehofft, daß die beiden Töchter des Hauses nicht die Krankheit haben würden, die ich befürchtet habe, aber die Symptome, die die beiden heute zeigen, haben diese Hoffnung zunichte gemacht. Es ist einwandfrei Typhus. Und was noch schlimmer ist – Mr. Claybourne und vier der Hausangestellten klagen über Kopfschmerzen und Fieber.«

Typhus. Angelique lief ein kalter Schauer über den Rücken. Sie erinnerte sich daran, wie ihr ihre Mitgefangenen damals im Gefängnis furchterregende Geschichten über Epidemien erzählt hatten, die ganze Menschenmassen dahingerafft hätten.

Offenbar befürchtete der Doktor, Jacques und Angelique

könnten das von der Krankheit heimgesuchte Haus fluchtartig verlassen, denn er meinte hastig: »Ich brauche Eure Hilfe äußerst dringend. Ich kann nicht hierbleiben. Es gibt auch auf anderen Plantagen Krankheitsfälle, bei denen es sich um Typhus handeln könnte. Und selbst wenn ich bleiben könnte – ich allein kann nicht viel tun. Es müssen ja nicht nur die Kranken gepflegt werden. Nachdem die Köchin auch betroffen ist, muß jemand anderer die Mahlzeiten zubereiten, und Mrs. Claybourne – die ohnehin nicht sehr kräftig ist – hat genug damit zu tun, sich um ihre kranken Töchter zu kümmern.«

Jacques und Angelique sahen sich schweigend an. Dann sagte Jacques: »Dann bleiben wir natürlich, Dr. Dalrymple.«

Der Arzt nahm diese Nachricht mit sichtlicher Erleichterung auf.

»Ihr seid offensichtlich jung und kräftig, ebenso wie der Herr aus England. Jetzt brauche ich mir wenigstens um dieses Haus nicht mehr so viele Sorgen zu machen. Dieser Engländer – Sir Richard Langley heißt er, glaube ich ...«

»Lansing«, korrigierte Angelique leise.

»Ah, ja. Er hat mir gesagt, daß er eigentlich vorgehabt hat, heute abzureisen. Aber er hat natürlich sofort eingesehen, daß er jetzt gebraucht wird. Er kümmert sich gerade um Mr. Claybourne.«

»Was sollen wir denn für die Kranken tun?« fragte Angelique.

Auf diese Frage reagierte der Arzt mit einem mutlosen Achselzucken. »Nachdem wir nicht wissen, was die Krankheit hervorruft, haben wir auch keine Ahnung, wie wir sie behandeln sollen. Mit Sicherheit wissen wir nur, daß die Krankheit durch den Menschen übertragen wird. Es bleibt uns nichts anderes übrig, als die Krankheit ihren Lauf nehmen zu lassen; dabei muß hauptsächlich für größte Sauberkeit gesorgt werden. Was den Haushalt anbelangt, Mrs. Latour – vielleicht könnten Sie das übernehmen. Acht der Hausangestellten zeigen noch keine Anzeichen von Krankheit; Mrs. Claybourne hat mir versichert, daß die Hausmädchen sich auch auf Küchenarbeit verstehen. Und Euch, Mr. Latour, möchte ich darum bitten, daß Ihr Euch einmal in den Hütten der Sklaven umseht. Ursprünglich hatte ich diese Aufgabe den beiden Söhnen des Hauses zugedacht, die ebenfalls noch bei bester Gesundheit sind, aber als ich das Mrs. Claybourne vorschlug, hat sie fast einen hysterischen Anfall bekommen. Sie hat panische Angst davor, daß sich ihre beiden Söhne irgendwo anstecken könnten.«

»Wir werden unser Bestes tun, Doktor«, versicherte Jacques.

Damit begann ein Alptraum, der scheinbar kein Ende nehmen wollte. Kaum hatte sich Angelique ein Hausmädchen ausgesucht, das ihr in der Küche helfen sollte, klagte die junge Frau über Kopfschmerzen und Fieber. Wenige Tage später hatte sie das Fieber schon in ein Delirium geworfen. Mit der nächsten Hausangestellten erging es Angelique ebenso. Schließlich übernahm sie die gesamte Küchenarbeit selbst und versorgte die Kranken mit leichter Kost, während die noch Gesunden – neben ihr und Jacques waren noch Richard, die beiden jungen Claybournes und ihre Mutter von der Krankheit verschont geblieben – kräftigende Fleischgerichte mit Gemüsebeilage bekamen.

Wenn Angelique nicht gerade in der Küche oder dem übrigen Haushalt zu tun hatte, half sie bei der Pflege der Kranken im Haupthaus und in der Sklavensiedlung. Jacques und sie hatten mittlerweile ein Zimmer im Haus der Claybournes bezogen, um sich den langen Weg zu ihrem Häuschen zu sparen. Während sie die Kranken versorgte, die sich in Schmerz- oder Fieberanfällen wälzten, verlor Angelique fast jedes Zeitgefühl. Manchmal war sie sich nicht einmal sicher, ob es Morgen oder Abend war, wenn es draußen dämmrig aussah.

Natürlich bekam sie Richard während dieser Zeit oft zu sehen; aber sie waren beide so erschöpft, daß sie sich kaum ein Lächeln zuwerfen konnten.

So vergingen drei Wochen, die Angelique wie drei Monate vorkamen. Am Ende dieser drei Wochen waren die Köchin und ein Hausmädchen gestorben. Die jüngere Tochter der Claybournes, Carrie, schien auf dem Wege der Besserung, obgleich sie noch zu schwach zum Aufstehen war. Für ihre Schwester Janet jedoch gab es keine Hoffnung mehr. Bald darauf starb sie, und Mrs. Claybournes Trauer um sie mischte sich schon bald mit großer Sorge um ihre Söhne, die inzwischen ebenfalls erkrankt waren. Auch Jacques war nicht von der Krankheit verschont geblieben. Lange Zeit hatte er behauptet, seine Kopfschmerzen seien nur eine Folge der ständigen Anstrengung, bis er eines Morgens so schwach und fiebrig war, daß er das Bett nicht verlassen konnte.

Angelique durchforstete den Dachstuhl und entdeckte dort ein schmales Feldbett, das sie sich von einem Diener in das Zimmer stellen ließ, das Jacques und sie bewohnten. Von nun an verbrachte sie jede freie Minute bei Jacques, um seinen fiebernden Körper mit feuchten Abreibungen zu kühlen. Nachts, wenn das Fieber anstieg, lag sie auf dem Feldbett und lauschte seinen Fieberphantasien. Die meiste Zeit schien er sich einzubilden, er sei wieder in Paris, und er rief wieder und wieder die Namen von ehemaligen Mitgliedern der Nationalversammlung; auch nach Angelique verlangte er oft. Nach fünf Tagen hatte er das typische Stadium eines Typhuskranken erreicht; seine Zunge war trocken und braun, sein Bauch aufgebläht und seine Fieberanfälle fast ohne klare Augenblicke.

Eines Abends ertrug es Angelique einfach nicht mehr, seinen Fieberphantasien zuzuhören, und sie floh aus dem Zimmer und lief hinunter ins Erdgeschoß. Aufgrund des schwülwarmen Wetters stand die Vordertür auf, und sie trat hinaus auf die Veranda. Während sie dort an der Hauswand lehnte, kam plötzlich noch jemand aus dem Haus. Als sie den Kopf wandte, sah sie im Schein einer Wandlampe Richards Gesicht.

»Manchmal wird es einem ein bißchen zuviel, nicht wahr?« fragte er.

»Ja«, seufzte Angelique. »Wie geht es deinen Patienten?«

»Drei Hausangestellte sind gestorben. Die beiden Jungen sind sehr krank; sie machen gerade die schlimmste Phase der Krankheit durch. Mr. Claybourne ist auf dem Wege der Besserung, aber er ist noch sehr schwach. Heute morgen hat er mich darum gebeten, hinaus auf die Felder zu reiten, um mich zu vergewissern, daß sich von den Feldsklaven noch niemand angesteckt hat. Dieser ungehobelte Halloran hat mir versichert, daß es auf der Plantage noch keinen einzigen Fall von Typhus gibt. Gott bewahre diese armen Teufel davor, sich anzustecken. Dieser Halloran würde sie wahrscheinlich auch mit Typhus auf die Felder prügeln, solange sie sich noch irgendwie auf den Beinen halten können.« Richard hielt einen Moment inne, bevor er fragte:

»Wie geht es Jacques?«

»Ich weiß nicht genau. Dr. Dalrymple hat gesagt, daß er es vielleicht schaffen wird, wenn er die nächste Woche übersteht.«

»Ich hoffe es für dich, Angelique«, sagte Richard aufrichtig. Eine Zeitlang lauschten sie beide schweigend dem Zirpen der Grillen. Dann wandte sich Richard zu ihr und sagte:

»Du siehst furchtbar aus, Angelique.«

»Ich weiß. Du aber auch.« Er hatte stark abgenommen und war sehr blaß.

»Seltsam«, meinte sie dann, »obwohl wir beide mit unseren Kräften am Ende sind, werden wir nicht krank. Vielleicht hat uns die Zeit gegen alle Krankheiten abgehärtet. Aber ich werde jetzt besser zu Jacques zurückgehen.«

Ein paar Tage später erlebte Angelique eine angenehme Überraschung, als sie morgens aufwachte. Jacques war bei Bewußtsein, und seine Augen sahen klar und fieberfrei aus.

»Hallo, Angelique«, flüsterte er schwach.

»Oh, Jacques, Jacques!« rief sie, während sie aufsprang und zu ihm eilte. »Oh, Liebling, das Fieber ist abgeklungen; jetzt wirst du wieder ganz gesund.«

Als Dr. Dalrymple zwei Tage später Visite machte, bestätigte er Angeliques Prognose.

»Er wird noch mindestens zehn Tage lang sehr schwach sein, aber er scheint über den Berg. Allerdings wird er sicher noch unter Gliederschmerzen zu leiden haben, die ihm das Schlafen erschweren. Ich werde Euch etwas Laudanum für ihn geben.«

Dann sah er stirnrunzelnd zum Fenster hinaus. Dort stand ein üppiger Baum, dessen weitverzweigte Äste weder Licht noch Luft durchließen, so daß das Krankenzimmer selbst am frühen Morgen düster war.

»Euer Gatte würde in einer etwas freundlicheren Umgebung sicher schneller genesen, Mrs. Latour. Kann man ihn denn nicht in ein anderes Zimmer verlegen?«

»Ich fürchte, nein. Wie Ihr wißt, liegen die Kinder jetzt alle in separaten Zimmern, damit sie ungestört bleiben. Sir Richard bewohnt eines der Gästezimmer, und die verbleibenden zwei Schlafzimmer werden von Mr. und Mrs. Claybourne benutzt. Selbst im kleinen Ankleidezimmer steht ein Bett. Dort schläft Alexander, der Butler, damit er sich jederzeit um Mr. Claybourne kümmern kann.«

Plötzlich schaltete sich Jacques ein, der mittlerweile schon wieder sprechen konnte: »Ich kann ja wieder in unser Häuschen umziehen. Es geht mir inzwischen schon wieder so gut, daß ich mich mehr oder weniger selbst versorgen kann. Dort würde ich mich bestimmt wohler fühlen.«

»Dann ist das bestimmt die beste Lösung«, stimmte Dr. Dalrymple zu.

Schon am Nachmittag trugen zwei Diener Jacques auf einer behelfsmäßigen Bahre hinüber in sein Häuschen, wo sie ihm in einem der Schlafzimmer ein Krankenlager vorbereiteten. Angelique kam es vor, als sähe Jacques in der vertrauten Umgebung nicht nur zufriedener, sondern auch kräftiger aus.

Da Angelique jedoch im Haupthaus mehr denn je gebraucht wurde, blieb sie weiterhin dort wohnen. Dreimal täglich brachte sie Jacques eine Mahlzeit hinüber und sah ihm beim Essen zu. Natürlich zehrte das ständige Hinundherlaufen zwischen den beiden Häusern an ihren Kräften, aber das machte ihr nichts aus. Es tat ihr gut, mit anzusehen, wie Jacques jeden Tag kräftiger wurde, auch wenn er noch stark unter Gliederschmerzen litt; sie genoß es auch, jeden Tag für ein paar Minuten der niederdrückenden Atmosphäre des Haupthauses entfliehen zu können. Dort lagen die beiden Jungen der Claybournes noch immer in schwerem Fieber, während Mr. Claybourne sich zwar vom Typhus erholt hatte, dann aber an einer Lungenentzündung erkrankt war.

Bei ihrer Arbeit im Haupthaus war Richard ihr eine unentbehrliche Stütze; er ging ihr zur Hand, wo immer er konnte.

Am fünften Tag nach Jacques Verlegung in das Häuschen erwachte Angelique eines Morgens mit einem seltsamen Gefühl der Unruhe. Voller Angst, Jacques könnte einen Rückfall erlitten haben, eilte sie zu ihm. Aber er sah nicht nur zufriedener aus als am Vortag, sondern wirkte auch um einiges kräftiger.

Trotzdem konnte Angelique das beklemmende Gefühl in sich nicht abschütteln. Den ganzen Tag über rechnete sie ständig damit, jeden Augenblick eine schlechte Nachricht zu erhalten, aber nichts dergleichen geschah. Den Jungen ging es etwas besser, und Mr. Claybourne atmete schon wieder leichter.

Um sieben Uhr abends brachte sie Jacques sein Abendessen. Als er Messer und Gabel aufnahm, zuckte er leicht zusammen.

»Was ist?« schrie Angelique entsetzt auf.

»Nichts«, entgegnete Jacques verwundert. »Meine Glieder tun mir weh, wie es der Doktor angekündigt hat. Was ist los mit dir, Angelique? Geht es drüben jemandem schlechter?«

»Nein, im Gegenteil.«

»Warum bist du dann so nervös?«

»Ich weiß nicht; vielleicht ist es nur die Anstrengung der letzten Wochen. Wenn du Schmerzen hast, werde ich dir lieber etwas Laudanum bereitstellen. Wenn du es nach dem Essen nimmst, kannst du sicher schlafen.«

»Ja, das ist eine gute Idee.«

Kurze Zeit später machte sich Angelique auf den Rückweg. Als sie über die Rasenfläche auf das Haupthaus zuging, hatte sie das seltsame Gefühl, daß irgend etwas in der Luft lag. An der Tür angekommen, überkam sie plötzlich das unwiderstehliche Bedürfnis, sich noch einmal umzusehen. Und da sah sie es.

Über der dunklen Silhouette des Waldes lag ein seltsamer rötlicher Glanz. Feuer! Einen schrecklichen Augenblick lang dachte Angelique, ihr Häuschen stünde in Flammen. Dann aber wurde ihr klar, daß das Feuer weiter entfernt sein mußte.

Aber dahinter lag ja Hallorans Haus!

Plötzlich hörte Angelique in der Nähe ein Geräusch, und als sie sich umsah, bemerkte sie, daß eine dunkle Gestalt durch die Bäume geschlichen kam. Nein, nicht eine – als sie unauffällig nach links und rechts schielte, stellte sie fest, daß sich mehr und mehr Schatten aus den Baumreihen lösten und immer näher kamen.

Angelique konnte keine Gesichter erkennen, aber sie glaubte in einigen Händen Waffen gesehen zu haben. Plötzlich wurde ihr in panischem Schrecken klar, warum Hallorans Haus in Flammen stand und was man mit dem Haupthaus und seinen hilflosen Bewohnern vorhatte.

Sie fuhr herum und riß die Haustür auf. Während sie sich mit einem Sprung in das Innere des Hauses rettete, hörte sie ein pfeifendes Geräusch, und Sekunden später schlug ein Messer im Türrahmen ein. Angelique warf blitzschnell die Tür zu und schob den Riegel vor. Dann rannte sie den Korridor entlang und verriegelte auch den Haupteingang. Erst jetzt fühlte sie sich sicher genug, um um Hilfe zu rufen.

»Angelique!« rief Richard plötzlich vom Treppenabsatz aus.

»Was ist denn los?«

»Die Sklaven haben Hallorans Haus angezündet, und jetzt sind sie vor unserer Tür!«

Richard wirbelte herum und lief mit großen Sätzen die Treppe hinauf. Angelique wußte, daß er zum Gewehrlager im ersten Stock wollte, und so folgte sie ihm.

Als sie oben ankam, rief Richard ihr entgegen: »Der Raum ist verschlossen! Weißt du, wo der Schlüssel ...?«

Sie schüttelte den Kopf. Von draußen war kein Laut zu hören; Angelique konnte sie vorstellen, wie die aufständischen Sklaven sich mittlerweile vor dem Haus zusammengerottet hatten, um zu beraten, wie sie am besten in das Haus eindringen konnten.

»Frag Alexander!« rief Richard plötzlich. »Er ist bei Claybourne.« Damit trat er einen Schritt zurück und warf sich dann mit seinem ganzen Gewicht gegen die Tür, um sie aufzubrechen.

Angelique eilte den Korridor entlang und stürzte ins Krankenzimmer, wo der Butler, Alexander, sich gerade über seinen Patienten beugte. Er fuhr überrascht herum.

»Wo ist der Schlüssel zum Gewehrlager?« stieß Angelique atemlos hervor.

»Ich weiß nicht, Madam. Mr. Claybourne bewahrt ihn an einem geheimen Ort auf, von dem nicht einmal ich weiß.«

»Mr. Claybourne!« wandte sie sich nun verzweifelt an den Kranken, aber Alexander sagte nur:

»Er kann Euch nicht hören, Madam.«

»Dann helft mir, die Tür zum Gewehrlager aufzubrechen!«

Von unten drang inzwischen das Geräusch zersplitternden Holzes und das Klirren von zerbrechenden Fensterscheiben herauf.

»Hört Ihr das, Alexander? Die Feldsklaven stürmen das Haus! Hallorans Haus haben sie bereits angezündet, und ihn haben sie wahrscheinlich umgebracht. Jetzt wollen sie uns holen!«

Zu Angeliques maßlosem Entsetzen trat bei diesen Worten ein Ausdruck unbändiger Freude in das Gesicht des schwarzen Butlers, und sie brauchte eine Weile, ehe sie ihn anflehen konnte: »Alexander, ich weiß, wie Euch jetzt zumute sein muß, aber Ihr müßt uns trotzdem helfen. Ihr könnt doch nicht zulassen, daß Eure Leute einen kranken Mann und seine hilflose Familie ermorden. Ihr müßt einfach helfen! Im Namen der Menschlichkeit!«

Angelique wußte nicht, ob es ihr verzweifelter Appell oder der Anblick des besinnungslosen Mr. Claybourne war, der den Ausschlag gab, aber plötzlich wandte sich Alexander um und lief hinaus. Als Angelique ihm folgte, sah sie gerade noch, wie er seinen mächtigen Oberkörper gegen die Tür zum Gewehrlager wuchtete.

Plötzlich gab es ein lautes, splitterndes Geräusch. Einen Augenblick lang glaubte Angelique, daß die Tür zum Gewehrhaus nachgegeben hatte, aber dann wurde ihr voller Schrecken klar, daß das Geräusch von unten gekommen war. Aber auch die Tür des Gewehrraumes schien langsam unter den kräftigen Rammversuchen der beiden Männer nachzugeben, und Sekunden später flog sie mit einem lauten Krachen auf.

Von unten war jetzt lautes Fußgetrappel zu hören, und Angelique preßte sich erschrocken an die Wand. In diesem Augenblick kehrten Richard und Alexander aus dem Gewehrlager zurück, jeder mit einer doppelläufigen Flinte in der Hand. Beide rannten zum Treppenabsatz, und Richard brüllte herunter: »Stehenbleiben! Wenn ihr nicht sofort stehenbleibt, werden in den nächsten fünf Sekunden acht von euch das Leben lassen!«

Angelique hatte das Gefühl, vor Angst wie gelähmt zu sein, aber dennoch trat sie, wie von einem Magneten angezogen, an das Treppengeländer.

Unten im Vorraum standen etwa zwanzig Schwarze, jeder mit irgendeiner Waffe in der Hand, sei es eine Axt, eine Hacke oder ein Messer. Offenbar hatte sich nur ein Teil der Sklaven zum Aufstand entschlossen.

Plötzlich hörte Angelique neben sich Alexanders Stimme, aber er sprach nicht in der sonst üblichen, gestelzten Art, sondern in einem für Angelique völlig unverständlichen afrikanischen Dialekt. So redete er eine ganze Weile auf die Gruppe ein; dann sagte er plötzlich in seinem üblichen Ton:

»Und jetzt verschwindet; am besten nach Nordwesten, wenn ihr überhaupt wißt, wo das ist. Da helfen euch vielleicht die Quäker. Sonst werdet ihr alle hängen.«

»Raus hier«, fügte Richard hinzu. »Angelique, bring uns noch ein paar Musketen, damit...«

Aber die Eindringlinge hatten schon mit dem Rückzug begonnen, und bald flohen sie in panischer Angst die Treppe hinunter. Schließlich waren alle fort, und Richard wandte sich an Alexander.

»Ich würde Euch gerne in unser beider Namen danken, Alexander, aber ich habe das Gefühl, daß Ihr das nicht für uns getan habt.«

Alexander nickte bedächtig. »Ihr habt recht, Sir. Ich habe es für diese unwissenden Sklaven getan. Ich wollte nicht, daß man sie hängt. Aber jetzt entschuldigt mich, ich muß zurück zu Mr. Claybourne.«

Als er fort war, gingen Richard und Angelique hinunter, um den Schaden in der Eingangshalle zu inspizieren. In die Eingangstür hatten die Eindringlinge ein großes Loch geschlagen, und auch die Empfangshalle war ziemlich verwüstet, aber sonst schien das Haus nicht viel Schaden abbekommen zu haben.

Schließlich bahnten sich Richard und Angelique über die Trümmer einen Weg nach draußen.

Hallorans Haus schien noch immer zu brennen; jetzt konnte man über den Baumwipfeln deutlich die Flammen erkennen.

Plötzlich blieb Angelique fast das Herz stehen. Ihr wurde auf einmal klar, daß diese Flammen gar nicht mehr von Hallorans Haus stammen konnten. Sie mußten von ihrem Häuschen kommen, wo Jacques im Bett lag. Und sie hatte ihm ein Schlafmittel gegeben...

Mit einem erstickten Schrei rannte Angelique los. Richard schien denselben Gedanken gehabt zu haben wie sie, denn auch er setzte sich in Bewegung und rannte an ihr vorbei in Richtung des Häuschens.

Als Angelique schließlich den Wald hinter sich gebracht hatte, blieb sie abrupt stehen. Ein Blick auf das brennende Häuschen sagte ihr, daß es unmöglich sein würde, Jacques zu retten, wenn ihn die wütende Sklavenmeute überhaupt am Leben gelassen hatte. Aus sämtlichen Fenstern und Türen schlugen hohe Flammen, und selbst in einiger Entfernung war die Hitze des Feuers zu spüren.

Und dann vergrößerte sich Angeliques Entsetzen noch, als sie sah, daß Richard unverdrossen auf das Haus zulief.

»Richard!« rief sie voller Angst. »Tu es nicht! Komm zurück!«

Aber er war schon durch das brennende Rechteck verschwunden, das einmal die Tür gewesen war. Während Angelique vor Angst und Sorge wie gelähmt stehenblieb, wurde sie sich endgültig darüber klar, wie es um sie stand. So sehr sie auch an Jacques hing, sie hätte seinen Tod zehnmal leichter ertragen als den Richards.

In diesem Augenblick zeichnete sich in dem brennenden Türrahmen die Gestalt eines großen Mannes ab, der jemanden trug. Angelique beachtete die Hitze gar nicht, die ihr entgegenschlug, sondern lief auf den Mann mit seiner Last zu.

Richard legte Jacques auf den Boden und schlug dann nach den Flammen, die an seiner Kleidung züngelten. Auch Angelique ließ sich auf die Knie fallen und versuchte, mit kurzen Schlägen die Flammen auf Richards Schultern und Jacques Beinen zu ersticken.

»Ist er ...?« keuchte sie dabei.

»Ich glaube, er lebt noch. Mir war, als hätte ich ihn stöhnen hören, als ich ihn aufgehoben habe.«

Damit faßte Richard Jacques wieder an Armen und Oberkörper und stand mit ihm auf. »Wir müssen ihn ins Haus bringen.«

Angelique folgte ihm zum Haus, aber als sie an der Tür ankamen, sagte Richard scharf: »Warte draußen!«

So blieb sie stehen, während er mit seiner Last ins Haus ging. ›Er will nicht, daß ich Jacques bei Licht sehe‹, dachte Angelique voller Schmerz.

Sie hörte, wie er drinnen einen der Diener zu Hilfe rief, um Jacques in ihr Schlafzimmer zu tragen.

Als sich die Schritte der beiden entfernt hatten, ging Angelique hinein und lehnte sich dort an die Wand. Jetzt war es ganz still geworden. Es war, als sei das ganze gepeinigte Haus plötzlich in tiefen Schlaf gesunken.

Schließlich öffnete sich die Tür des Schlafzimmers, und Richard trat heraus. Müden Schrittes kam er den Gang entlang und lehnte sich dann gegenüber von Angelique an die Wand.

»Er ist tot«, sagte er dumpf. »Verdammt, er ist tot. Vielleicht hat er gar nicht mehr gelebt, als ich ihn hochgehoben habe.«

Angelique Herz schmerzte in Trauer um den Mann, der sie geliebt hatte. Erst nach einer Weile konnte sie mühsam sagen: »Du hast dein möglichstes versucht.«

»Ich kann dir gar nicht sagen, wieviel mir daran gelegen hätte, ihn für dich zu retten. Er hat dich glücklich gemacht, was ich nie versucht habe. Hätte ich ihn retten können, dann hätte ich mir mein ganzes Leben lang sagen können, daß ich dir wenigstens einmal etwas Gutes getan habe.«

Richard klang so verzweifelt, daß es Angelique die Kehle zuschnürte. Sie hätte so gerne gesagt: ›Du kannst immer noch etwas für mich tun. Wir können gegenseitig etwas füreinander tun. Wenn die Wunden dieser Nacht geheilt sind, bleiben uns viele Jahre, in denen wir einander glücklich machen können, Jahre, in denen wir lernen können, uns zu lieben, nicht nur durch Leidenschaft, sondern auch durch Zärtlichkeit und Verständnis.‹

Aber sie brachte kein Wort über die Lippen, sie konnte nur stumm auf den Mann zugehen, der mit hängendem Kopf völlig in sich zusammengesunken an der Wand lehnte. Schließlich richtete er sich auf und sah ihr ins Gesicht. Unendlich langsam wich der Ausdruck verzweifelter Trauer in seinen Augen einem Blick aufkeimender Hoffnung, und er sagte leise: »Angelique?«

Angelique liefen Tränen über die Wangen, aber sie brachte ein leichtes Nicken und ein tapferes Lächeln zustande.

Einen Augenblick lang sahen sie sich nur schweigend an. Dann schlang er seine Arme um sie und zog sie an sich. In diesem Augenblick wurde Angelique klar, daß sie ihm gar nicht zu sagen brauchte, was nun in ihrem Herzen vor sich ging. Das taten ihre Lippen, die unter der Berührung seines warmen Mundes bebten, ganz ohne Worte.